오복이

# 오복이

단영 장편 소설

SCARLET ROMANCE STORY

2

# 차 례

# 十. 앙심(怏心)

"전하, 어전에서 살인이 벌어졌나이다. 허어겸의 죄상은 이미 명명백백히 밝혀져 더는 의심할 수가 없는바 속히 죄인의 녹권을 회수하시고 즉참에 처하심이 옳을 줄로 아옵니다. 통촉하여 주시옵소서."

"전하, 통촉하여 주시옵소서!"

"통촉하여 주시옵소서!"

이른 아침부터 울려 대는 곡소리에 왕은 골머리를 딱딱 앓고 있었다. 머리 허연 의정부의 고위 관료들부터 시작하여 이제 막 관직에 발을 들여놓은 말단 관료에 이르기까지 죄다 몰려나와 날이면 날마다 저리 외치고 있으니 심사가 어지러워도 보통 어지러운 것이 아니었다. 오죽하면 꿈속에서까지 저 소리가 들리는 듯하였을까.

"벌써 사흘째더냐?"

"예, 전하."

"거참, 질긴 사람들이로고. 내 그 일은 그냥 묻어 두라 하였는데 말이지."

명을 거부당한 데에서 오는 분노와 잠을 제대로 이루지 못한 데에서 오는 짜증이 겹쳐 슬슬 독기가 오르고 있었다. 평온한 겉모습만 보고서는 절대 짐작할 수 없을 만큼의 깊은 분노가 끓어올라 때때로 이성을 어지럽혔다.

"이 일을 주도하고 있는 자는 분명 병판이렷다?"

"그, 그러하옵니다."

"괘씸한! 명을 어기고 기어이 그 일을 끄집어낸 까닭이 무엇인가. 이는 짐을 압박하기 위함이 아니냐. 하백인지, 저희들인지 선택을 하라는 것이야!"

목소리 한 번 높이는 법 없이, 그저 혼잣말처럼 중얼거리는 말이 낮지만 서슬 퍼렇게 사위를 갈랐다. 왕은 비스듬히 앉아한 손으로 이마를 괴고 가만히 생각을 하였다. 그러다 문득 명했다.

"상선은 나가서 병판을 들라 하라."

묵직한 한마디에 안절부절못하며 눈치만 살피고 있던 상선이 날듯이 달려 나갔다. 반각도 지나지 않아 약간 지친 얼굴을 한 병판이 대전으로 들었다.

"그래, 그냥 묻어 두라 한 일을 굳이 다시 들추어 꺼내는 이유나 한번 들어 봅시다."

미처 예를 갖추기도 전에 불쑥 튀어나온 물음에 박우는 조금 당황했다. 고개를 들어 보니 한 손으로 이마를 짚고 있는 주상의 얼굴이 굳어 있었다. 어지간히 골머리가 아픈 기색이었다. 그에, 약간의 통쾌함마저 느끼며 그는 다시 옷깃을 바로 하고 꼿꼿하게 예를 갖춘 다음 자리에 앉았다.

"전하, 통촉하여 주……."

"그런 쓸데없는 소리 말고 경은 짐이 묻는 말에나 대답을 하오. 하백의 일을 다시 꺼내는 것은 경들의 일 또한 제대로 값을 치르겠다는 뜻인가?"

"전하, 어전에서 벌어진 살인이옵니다. 더구나 살해된 이는 전하의 신하였습니다. 신들의 사소한 실수와 어전에서의 살인을 어찌 같은 선에 두려 하시옵니까. 부디 통촉하여 주시옵소서."

"흥! 양민을 때려죽이는 것도 모자라 뇌물을 받고 관직을 파는 것이 사소한 실수라. 과연 경다운 말이오."

"혹, 소신이 실수를 한 것이 있는지도 모르옵니다. 허나, 맹세하건대 그 일의 어느 한 순간에서도 전하의 권위와 존엄을 해하려 든 적은 없나이다. 허나, 하백은 어떠하였습니까?"

"……."

"그자는 전하께서 지켜보시는 가운데 살인을 저지르고 그도 모자라 감히 전하께서 하사하신 옥패를 내던지는 광태를 부리지 않았습니까. 이는 무엇을 의미하는 것이옵니까?"

추궁하듯 그가 물었다. 그러나 그때까지도 왕은 입을 꾹 다

9

문 채 그를 빤히 바라보고만 있을 뿐이었다. 결국 답답해진 그가 다시 입을 열었다.

"꼭 신의 입으로 말을 해야만 아시겠습니까?"

"그래, 짐은 모르겠으니 경이 답을 알거든 어디 한번 말씀해보시구려."

"그렇다면 말씀드리겠습니다."

배 속 깊은 곳에서 울려 나오는 강직한 목소리가 고요한 대전 위로 떨어졌다.

"하백, 그자가 역심을 품고 있는 것이 분명하옵니다!"

"……"

"전하, 하백을 역모의 죄로 다스리시옵소서!"

이마를 바닥에 대고 엎드리며 그가 우렁찬 목소리로 외쳤다. 얼핏 눈가에 눈물마저 비치는 것이 진실로 충심이 가득한 모습이었다. 그 모습을 왕은 시리도록 냉정한 눈빛으로 그저 가만히 바라보고 있었다. 그러다가 한참만에야 고저를 느낄 수 없는 목소리로 나직하게 말했다.

"역모라. 그래, 죄가 있다면 벌을 받아야지. 이 마당에 죄의 무게가 덜하고 더하고가 무슨 상관인가."

"……?"

"경의 말은 잘 알아들었소. 이제부터 짐이 상소문을 하나하나 검토할 것인즉 그리 알고 물러가오."

"성은이 망극하옵니다."

마침내 왕이 한발 물러섰다. 적어도 박우는 그렇게 생각을 하였다. 해서, 속으로 '되었다!' 하고 쾌재를 부르며 조용히 대전에서 물러 나왔다. 그리고 바로 그날부터 모든 일이 시작되었다.

한양으로 돌아온 것은 떠난 날로부터 한 달이 꼬박 지나서 였다. 꽃 피는 봄에 떠났는데 돌아와 보니 벌써 여름이 와 있었다.

"벌써부터 후덥지근하여 모시 꺼내 놓으라 했구나. 자, 이것 가져다가 네 서방님과 함께 옷 지어 입으렴. 그 녀석이 원래 더운 것은 질색을 하니 미리미리 준비를 하여야 할 것이야."

"예, 어머님."

빛깔이 고운 모시 두 필을 받아 들고 오복이 가만히 고개를 끄덕였다. 매미 날개처럼 얇은 천에 짙은 감색과 밝은 치자색을 입히었는데 피부에 와 닿는 감촉은 물론이고 보는 눈까지도 시원하여지는 것 같았다.

"헌데, 개경에서 무슨 일이라도 있었느냐?"

"예? 이, 일이라니요?"

도둑이 제 발 저린다더니, 화들짝 놀란 오복이 모시를 품에 와락 끌어안으면서 사색이 된 얼굴로 오 부인을 돌아보았다. 심장이 미친 듯이 벌렁거리고 있었다. 그사이 그녀가 알지 못하는 무슨 이상한 낌새를 알아채신 것은 아닌지, 아니면 다른 누군가로부터 뜬소문이라도 들으신 것은 아닐까 덜컥 의심이 들었다. 놀란 손끝이 바르르 떨렸다.

"원, 놀라기는. 만날 밖으로만 돌던 녀석이 개경에서 돌아오자마자 갑자기 과거 공부를 한답시고 저리 들어앉아 있으니 하는 말이 아니냐. 혹시, 뭐 아는 거라도 있느냐?"

"그, 그것이…… 잘은 모르오나, 친정 오라버님께서 공부하시는 모습을 보고 깨달은 바가 있다고 하셨는데……."

"오, 그래?"

서방님이 일러 준 말을 그대로 읊자 아무것도 모르는 오 부인이 확 밝아진 얼굴로 고개를 끄덕였다.

"다행이구나, 참말로 다행이야. 그럼 그렇지. 내 언젠가는 녀석이 마음을 바로잡을 거라는 사실을 다 알고 있었음이야. 너는 잘 모르겠으나 둘째가 어렸을 적엔 공부를 꽤 하였단다. 어찌나 열심히 하는지 꾸중을 들으면서도 번번이 밤을 지새우기 일쑤였지. 그러다가 큰애가 졸지에 부마 되시고 공주 자가께서 들어오시고 난 후부터는 무슨 까닭인지 아예 손에서 책을 놓았지 뭐니."

"예에."

"그 뒤로 늘 걱정이었는데 이제라도 마음을 잡았으니 얼마나 다행인지 모르겠구나. 이것은 아무래도 다 네 덕분인 듯하다. 네가 오고 나서는 집안에 좋은 일만 가득하니 얼마나 고마운지 몰라."

"아, 아니어요. 그것이 어찌 소첩의 덕입니까? 두 분 부모님의 은덕이시지요."

"세상에, 우리 둘째는 어찌 이리 어여쁜 말만 골라 할꼬. 오

호호, 기분이니라. 이 어미가 은전을 좀 챙겨 줄 터이니 너무 집에만 있지 말고 네 서방님과 모처럼 장에라도 다녀오려무나."

"아, 아닙니다. 저는 괜찮습니다, 어머님. 괜히 공부하시는 서방님께 방해가 될까 저어되어⋯⋯."

어머님이 내미는 두둑한 은전 주머니를 극구 사양하고 오복은 도망치듯 안방을 나왔다.

걸음을 옮길 때마다 품에 고이 안긴 모시 두 필이 서걱서걱 소리를 내었다. 그 소리에 넋을 반쯤 실어 놓고 그녀는 가만히 한숨을 내쉬었다.

개경에서 살자던 애초의 계획은 물 건너갔다. 오복이야 처음부터 짐작을 하고 있었던 일이지만, 대감마님의 상태가 생각보다 더 심상치 않아 아예 말도 꺼내 보지 못하였다. 한 달을 머무는 동안에도 어찌나 끙끙 앓으시던지 도련님의 혼례 준비보다 그분의 일이 더 걱정스러울 정도였다.

아무튼지 간에, 그 애초의 계획이 물 건너가자 서방님은 갑자기 과거를 보겠다며 공부에 매달리기 시작하였다. 아무리 눈치가 없다 해도 그것이 다 저 때문임을 어찌 모를 수 있을까.

'다 내 탓이다. 나 때문에 서방님께서 저리 고초를 감내하시려는 거야.'

죄스러움에 다시 가슴이 내려앉았다.

무거운 걸음을 질질 끌면서 중정을 가로지르며 그녀는 다시 개경의 일을 떠올렸다. 혼례를 치르기 전날, 도련님께서 들려 주신 이야기가 머릿속을 하릴없이 맴돌고 있었다.

— 아직도 이 집안에 빚이 있다 생각하느냐?

갓 지은 혼례복을 입혀 드리는 그녀에게 도련님은 예고도
없이 불쑥 그렇게 물었다. 그러더니 시리게 빛나는 눈을 똑바
로 마주하며 말하였다.

— 네 탓이 아니다. 가세가 기울고 어머님이 돌아가시고 초
희가 저리된 것은 절대로 네 탓이 아니다.
— 그, 그것이 무슨⋯⋯?
— 아무것도 모르는 아랫것들의 입방아를 들은 적이 있다.
어린 네게 차마 입에 담지 못할 말들을 한 것도 알아. 다 헛소
리니라. 허니, 이제라도 잊어버리거라. 너는 우리에게 아무 죄
도 짓지 않았고 도리도 할 만큼은 다 하였다. 그러니, 그러니
앞으로는 우리 신경 쓰지 말고 네 뜻대로 자유롭게 살거라.

누이를 살리고자 그녀를 죽을 자리로 밀어 넣은 꼴이 되었
다며 도련님은 그렇게 말씀하셨다. 그러면서 혹 발각이 나더라
도 절대로 죽을 생각 같은 것은 하지 말라고도 하였다. 끝까지
제가 초희라고 우기라고 하면서 말이다.

— 어머님이 병석에 누우신 것은 한양의 외가에 다녀오신

직후였다. 초희를 데리고 양식을 꾸러 갔었는데 양식은커녕 크게 면박만 당하고 쫓기어 오셨지. 그 일로 마음에 병이 드신 거다.

짐작도 못 하고 있던 일이 그렇게 밝혀졌다.

대감마님께서 처가살이를 끝내신 것도 난리를 맞이하여 어느 편을 들어야 하는지를 놓고 어른들의 생각이 다른 데서 원인하였단다. 그리고 가세가 기운 것은 허락도 없이 친가로 돌아가 버린 일을 괘씸히 여긴 외가에서 원조를 끊어 버렸기 때문이었다.

일의 사정을 전부 다 듣고도 오복은 별다른 생각이 들지 않았다. 화도 나지 않았고 억울하다는 생각은 더더욱 들지 않았다. 그런 일들이 있었다 해도 어쨌거나 두 분께서 의지가지없는 그녀를 거두어 키워 주신 것만은 분명한 사실이었으니까.

— 헌데, 아씨는 어찌 지내셔요?

딱히 할 말이 없어 오복은 공연히 아씨의 일을 꺼내었다. 서신이 오가는 동안에도 대감마님께서는 실수로라도 아씨의 일은 단 한 마디도 거론치 않으시었다. 해서, 그녀는 조금 걱정을 하고 있었다.

— 차도는 좀 있으십니까?

― 글쎄다.

쓸쓸한 미소와 함께 그리 말하던 도련님을 떠올리고 오복은 걱정스레 미간을 찌푸렸다. 아무래도 무슨 일이 있는 것이 분명한 듯한데 도무지 말을 하여 주지 않으니 답답하기만 하였다. 한숨이 길어졌다.

"별채 작은며느님 아니시오?"

넋을 놓고 멍하니 걷고 있는데 문득 발끝 너머에서 붉디붉은 치맛자락이 나타났다. 고개를 들어 보니 화사한 얼굴에 붉은 입술을 한 성숙한 여인이 서서 웃고 있었다.

"아! 공인(恭人) 마님."

오복이 냉큼 고개를 숙였다.

처음 봤을 때부터 입가에 찍힌 작은 점이 유난히 선명하여 기억을 하고 있었던 사람이다. 동서의 가까운 친척뻘이라는 여인이었는데 개경에서 돌아와 보니 그사이 무슨 일이 있었는지 어머님의 허락까지 받아 집 안을 무시로 드나들고 있었다.

"안색이 좋지 않은데 무슨 걱정이라도 있소?"

"아, 아닙니다. 여름이라 그냥 기운이 조금 없을 뿐이어요. 헌데, 오늘도 동서에게 다니러 오셨습니까?"

"그렇지요, 뭐. 그 아이가 우울해하며 저리 처박혀 있으니 이모님께서도 걱정을 하고 계시거든. 하루 날 잡아 가까운 계곡으로라도 나가 보자 해야 할까 보오. 같이 가려오?"

"서방님께서 저리 공부에 열중하고 계신데 어찌 감히 놀러

갈 생각을 하겠습니까? 말씀만으로도 감사하옵니다. 허면, 다녀가시어요."

나부시 절을 하고 오복은 조심스럽게 물러났다.

그런 그녀의 모습을 옥금은 미묘한 시선으로 바라보고 있었다.

'이상하구나. 그사이 무슨 일이 있었는가? 그저 해맑기만 하던 눈빛이 변하였다. 서글픈 것도 같고 가련한 듯도 하니 저런 눈빛에 미모까지 피어나면 어떤 사내가 빠져들지 않을 수 있을까.'

옥금은 이번에야말로 진정으로 위기감을 느꼈다.

전에는 그저 어여쁘게 피어나는 어린 계집에 지나지 않았는데 다시 보니 어느새 향기를 품을 줄 아는 여인이 되어 가고 있었다.

본래, 사내란 것들이 그렇다. 화사하게 예쁜 여인보다 보잘것없어 보여도 마음을 잡아당기는 한 가지 매력을 가진 이에게 반하여 빠져든다. 예를 들자면, 무언가 슬픈 사연이라도 꾹꾹 담아 놓은 듯한 저 촉촉이 젖은 눈동자 같은 것들 말이다.

"그렇다 한들 여인도 여인 나름이라, 때로는 설익은 맛보다 농익은 맛이 당길 때도 있는 법이지. 갑자기 과거 공부한답시고 들어앉았다기에 서운하였는데 어디 슬슬 간이나 좀 보실까?"

몇 번 드나든 덕에 옥금은 벌써 이 댁의 사랑채와 각각의 처소까지도 대강이나마 그려 놓고 있었다. 전에는 처가 나들이를 가는 일로 예고도 없이 사라졌고 이번엔 공부를 한답시고 처박혀 있으니 달리 방법이 있나. 처소로 숨어들어도 내칠 수 있는지 어디 두고 볼 참이었다. 옥금의 시선이 슬쩍 담 너머 사랑채로 향하였다.

"열 번 찍어 안 넘어가는 나무 없답니다."

붉은 입술이 생긋 웃고 있었다.


"아이, 공부하신다면서요?"

별채로 들기가 무섭게 제 무릎부터 찾아 베고 눕는 서방님을 향해 오복이 밉지 않게 눈을 흘겼다.

"흥! 낮 동안 내내 앉아 글을 읽는 것 보았으면서. 공부는 낮에 해도 충분하니 이제부터는 밤의 일을 할 것이오."

"밤의 일이라니요?"

"모른 체하기는. 그야, 우리 아기씨를 만드는 일이지 무어겠소. 내 오늘은 기필코 성공을 하고 말 것이야."

"에고머니! 아, 아니 되시어요. 아직 초저녁인데······."

"어허! 어서 이리 오지 못할까."

싫다, 아니 된다 앙탈을 부리는 아담한 몸뚱이를 딱 잡아 눌러놓고 옷고름을 해해 풀어 젖히면서 자경은 속삭였다.

"그대가 아기씨 가지시고 내가 과거 급제하면 우리 분가해서 나가 삽시다."

"예에?"

"혼인할 적에 당분간은 분가하지 않겠다고 아버지와 약조를 하긴 했소만, 반년이나 들어앉아 있었으면 되었지 싶소. 그리고 어차피 막내가 돌아와 있으니 우리가 없어도 적적하진 않으실 거요."

"그래도 서운해하실 터인데요?"

치맛말기로 향하는 성급한 손을 슬며시 밀어내며 오복이 걱정스레 덧붙였다.

"허고, 과거 급제도 쉬운 일은 아니지 않습니까? 평생을 공부하여도 초시조차 입격하지 못하는 사람들이 부지기수라 들었나이다. 허니, 너무 무리하지 마시어요. 소첩은 괜찮습니다."

"내가 괜찮지 않소이다. 그대가 어찌 될까 싶어 날마다 불안하단 말이오. 그리고 기죽어 지내는 모습을 보는 것도 싫소."

"기, 기죽지 않았습니다."

"……."

"참말입니다. 이제는 이판사판이라 막 살기로 하였거든요."

"풋!"

딴에는 무서운 표정을 짓는답시고 눈을 한껏 부라리는 모습에 자경은 그만 웃음을 터뜨리고 말았다. 무섭기는커녕 더 귀엽기만 하여 이대로 딱 잡아먹었으면 하는 마음이 들었다. 하여, 다시 치맛말기로 손을 뻗으면서 속삭였다.

"막 살기로 하였다니 좋은 자세요. 뉘가 뭐라 해도 그대는 이 이자경의 정실부인이라는 사실을 잊지 말고 당당하게 지내시오. 혹, 그대를 무시하는 이가 있거든 내게 이르시오. 내 단단히 혼을 내줄 것이오."

"예에."

"그리고 따로 재산을 더 챙겨 줄 것이니 앞으로는 아끼지 말고 먹고 싶은 것도 다 찾아 먹고, 하고 싶은 것도 다 하오. 응?"

"지, 지금도 그리하고 있사온데."

어쩐지 기분이 먹먹하여져 오복은 저도 모르게 말을 더듬었다.

혹시라도 기가 죽을까, 또 모진 마음을 먹을까 근심하는 서방님의 마음이 애달팠다. 하여 드린 것이 아무것도 없는데 제가 무어라고 이런 사랑을 퍼부어 주신단 말인가.

"소첩이 아무래도 전생에 나라를 구하였나 보옵니다."

조금 울먹이면서 오복이 말하였다.

"그렇지 않고서야 어찌 서방님 같은 분과 혼인을 할 수 있었겠습니까? 제가 참말로 복이 많사와요."

"응, 그대의 말이 다 옳소. 그대는 복이 많고 나는 아내를 잘 두었소이다. 허니, 이제부터는 나를 더 기쁘게 하여 주오, 우리 부인."

사심 가득한 미소를 날리면서 서방님이 귓가에 입술을 대고 사뭇 달뜬 목소리로 속삭이자 오복의 두 뺨이 홍시처럼 붉어졌다. 이미 옷고름에 치맛말기까지 풀어 놓으시고는 성급하게 올라타신다. 후끈 달아오른 탄탄하고 건장한 몸이 느껴지자 달콤한 긴장감이 확 돌았다. 이제 익숙해질 때도 되었는데 때마다 가슴이 뛰었다.

"아이, 아니 되는데……."

치마를 밀어 올리는 성급한 손길을 느끼며 짐짓 앙탈을 부릴 때였다.

"작은서방님!"

"에고머니!"

방을 울리는 우렁찬 목소리가 있었다.

오복이 밀어내기도 전에 자경의 미간이 팍 일그러졌다. 어쩐지 이런 일을 겪는 것이 처음이 아닌 듯한데 말이야. 한두 번은 우연이라지만 그 이상은 필연이라 하였것다.

"가성이, 네 이놈!"

자경은 벌떡 일어나 어엿한 여인을 향해 사내놈 부르듯 불러 젖히며 창문을 벌컥 열어젖혔다. 그러고는 우두커니 서 있는 커다란 그림자를 향해 삿대질을 하면서 소리쳤다.

"네놈은 어째서 꼭 결정적일 때만 기침을 하는 것이냐. 네가 지금 투기를 하느냐? 따로 흑심을 품지 않고서야 번번이 이럴 수는 없다."

"……손님이 드셨는데요."

"뭐, 뭐라?"

"웬 선비님께서 찾아와 이 댁 작은서방님을 청했다고 하던 뎁쇼. 바쁘니 그냥 돌아가라 할까요?"

"끄응. 제기랄."

결국 자경의 고개가 꺾였다.

그는 발발 날뛰고 가성댁은 어디까지나 느긋하였으니, 처음부터 놈은 일이 이렇게 돌아가리라는 사실을 알고 있었던 것이다. 게다가 웬 선비가 찾아와 자신을 청했다는 소리를 듣는 순간 자경은 마침내 올 것이 왔다는 사실도 깨달았다. 물어보나 마나 동랑이 찾아온 게다.

"하필 날을 골라도……."

'이러니 그 나이까지 숫총각이지.' 하는 말을 꿀떡 삼키고 자경은 울상이 된 얼굴로 안을 돌아보았다. 벌써 옷고름을 다시 맨 부인이 민망한 얼굴로 그의 등을 가만히 떠밀고 있었다. 결국 한숨을 푹푹 내쉬면서 별채를 나설 수밖에 없었다.

"원, 누가 보면 벌써 낙방(落榜)하신 줄 알겠네."

축 늘어진 자경의 어깨를 돌아보면서 가성댁이 부러 한마디를 중얼거렸다. 매일 찾는 별채이면서 어째 때마다 저리 유난이냐는 얼굴이었다.

"아이, 너무 그러지 마오. 안 그래도 공부하시느라 지치시었는데."

"지치기는요? 아까 소리치실 때 보니깐 아직 팔팔하십디다. 걱정 마십시오. 저 나이 때는 그저 남아도는 게 힘뿐이랍니다."

맞는 말인 것 같기도 하고 아닌 것 같기도 하고.

뭐라 반박을 하고 싶은데 딱히 할 말이 없었다. 해서, 그저 불만 어린 통통한 입술만 삐죽삐죽하고 있자 가성댁이 마루에 올려 두었던 소반을 앞세우고 불쑥 방으로 들었다.

"예쁜 입술은 얌전히 두시고 어서 이거나 받으셔요."

"음? 이것이 무엇이오?"

"다과상입니다. 저녁 진지를 부실하게 드셨다면서요?"

"으응, 입맛이 없어서."

"어디 편찮으신 것은 아니지요? 안 그래도 요즘 드시는 것이 줄었다며 말년네가 걱정이 이만저만이 아닙니다요."

"몸은 괜찮네. 그냥 날이 더워지니 입맛이 줄어 그런 게야."

오복은 제법 먹음직스럽게 차려진 상을 앞에 두고 조금 자신 없는 목소리로 말했다.

더워진 날씨 탓도 있지만 아무래도 마음이 전처럼 마냥 편하지만은 않아 먹는 것이 조금 소홀해졌다. 서방님은 이럴 때일수록 잘 먹고 기운을 내야 한다고 하셨지만 그런 서방님이야말로 공부를 하느라 끼니를 거르기도 하시는지 요즘은 얼굴이 조금 홀쭉하여지셨다.

"아, 사랑에 주안상이라도 들여보냈나?"

이제야 생각났다는 듯 오복이 황급히 물었다.

"손님이 드셨으니 다과가 나으려나?"

"아이고, 걱정 마셔요. 안 그래도 나오면서 벌써 저녁상 들이라고 말해 놓았습니다요."

"저녁상? 손님께서 저녁 진지를 아니하셨다 하오?"

"예. 들어오시자마자 밥부터 달라 하시더구면요."

"풋!"

밥부터 달라 하였다는 소리에 오복은 저도 모르게 웃음을 터뜨리고 말았다. 혼인 전, 담을 타고 넘어온 서방님의 모습이 떠올라서였다. 본 적은 없으나 하는 행동이 같은 것을 보니 아무래도 친한 벗 정도는 되는 분이 아닐까.

"음? 헌데, 저것은 무엇입니까?"

시원한 오미자 화채를 깨작거리는 사이, 한쪽에 놓아둔 화려한 빛깔의 천을 발견하고 가성댁이 눈을 빛냈다.

"아, 가지고 있던 천이라네. 그냥 썩히기 아까워 서방님 줌치나 만들어 드리려고."

"아이고, 문양이 참말 곱습니다. 세상에 이런 천도 있습니까요? 쉰네는 이렇게 고운 천은 처음 봅니다."

"으응. 사실, 나도 이름은 모르는데 흔한 것은 아니라 하더구먼."

다섯 가지 빛깔을 사용하여 화초와 나비를 그려 놓은 화려한 천을 조심스럽게 펼쳐 보며 가성댁이 탄성을 터뜨렸다.

얼굴도 모르는 친부모님의 흔적이라 보따리 속에 잘 보관해 두었던 것인데, 소중한 것인 만큼 서방님께 드리고 싶어 꺼내놓은 것이었다. 그것으로 오복은 줌치를 만들 생각이었다. 가끔 줌치 챙기는 것을 잊으시는 분이라 혹 눈에 띄는 것으로 만들어 드리면 좀 나을까 싶어서.

"줌치나 만들기에는 조금 크겠는걸요?"

"남으면 하나 더 만들어 아버님께 드리면 되지."

갓난아기를 쌌던 천이라 그리 큰 것은 아니니 고작해야 줌치 두어 개나 만들어 내면 다행이었다. 오복은 크기를 가늠하듯 조심스러운 손길로 천을 어루만졌다.

'용서하시어요. 소녀의 앞날을 기약할 수 없어 이리하옵니다. 혹, 먼 훗날에라도 이것을 알아보시면 그분이 바로 소녀의 가장 소중한 분임을 알아주시어요.'

친인을 만날 수 있다는 희망은 접었다. 하루하루가 아슬아슬한 인생이다 보니 요즘은 차라리 만나지 않는 것이 낫다는 생각도 들었다. 서방님처럼 지은 죄도 없이 제 일에 연루되어 함께 욕을 치를까 두렵기 때문이었다.

'서방님께 누를 끼칠 수는 없다. 그러느니 차라리 내가 죽을 것이야.'

아무도 모르는 결심 하나가 단단히 굳어 가고 있었다.


"아무래도 이건 좀 아닌 것 같습니다, 사형."

난감한 표정으로 가마를 바라보면서 자경이 말하였다.

"도대체 왜 우리가 직접 가마를 들고 뛰어야 합니까?"

"그럼 이 마당에 아랫것들까지 동원하여 일을 벌이겠다는 거냐? 왜, 아예 소문을 내고 시작하려고?"

"어허, 아무리 그래도 그렇지 선비 체면이 있는데 말이야……."

"복면 쓰면 아무도 몰라볼 거다. 가자!"

검은 옷에 복면까지 야무지게 챙겨 든 희도가 앞장을 섰다.

근시일 내에 일을 벌일 것 같더니 결국 한 달이 지나서야 찾아온 그는 밥부터 한 그릇 뚝딱 해치운 다음 자경에게도 검은 옷을 입게 하더니 마침내 가마를 메게 했다. 덕분에, 꿈에도 생각해 보지 않았던 상황을 맞이한 자경은 그야말로 죽을 맛이었다.

"아, 천천히 좀 가시오."

"급하단 말이다."

"그런 분이 밥을 두 그릇이나 드셨단 말입니까? 아, 이놈의 가마는 왜 이리 무거운가. 이 가마가 원래 넷이서 들어야 하는 물건인 건 알고 있습니까?"

"어, 그랬나? 어쩐지 묵직하다 했지."

묵직한 게 아니라 정말로 무거웠다.

자경은 한숨을 내쉬었다. 옥교란 것이 원래 평교자와는 달리 지붕이며 문과 창이 달린 것이라 그 무게도 보통 가마보다 훨씬 무겁고 정교하였다. 그나마도 어머니의 가마라 둘이서 들고 나올 수 있었지 이보다 더 큰 공주 형수님 것이었으면 아예 들지도 못했을 터였다.

하여간에, 그런 것을 그저 묵직하다고 말하는 희도가 그는 도무지 정상으로 보이지 않았다. 게다가, 아무리 몰래 하는 일이라지만 말이다, 양반 체면도 던져 버린 채 설마하니 가마꾼 노릇을 하자고 나설 줄이야.

"여기에 사람까지 태우고 뛰어야 하는데 할 수 있겠습니까?"

"하면 하는 것이지 못할 건 또 뭐가 있겠냐?"

"아니, 내가 못할 것 같단 말이었소이다."

숫제 태평하고도 대수롭지 않은 투인 희도와 달리 자경은 벌써부터 걱정이 몰려오는 것을 느꼈다. 가마를 대령하고 사람을 중간에 가로채 태우는 것까지는 걱정이 안 되는데 둘이서 그 가마를 들고 뛸 생각을 하니 눈앞이 저절로 캄캄해지는 것이었다. 그런 걱정은 지난번처럼 담을 넘어오는 커다란 보따리를 본 순간 현실로 엄습해 왔다.

"어, 어째 보따리가 지난번보다 더 큰 것 같습니다."

아무래도 이번 처자는 덩치가 제법 큰 모양이다.

착각인지, 아니면 눈에 문제가 생긴 것인지 보따리가 지난번보다 두 배는 더 커 보였다. 그런 것을 들고 뛸 생각을 하자니 아닌 게 아니라 당장 숨부터 막혔다.

"지금 빼돌려려야 한다. 가자."

"자, 잠깐! 사형, 우리 그냥 말을 이용하면……."

"다 드러내 놓고 하잔 말이냐? 잔말 말고 어서 서둘러!"

"젠장! 나쁜 놈들 같으니. 세상엔, 아담한 여인도 많은데 하필이면 기골이 장대한 여인을 골랐단 말이냐."

보쌈을 해 가지고 담을 넘어오는 놈들을 향해 자경은 새삼스럽게 적의를 불태웠다. 주인의 취향이 아무리 이상스러워도 그렇지, 좀 아담하고 날씬한 여인으로 고르면 안 되었단 말인가. 자고로, 여인이란 안았을 때 품에 쏙 들어오는 매력이 있어야 하는 법이 아니던가. 굳이 예를 들자면, 그의 아내처럼.

"멈추어라!"

우렁찬 목소리가 괴괴한 어둠을 가르고 날아들었다.

자경은 화들짝 놀라 저도 모르게 희도의 옷자락을 잡아챘다.

은밀히 처리하자 하였으면서 웬 고함부터 내지르나 싶어서. 그러나 희도의 반응은 그도 예상하지 못했던 것이었다.

"나 아니다."

"아니, 그럼 누가…… 어? 저기 사형 같은 사람들이 또 있었나 본데요?"

보쌈을 해 가지고 담을 넘어온 자들의 앞을 막아서는 또 다른 복면인들이 있었다. 맨손으로 온 두 사람과 달리 손에 시퍼런 칼까지 쥐고 온 자들이었는데 머릿수가 자그마치 일곱이나 되었다. 그에, 튀어 나가려던 두 사람은 화들짝 놀라 도로 원래의 자리로 돌아와 숨어야 했다.

"저게 대체 어찌 돌아가는 일인 것 같습니까?"

"글쎄다. 아무래도 누군가가 끼어들기는 한 것 같은데 저 모양을 보니 우리처럼 그냥 빼돌리려는 게 아니라 아예 다 죽이고 시작할 모양이군."

"헛! 그, 그럼 어쩌지요?"

자경이 시선이 어둡게 물었다.

춘궁의 색차지들이야 죽든 말든 알 바 아니었다. 그러나 한밤에 납치를 당한 것도 모자라 칼부림까지 겪어야 하는 처자는 무슨 죄란 말인가.

"저들이 싸우기 시작하면 몰래 다가가 보따리만 들고 튀자."

"아니, 무슨 그런 미친 계획이……."

"저쪽도 칼을 뽑아 들었다."

"헛! 칼까지 차고 보쌈을 하다니 저자들이 진정 미친 게 아닙니까?"

언제부터 도성 안에 칼 찬 자들이 이리 흔하게 돌아다녔단 말인가. 아니, 병졸들도 아니면서 칼은 도대체 어찌들 구한 겐가.

난데없는 칼부림 앞에서 자경은 당황하였다. 그 난리를 뚫고 들어가 보따리를 가로채야 하니 더더욱 당황할 수밖에 없었다. 그런 때에 희도가 먼저 살금살금 움직이기 시작하였다.

"사형, 이 몸은 홀몸이 아니라고 말했었지요?"

희도의 뒤를 잽싸게 따라붙으면서 자경이 조그맣게 속삭였다.

"혹시 제가 칼을 맞거든 저희 집에 전해 주십시오. 아내를 재가시키지 말고 딸로 삼아 잘 지켜 달라고요."

"염병! 그걸 유언이랍시고 떠드냐, 지금? 차라리 나더러 네 아내를 데리고 살아 달라 하지?"

"미쳤습니까? 제가 왜 아내를 다른 놈에게 준답니까? 죽을 때까지 수절하며 혼자 살아 달라 했다고 전해 주십시오."

자경의 얼굴에 고집 센 표정이 떠올랐다.

"봄이면 화계 꾸미어 꽃놀이를 하고 여름이면 봉래산의 시원한 계곡도 찾아보고. 아, 근처에 상원사가 있는데 거기 들러 겸사겸사 제 명복도 빌어 달라 해 주시고 가을에는……."

"알았으니까 제발 그 입 좀 닥쳐라."

가만히 듣고 있으면 제 아내가 죽을 때까지 할 일을 다 불러 줄 놈이었다. 그걸 전하는 일이 귀찮아서라도 그냥 고이 살려

보내리라.

"어디서 온 놈들이냐!"

"그것은 알 필요 없으니 그 보따리나 내놓거라."

"흥! 말로 해서는 안 될 놈들이었군."

마주 선 두 무리가 팽팽하게 대치하면서 거의 동시에 칼을 뽑아 들었다. 그사이 보따리는 한쪽에 팽개쳐진 채 혼자서 굴러다니고 있었다. 발버둥을 치는 건지, 아니면 어디가 아픈 건지 이리 굴렀다가 저리 굴렀다가 난리도 아니었다. 그것을 희도가 탁 잡아 어깨에 짊어지려다가 도로 내려놓았다.

"안 되겠다. 너무 무거워. 들어라."

"예에?"

혼자서 짊어지는 데 실패한 보따리를 그들은 사이좋게 아래위로 나누어 들었다. 그러곤 본격적으로 칼부림이 오가기 시작한 장내를 비틀비틀 비껴 나 줄행랑을 치기 시작하였다.

"어헉! 웬 처자가 이리 무겁단 말이냐."

"그, 그러게 말을 사용하자 했더니!"

입에서 단내가 나도록 뛰어 간신히 가마가 있는 곳까지 왔으나 너무 지치는 바람에 그들은 한동안 꼼짝을 하지 못하였다. 문제는 보따리를 가마 안에 처넣은 후로도 계속되었다.

"서두르자."

"사형, 참말로 이걸 들어야 한단 말이오?"

"그럼 버리리? 이거 네 어머니 가마다."

그래서 하는 수 없이 다시 가마를 멨다. 메긴 멨는데 너무 무거워서 간신히 일어서서는 거의 엉금엉금 기어가기 시작하였다. 몇 걸음 걷지도 않았는데 어깨가 벌써부터 떨어져 나갈 듯이 아파 왔다.

"사형, 참말 우리가 이 고생을 할 가치가 있는 일 맞습니까?"

"시, 시끄럽다."

"헌데, 이렇게 가다가는 해가 뜰 때까지 집에는 도착하지 못할 것 같은데요. 차라리 같이 걷는 게 낫지 않을까요?"

희도는 '여염집 처자를 어찌 두 발로 걷게 할 수 있단 말이냐.'라고 소리치려고 하였다. 그러나 한 걸음 떼어 놓을 때마다 엄습하는 묵직한 충격에 그 말이 쏙 들어가더니, 열 걸음도 가기 전에 발이 더 앞으로 나아가지지 않는 거다. 머릿속에서 지난날의 풍상이 주마등처럼 아홉 번은 스쳐 가는 것만 같았다. 결국 가마가 멈췄다.

"낭자, 미안하게 되었소이다."

거친 숨을 몰아쉬면서 자경이 가마 문을 열었다.

"아무래도 그냥 걸어가야 할 것 같소. 이는 절대로 우리가 힘이 없어서 아니라…… 음? 사, 사형?"

"왜? 처자가 기절이라도 했…… 어라? 네놈은 누구냐?"

활짝 열린 가마 문 앞에서 두 남자는 돌이 되었다.

기골이 장대한(?) 처자가 있어야 할 자리에 상투까지 튼 웬소년이 앉아 육포를 질겅질겅 씹고 있었다. 열일곱이나 되었을까 싶은, 유난히 뽀얀 피부에 통통하게 살이 찐 소년이었다.

누구인지는 모르는데 어디서 한 번 본 적이 있는 듯 이상하게
낯이 익었다.

"음, 다 왔소?"

육포를 꼬나잡은 소년이 가마를 나오면서 태평하게 물었다.

"아니. 여기서부터는 걸어가야 하는데……. 그나저나 네놈
은 누구냐? 처자는 어디 가고 네가 보따리 안에 들어 있는 게
지?"

"아, 뭐 어쩌다 보니 그렇게 되었소이다. 헌데, 형장들은 누
구요? 왜 나를 보쌈하였소?"

"야야야! 말은 바로 하여야지. 우리는 너를 보쌈한 게 아니
라 보쌈당해 가는 것을 구해 온 거다."

여인도 아닌 이 무거운 놈을 이제껏 메고 왔단 말이냐.

억울한 마음에 자경은 주먹을 불끈 쥐고 육포를 질겅거리는
소년의 뒤통수를 후려쳤다.

"작작 좀 처먹어라! 이 마당에 먹을 게 입에 들어간단 말이
냐."

"윽! 날 쳤소? 형장, 후회하게 될 것이오. 그리고 이건 그냥
육포가 아니란 말이오."

"그냥 육포가 아니면? 그까짓 게 무슨 금덩이라도 된단 말
이냐?"

"금덩이 따위가 아니오! 이것은…… 어, 엄청 맛있는 육포
요."

바람이 불었다.

가마를 메고 오느라 촉촉이 젖은 이마가 조금 시원하여졌다. 자경은 바람을 느끼며 멍하니 서 있었고 그 곁에서는 희도가 소년을 향해 긴 다리를 날리고 있었다. '죽어, 죽어, 이 염병을 할 새끼야.' 하는 소리가 들렸지만 신경을 쓰고 싶지 않았다.

"사형, 그놈은 내버려 두고 다시 가마나 멥시다. 보아하니 그 집 처자는 무사한 모양이니 된 것 아닙니까?"

"나 참, 어이가 없어서. 야, 인마! 빨리 와서 가마를 메지 못할까?"

"나, 나는 귀한 집에서 자란 몸이라 그런 가마를 메어 본 적이 없는데……."

"한 대 더 맞고 시작할까?"

두툼한 주먹을 틀어쥐고 희도가 이를 갈았다. 그에, 얼룩강아지 몰골을 한 소년이 체념 어린 한숨을 내쉬더니 말없이 가마를 메었다. 그렇게 셋이서 빈 가마를 메고 어슬렁어슬렁 북촌을 가로질렀다.

"그나저나 그자들은 대체 누구일까요?"

앞에서 가마를 메고 가던 자경이 문득 물었다.

"칼까지 차고 나선 것을 보니 아무래도 예사롭지 않아 보이던데……. 혹, 군문의 사람들일까요?"

"글쎄다."

"병조의 사람들입니다."

뜻밖에도 소년의 입에서 대답이 나왔다.

"그, 그걸 네가 어찌 아느냐?"

"칼. 모든 칼에는 특징이 있습니다. 특히 나라에서 쓰는 칼은 모두 같은 모양으로 만드는 것은 물론, 반드시 출처를 알수 있게끔 문양을 찍지요. 그들의 칼집에 병조의 문양이 찍혀 있었습니다."

"호오, 보따리 안에서 그게 보이든?"

"네, 제가 구멍을 내었거든요. 허억, 허억. 헌데, 이 가마 어디까지 메고 가야 하는 겁니까? 무거워 죽을 것 같은데요."

병조라는 소리에 긴장했던 두 사람이 바로 고개를 돌려 버렸다. 땀을 뻘뻘 흘리는 소년의 안위 따윈 애초에 안중에도 없다는 태도였다.

"우라질! 춘궁에서는 보쌈을 하고 병조는 막고. 뭐가 어찌 돌아가는 것인지, 원."

"어쨌거나 병조까지 움직였으니 제정신이라면 이 짓도 더는 못 하겠죠. 모자란 위인 같으니, 사내라면 자고로 여인 정도는 가볍게 유혹할 줄 알아야지. 창피하게 보쌈이 뭐야, 보쌈이. 안 그렇습니까?"

"그, 그렇지."

희도가 얼굴을 붉히며 고개를 끄덕였다. 숫총각 주제에 아닌 척 괜히 먼 하늘을 올려다보면서. 그 모습을 보고 자경은 올해 안으로 그를 장가보내야겠다고 굳게 다짐하고 있었다.

북촌을 가로지른 가마가 조용히 자경의 집 앞에 도착하였다.

혹시, 칼부림을 하던 이들이 뒤를 쫓아오는 것은 아닐까 걱정을 하였는데 다 죽어 버리기라도 한 것인지 의외로 그런 일은 없었다. 덕분에 갈 때와는 달리 참 한가하게 돌아온 두 사람은 가마를 돌려놓기가 무섭게 잘 가라는 말도 없이 휑하니 제 갈 길로 각자 흩어졌다. 소년을 문 앞에 덩그러니 남겨 놓은 채였다.

"무정한 형장들이로고."

대문 앞에서 버려진 소년은 육포를 꼬나들고 서서 멍하니 중얼거렸다.

"이제 어쩐다? 집은 멀고 밤은 어둡고. 아, 어깨도 아프다. 우라질! 음? 이건 아까 큰 형장이 하던 말인데. 아, 이래서 욕을 하는 거였구나. 하하하!"

보쌈을 당하고 몇 대 처맞고 거기에 가마까지 메야 했지만 이상하게 기분이 나쁘지 않았다. 그에, 밤하늘을 보면서 하하 웃고 있는데 문득 등 뒤에서 누군가가 속삭였다.

"이만 환궁하시지요, 대감."

"음? 자원이냐?"

"예. 전하께서 기다리고 계십니다."

"알았다. 말을 준비하여라."

"교자가 아닙니까?"

"되었느니. 오늘은 그 염병할 가마처럼 생긴 것은 쳐다보고 싶지가 않구나."

전에 없는 욕지거리에 사내가 흠칫하는 것이 느껴졌지만 소년은 또 대수롭지 않게 웃어 버렸다. 그러더니 자경의 집을 바라보면서 중얼거렸다.

"그나저나 이 은혜를 어찌 갚는다?"

입가에 웃음을 달고 소년은 어느새 호되게 쥐어박힌 뒤통수를 만지작거리고 있었다. 달이 밝았다.

옥금이 사랑으로 숨어든 것은 초저녁 무렵의 일이었다.

작은서방님이 별채에서 나와 사랑으로 드셨다는 소리를 들은 직후였는데 어찌 된 영문인지 처소는 비어 있었다.

"분명히 이 방이 맞는데. 측간엘 가셨나?"

어깨에 걸치고 온 단삼을 툭 벗어 놓으며 그녀는 조금 실망스럽게 중얼거렸다. 속적삼 차림의 풍만한 몸뚱이가 여린 달빛에도 훤히 드러나 보였다. 움직일 때마다 흐드러지게 피어난 장미꽃의 그것 같은, 진하고 황홀한 향이 흘렀다. 오늘을 위해 특별히 향물 목간까지 하고 온 길이었다.

"오늘은 내칠 수 없을걸."

자신만만하게 중얼거리며 그녀는 잠시 방 안을 두리번거렸다.

관등놀이에서 자경을 처음 발견한 이후, 그녀는 그동안 그를 유혹하기 위해 온갖 노력을 아끼지 않았다. 스쳐 지나도 보고 찾아도 와 보고. 우연만큼 좋은 기회도 없을 듯하여 그가 자주 간다는 곳은 한 번씩 다 밟아 보았을 정도였다.

그러나 어찌나 미꾸라지 같은 양반인지 애써 만든 기회는 때마다 번번이 빗나가기 일쑤였고 급기야는 날이 갈수록 얼굴 보기도 점점 더 어려워지기만 하였다.

"놀기 좋아하고 여인 좋아한다는 양반이 어찌 이러시나 하였었는데."

알고 보았더니, 이 사내가 혼인한 지 얼마 되지 않은 때라 개경에서 온 어린 아내에게 푹 빠져 지내고 있었다. 태중정혼을 한 여인과 혼인을 하였으면서 어찌 그리 좋아 지내나 궁금하였는데 딴에는 어설픈 첫정이라도 든 모양이었다.

"확실히 못난이는 아니었지."

낮에 마주친 오복을 떠올리며 그녀는 조금 시큰둥하게 중얼거렸다. 단아하면서도 곱게 피어나는 어린 여자에게 옥금은 순간 투기를 느꼈었다. 그저 사랑을 받을 줄만 아는 어린것에 지나지 않는다 생각하였는데 그사이 조금 자랐다고 어느새 제 향기를 머금기 시작하지 않았던가 말이다.

애달프게 피어나는 꽃 한 송이를 보고 위기감을 느껴 보기는 또 처음이었다. 하여서, 마음이 급하여지는 바람에 이렇게 서두르게 된 것이었다.

그것이 더 아름다워지기 전에 꺾어 버릴 참이었다. 어린 꽃은 본래 잔잔한 비바람에도 금세 떨어지기 마련이니까. 그 사실에 악의적인 즐거움마저 느끼며 옥금은 어둠 속에서 생긋 웃었다.

"그나저나 언제쯤 돌아오시려나."

보료 위에 길게 드러누워 그녀는 한숨처럼 중얼거렸다.

눈에 더 잘 띄도록 촛불을 켤까 하였으나 불을 찾는 것도 귀찮고 또 달빛이 그런대로 쓸 만하여 그냥 있는 쪽을 선택하였다. 풍만한 가슴골이 다 보이도록 속적삼 고름까지 슬쩍 풀어 놓고 옥금은 기지개를 켰다. 이대로 그분이 오실 때까지 기다릴 생각이었다. 거기까지 생각하였을 때였다.

저벅저벅.

문득, 문밖에서 묵직한 발소리가 들려왔다.

'왔구나!'

어둠 속에서도 안색이 확 밝아졌다. 동시에 가슴이 매우 두근거리기 시작하였다. 하여, 얼른 자세를 잡고 기다리고 있자 아니나 다를까 곧 방문이 열렸다. 그 사이로 듬직하면서도 기다란 그림자 하나가 옷자락을 떨치며 들어서고 있었다.

안으로 들어선 그림자는 잠시 방 안을 휘둘러보다가 창가에서 부싯돌을 찾아 들었다. 딱딱 하는 소리와 함께 불꽃이 튀더니 곧 촛대에서 환하게 빛이 번지기 시작하였다. 그리고 곧 시선이 마주쳤다.

"음?"

"어?"

두 사람의 눈동자가 동시에 화등잔만 하게 벌어졌다.

너무 놀라 뭐라 말도 못 하고 눈만 둥그렇게 뜬 채 입을 쩍 벌리고 서로를 마주 보고 있는데 갑자기 방문이 벌컥 열리면서 또 다른 사람이 안으로 들어왔다.

"아닌 밤중에 홍두깨라더니, 이 녀석이 도대체 왜 갑자기 가마를 메고 나갔다는 겐지…… . 에고머니나!"

무심히 중얼거리며 방으로 들어서던 오 부인이 뒤늦게 옥금을 발견하고는 기함을 하고 놀라 비명을 내질렀다. 먼저 들어온 구헌은 이미 사람 모양의 돌덩이가 되어 있었다.

"자, 자네 여기서 뭘 하고 있는 겐가?"

벗었는지 말았는지 구분이 안 가는 음란한 차림하며 풀풀 풍기는 진한 향내까지 차례로 목격한 오 부인이 굳은 얼굴로 물었다. 그 속에서 옥금은 여전히 길게 자빠진 채 웃지도, 울지도 못하고 그저 식은땀만 뻘뻘 흘리고 있었다. 마음 같아서는 당장이라도 벌떡 일어나 달아나고만 싶었는데 몸이 굳었는지 도통 꿈쩍을 하지 않았다. 오 부인의 시선이 점점 더 서슬 퍼렇게 변해 갔다.


찰싹!

"아악!"

매서운 파공음을 동반한 회초리가 날카로운 궤적을 그리며 매끈한 종아리 위로 떨어져 내리자 옥금이 비명과 함께 펄쩍 뛰어올랐다.

"고얀 것 같으니. 감히 내 집 안에서 그런 추잡한 짓거리를 하였으렷다."

"아흐윽! 그, 그런 것이 아니오라……."

"닥쳐라! 여인의 몸으로 사랑을 침입한 것도 괘씸한데 네 도대체 사람 없는 방에서 무엇을 하려 한 것이냐!"

"소, 소인은 그저, 그저……."

"가성이는 뭘 하느냐. 저년을 더 치지 않고!"

"예, 마님!"

맨손으로 소도 때려잡게 생긴 가성댁이 그 손에 침까지 탁 뱉고는 더욱 힘을 실었다. 길게 찢어지는 비명 소리가 안채의 중정을 떨어 울리기 시작하였다. 그 소란의 한복판에 오복과 홍주도 나란히 불려 나와 서 있었다.

오복은 동서의 친척뻘인 공인 마님이 다른 곳도 아닌 제 서방님의 처소에서 혼자 발가벗고 뒹굴다가 발각되었다는 소리를 들었고, 홍주는 그녀가 사랑에 침입하여 시아버님께 못 볼 꼴을 보였다는 소식을 전해 들은 상태였다. 덕분에 그녀들은 같은 것을 궁금해하고 있는 중이었다. 도대체 '왜' 그런 짓을 하였는가 하고.

'참말 이상하다. 아니, 왜 하필이면 서방님의 처소에서 그러고 계셨단 말인가. 참말 말년네 말이 사실일까? 서방님을 유, 유혹하려 하였다는……'

오복은 속적삼 차림의 옥금을 살피며 불안해하고 있었다.

말년네가 그러는데, 아무리 대가 센 사내라도 저렇게 아름다운 여인이 대놓고 유혹을 하면 넘어가지 않을 도리가 없단다. 다행히 서방님이 아니 계셨기에 망정이지, 자리에 계셨다면 이보다 더 흉측한 꼴을 목격하였을 터였다. 그 생각만 하면 가만히 있다가도 저도 모르게 진저리가 쳐졌다.

'아, 아니야. 서방님은 아니 넘어가셨을 거야. 나만 은애한다 하셨는데.'

초저녁 때만 해도 별채로 찾아와 제 무릎을 베고 즐거워하셨던 서방님이었다. 같이 아기씨도 낳고 분가도 하자 하셨는데 그런 분이 돌아서자마자 다른 여인의 품을 그렸을 거라고는 감히 상상을 할 수도 없었다. 해서 안도하는 마음이 들다가도 또 한편으로는 제 미천한 신분과 매를 맞으면서도 아름다운 옥금의 자태에 퍼뜩 불안한 마음이 번지기도 하였다.

'서방님, 소첩은 무섭습니다. 빨리 돌아오셔요.'

결국 온통 겁에 질린 채 그녀는 어느새 철철 울면서 그렇게 기도하고 있었다. 그런 그녀의 곁에서 홍주는 시큰둥한 얼굴로 가만히 이를 깨물었다.

'도대체 저것이 무슨 꼴이란 말이냐. 죽으려면 혼자 죽을 것이지 어찌하려고 게서 들켜, 들키길.'

말은 못하고 속만 들들 끓어올라 미칠 지경이었다.

밀어주지는 못하니 알아서 재주껏 해 보라고 방치하였더니 결국은 일은 일대로 시도해 보지도 못하고 저렇게 매질이나 당하고 있었다. 어째서 그녀의 주변엔 도움이 되는 이가 이렇게도 없단 말인가.

'아버님도 너무하시지. 이 집안 정도는 금방이라도 내 손에 쥐여 주실 듯 말씀하시더니 도대체 언제쯤에나 그리해 주시려고 이리 뜸을 들이시느냔 말이야.'

종아리가 걸레짝이 되도록 얻어맞고 있는 옥금의 꼴을 아버지도 보셔야 한다. 그래야 그녀의 처지가 어렵고 가련함을 깨닫고 하루라도 빨리 일을 서둘러 주실 것이 아닌가 말이다.

"아악! 제, 제발 그만. 제발 살려 주십시오, 마님. 으흑."

"그만!"

종아리에서 흘러내린 피가 흥건해질 즈음에서야 마침내 매질이 멈추었다.

"저 음탕한 것을 끌어내어 말에 태워 본가로 보내라. 가서 저것이 한 짓을 그대로 고하고 다시는 이 집 안에 발을 들여놓지 못하는 것은 물론, 앞으로 내 눈에 뜨일 시 좋은 꼴을 보지 못할 것이라는 사실도 함께 전하거라."

"예, 마님!"

"허고, 막내는 이 길로 짐을 싸 친정으로 돌아가거라."

"예에? 어, 어머님 그것이 어인 말씀이십니까!"

제 생각에 잠겨 있던 홍주가 문득 기함을 하고 놀라 소리쳤다.

"제가 무슨 잘못을 하였다고 이러십니까? 억울합니다. 저는 모르는 일이었습니다."

"그래?"

"예! 안 그래도 그간 송구스러운 일이 있어 근신하느라 두문불출하며 지내던 것을 어머님도 아시지 않습니까? 그런 소첩이 뭐하러 이런 일을 만들겠는지요. 저는 정말로 몰랐던 일이었습니다. 하여, 지금도 당혹스럽고 민망하여 죽을 지경인데 이런 마음도 몰라주시고 어찌 이리 소첩의 등을 떠미십니까?"

눈물을 뚝뚝 흘리면서 하는 소리에 오 부인은 마음이 조금 약해지는지 잠시 말이 없었다. 그러다가 다시 한숨을 내쉬면서 말하였다.

"후우, 그래도 당분간은 돌아가 있어야겠구나."

"예에? 어째서입니까?"

"……내가 청하였소."

나직하나 강직한 목소리가 사위를 흔들었다. 휘경이었다. 막 중문을 넘어 안채로 들어서면서 그는 흔들림 없는 시선으로 홍주를 바라보았다.

"서, 서방님."

"실로, 어이없고 추잡한 일이오. 내 집 안에서 이런 일이 벌어질 줄은 꿈에도 몰랐소. 마침 아니 계셨기에 망정이지 형님께서 그대로 처소에 계셨다면 어떤 일이 벌어졌을지 상상만 해도 끔찍하오."

"하, 하오나!"

"모르는 일이라 하였소? 그대의 말이 사실일지도 모르오. 그러나 나는 그대를 잘 아오. 이번의 일도 그대의 입김이 들어가지 않았다고는 생각할 수 없소. 내가 틀렸소?"

"트, 틀리셨습니다. 저는 정말로……."

왈칵 소리치려다 홍주는 애써 분노를 삼켰다.

"서방님, 소첩에게 이리하시면 아니 됩니다. 집안을 생각하셔야지요."

"집안을 생각하여 이제껏 그대를 견뎠소. 허나, 아무리 견뎌도 그대는 달라질 생각을 않더군. 나는 지쳤소."

"그, 그런 법이 어디 있습니까? 너무하십니다. 소첩에게 아직 단 한 번도 다정히 대해 주신 적이 없으시면서 어찌 벌써 지쳤다는 말씀을 하십니까?"

"……돌아가시오. 배웅은 하지 않으리다."

짧은 한마디와 함께 휘경은 가차 없이 돌아섰다. 더 이상 말을 섞는 것조차 피곤하다는 태도라 그런 그의 등에 대고 홍주는 아무런 말을 할 수가 없었다. 절망으로 발밑이 휘청거렸다. 제가 무엇을 잘못하여 이런 꼴을 겪는지 알 수가 없어 더더욱 기가 막혔다.

"아주 가라는 것은 아니다."

위로랍시고 오 부인이 넌지시 말을 이었다.

"그저 마음이 정리될 때까지 서로 시간을 갖자는……."

"되었습니다. 가라시면 가야지요. 친정으로 돌아가겠습니다."

"……."

"허나, 오늘의 수모는 절대로 잊지 않을 것입니다. 두고 보시어요. 오늘의 일을 반드시 후회하게 되실 겁니다."

눈물 한 방울 없이 마치 선전포고하듯 싸늘하게 내뱉어 놓고 홍주는 돌아섰다. 한기마저 도는 얼굴로 둘러선 사람들을 한 번씩 슥 돌아보는 모습이 흡사 살생부를 기록하는 듯하여 섬뜩한 느낌마저 주었다.

"후우, 걱정이로구나."

치맛자락을 휘날리며 횡하니 사라지는 그림자를 보다 오 부인은 가만히 한숨을 내쉬었다.

"저 아이 성정에 가만히 있을 리는 없으니 아무래도 조만간 사달이 나지 싶구나."

"벼, 별일이야 있겠습니까? 너무 걱정하지 마시어요, 어머님. 다 잘될 것입니다."

"그래, 그러면 오죽이나 좋을까."

잔뜩 어두워진 얼굴로 그녀가 또 한숨을 푹 내쉬었다. 그 모습을 보면서도 오복은 딱히 더 위로할 말을 찾을 수가 없었다. 상황이 워낙 기가 막힌 데다 그녀는 동서처럼 힘 있는 친정도 없어 문제가 생겨도 이 집안에 아무런 도움이 되지 않는다는 사실을 잘 알고 있었던 것이다. 그나마 공주 자가께서 계시어 버티고 있는 것이지 그분마저 없었다면 가뜩이나 심란한 상황에 동서의 협박이 더 크게 다가왔으리라.

'아무런 도움도 드리지 못하여 참말 송구하옵니다.'

오복은 마치 제가 죄인이 된 듯한 기분을 느끼며 고개를 떨어뜨렸다. 어른들은 아직 모르시지만 지은 죄가 있다 보니 아무래도 마음이 더 좋지 않았다.

'동서의 친정 어른과 사이가 더 틀어지시면 안 될 터인데. 참말 큰일이로구나.'

동서가 저리 돌아갔으니 어차피 사이가 틀어지는 것은 막을 수 없을 터였다. 그러나 이왕이면 서로 해를 끼치는 일 없이 잘 마무리를 하였으면 하는 바람이었다. 어쨌거나 두 집안은 모두 다 공신 집안이니 그간의 친분도 무시를 할 수는 없을 것이 아닌가 말이다.

"안색이 좋지 않으십니다요."

약 먹은 병아리처럼 비실비실 돌아와 앉은 오복을 부축하며 가성댁이 걱정스레 말했다.

"너무 걱정하지 마셔요. 그래도 이 댁이 당장 어찌 되지는 않는답니다. 암만요, 이 댁이 어떤 댁인데. 또 공주 자가께서도 계시고요."

"으응. 나도 아네. 아는데 그저 아무 도움을 드리지 못하니 자꾸 송구한 마음이 들어 그러지."

"도움이 안 되긴 어찌 안 된다고 그러십니까? 그런 말씀 마셔요. 살림 바지런히 챙기시고 그저 이렇게 잘 계시기만 하여도 바깥에는 큰 힘이 되는 법이랍니다. 거기에, 이리 고운 줌치도 만드셨지 않습니까?"

아끼던 천을 잘라 만든 줌치를 내밀어 보이며 가성댁이 슬쩍 미소를 지었다.

"이깟 것이 무어라고."

"아, 더 큰일을 하시고 싶으시거든 덩실하니 아기씨를 회임하시면 되지요. 대를 잇는 일보다 더 큰일은 없으니까 말입니다."

"그, 그거야……."

민망함에 오복의 볼이 희미하게 붉어졌다.

공주 자가께서 먼저 회임하지 말라한 것은 다 잊었는지 이제는 다들 얼른 회임을 하라고 난리였다. 그에, 오복의 마음은 더더욱 심란하게 가라앉았다.

서방님께도 말을 하지 못하였지만 그녀의 입장에서 자식을 가지는 것은 사실 조금 망설여지는 일이었다. 신분이 분명치 않다 보니 자식을 낳으면 그 아이들도 덩달아 미천한 신분으로 떨어질 수도 있으니까.

그나마도 일이 잘못되어 제 진짜 신분이 들통이라도 나게 된다면 아예 내쫓길지도 모르는데 그때 아이들은 어쩌란 말인가.

'서방님께서 과거 급제하시면 참말 달라질까?'

내내 어둡기만 하던 오복의 눈에 얼핏 희망의 빛이 감돌았다.

말마따나, 서방님이 과거 급제를 하시고 또 분가하여 살림을 따로 내어 살면 괜찮을까. 제 정체도 들키지 않고 그렇게 아무 문제없이, 걱정도 없이 오래오래 살 수 있을까?

오복은 그렇게만 되어도 참 좋을 것 같다고 생각했다. 더는 소원이 없을 만큼 그렇게.


밤새 활활 타오르던 황촉이 점점 사그라지는 때였다.

겨우 한 치 남짓 남은 초가 타면서 방 안 가득 긴 그림자를 만들어 내고 있었다. 그 아래에 앉아 왕은 벌써 한참이나 고민에 잠겨 있는 중이었다.

"전하, 곽 내관이 들었사옵니다."

"들라!"

생각해 보는 기색도 없이 냉큼 떨어진 명에 방문 또한 성급하게 열렸다. 마침내 기다리던 소식이 온 것이다.

"어찌 되었느냐?"

"황공하옵니다, 전하. 대감께서 이르시길, 모든 일은 전하의 뜻대로 이루어질 것이라 하셨사옵니다."

"그래? 허면, 되었다! 마침 셋째도 일을 마치고 무사히 돌아왔으니 날이 밝는 대로 모든 일을 원안대로 처리하라 하여라."

"망극하옵니다!"

　언제 고민에 잠겨 있었냐는 듯 확 살아난 얼굴로 왕이 명령하였다. 그에, 궁은 다시 살아나 한 마리 고래처럼 느른하게 숨을 쉬기 시작하였다. 그 숨소리를 들은 듯 잠시 눈을 감고 있던 왕이 문득 물었다.

"헌데, 그이는 잘 지내고 있더냐?"

"그것이……."

"음? 왜?"

"아뢰옵기 송구하오나, 대감께서는 와병 중이셨나이다."

"뭐, 뭐라? 병이라니? 그 강건하던 이가 왜 갑자기?"

"그것이, 의원의 말로는 심병(心病)이라 하더이다."

"저런!"

　말문이 막혔다.

　마음의 병. 그래, 생각해 보면 진즉에 걸리고도 남았을 병이 아니던가. 희망이 있을 때도 그럴 만한 상태였는데 모든 희망을 잃다시피 한 지금은 더 말해 무엇할까.

왕의 얼굴이 금방 침울하여졌다. 그러다 한참만에야 그의 입에서 마치 한숨 같은 한마디가 흘러나왔다.

"하백, 이 불쌍한 사람아."

## 十一. 일침(一針)

"뭐? 실패?"

박우의 얼굴이 푸릇한 빛으로 가라앉았다.

"놈들이 칼을 숨겨 가지고 있었습니다."

"칼을?"

"예! 만만치 않은 자들이었습니다. 결코 춘궁의 색차지 따위가 아니었습니다."

"허면, 가마도 빼앗겼단 말이냐?"

"그, 그것이…… 싸우는 데 정신이 팔렸다가 돌아보니 그사이 보쌈당한 처자가 없어졌나이다. 아무래도 놈들이 미리 빼돌린 듯싶습니다."

"이런, 이런 일이!"

버럭 소리치며 박우는 주먹을 불끈 쥐고 서안을 내려쳤다.

다 잡은 증좌인데 눈앞에서 놓쳐 버리다니. 춘궁으로 드는 그 가마를 가로채 주상의 면전에 들이대려던 계획이 물거품으로 돌아갔다. 상소문을 일일이 살펴보마 하였으니 하백이 내쳐지는 것은 기정사실이 되었으나 그래도 '만일'이라는 것이 있었다. 그 만일의 일을 대비하여 주상을 압박할 수 있는 명분을 만들어 두려 하였는데 그 일이 어이없게도 실패로 돌아가고 만 것이다.

"이렇게 된 이상 이제는 주상의 입만 바라보고 있어야 한단 말인가. 아니야, 그럴 수는 없지. 그래도 다른 증좌가 있으니 일이 뜻대로 돌아가지 않는다면 즉시 공론을 모아 폐세자를 거론할 것이야."

박우는 단단히 결심했다.

어차피 궐내에서 세자의 음행에 대해 모르는 이가 없었다. 궐 안에서 몰래 매를 키우고 기생들을 끌어들인 것이 어제 오늘의 일이 아니니 새삼스러울 것도 없으리라.

알면서도 왕은 언제나 쉬쉬하며 감싸기 바빴다. 세자이기 이전에 끔찍이 아끼는 아들이었기 때문이다. 그런 아들의 일이 공론화되는 것을 원치 않는다면 그에 상응하는 대가를 치러야 하리라.

'결단코 순순히 물러서지는 않을 테다!'

하백을 처단하는 모습을 볼 때까지 질기게 물고 늘어지리라 작심하는 순간이었다. 예고도 없이 갑자기 방문이 벌컥 열렸다. 어찌 된 영문인지 눈물 콧물 범벅이 된 얼굴로 홍주가 뛰어 들어왔다.

"아버지, 아버지! 흑흑."

"아니, 네가 이 시각에 웬일이냐?"

"내가 억울하여서 못 살겠습니다. 서방님이고 뭐고 다 필요 없습니다. 소원입니다. 당장에 그 집안을 풍비박산을 내 주셔요."

"뭐, 뭐라?"

갑작스러운 소동에 당황한 박우가 얼른 안색을 고치고 수하를 내보낸 다음 다시 물었다.

"무슨 일이 있었기에 이리 소란이란 말이냐? 지금은 한가롭게 네 시댁 일이나 신경 쓰고 있을 때가 아니거늘!"

"그래서 아무 죄도 없이 내쫓긴 이 딸년이 불쌍하지도 않으시단 말입니까?"

"내쫓기다니? 그게 무슨 말이냐? 혹, 사위가 너더러 나가라든?"

"그게 아니라면 제가 이 시각에 왜 이리 쫓기어 왔겠어요. 억울하여 죽을 것 같습니다. 아버지 말씀만 믿고 그저 얌전히 근신하면서 지냈는데 별 같지도 않은 남의 일을 제 탓으로 몰더니 결국은 서방님께서 저더러 친정으로 돌아가라 하셨단 말입니다."

"허어, 도대체 이 무슨……."

두 다리를 짝 뻗고 퍼질러 앉아 떼를 쓰듯 엉엉 울어 대는 딸의 모습에 박우는 잠시 말문이 막혔다. 갑자기 골이 지끈지끈 아파 오고 있었다. 하룻밤 사이에 일은 일대로 망가지고 딸년은 울면서 쫓겨 왔다. 따지자면 별것 아닌 일들이었으나 신경이 예민해진 까닭인지 어쩐지 기분이 불길하였다.

그 불길한 기분은 이른 새벽 조회에 참석할 때까지도 계속 이어졌다. 평소와 다름없는 궐 내 분위기에 함께 일을 도모한 공신들의 움직임도 별다른 것이 없었는데 그럼에도 불구하고 이상하리만치 불안한 마음이 들었다.

간밤의 일 탓인지 형판이 그를 은근히 피하는 기색이 역력하였으나 예상했던 반응이다 보니 오히려 안심이 될 지경이었다. 해서, 저도 모르게 하루 종일 긴장한 채 보내었는데 정작 해가 질 때까지도 별다른 일은 벌어지지 않았다.

"그저 기분 탓이었나."

퇴청 준비를 하면서 박우는 조금 떨떠름하게 중얼거렸다.

상감께서는 여전히 상소문들을 살피고 계신다 하고 궐 안팎은 심심할 정도로 조용하였으며 조정의 일도 여느 날들과 하나도 다를 게 없는 일들의 연속이었다. 그 속에서 그만 혼자 신경을 예민하게 곤두세운 채 하루를 보낸 것이다. 덕분에, 해가 지기도 전에 그는 완전히 지쳐 버리고 말았다.

"후우, 오늘은 일찍 들어가 쉬어야겠구먼. 그나저나 이참에 형판이랑 사위 놈을 불러 담판을 지어야 하나."

울고불고 난리를 치던 딸년을 떠올리자 저절로 한숨이 길어졌다.

제가 좋다고 고집을 부려 기어이 혼인을 하더니 한 해도 채

지나지 않아 저리 심각한 불화를 겪고 있었다. 도대체 뭘 어찌 하였는지 허구한 날 외면을 당하다 결국은 사위가 친가로 가 버리고 그로도 모자라 겨우 쫓아가 지내던 딸년은 한밤중에 시 댁에서 도로 쫓겨 오기까지 하였다. 일이 이 지경까지 이른 이 상 부화가 터져서라도 더는 같이 살라는 소리가 나오지 않을 지경이었다.

"결판을 내야 해. 돌아와서 제대로 살아 보라고 하든지, 아 니면 아예 갈라서게 하고 재가를 시키든지. 그 집안과 척을 지 는 한이 있어도 이참에 확실하게 담판을 지어 버려야겠어."

단단한 결심과 함께 박우는 작은 눈을 은밀히 빛냈다.

말을 그렇게 하였지만 설마하니 형판이 저를 무시하고 감히 그 앞에서 이혼 운운할 거라는 생각은 하고 있지 않았다. 결국 은 사위가 다시 돌아와 굽히고 살 수밖에 없을 거라는 생각이 었다.

"이번에는 단단히 버릇을 가르쳐야겠어. 감히 내 딸을 쫓아 내? 고얀 놈! 제가 뭐 그리 잘났기에. 이혼을 시켜도 내가 시 킬 일이지 제깟 것이 무어라고 날쳐?"

으드득 이 가는 소리가 입술을 비집고 흘러나왔다.

밉살맞은 사위를 떠올리자 생각은 자연히 형판에게로 이어 졌다. 같은 공신으로 쳐주기도 민망하나 그래도 사돈이라고 나 름 챙겼었는데 그자가 요즘은 무슨 생각을 하는지 그와 점점 더 거리를 두려 하고 있었다. 모임 자리에 나오는 것이 뜸해지 더니 요새는 아예 그를 피해 다니고 있어 조회 때가 아니고서는 얼굴 마주치는 일도 드물 지경이었다.

"무슨 생각을 하고 있는 겐가. 설마, 우리에게서 등을 돌리려는 건 아니겠지?"

눈치가 빠른 자답게 혹시 무슨 낌새를 느끼고 하백 쪽으로 돌아선 것은 아닌지 조금 걱정이 되었다. 만일 그렇다면 딸을 강제로 이혼시키는 한이 있어도 쳐내야만 하리라.

"당장 오늘이라도 자리를 마련해 봐야겠어. 무슨 생각을 하고 있는지를 알아야 나도 결정을 할 것이 아닌가."

살벌하게 번뜩이는 눈빛을 감추며 박우는 그렇게 결심을 하고 있었다. 그 때였다.

"대감, 대감!"

등 뒤에서 거의 숨넘어가는 소리가 들려왔다. 돌아보니 같은 공신인 응양군이 땀이 번들거리는 벌건 얼굴로 헐레벌떡 달려오고 있었다. 점잖은 체면 따위는 어디로 던져 버렸는지 옷은 흐트러지고 입에는 거품마저 물려 있는 것처럼 보였다.

"쯧! 공신 체면이 있지 말이야, 거 무슨 일이기에 그리 황망한 모습을 보이신단 말이오?"

"그, 그런 게 아니오. 크, 큰일이 났단 말이오이다."

"음? 큰일이라니? 또 무슨 일이오?"

박우의 눈초리에 짜증스러움이 번졌다.

본래 겁이 많고 수선스러운 성격이라 별것 아닌 일로도 난리를 치는 일이 잦았는데 이번에도 그런 것이려니 생각한 것이다. 그런데 막상 그의 입에서 나온 말은 그에게도 정녕 뜻밖이었다.

"사, 상소가…… 상소가 쏟아지고 있다 하오."

"상소라니, 무슨 상소가 쏟아진다고 이 난리요?"

"고, 공신들의 비리를 탄핵하는 상소랍니다. 바, 방금 유생들이 올린 상소가 승정원을 떠나 주상께 전해졌다고 하오."

"뭐, 뭐라?"

"뿐만이 아니오. 향교와 서원은 물론이고 성균관의 유생들도 연합하여 이 일에 동참하였다고 합니다. 이러다가 만인소 (萬人疏)가 나오겠소. 이를, 이를 어쩌면 좋소이까?"

이것이었나, 하루 종일 불길하게 그의 신경을 잡아끌던 일이.

마치 그를 위해 준비된 듯 때맞추어 찾아온 일에 박우는 도리어 심장이 차분해지는 것을 느꼈다. 입가에 비릿한 미소가 맺혔다.

'상소를 하나하나 살피겠다고 하더니 겨우 이것이었소이까?'

탄핵상소가 올라갔으니 곧 조사를 할 테고 그러면 어떤 식으로든 치죄가 이루어질 것이다. 그러나 박우는 전혀 두렵지 않았다. 주상은 공신들을, 특히 그를 함부로 쳐낼 수 없을 테니까.

"그래도 공신 체면이 있는데 그냥 두 손 놓고 당할 수는 없지."

"무슨 좋은 방법이라도……."

"있지, 있다마다. 자리를 마련하겠소. 모두 모이라 전하시오."

"예!"

나직한 대답을 남기고 응양군이 왔던 일을 되돌아갔다. 그 너머에서 박우는 입을 꾹 다문 채 대전 쪽을 바라보고 있었다.

"어디 한번 해봅시다, 주상. 이 일로 인해 우리가 죽는지, 하백이 죽는지."

작게 접은 꼬깃꼬깃한 종잇장이 손가락 사이에서 뱅뱅 맴돌고 있었다. 자경은 한쪽 손으로 턱을 괸 채 손가락 사이의 종이와 서안 위의 돌멩이를 번갈아 바라보았다. 오늘 아침 그의 방으로 날아든 것들이었다.

"오시(午時)에 시전에서라. 이 형장이 또 나 몰래 무슨 일을 벌이고 있는 게지?"

그의 시선이 다시 종잇장으로 향했다. 선이 굵직굵직한 글자는 누가 썼는지 단박에 알아볼 정도로 개성적이었다. 정갈한 맛은 없지만 반듯하고 호쾌한 것이 사내다운 드높은 기상이 느껴지는 글자였다.

"이 시원시원한 서체로 고작 연서나 적었단 말인가. 그것도 같은 사내에게."

연서는 절대 아닐진대 뻔뻔하게도 연서라고 부르며 자경은 종이를 다시 잘 접어 소매 속에 던져 넣었다. 불렀으니 가긴 가야 했다. 적어도 사형의 머릿속에서는 그가 요즘 과거공부에 매달리고 있다는 사실 정도는 이미 까마득한 점이 되어 사라진 지 오래일 것이었다. 그리고 이런 식으로 부를 때에는 분명히 그만한 급한 사정이 있기도 할 테고.

"가마를 멘 일이랑 관계가 있으려나?"

아무래도 그날의 일이 조금 걸리기는 하였다.

보쌈을 빼돌리는 데는 성공하였으나 속에 든 것이 여인이 아닌 웬 사내놈이었으니 어쩐지 일을 해 놓고도 찝찝하거니와 무엇보다 그날 본 칼잡이들의 정체가 아무래도 마음에 걸렸다. 그러니 무언가 일이 생겼다면 그자들과 관계가 있을 가능성이 컸다. 혹은, 그 보따리 안에서 나온 사내놈과 관계가 있거나.

"누군지 정체를 알아 둘 걸 그랬나?"

자경은 조금 후회하고 있었다.

당시의 급박한 상황도 상황이었지만 육포를 꼬나들고 나온 꼬락서니가 하도 기가 막혀서 더 캐물을 생각도 안 들던 놈이었다. 방 안에서만 살았는지 허옇게 뜬 얼굴에 그 부어터진 통통한 몸뚱이라니.

"하마터면 무거워 뒈질 뻔하였느니."

생각할수록 이가 갈려서 자경은 삐딱하게 웃었다.

잠깐 들어 날랐을 뿐인데 어찌나 무거웠던지 아직도 어깨가 욱신거리는 것만 같았다. 생각해 보면, 그런 놈이 보따리 안에서 나온 것부터가 매우 수상한 일이었다. 하지만 그날은 일이 실패로 돌아갔다는 생각이 들어 그랬는지 정체를 캐기도 귀찮았다.

그런 것은 아마 동랑도 마찬가지였을 터였다. 여인 하나 구해 보겠다고 열성적으로 매달렸던 사람이니 아마 충격이 더했으면 더했지 덜하지 않았을 것이다.

거기까지 생각하다가 자경은 결국 자리를 떨치고 일어섰다. 과거 급제도 중요하지만 동랑의 일도 중요하기는 매한가지였으므로 결국은 가 보지 않을 수 없었다.

"아차, 줌치!"

무심히 방을 나서려다 말고 자경은 후다닥 돌아왔다. 그러곤 서안을 뒤져 아담한 줌치 하나를 꺼내 들었다. 알록달록 무늬가 들어간 아름다운 줌치는 아내가 만들어 준 특별한 것이었다. 그것을 보란 듯이 허리에 차고 다시 방을 나섰다. 보기 드문 천으로 만든 만큼 조금 눈에 띄긴 했지만 그래도 직접 만들어 준 정성이라 무시할 수 없었다.

"원, 사람도. 그렇게 내가 좋을까?"

좋아 죽겠다는 얼굴이면서도 아닌 척 짐짓 투덜거리다 그만 씩 웃어 버렸다. 수줍은 얼굴로 줌치를 내밀던 아내의 얼굴이 눈앞에서 아른거리고 있었다. '이제는 잊지 말고 잘 챙기시어요.' 하며 얼굴을 붉히는 모습이 얼마나 귀여웠는지 하마터면 공부도 내팽개칠 뻔하였다.

"후우, 다정도 병이구나. 곁에 두고도 그리우니 이것이 상사가 아니고 무어냐."

나가지 말고 이대로 별채로 들까 잠시 고민하다가 그는 마음을 다잡고 어렵사리 대문을 넘었다. 얼른 볼일을 보고 돌아와 공부에 매진해야만 했다. 아내를 진정으로 위한다면 그러는 것이 옳았기 때문이다.

장 집사가 내어 주는 말고삐를 받아 들고 그는 서둘러 밖으로 나섰다. 또 가마 메러 가자고 할까 봐 이번엔 아예 말을 타고 나선 것이다. 여염집의 처자든, 혹은 사내놈이든 간에 앞으로 다시는 가마로 모시는 일은 하지 않으리라 다짐하면서.

"음? 저 사람들은?"

서두르겠다며 말을 타고 나선 사람답지 않게 어슬렁어슬렁 북촌을 가로지르다 자경은 뜻밖의 사람들과 마주쳤다. 교자를 탄 노인과 그를 호위하는 덩치 큰 사내들이었다. 그들을 본 순간, 자경은 얼마 전 누군가를 찾는다며 북촌 일대를 뒤지고 다니던 사람들을 떠올렸다. 아닌 게 아니라, 가만히 보니 병색이 짙긴 하지만 그때의 그 노인이 맞았다.

"설마, 그때 찾던 사람을 아직도 못 찾고 찾아다니는 겐가?"

누굴 찾는 기색은 아니었지만 그때의 모습이 아직 선명해서 불현듯 그런 생각이 들었다. 그렇지 않고서야 고작 서너 달 만에 저렇게 세상 모든 시름을 짊어진 듯 어두운 얼굴에 병색마저 완연한 불쌍한 모습이 되었을 리 없지 않은가 말이다.

"간절해 보이긴 하였는데."

당시에는 저들이 찾는 사람이 동랑인 줄 알았으나 아니었다.

그가 확인한 바에 따르면 그날 형장은 북촌 근처에 얼씬도 하지 않았다. 그러니 그와는 아무런 관계가 없는 사람들이었다. 그 사실을 떠올리자 자경은 전과 달리 느긋한 마음으로 그들을 관찰할 수 있었다.

"이 주변에서 본 적이 없는 것을 보면 여기 사는 사람은 아니고 옷차림은 단출하지만 죄다 흔히 볼 수 없는 고급이니 돈 좀 있는 집안이군. 흠, 벼슬아치는 아닌 것 같은데 뭐 하는 양반이지?"

덩치 큰 수하를 여럿이나 데리고 다니는 것을 보고 혹시 위험한 일을 하는 양반인가 하였으나 대로를 편안히 활보하고 다니니 그도 아닌 듯하였다. 여기 살지도 않고 벼슬아치도 아니라. 이래저래 정체를 알 수 없는 노인이었다. 그런 그가 문득 곁을 스쳐 가는 자경에게로 시선을 던졌다.

세상 무엇에도 관심이 두지 않을 듯한 텅 빈 눈을 하고 교자에 앉아 가던 그가 무엇을 발견했는지 갑자기 눈을 둥그렇게 떴다. 그러더니 덜덜 흔들리는 손을 들어 자경을 가리키는 것이 아닌가.

"저, 저, 저것……!"

음? 아니, 사람에게 저것이라니?

자경의 눈매가 왈칵 일그러졌다.

"멈추어라!"

짧은 명에 교자가 멈추어 섰다. 동시에 수하들이 달려들어 자경의 앞을 가로막았다. 어겸은 흔들리는 눈을 들어 말 위에 앉은 어린 선비의 허리춤을 노려보았다. 잘못 본 것이 아니었다. 작은 천 쪼가리에 불과하나 그것은 분명히 그가 아는 물건이었다.

성급한 그의 시선이 이번엔 어린 선비의 얼굴로 향했다. 놀랍게도 아는 얼굴이었다. 장사치답게 그는 한 번 본 사람의 얼굴을 잊는 법이 거의 없었던 것이다.

"자네, 그 줌치 어디서 난 것인가?"

"음?"

길 가는 사람의 앞을 갑자기 막아서고서 묻는 것이 줌치의 출처라니. 예사 물건 같으면 웃어넘겼겠으나 이번에는 어쩐지 그리되지 않았다. 사연이 있는 물건임을 잘 알고 있는 까닭이었다.

자경은 저도 모르게 흠칫 놀라 옷자락으로 줌치를 가렸다. 그러고는 잠시 튈까 고민하다가 그가 제 집을 알고 있다는 사실을 떠올리고는 짐짓 아무렇지 않은 척 되물었다.

"형편이 어려워 보이지는 않는데 남의 줌치엔 어찌 관심을 가지십니까?"

"내 무례함을 알고 있네. 원한다면 예서 엎드려 사죄라도 할 터이니 그전에 그것을 좀 자세히 볼 수 있겠나? 내 마음이 급하여 이런다네. 사정을 보아 주게."

"설마 노인께 그런 과례까지야 바라겠습니까. 그러나 이 사람도 급한 와중이라 청을 들어드리지 못하겠습니다. 죄송합니다."

"사람 목숨이 걸려 있는 일이네."

"······이쪽에도 사람 목숨이 걸려 있습니다."

말을 하면서도 자경은 조금 놀라고 있었다.

아내에게서 줌치를 받을 때만 해도 조금 눈에 뜨일 뿐 별것 아니라고 여겼는데 집을 나서자마자 이 조그마한 줌치에 벌써 두 사람의 목숨이 걸려 있다는 사실을 깨닫게 되었으니 말이다.

'설마하니 알아보는 사람이 있을 줄이야.'

갑자기 긴장감이 돌았다.

아내는 이 요란한 무늬의 천을 가리켜 김 진사 댁에 버려질 때부터 저를 싸고 있던 것이라고 하였었다. 보기 드문 것이라 알아보는 이가 없을 거라 하였는데 그것도 다 빈말이 되고 말았다.

'이것을 알아보는 사람은 예사 사람이 아닐 것인데 어느 쪽인가. 정말로 아내와 관련이 있는 사람일까?'

자경은 신중하게 생각했다.

목숨이 걸려 있다 했으니 그저 단순히 천을 알아본 것이 전부는 아닐 터였다. 즉, 눈앞의 노인은 이 천의 주인이었거나 혹은 주인이었던 자를 알고 있는 것이 분명했다. 그렇다면 문제는 하나였다. 아내의 친인인가, 아니면 노비문서를 쥔 자인가.

자경이 생각에 빠져 있는 사이에도 어겸은 애타는 시선으로 그의 허리춤만 살피고 있었다.

'틀림없다. 아내에게 구해다 주었던 그것이 틀림없어. 아무리 오래전이라 하나 내 손으로 구한 물건을 몰라볼까.'

어겸의 눈이 예리하게 번득였다.

63

모든 희망을 내려놓고 자포자기한 심정으로 살아가던 요즈음이었다. 드디어 만날 수 있다는 한 가닥 기대를 걸고 있던 것도 잠시, 그 흔적조차 놓치고 말아 이대로 영영 찾지 못할지도 모른다는 불안한 마음만 가득했었다.

마음이 무너지자 몸도 무너져 그는 급기야 자리보전하고 드러눕기까지 하였다. 오늘도 상감의 부름이 없었다면 나서지 않았을 길이었다. 그저 돌덩이처럼 누워 하루하루 천장만 바라보며 보냈을 것이었는데…….

'찾을 수 있다. 찾을 수 있어!'

생각만으로도 가슴이 부풀어 올랐다.

온통 불안한 생각으로만 가득하던 마음이 새로운 희망으로 부풀어 몸마저 당장이라도 둥둥 떠오를 것만 같았다. 언제 다 죽어 가고 있었던가 싶게 눈빛마저 생생하게 살아 꿈틀거리고 있었다.

"우리, 아무래도 할 이야기가 많을 것 같구먼."

"저도 그리 생각합니다."

"어찌할까. 당장 자리를 옮기겠는가, 아니면…….”

"사람들의 눈이 두려우니 조용한 자리가 필요할 듯합니다. 따로 자리와 시각을 정하여 청하시지요. 허면, 찾아뵙겠습니다. 소생이 누구인지는 아실 터이니 따로 고하지는 않겠습니다."

"좋아. 그리하지. 가급적 빠른 시일 내에 다시 보세나."

의미심장한 시선이 숨 가쁘게 오고 갔다.

자경은 그의 정체를 밝혀내어 혹시라도 아내의 노비문서가 존재한다면 거두어들일 생각이었고, 어겸은 어겸대로 그를 통해 딸의 흔적을 좇을 생각이었다.

그런 서로의 의중을 감춘 채 그들은 조용히 제 갈 길로 돌아섰다. 다시 말고삐를 잡는 자경의 귓전에 문득 나직한 한마디가 날아왔다.

"아, 내 이름은 허어겸이라네."

"……하백?"

놀란 자경이 뒤늦게 그의 그림자를 좇았다.

허어겸이라는 이름은 그냥 흘려들을 만큼 하찮은 것이 아니었다. 평범한 자들은 알지 못하겠지만 적어도 공신이거나 그 집안의 일원이라면 모를 수가 없었다. 자경 또한 마찬가지였다.

"하백이라니. 하백이 왜?"

경악 어린 시선으로 이미 멀어진 사람의 뒤를 바라보며 자경은 멍하니 중얼거렸다.

그가 생각하는 그 사람이 맞다면 저 노인은 그 가진 재산만으로도 한 나라를 살 수 있다는, 상감마마의 아우이자 일등 정사공신(定社功臣)인 바로 그 하백일 터였다. 자경의 턱이 뒤늦게 쩍 벌어졌다.


탕약 달이는 냄새가 온 집 안에 진동을 하고 있었다. 동시에 달여 대고 있는 탕기가 여러 개나 되는 것이 마치 집 안에 중한 환자가 있는 듯한 기색이었는데 그런 것치고는 가내의 분위기가 그리 어둡지 않았다.

"다 되었느냐?"

"예, 마님."

갓 짜낸 약사발을 직접 받아 들고 장 부인이 잰걸음을 옮겼다. 별당이었다. 간밤에 시댁에서 쫓기어 온 딸이 머리를 싸매고 드러누워 있었다. 열이 펄펄 끓어 의원을 불러왔더니 화병이라 하였다. 시댁에서 얼마나 고생을 하였으면 어린것이 벌써 화병에 걸린단 말인가. 장 부인은 기가 막혔다.

"일어나서 이것 좀 마셔 보거라."

"필요 없습니다."

"아니, 약을 마셔야 얼른 털고 일어날 것이 아니냐."

"다 필요 없다니까요. 그냥 이대로 죽어 버리게 내버려 두시란 말이어요."

"아이고, 도대체 어찌 이런단 말이냐. 네 아버지께서 곧 사돈양반을 만나 보신다 하지 않으셨더냐. 그러면 사위도 금방 돌아올 터인데 네가 이러고 있으면 어찌해?"

살살 달래는 말에도 홍주는 돌아누워 꼼짝을 하지 않았다.

겉으로 뿜어지는 열이야 많이 가라앉았다지만 아직도 속에서는 열이 펄펄 끓고 있었다.

"흥! 돌아와요? 누가 받아나 준답니까? 다 필요 없어요. 제 앞에 끌고 와 무릎을 꿇리지 않는다면 속이 풀릴 것 같지 않단 말이어요."

"글쎄, 그리해 준다 하지 않니. 아버지도 이번에는 버릇을 단단히 고쳐 놓는다 하셨단 말이다. 그러니 얼른 이 약 먹고 네가 일어나 있어야지. 그것들이 용서를 빌러 왔을 때도 이러고 있을 것이냐?"

"누, 누가 그런답니까? 흥! 내가 어떻게 쫓기어 왔는데."

언제 누워 앓았나 싶게 멀쩡한 얼굴로 벌떡 일어난 홍주가 사발을 빼앗다시피 가져다 한 번에 훌훌 마셔 버렸다. 그러고는 서슬 퍼런 눈을 빛내면서 다시 다그쳐 물었다.

"참말이시지요? 아버지가 그리해 준다 하신 것 맞지요?"

"그렇대도. 뿐이냐? 이번에야말로 아예 데릴사위로 주든지 말든지 결판을 내라 하실 참이더라."

"데릴사위요? 흥! 그 일이 그리 쉽게 이루어지겠어요? 저쪽 집안이 풍비박산이 나 보아야 될까 말까 하겠지."

말은 그렇게 하면서도 홍주는 내심 기꺼웠다.

단단히 혼쭐이 나고 데릴사위로 완전히 들어오면 서방님도 전과 달리 그녀의 눈치를 살필 터이니 형편이 조금 나아지지 않을까 싶었다. 무엇보다 본가가 망하는 꼴을 보지 않기 위해서라도 앞으로는 좀 고분고분하게 굴겠지.

'두고 보아라. 내가 아주 단단히 혼쭐을 내 놓을 터이니. 흥! 그러고 나면 시어머님도 언제까지 윗동서들 편만 들고 있을 수는 없을 것이다.'

어린 주제에 공주랍시고 온갖 위세는 다 떠는 계집과 어리바리한 촌것 주제에 저보다 웃전이랍시고 덩달아 유세를 떠는 계집을 그냥 두지 않으리라 단단히 작심하고 있었다. 뿐만이 아니었다. 홍주는 아예 그것들을 이혼시킬 생각이었다. 저도 체면이 있는데 저보다 못한 것들과 계속 형님 아우 하며 살 수는 없지 않은가 말이다.

"그나저나 어머니, 옥금 언니를 만나 보셨어요? 이제 어찌한답니까?"

"후우, 말도 말아라. 매 맞고 쫓겨났다 해서 가 보니 제 안방에 잘만 누워 있더구나. 서 서방이 제발 이혼만은 말아 달라고 빌었다지 뭐니. 친정에서도 별로 걱정하는 기색이 아니었고."

"허기는, 나이 많고 못생긴 서방도 서방이라고 데리고 살아 주는 것이 어디예요?"

"그러게 말이다. 아! 그리고 보니 네 외가에 갔다가 별스런 소리를 들었구나."

잠깐 다녀온 친정에서의 일을 떠올리고 장 부인이 대수롭지 않게 중얼거렸다.

"별스런 소리라니요?"

"아니, 별것은 아닌데……. 왜, 네 작은동서네 외가 기억하지?"

"그야, 알긴 알지요."

"그 집안에서 일하던 노비를 몇 사들였는데 그중 하나가 이상한 소리를 하더란다. 김 진사네 초희가 네 동서라 하니 제가 오래전에 그 집에서 일했다 하며 '그 댁 아씨께서 어렸을 적에 많이 편찮으셨는데 이제 괜찮아지셨느냐 고 묻더라지 뭐냐."

"쳇! 난 또 뭐라고. 어렸을 적에 병치레 한 번 안 해 본 사람이 어디 있답니까?"

"그야 그렇다만, 그냥 병치레가 아니었는지 이제는 혼자 거동을 하는 데 불편이 없으시냐고 했다는구나."

뜻밖의 말이었으나 장 부인은 물론이고 홍주 또한 대수롭지 않게 여겼다. 어렸을 적에야 누구나 한 번쯤 병치레를 하는 것이니 고작 그런 정도로는 신경 쓸 일도 되지 못했던 것이다. 모르긴 해도, 얼마간 호되게 앓다가 일어난 것이 전부겠지.

"하긴, 그리 앓은 탓인지 갓 시집 왔을 적에는 짜리몽땅하고 깡말라 영 볼품이 없습디다. 뭐, 볼품없기는 지금도 마찬가지지만."

"지난번 궁에서 보았을 적에는 그래도 봐줄 만한 얼굴이었다마는."

"흥! 어머니는 지금 누구 편을 드시는 거예요?"

"편을 들긴, 그냥 사실이 그렇다는 얘기지. 사실, 그 아이어미가 네 나이쯤에는 참 곱긴 하였었다. 여리하면서도 청순하고 가련한 것이 보기 드문 미녀였지. 그리 닮은 것은 아니지만 그 아이도 태는 나름 괜찮더라."

"괜찮긴. 그 얼굴의 어디가 청순가련하다고. 흥!"

안 그래도 속이 쓰린데 어머니까지 그 못난이의 편을 들고 나서자 더 열이 올랐다. 그래서 도로 드러누워 끙끙 앓는 시늉을 하다가 문득 저한테 병 주고 약 주던 일하며, 제가 쫓겨나는데도 말리는 시늉 한 번 하지 않던 동서의 모습을 동시에 떠올리고는 도로 벌떡 일어나 앉았다.

"어머니, 그 노비를 좀 불러다 주실 수 있으셔요."

"음? 네 동서네 외가에서 일하던 아이 말이냐?"

"예. 제가 따로 물어볼 것이 있어서 그래요. 본래, 적을 알고 나를 알아야 백전백승이라고 하잖아요. 그 집안 사정을 자세히 알아야 그 못난이를 내쫓든지 말든지 할 게 아니어요."

거기에 더해, 그쪽이 부리던 노비 이제는 제가 부리며 사노라 위세를 할 수도 있었다. 친가야 진즉에 몰락했고 그나마 체면을 차리고 살던 외가조차 이제는 세가 기울어 있으나 마나한 처지임을 직접 깨닫게 해 줄 요량이었다.

그 생각을 하자 들들 끓어오르던 열이 그나마 조금씩 가라앉는 것 같았다. 그제야 홍주는 만족스럽게 웃을 수 있었다.


"문제가 생겼다."

희도가 잔뜩 일그러진 얼굴로 그렇게 말했다.

굳이 그렇게 말로 하지 않아도 문제가 생긴 줄은 이미 충분히 알아보았다. 말보다 그의 얼굴이 더 살벌하였으므로. 자경은 대답 대신 그의 얼굴을 한 번 슥 보고는 창을 활짝 열었다.

"도대체 하고많은 자리를 놔두고 왜 꼭 여기서 보자 하시는 겁니까? 어허, 이 고린내. 날도 더워 죽겠는데 이놈의 가죽 냄새는 오늘따라 더 지독하구먼."

"크흠. 가죽 냄새가 다 그런 것이지, 새삼 유난은. 그럼 이런 때에 보는 눈 많은 북촌 네 집으로 가랴?"

"예. 차라리 그게 낫겠습니다. 어차피 밤에는 잘만 다니시면서 낮에 오는 건 싫어하시니 그것도 참 어이가 없었소이다."

고린내 진동하는 갓바치의 방을 휘둘러보면서 자경은 잔소리 아닌 잔소리를 덧붙였다. 그러다 냄새에 이어 푹푹 찌기까지 하는 더위가 느껴지자 아예 방문을 활짝 열어 두고서야 바닥에 자리를 잡았다.

"그나저나 문제라니요?"

"문이란 문은 다 열어 두고서 얘기를 하란 거냐?"

"하면 안 될 이야기라도 있습니까?"

"그…… 중요한 이야기란 말이다."

"그래도 그냥 하십시오. 문을 닫으면 냄새에 절어 죽거나, 아니면 더위에 쪄 죽을 것 같은데 어쩌란 말입니까? 싫으시면 이제라도 자리를 옮길까요?"

이 외진 갓바치의 집에 또 누가 들락거린다고 문을 처닫아야 하나. 집주인조차 날이 덥다고 밖의 나무 그늘 아래에서 일을 하고 있는 때에 사내 둘이서 문을 꼭 닫고 안에 들어앉아 있어 봐라. 얼마나 이상하면서도 수상한지 말이다.

잠시 눈싸움이 오고 갔다.

한 사람은 좀 더 은밀한 분위기를 만들고 싶었고 다른 한 사람은 좀 더 시원해지고 싶었다. 그 사이에서 타협점을 찾기란 처음부터 불가능한 일이었다. 온갖 가죽이 걸린 갓바치의 집은 그리 은밀하지도, 시원하지도 않았기 때문이었다.

"젠장!"

결국은 희도가 고집을 꺾었다.

상황이 워낙 심각하여 미처 느끼지 못하고 있었을 뿐 그도 덥기는 매한가지였던 것이다. 자경의 앞에 털썩 주저앉으면서 그는 말 대신 비단을 두른 묵직한 두루마리 몇 개를 던져 놓았다.

"음? 이게 뭡니까?"

"……상소문이다."

"예?"

"유생들이 올린 상소문이라고. 내용이야 짐작을 할 테고."

자경의 입이 딱 벌어졌다.

오늘은 아무래도 마가 낀 게 분명하였다. 집 밖을 나서자마자 많은 사람들이 일생에 한 번 보기를 소망한다는, 돈이 너무 많아서 무서운 사람과 마주치더니, 이제는 그 내용이 목숨을 들었다 놓을 정도로 무서운 상소문을 눈앞에 두고 있었다.

꿀꺽.

긴장감에 목이 다 말랐다.

"이, 이것이 왜 여기에 있습니까?"

"내 말이!"

"음? 아니, 사형께서 내놓으셔 놓고 그리 말해도 되는 겁니까?"

다른 사람도 아닌 제 품속에서 나오는 거 뻔히 봤는데 웬 딴소리인가 싶었다. 해서, 조금 의심스럽게 바라보자 희도는 더더욱 얼굴을 일그러뜨리면서 소리쳤다.

"그런 게 아냐! 분명히 어제 아침에 올린 상소가 감쪽같이 되돌아온 거란 말이다."

"되돌아오다니. 상소문에 발이 달린 것도 아닌데 어떻게요?"

"그러니까 나도 그게 의문이라고."

희도는 정말로 미칠 것만 같은 기분에 빠져 버렸다.

자고 일어나 보니 분명히 어제 올린 상소문이 떡하니 돌아와 머리맡에 놓여 있었다. 말마따나, 상소문에 발이 달리지 않고서야 제 발로 돌아왔을 리는 없고 그렇다면 그가 잠든 사이 누군가가 다녀갔다는 소리가 아닌가 말이다.

"승정원으로 들어간 상소문은 감쪽같이 돌아왔는데 어떤 놈이 다녀갔는지 흔적이 없더란 말이지. 이상하잖아. 안 그래?"

"그렇군요. 무엇보다 승정원으로 들어간 상소가 되돌아 나온 것이 가장 이상합니다. 전하께서 보셔야 하는 상소가 어떻게 도로 나올 수 있었을까요? 더구나……."

문제는 또 있었다.

상소문엔 유생들의 이름만 들어가 있을 뿐 희도의 이름은 빠져 있을 터였다. 그런데 어떻게 그가 관련되어 있음을 알고 정확히 그에게로 되돌아왔단 말인가. 거기까지 생각하자 갑자기 소름이 등줄기를 타고 올라왔다. 어쩐지 예감이 좋지 않았다.

"심상치 않아요, 심상치가."

"혹시, 뭐 들은 이야기 없냐?"

"무슨 이야기요?"

"형판께서 이 일과 관련하여 뭐 흘리신 말이 없느냔 말이지."

"없었습니다. 있어도 함부로 말을 흘리실 분이 아니고요."

더구나 요즘은 공신들이 모여 누구를 탄핵을 하네 마네 하던 차라 몹시도 바쁘게 지내고 계셨다. 사실, 따지자면 탄핵은 자신들이 받아야 하는 입장일 텐데 그러고 다니는 것을 보면 어지간히들 낯도 두꺼웠다.

"안 되겠다."

바닥을 구르는 상소문을 희도가 다시 잡아챘다.

"어쩌시려고요?"

"어쩌긴. 다시 올려봐야지."

"사형께서요?"

"나에게 되돌아왔으니 별수 있나. 애초에 일을 벌인 것도 나니 책임을 져야겠지."

전에 없이 진지한 얼굴로 희도는 그렇게 말했다. 그러나 그것을 미처 품에 넣기도 전에 자경이 손을 뻗어 상소문을 가로챘다.

"아무래도 제가 하는 게 낫겠습니다."

"뭐?"

"저는 이래 봬도 공신의 아들이라 최악의 경우라도 죽지는 않겠지만 사형께서는 다르니까요."

"야! 그건……. 너, 너는 홀몸이 아니잖아."

"그러니 반드시 살아야죠. 걱정 마십시오. 이깟 상소문 하나 때문에 죽어 나갈 만큼 하찮은 목숨이 아닙니다."

아직 아기씨도 못 만들었고 과거 급제도 못했는데 이깟 상소문 하나 때문에 죽으면 얼마나 억울할까. 자경은 짐짓 너스레를 떨며 상소문을 재빨리 품속에 넣어 버렸다. 그러나 그의 자신감은 그리 오래가지 못했다.

"겨우 목숨 하나로 무마될 만큼 하찮은 상소문이 아니던데요?"

음?

"글을 어찌나 구구절절 잘 썼는지 정말로 폐세자 해야 할 것 같은 깊은 사명감이 느껴질 지경이더군요. 위험했습니다."

으음?

갑자기 들려온 낭랑한 목소리에 둘의 시선이 주춤주춤 활짝 열린 방문 쪽으로 향했다. 그 앞에 뒷짐을 진 채 서 있는, 허옇고 큼직한 덩어리가 하나 있었다.

"네, 네놈은?"

"아니, 자네는?"

덩어리를 알아본 둘의 시선이 동시에 휘둥그레졌다.

당연했다. 지난날, 가마를 메고 나갔다가 처자 대신 웬 뚱뚱한 사내놈을 가로챘는데 바로 그 뚱뚱한 사내놈이 예고도 없이 다시 나타났으니까 말이다. 더군다나, 하는 말로 보아 이미 상소문까지 읽어 본 눈치가 아닌가.

"네놈은 누구냐?"

착 가라앉은, 다분히 위협적인 목소리로 희도가 물었다.

어쩐지 전에도 같은 질문을 한 것 같은 기분이 들었지만 일단 무시했다. 그때는 대답이 별로 중요하지 않았지만 지금은 반드시 들어야만 할 것 같으니까. 그의 질문에 덩어리가 빙긋 웃었다. 그러더니 말했다.

"저야, 멍청한 형님을 두어서 고생을 하고 있는 불쌍한 아우지요."

"음? 무슨 헛소리냐? 네놈의 정체가 뭐냐고 물은 거잖아. 이름을 대란 말이다, 이름을."

"아, 이름! 그러니까 제 이름은 '도'라고 합니다."

순간, 희도의 얼굴이 멍청하여졌다. 제 이름은 희도인데 저 덩어리의 이름은 도란다. 어쩐지 기분이 나빠지려고 했다.

"이 자식이!"

"잠깐!"

성급하게 주먹부터 움켜쥐는 희도를 자경이 잡아챘다. 그러곤 굳은 얼굴로 덩어리를 돌아보더니 문득 옷매무새를 다듬은 다음 정중하게 허리를 숙였다.

"미천한 백성이 대군대감을 뵈옵니다."

"……갑자기 더위를 먹은 거냐?"

"사형, 예를 갖추십시오."

웃음기 하나 없는 얼굴로 자경이 희도를 돌아보았다. 그러곤 말없이 고개를 끄덕여 보였다. 대군이 틀림없다는 뜻이었다.

희도의 얼굴이 다시금 하염없이 멍청해지는 순간이었다.

"저, 정말 대군이라고? 저 희멀건 뚱뚱이가?"

"크흠. 뚱뚱이라는 말은 좀 그렇소이다. 내가 다소 풍채가 좋은 것은 사실이나 아직 뚱뚱이는 아니오."

"염병! 아, 아니. 크흠, 미천한 백성이 대군대감을 뵈오이다. 그리고 아뢰옵기 송구하오나 대감이 뚱뚱한 것은 분명한 사실입니다."

넙죽 절을 하기가 무섭게 고개를 발딱 들고 희도가 당당히 따졌다. 그 얼굴에, 그 몸뚱이가 뚱뚱이가 아니면 뭐라 해야 하냐며 불순한 눈빛으로 묻고 있었다. 그 바람에 할 말이 없어진 대군이 잠시 얼굴을 붉히더니 방 밖에 선 채로 중얼거렸다.

"위험한 상소를 올리셨더이다."

"어차피 목숨을 걸었으니 새삼 위험함을 따질 일은 아니오이다."

"혹, 상소문을 빼돌린 것이 바로 대감이신지요?"

왈칵 따져 대는 희도를 제쳐 놓고 자경이 퍼뜩 물었다. 그에, 대군은 이번에도 빙긋 웃었다. 역시, 제가 했다는 뜻이었다.

"그만한 일로 져 버리기엔 너무 귀한 목숨들이 아닙니까?"

"그만한 일이라니요? 폐세자를 논하는 일이 어찌 고작 그만한 일 따위로 치부될 수 있단 말입니까. 대감께서는 당장 상소문을 제자리에 돌려놓으셔야 할 것입니다."

"후우, 역시 개경의 선비란……."

"개경의 선비가 뭐?"

"고집이 세단 말이지요."

화가 머리끝까지 오른 희도는 상대가 대군이라는 사실을 벌써 잊은 듯하였다. '이 염병을 할 새끼가.'라고 중얼거리는 것을 자경은 분명히 들었다. 그래서 화들짝 놀라 저도 모르게 그의 입을 틀어막고는 말했다.

"상소문을 빼돌리는 것이 중죄임을 모르지 않으실 터. 대감께서는 달리 어떤 생각이 있으셨던 것인지요. 혹, 이 일을 상감마마께서도 알고 계십니까?"

"아닙니다. 전하께서는 모르시는 일입니다. 아셨다면 두 분이 이렇게 살아 있지 못하였을 테니까요."

"예?"

"위험한 상소였습니다. 내용도 위험하였지만 때를 맞추지 못한 것은 더더욱 나빴습니다."

"때라 하심은?"

자경의 물음에 대군은 입을 다물고 잠시 두 사람을 내려다보았다. 그러다 짧은 한숨과 함께 다시 말했다.

"공신들을 탄핵하는 상소가 한꺼번에 올라오고 있소이다."

"……!"

"온갖 권력을 휘두르며 전횡을 일삼던 자들을 전하께서는 이 기회에 쳐내실 생각이신 듯하오. 물론, 공신들도 눈치가 있는 자들이니 어떻게 해서든 위기를 벗어나려 하겠지. 헌데, 그 방법이란 것이 하필……."

"상감마마를 압박하기 위해 폐세자를 거론하겠군요."

"그렇소. 세자 저하를 두둔할 생각은 없소이다. 잘못은 분명한 잘못이니. 그러나 지금은 때가 아니오. 잘못하면 공신들과 한패로 몰려 없는 죄마저 뒤집어쓸 것 같았지. 그 양반으로 인해 더 큰 피바람이 몰아치는 것은 막아야 했소."

담담한 말에 그때까지 분을 이기지 못해 씩씩거리던 희도가 간신히 안정을 찾았다. 생각하고 보니 그럴 수도 있다 여겨졌던 것이다. 말마따나, 공신들과 한패로 몰려 죄 없는 개경의 선비들이 또다시 몰살을 당하면 그때는 억울하여 어찌 살까.

"설령 그렇다 한들 세자를 그냥 저대로 둘 수는 없습니다. 선비 된 자가 불의를 보고 어찌 고개를 돌리리오."

"……."

"여기서 멈춘다는 것은 죽음이 두려워 책임을 회피하는 꼴밖에 되지 않소. 말했다시피, 우리는 목숨을 걸고 이 일을 시작하였소이다. 상소문을 빼돌린 것은 분명한 대감의 실수요."

"후우, 고집 센 양반 같으니."

끝까지 고집을 꺾지 않는 희도를 향해 대군은 고개를 절레절레 저어 보였다. 그러곤 잠시 생각을 하는 듯하더니 말했다.

"아무리 그래도 나는 아까운 목숨들을 구해야겠소. 불의와 타협하지 않는 것이 선비의 도리라면, 덕을 베풀어 구할 수 있는 목숨들을 구하는 것은 위정자의 도리겠지."

"대체 무슨 생각을……."

"잠시 조용한 곳에서 지내다 오시구려."

조용한 곳?

자경이 의문을 품는 순간, 언제 나타난 것인지 대군의 등 뒤에서 군사들이 우르르 몰려나왔다.

"잡아라. 감히 본 대군을 능멸한 자들이니 옥에 가두어 죄를 반성케 하라."

"헛!"

"이런 염병할! 이거 놓지 못하겠느냐."

방 안에 들어앉아 있던 몸이라 어디로 피하지도 못하고 둘은 꼼짝없이 붙잡히고 말았다. 자경의 안색이 칙칙하게 가라앉았다. 집에서 하염없이 기다리고 있을 아내와 아까 전 다시 보자는 약속을 남기고 헤어진 하백의 얼굴이 눈앞을 스쳐 가고 있었다. 덩달아 마음이 급하여졌다.

"대감, 저는 상소문과 아무 관련이 없사오니 그냥 두시고 저 양반만 가두시는 것이 옳은 줄로 아옵니다."

"뭐, 뭐라? 야, 너 이러기냐?"

"사형, 저는 홀몸이 아니라고 했지 않습니까? 옥에 갇혀 있을 시간 따윈 없단 말입니다."

질질 끌려가면서 둘은 또 티격태격하였다. 그러나 희망과 달리 자경은 곧 대군이 저래 보여도 사실은 영락없는 상감마마의 아들이며 세자의 아우라는 사실을 뼈아프게 깨닫게 되었다.

"둘 다 끌고 가라."

"어허, 나는 아무 관계없다니까!"

"특히, 저자는 내 뒤통수까지 후려쳤으니 그 죄가 더 중하다

할 것이다. 지체 없이 데려가 가두렷다."

아니, 저 염병을 할 새끼가!

제 의견이 깔끔하게 무시당하자 자경은 저도 모르게 희도 같은 위인이나 내뱉는 욕지거리까지 입에 담으며 광분하였다. 가뜩이나 아슬아슬한 상황에 홀로 남겨져 견뎌야 하는 아내를 생각하니 마음이 말도 못하게 다급하여졌던 것이다.

거기에 더해, 아까 대군이 뭐라 하였던가.

권력을 쥐고 전횡을 일삼던 공신들을 쳐낸다 하지 않았나. 그렇다면 그의 아버지까지도 위험해진다는 소리였다. 아무리 공주 자가가 계시고 형님이 있다 해도 왕이 휘두르는 칼날을 온전히 피해 갈 수 없을 터였다.

이런 때에 아무것도 하지 못한 채 옥에 갇혀 있어야 하다니. 너무 기가 막혀서 눈앞이 노랬다. 다시 보자던 하백 어른은 그가 사라진 것을 알고 어떤 반응을 보일까. 혹, 그대로 그의 집으로 쳐들어가 아내를 끌고 가는 것은 아닐까.

상상만으로도 심장이 쿵 소리를 내면서 떨어졌다. 동시에, 자경의 몸부림이 더욱 거세어졌다. 그러나 잡고 있는 손이 여럿이다 보니 아무리 발악을 하여도 옴짝달싹할 수가 없었다.

"제기랄!"

처절한 외침이 한낮의 백정거리를 울리고 있었다.


공주 자가 내외가 찾아온 것은 초저녁이 다 되어서였다.

낮에 기별도 없이 출타하신 서방님을 기다리느라 별채에서만 맴을 돌고 있던 오복이 부름을 받고 안방으로 들었다.

"작은애야, 네 서방에게서는 아직 연락이 없다 하느냐?"

"예, 어머님. 어디로 간다는 말씀도 없이 갑자기 나가시어 여직 소식이 없다 합니다. 헌데, 어인 일로 그러시는지요?"

"큰일이구나. 아무래도 집안에 일이 생길 듯하다."

"예에? 일이라니요?"

영문을 모르는 오복의 물음에 오 부인은 대답 대신 공주 자가 내외를 바라보았다. 그러자 무슨 생각을 하는지 그저 담담히 앉아 있던 문경이 오 부인을 위로하듯 빙긋 웃으면서 말하였다.

"너무 걱정하지 마십시오, 어머니. 그저 상소가 몇 개 올라온 것뿐입니다. 평소에도 상소는 간간이 올라왔었지요. 게다가 특별히 아버님을 지칭한 것도 아니고 공신들을 아울러 거론한 것이니 별다른 일은 없을 것입니다."

"허나, 분위기가 평소와는 많이 다르지 않더냐. 벌써부터 도성 내에 군사들이 깔렸다는 소리를 들었다. 전에는 한 번도 이런 적이 없었어."

"그저 만일을 대비하기 위함이겠지요. 퇴청시각이 다 되어가고 있으니 아버지께서도 곧 돌아오실 겁니다."

"그러면 다행이지만 무슨 일이라도 있으면 어찌한단 말이냐."

여러 차례 난을 겪고 때마다 위기를 경험한 오 부인은 벌써부터 걱정이 앞서는지 품고 있는 근심을 숨기지 않았다. 안 그래도 계속되는 불안에 요사이에도 꾸준히 치성을 드리는 등 정성을 쏟고 있었는데 그럼에도 불구하고 한번 불안을 감지한 마음은 쉬이 안정되지 않았던 모양이다.

"혹, 무슨 일이 생기거든 너희들은 지체 없이 둘째를 찾아 데리고 함께 멀리 달아나거라."

"어머니."

"막내도 잘 챙기고. 네가 장남이니 어미는 너만 믿을 것이다. 당장 가서 그 준비를 하여라."

야반도주라도 시키려는 듯 그녀가 재촉을 하였다. 그러나 공주 자가 내외는 물론이고 오복도 앉은 자리에서 꼼짝을 하지 않았다.

당장 일이 벌어진 것도 아니거니와 섣불리 달아나는 것보다 일을 피해 갈 방법을 모색하는 것이 더 나았기 때문이다. 그리고 어느 자식들이 부모만 남겨 두고 먼저 도망을 칠 수 있단 말인가. 달아났다가도 부모의 처지가 위급하여지면 도로 돌아오는 것이 인지상정인 것을.

"너무 걱정하지 마시어요, 어머님. 별일 없을 것입니다."

"그러면 오죽이나 좋겠습니까, 공주 자가. 허나, 벌써부터 주변의 분위기가 심상치 않은 것이 아무래도 자꾸 불길한 생각만 듭니다. 이러다 일이 크게 번지는 것은 아닌지."

"설마 그러기야 하겠습니까. 아무리 그래도 공신들을 모두 내치는 것은 불가능한 일입니다. 그것은 오히려 보위에 오르신 분의 정당성을 훼손하는 일이 될 테니까요."

"그럴까요?"

"예. 아버님은 괜찮으실 겁니다. 허니, 지금은 제자리에서 그저 침착하게 상황을 살피는 것이 좋겠습니다."

불안한 기색 하나 없이 차분히 하는 말에 오 부인은 간신히 마음을 다독일 수 있었다. 그러면서 한편으로는 내심 감탄을 하였다. 아직 어린 공주가 누구보다 침착하게 상황을 살피고 있다는 사실을 깨달았던 것이다.

"공주 자가께서는 두렵지 않으십니까?"

가만히 얘기를 듣고만 있던 오복이 조심스럽게 물었다.

"나도 사람인데 어찌 앞날이 두렵지 않겠는가. 그러나 아직 일어나지 않은 일을 가지고 걱정하는 것보다 침착하게 상황을 살피다 보면 저절로 방법이 생기기도 하니 그를 믿을 뿐이야."

"예에."

오복은 고개를 끄덕였다.

확실히 공주 자가의 말씀이 옳았다. 아직은 아무 일도 일어나지 않았다. 근심 걱정은 진짜 일이 벌어졌을 때 해도 늦지 않을 것이었다. 다만, 바라는 것은 서방님이 얼른 돌아오시어 곁에 함께 있어 주었으면 하는 것이었다. 이리 불안한 때에 그분마저 곁에 없으니 괜히 더 두려운 마음이 들어서였다.

"후우, 어딜 가신 것인지."

"너무 걱정 마십시오, 제수씨. 안 그래도 그 녀석이 자주 다니는 곳에 사람을 보내 찾아보라 한 참입니다."

"그, 그러셨습니까? 송구하옵니다."

내내 어둡기만 하던 오복의 안색이 그제야 조금 밝아졌다.

찾고 있다면 곧 돌아오실 터이니까. 그리고 서방님께서도 제가 기다리고 있음을 잘 알고 계실 것이니 분명히 걸음을 서두르고 있을 것이었다. 오복은 그렇게 믿고 있었다.

하여서, 나름대로 침착한 가운데 집안일을 챙기면서 조용히 밤을 맞이하였다. 그러나 그 밤이 지나고 다시 아침이 찾아올 때까지도 서방님은 돌아오지 않았다.

"못 보았다고 하더란 말이냐?"

"예. 요 며칠 내내 뵌 적이 없다고 하더구먼요. 갖바치의 초가는 아예 비어 있었고요."

"허어, 그렇다면 이 녀석이 도대체 어딜 간 게지?"

문경은 조금 당황하고 있었다.

금방 돌아올 것이라 여기고 있었던 동생이 하룻밤이 지나도 돌아오지 않은 것은 물론 찾으러 나갔던 하인들마저 빈손으로 돌아왔다. 자주 찾던 곳을 뒤져 보고 여기저기 물어도 보았으나 어디에서도 흔적을 찾을 수가 없었다. 그야말로 감쪽같이 사라져 버린 것이다.

"대체 무슨 일이 벌어지고 있는 것인지 알 수가 없구나."

일은 갑자기 진행되고 있었다.

하백을 죄주라던 공신들의 주청이 뜬금없었던 것처럼, 공신들을 탄핵하는 대규모의 상소도 당황스러웠다. 거기에 이제는 아우마저 사라지고 없었다. 겉으로는 아무 관련이 없어 보이나 사실 그 일들 사이에 모종의 연관이 있음을 문경은 본능적으로 깨닫고 있었다.

다만, 알 수 없는 것은 도대체 자경이 어쩌다 이 일에 관련이 되었는가 하는 점이었다.

"대감마님께서 돌아오셨습니다!"

"아버지가?"

반가운 마음에 문경은 빠른 걸음으로 뛰쳐나갔다.

상황이 상황이다 보니 당연히 못 들어오시겠거니 여겼는데 다행히 아직은 그럭저럭 무사한 모양이었다.

"와 있었느냐?"

지친 기색이 역력한 얼굴로 구헌이 장남을 돌아보았다.

"아버지, 괜찮으십니까?"

"아직은 견딜 만하다. 헌데, 작은애가 안 보이는구나."

"어제 나간 후로 소식이 없습니다만 찾고 있으니 곧 들어오겠지요."

무심히 고개를 끄덕이며 구헌이 방으로 들었다.

병판이 마련한 자리에서 머리를 맞댄 채 밤을 지새우고 오는 길이었다. 공신들을 탄핵하는 상소가 빗발치는 가운데 이제 그들도 싸움을 피해 갈 수 없음을 깨달았다. 그리하여 나름대로 최후의 방법을 써 보기로 결정을 한 참이었다.

"사직상소를 올리신다고요?"

"음. 그렇게 하기로 하였다. 상소가 올라왔으니 일단은 죄상을 인정하고 자리에서 물러날 생각이다."

"공신들이 한꺼번에 움직이면 전하께서는 그것을 또 다른 도전으로 받아들이시지 않겠습니까?"

"그렇겠지. 그러나 그 일에 대한 대비도 되어 있으니 걱정 말거라. 안 그래도 병판이 주상께 독대를 청하였다."

유리한 끈을 쥐고 있다고 자신하며 병판은 스스로 나서서 독대를 청해 둔 상태였다. 그리고 그것을 왕은 받아들였다. 그러니 좋은 쪽으로든 나쁜 쪽으로든 오늘 중으로 결판이 나리라.

"차라리 이참에 정말로 사직을 하시는 것은 어떠십니까?"

"음?"

"이만하면 앞으로도 체면치레하고 사는 데 지장이 없으니 물러나셔도 아쉬울 것이 없지 않습니까?"

"그거야 그렇다만. 혹, 무슨 걱정되는 낌새라도 느낀 것이냐?"

"그런 것은 아닙니다. 다만, 더 오를 곳이 없으니 이제는 내려갈 일만 남은 듯하여서요. 추한 모습을 보이느니 깨끗하게 정리하는 것도 나쁘지 않을 것 같습니다. 아버지의 뒤야 아우가 이으면 될 터이고요."

진지한 권유에 구헌의 눈빛이 깊어졌다. 그런 그에게 문경이 다시 덧붙였다.

"저는 병판대감이 불안합니다. 욕심이 많으신 분이 아닙니까? 그리고 무엇보다 제가 본 전하께서는 공신이라 하여 버리지 못할 분이 아니셨습니다."

"으음."

구헌은 내심 고개를 끄덕였다.

하긴, 그 양반에겐 그렇게 모진 구석이 있었다. 처남들을 비롯한 외척까지도 다 쳐냈는데 그까짓 공신들이 대수일까. 그 생각을 하자 안 그래도 지친 마음이 한층 더 푹 가라앉았다. 결국 마음이 한쪽으로 기울었다.

"한번 생각을 해 보자꾸나."


맑고 깨끗한 정화수가 장독 위에 얌전히 놓여 있었다.

"비나이다. 비나이다. 우리 서방님 하루 빨리 무사히 돌아오게 하여 주십시오. 비나이다."

오복은 장고에서 치성을 드리고 있었다. 벌써 이틀째 감감무소식인 서방님이 걱정되어 제가 먼저 나서서 준비한 일이었다. 아닌 게 아니라, 요즘 그녀는 밥을 제대로 먹지도 못하고 잠도 이루지 못하는 등 홀로 전전긍긍하고 있었다.

"후우, 어딜 다니고 계시어요. 소첩 홀로 두시고 밖에서 마음 편하셔요?"

저를 두고 아무런 말도 없이 사라지실 분이 아닌데 이제 와 어찌 이리 잔인하게 구시나.

"보고 싶습니다. 그립습니다. 서방님도 소첩을 생각하고 계십니까?"

오복의 눈가에 금방 커다란 눈물방울이 맺혔다. 할 수만 있다면 제가 나가 직접 찾아 헤매고 싶은 기분이었다. 언제나 제게로 향하던 따스한 눈빛이 그립고, 그사이 익숙할 대로 익숙하여진 그분의 다정한 손길이 고팠다. 하여, 오복은 요즘 많이 외로웠다.

"원망하는 것은 아니어요. 다만, 그리워 죽을 것 같습니다. 어서 돌아오시어요."

애처로운 한마디가 새벽이슬처럼 장독마다 아스라이 내려앉고 있었다.

十二. 눈먼 칼

삶에 찌들어 추레해진 몰골의 여인이 겁에 질린 모습으로 마루 끝에서 잔뜩 고개를 조아리고 있었다.

볕에 까맣게 그을린 얼굴은 주름이 많아 대강 쉰 언저리쯤 되어 보였는데 실제 나이는 마흔이었고, 맑지 못하고 이리저리 움직이는 눈동자와 훌쩍 치켜 올라간 옅은 눈썹은 왠지 사나운 인상을 주고 있어 흡사 약아빠진 한 마리의 살쾡이를 보는 듯하였다. 가세가 기울어 가는, 빈한한 집안에서 일하던 노비치고는 덩치가 제법 투실한 편이었다.

"네 이름이 뭐라 하였더냐?"

여인의 모습을 찬찬히 살피던 홍주가 마음에 안 든다는 듯 짐짓 눈을 가늘게 뜨면서 물었다.

"섭섭이라 하옵니다요."

"흠, 네가 우리 윗동서를 안다 했다지?"

"아이고, 아다마다요. 개경으로 분가하실 때까지 뫼시고 살았는걸요. 웃전의 분부가 있어 개경까지 따라가서도 한동안 뫼시기도 했고요."

"……."

"돌아가신 아씨, 아니 마님께서 혼인하기 전부터 뫼셨으니 그 댁의 일이라면 소인이 잘 알고 있습니다."

교활해 보이는 눈동자를 굴리며 섭섭이 은근한 어조로 말했다.

그 모습이 지나치게 간사해 보여 얼굴이 저절로 찌푸려졌으나 홍주는 내색하지 않았다. 제가 무슨 흉계라도 꾸미는 줄 알고 저러는 모양인데 그리 생각하는 것이야 어디까지나 무식한 것의 어리석은 깜냥에 지나지 않을 테니까.

"어디부터 말씀을 올릴까요?"

"흥! 이런 사특한 것을 보았나. 아무리 팔려 왔다지만 그래도 한때는 주인이었거늘, 네 감히 뫼시던 주인의 일을 외인에게 함부로 나불거릴 생각이란 말이냐?"

"아이고, 오해십니다요. 뫼시던 분의 일을 함부로 나불거리려는 것이 아니라 소인은 그저 어떻게든 그분들께 도움이 되고 싶은 마음뿐입니다요. 그리고 외인이라니요? 이제는 아씨께서 제 주인이 아니십니까? 허니, 충심을 다하려는 것이지요."

닳고 닳은 계집처럼 그녀가 배시시 웃으면서 살살 눈웃음을 쳤다.

그 모습에 다시 슬쩍 감정이 상하다가도 '충심' 운운하는 말엔 마음이 너그러워졌다. 그에, 도로 내치려던 본래의 생각 대신 홍주는 별것 아닌 투로 말했다.

"별로 듣고픈 이야기도 아니다만, 네가 그 집안 사정을 잘 안다 하여서 불렀다. 특히 내 윗동서에 대해서 아는 것이 있으면 말하여 보아라."

"아이고, 초희 아기씨야 제가 잘 알죠. 아니, 이제는 아씨마님이 되셨죠? 호호호, 그분이야 어릴 적부터 영민하고 외모도 마님을 빼닮아 참 고우셨습지요."

"어미를 빼닮았다?"

무심한 척 돌아앉아 있던 홍주가 귀를 쫑긋 세웠다.

때마침, 어릴 적에는 많이 닮았다 여겼는데 지금 보니 전혀 닮지 않았더라는 어머니의 말이 전광석화처럼 뇌리를 스쳐 가고 있었다. 물론, 아이의 얼굴은 자라면서 변하는 것이니 크게 마음에 담아 두지는 않았지만 말이다.

"예에! 여릿한 자태하며 눈매랑 박속같은 피부까지 꼭 빼닮으셔서 어릴 적부터 곱다는 소리를 참 많이 들으셨습니다. 마음도 얼마나 여리셨는지 어쩌다 나비 한 마리가 죽는 것만 보아도 하루 종일 눈물을 뚝뚝 흘리던 분이었습죠. 그런 분이 급병이 들어 자리보전하고 누우실 줄 누가 알았나요."

"급병?"

"예! 뭐가 잘못된 것인지 갑자기 몸이 굳어 운신을 못하시더구먼요. 실은, 그게 다 재수 없는 것을 집안에 들인 탓이랍니다. 그 댁이 그리 몰락을 한 것도 알고 보면 다 그 재수 없는 것 때문이라니까요."

"재수 없는 것이라니?"

"그러니까 그게 말입니다요……."

드디어 관심을 보인다 싶으니 입에 침까지 착착 바르고 섭섭이 득달같이 달려들었다. 그러고는 고 재수 없는 것에 대한 것부터 시작하여 하루아침에 몰락해 버린 김 진사 댁의 비극에 대해 미주알고주알 떠벌리기 시작하였다.

덕분에 홍주는 하루해가 기울기도 전에 김 진사 집안과 제 동서에 대해 아주 많은 것을 알게 되었다. 그리고 '이것아, 저 것아.' 하고 불리던 문제의 재수 없는 것에 대해서도.

일은, 그 모든 이야기가 얼추 마무리될 즈음에 벌어졌다.

누군가가 대문을 두드리고 있는 듯 '쾅쾅' 거리는 소리가 한 동안 이어지더니 곧 한바탕 왁자한 소리가 터져 나왔다. 들어 간다, 못 들어온다, 어명이다, 공신이다 하는 고함 소리가 그 녀가 앉아 있는 별당에까지 선명하게 들려왔다.

"대체 이것이 무슨 소란이란 말이냐."

참다못한 홍주가 얘기를 듣다 말고 자리를 떨치고 일어났다. 마침 어머니가 혼비백산한 얼굴로 달려오고 있었다.

"어머니, 무슨 일이기에 이리 시끄러운 것입니까?"

"이, 이 일을, 이 일을 어찌하면 좋으냐. 관군들이 몰려왔 다."

"예에? 관군이 왜요?"

"난들 알겠느냐. 네 아버지도 아니 계신데 대체 이것이 다 무슨 일인지 모르겠구나."

잠깐 퇴궐을 하였다가 곧 다시 등청을 한 아버지에게서는 아직 아무런 소식이 없었다. 그 사이, 떼로 몰려온 관군은 공신 집안의 당당한 위세에 밀려 감히 대문을 넘지 못하고 집을 둥그렇게 둘러싼 채 감시의 눈을 번뜩이고 있었다.

그 모습을 보자 문득 불길한 예감이 몰려왔다. 원하는 대로 다 해 주마 호언장담하던 아버지의 말과 달리 상황은 어쩐지 더 나빠진 것 같지 않은가 말이다. 창칼을 들고 집을 겹겹이 둘러싼 관군을 바라보며 홍주는 입술을 씹었다. 아무래도 일이 틀어지고 있는 것이 틀림없었다.

한낮의 햇살을 받아 하얗게 번뜩이는 창칼을 보며 그녀가 불길한 예감에 빠져들고 있을 때, 오복도 얼추 비슷한 상황을 맞이하고 있었다.

"관군이?"

"예에! 창칼을 꼬나들고 집을 겹겹이 에워쌌다고 하옵니다. 이를 어쩌면 좋습니까요."

한바탕 소란이 일 때쯤 냉큼 밖을 내다보고 온 말년네가 울음 섞인 어조로 떠들었다.

"갑동이가 대문 앞에서 두드려 맞고 쫓겨 들어왔다 합니다. 장 집사 나리가 장정들이랑 나가 막은 덕분에 안으로까지는 들어오지 않았는데 그것도 시간문제라 합니다요. 어명만 떨어지면 대문을 부수고 들어올 기세랍니다."

"혀, 형님께 이 일을 전하였는가?"

"안 그래도 사람이 갔습니다만 명을 받고 궐에 드셨으니 금방 나오실 수 있겠습니까요? 어찌 잠시 자리를 비우신 틈에 쳐들어오고 난리인지……."

오복의 얼굴이 창백해졌다.

안 그래도 돌아가는 상황이 심상치 않았던 탓에 요 며칠 내내 집안 분위기가 삭막하였더랬다. 아버님께서는 어두운 얼굴로 잠시 돌아오셨다가 다시 등청을 하면서 한숨을 푹푹 쉬셨고 어머님은 당장이라도 머리를 싸매고 드러누울 듯 근심이 대단하셨다.

그런 때에 이제 관군들까지 몰려와 저러고 있으니 집안 꼴이야 말할 필요도 없이 엉망이었다. 공주 자가 내외라도 계시면 덜하겠는데 하필이면 두 분이 중전마마의 부름을 받고 오늘 아침에 궐에 들어간 마당이었다.

"후우, 이런 때에 서방님이라도 계시면 좋으련만. 대체 어딜 다니고 계시기에 이리 소식이 없으실까."

하도 소식이 없다 보니 걱정이 되다 못해 이제는 불길한 생각까지 들려고 하였다. 아닌 게 아니라, 요즘엔 꿈자리마저 점점 뒤숭숭해지고 있었다. 어젯밤 꿈에도 갑작스러운 사고에 휘말려 몸이 상하신 서방님의 모습이 보여 엉엉 울면서 깼다. 그만큼 오복의 몸과 마음은 점점 더 피폐해지고 있었다.

"이러고 있으면 안 돼. 다들 무사히 돌아오실 때까지 나라도 집안을 지켜야지."

바들바들 떨리는 손을 꼭 움켜쥐고 오복은 자리에서 일어섰다. 온통 불안하고 떨리기는 저도 마찬가지였지만 집안을 지킬 사람이 없으니 저라도 정신을 바짝 차려야 했다. 하여, 애써 마음을 가라앉힌 후 어깨에 힘을 주고 천천히 별채를 벗어났다. 상황의 심상치 않음을 느꼈는지 하인들이 진즉에 마당으로 쏟아져 나와 우왕좌왕하고 있었다.

"어찌 이리 소란스러운가?"

오복의 등장에 불안스레 안채마당을 서성이고 있던 하인들이 벌 떼처럼 일제히 달려왔다.

"과, 관군들이 몰려왔습니다요."

"이러다 큰일이 나는 것 아닙니까?"

"장 집사 나리가 장정들을 이끌고 나가 볼까 하고 계십니다."

한꺼번에 와다다 쏟아지는 말에 안 그래도 혼미하던 정신이 이번엔 아득하게 멀어지는 것만 같았다. 담 너머로 언뜻 보이는 창칼들도 혼을 빼놓기는 마찬가지였다. 겹겹이 둘러쌌다는 말만 들었지 저렇게 많이 몰려왔을 줄은 몰랐던 것이다. 두려움으로 다리가 후들후들 떨리고 있었다.

'안 돼. 정신을 차려야 돼. 나는 상전이다, 나는 아씨다. 나는 서방님의 조강지처고 이 집안의 둘째 며느리다. 아직 어린 공주 자가께서도 하시는 일이니 나도 할 수 있어.'

작은 어깨를 펴고 언제나 당당히 호령을 하던 공주 자가를 떠올리고 오복은 떨리는 다리에 애써 힘을 주었다. '그대는 나

의 조강지처이니 무엇이든 하고 싶은 대로 하오.' 하시던 서방
님의 얼굴도 스쳐 갔다. 그러자 온통 불안만 가득하던 가슴이
뿌듯하여지면서 조금이나마 용기가 솟는 듯하였다.

"조용히 하지 못할까!"

눈에 힘을 주고 오복은 짐짓 엄하게 소리쳤다.

"아무리 관군이 몰려왔다 해도 그렇지, 당장 일이 벌어진 것
도 아닌데 어찌 이리 소란을 떠는 게냐. 따로 명이 있을 때까
지 당장 원래의 자리로 돌아가 할 일들을 하거라. 그리고 말년
네는 나가 장 집사더러 안방으로 잠깐 들라 이르게."

"예? 예, 아씨."

엄하게 한마디 해 주고 오복은 당당한 걸음으로 안방으로
들었다.

"왔느냐."

어두운 얼굴로 앉아 안절부절못하고 있던 오 부인이 힘 하
나 없는 목소리로 그녀를 맞았다.

"둘째에게서는 아직 소식이 없지?"

"예. 사람을 풀어 계속 찾고는 있으나 아직 이렇다 할 소식
이 없는 줄 아옵니다. 송구하옵니다."

"후우, 이 일을 어쩌면 좋을꼬. 이러다 참말로 무슨 일이 벌
어지는 것은 아닌지 걱정이구나."

"설마, 그러기야 하겠습니까. 너무 걱정하지 마시어요, 어머
님. 그보다 저는 어머님이 더 걱정입니다. 진지도 제대로 하지
않으시고 밤낮으로 걱정만 하고 계시니 이러다 탈이 나시면 어

쩌나 싶어서요. 소첩을 보아서라도 제발 건강을 챙기셔요."

맥없이 앉아 있는 오 부인을 보며 오복은 애원하다시피 말하였다.

탄핵 상소에 대하여 들은 이후 진지도 하는 둥 마는 둥 하면서 저리 걱정만 하며 지내다보니 벌써 얼굴이 많이 수척하여지셨다. 그에, 조만간 의원이라도 불러 약을 한 첩 써 보아야겠다고 오복은 내심 생각하고 있었다.

"마님, 찾아 계시옵니까?"

갑자기 방문턱을 넘어오는 목소리에 오 부인이 화들짝 놀라 오복을 돌아보았다.

"장 집사가 아니냐?"

"예, 밖의 일이 궁금하여 소첩이 불렀습니다."

대답과 함께 오복은 냉큼 일어나 발을 치고 방문을 열었다. 그러고는 공주 자가를 흉내 내듯 위엄 어린 목소리로 물었다.

"내 궁금한 것이 있어 불렀네. 밖의 관군들이 집 안으로 들어오려 했다는 것이 사실인가?"

"예, 아씨. 처음에 집 안으로 들이치려 들기에 막아섰더니 한참만에야 물러났습니다."

"갑동이가 두드려 맞았다던데 그건 무슨 소리인가?"

"그것이…… 집 안으로 들어서려는 관군들을 막아서다가 그 사달이 난 줄 아옵니다. 다행히 크게 다치지 않아 거동엔 불편이 없습니다."

"그래? 불행 중 다행이구먼."

거기까지 말하고 나서 오복은 잠시 심호흡을 하였다. 공주 자가라면 이럴 때 어찌하셨을까, 서방님이라면 또 어찌하셨을까 곰곰이 생각을 해 보았다.

의외로 답은 금방 나왔다. 남매도 아니면서 두 분의 성격은 비슷하여 당최 당하고는 못 사는 분들이었던 것이다. 결심을 굳힌 오복의 눈매가 조금 사나워졌다.

"자네는 이 길로 아랫것들 데리고 나가 갑동이를 때린 놈들을 잡아다 장을 치게."

"예에?"

"뭐, 뭐라?"

오복의 일갈에 장 집사는 물론이고 오 부인까지 크게 놀라 그녀를 돌아보았다.

"이것은 예사로 여길 일이 아닙니다. 이 집안이 어떤 집안입니까? 상감마마께 녹권을 하사받은 공신 집안이며 또 부마께서 나신 곳이 아닙니까?"

"하, 하여서?"

"보아하니, 집 안으로 들이치어 이 집안의 사람들을 때려잡으라 명하신 것은 아닌 듯한데 저들이 무시로 들이닥치어 사람을 상하게 하였으니 그 죄가 결코 가볍다 할 수 없을 것입니다. 허니, 치죄를 하여야지요."

"허나, 그는 너무 심한 처사가 아니겠느냐? 상감께서 들으시고 노하시면 어쩌려고."

걱정 어린 오 부인의 말에 오복은 잠시 무언가 생각을 하는 듯하더니 문득 빙긋이 웃으면서 말했다.

"서방님이 계셨다면 어찌하셨을까 생각하여 보았습니다. 서방님이라면, 설령 죽는 한이 있어도 모욕을 당하고 그냥 있지는 않으실 것이라 생각하였습니다. 그냥 둔다면 이후로도 저들이 우리를 가벼이 보고 더 큰 모욕을 줄 터이니까요."

"……!"

"또한, 소첩이 비록 어리고 어리석사오나 상황의 중함을 어찌 모르겠습니까. 다만, 저는 저들이 상감마마의 명을 어기고 공신의 집 안으로 함부로 들이닥치어 사람을 상하게 한 죄를 묻고자 하는 것입니다. 허락하여 주십시오, 어머님."

또박또박 털어놓은 말에 오 부인은 조금 새삼스러운 시선으로 오복을 바라보았다. 마치 신기한 것을 발견한 듯 놀라움마저 어려 있는 시선이었다.

"네게 이런 강단(剛斷)이 있을 줄은 미처 몰랐구나. 둘째의 뺨을 쳤다는 소리를 듣고도 설마 하였는데 이제야 믿을 수 있겠다. 그래, 이러니 그 녀석이 반한 것이겠지."

"……."

"오냐, 네 말이 옳다. 그냥 당하고만 있을 수는 없지. 사랑의 어른께서 아니 계시는 때이니 더더욱 얕잡아 보일 수는 없음이야. 장 집사는 뭘 하는가. 어서 나가 어명을 자세히 확인하고 일을 벌인 놈들을 잡아다 장을 치거라."

"예, 마님!"

명이 떨어지자 처음과 달리 어깨에 잔뜩 힘이 들어간 장 집사가 날듯이 달려 나갔다. 그 모습을 보다가 오복이 문득 낮은 목소리로 다시 말을 이었다.

"하옵고, 소첩에게 한 가지 청이 있습니다, 어머님."

"음? 무엇이냐?"

"서방님의 일이옵니다. 아무리 나다니는 것을 좋아하셨다 하나 생각 없는 분이 아니십니다. 집안이 위태로운 지경이라는 사실을 모르지 않으셨는데 이리 갑자기 사라지신 것이 아무래도 이상합니다."

"그렇지. 나도 그리 생각하고 있었다. 해서, 사람을 내보내 찾고 있는 것이 아니냐."

"그것으로는 부족하옵니다. 아랫것들을 더 풀어 서방님의 흔적을 처음부터 좇아 보는 것이 어떨까 합니다. 혹, 어려운 지경에 처해 계실지도 모르지 않습니까?"

그간은 집안의 일이 더 중하다고 생각하여 말을 꺼내지 못하고 있었다. 그러나 아무리 생각해 보아도 이상하여 더는 망설이고 있을 수가 없었다. 집을 나가실 때만 해도 '금방 돌아오마.' 하셨다지 않던가 말이다.

"스스로 하신 말씀은 반드시 지키시는 분이 연락도 없이 그냥 사라지실 리 없습니다. 무슨 일이 생긴 것이 틀림없지 싶습니다. 도와주시어요, 어머님."

"알았다. 네가 그리 불안해하는 것을 보니 그냥 있어서도 안되겠구나. 뜻대로 하여라. 허고, 이제 보니 네 얼굴이 많이 상하였구나. 의원 불러 약이라도 한 첩 지어 먹으려무나."

"아이, 소첩은 아직 어리어 괜찮습니다. 잘 먹고 하룻밤 잘 자고 일어나면 금방 괜찮아집니다. 저보다는 어머님이 드셔야지요. 안 그래도 안색이 수척하시어 조만간 의원을 불러 봐야지 생각하고 있었습니다."

서로 같은 생각을 하고 있었다는 사실을 깨닫자 저도 모르게 슬쩍 웃음이 났다. 그에, 언제 다 죽어 가는 몰골이었던가 싶게 두 사람은 어느새 서로를 보며 웃어 버렸다. 그렇게 한바탕 웃고 나니 온통 걱정으로만 가득하던 마음이 조금은 가벼워지는 듯하였다. 그사이에도 대문 앞에서는 장을 치는 소리가 요란하게 울려 퍼지고 있었다.

그날, 사대문 안의 모든 공신 집안엔 관군들이 들이닥쳐 집을 겹겹이 에워싸고 삼엄한 경계를 펼쳤다. 하여, 곳곳에서 소란이 크게 일었는데 대부분은 관군에게 밀리어 집 안에 갇히다시피 하는 것으로 마무리가 되었다. 간도 크게 관군을 잡아다 장을 친 곳은 형판의 집이 유일하였다.

그런 이유로, 그날 이후 장안엔 형판 댁 둘째 며느리에 대한 이야기가 소리 없이 퍼져 나갔다. '워낙 대단한 동서들을 두어 몰랐는데 알고 보니 그 댁 둘째 며느님 강단이 보통이 아니더라, 감히 어명을 빙자하여 관군을 잡아다 장을 쳤다더라, 그러고도 웃어넘겼다더라.' 하는 소문이 짜하게 퍼졌다. 물론, 오복은 까맣게 모르는 일이었다.

살기 어린 시선들이 숨 가쁘게 교차하고 있었다.

푹푹 찌는 한낮의 열기보다 더 후끈 달아오른 날카로운 시선들이 칼날처럼 휙휙 오가다가 어느 순간 뚝 멈췄다. 그리고 한마디 말이 있었다.

"이번엔 사형 차례입니다. 엎드리십시오."

"이익, 젠장! 그만하자니까."

"애초에 삼세번이라고 하신 것은 사형이십니다. 그만두더라도 마지막으로 한 번은 더 해 보고 그만두어야지요. 잔말 말고 어서 엎드리십시오."

단호한 말에 희도의 얼굴이 급격히 썩어 들어갔다.

구구절절 옳은 말에 딱히 반박을 할 수도 없어 더 속이 쓰린 순간이었다. 결국은 무릎을 꿇고 엎드려야 했다. 선비 체면이 사정없이 구겨졌다. 하긴, 이미 복면을 쓰고 가마도 멘 몸이다마는.

"그놈의 사형 소리 좀 집어치워라. 누가 네놈의 사형이라는 거냐. 공부는 진즉에 때려치웠다는 놈이."

"공부 다시 시작하였습니다."

"흥! 과거를 준비한다는 소문이 참말이었단 소리군."

엉거주춤 엎드린 채 희도는 구시렁거렸다.

공부를 그만두었다고 하였을 때는 불같이 화를 냈었는데 다시 시작하였다는 소리를 듣고도 어쩐지 화가 나려고 하였다. 그래서 이러지도 저러지도 못하고 인상만 구기고 있는데 그런 그의 등짝을 자경이 꾹 눌러 밟고 올라섰다.

그들이 갇혀 있는 옥엔 천장 아래로 자그마한 창이 나 있었다. 그 창 너머엔 높은 담이 서 있고 그 너머가 바로 대로인 듯하였다.

해서, 그들은 옷자락을 찢어 그들이 여기 갇혀 있다는 사실을 적은 다음 그것을 창살 사이로 던져 보기로 하였다. 운이 좋다면 담 너머까지 날아간 옷자락 속의 글을 보고 그들을 구하러 사람이 올지도 모른다고 생각하였기 때문이다.

그런 생각과 함께 자경은 희도의 등을 밟고 올라서서 잠시 심호흡을 한 다음 창살 사이로 옷자락을 찢어 똘똘 뭉쳐 만든 덩어리를 툭 던졌다. 힘껏 던져진 덩어리는 훌훌 날아가 높은 담의 직전에서 뚝 떨어졌다. 그들이 갇혀 있는 옥에서 담까지의 거리가 생각보다 제법 멀었던 것이다.

"제기랄!"

자경의 입에서 기어이 욕설이 터져 나왔다.

"이 염병을 할 대군 새끼가! 나를 가두었겠다. 감히 나를 가두고도 무사할 성싶으냐!"

"허! 무사하지 않으면?"

욱신거리는 등짝을 주무르면서 몸을 일으키다 말고 희도가 기가 차다는 표정으로 자경을 돌아보았다. 저놈이 옥에 갇히더니 사흘 만에 정신을 놓고 미쳐 버린 것이 아닌가 싶어서.

"야, 주둥이는 삐뚤어졌어도 말은 바로 해야지. 막말로, 네가 뭐라고 대군이 무사하지 못하겠냐? 이 자리에서 쳐 죽여도 잘만 무사할 것 같던데."

"누가 모른답니까? 그래서 더 화가 나는 거란 말입니다. 이

자리에서 죽어도 아무도 억울하다는 소리를 못한다는 사실을 아니까. 젠장, 이럴 줄 알았으면 아버지 말대로 날라리 벼슬아치 노릇이라도 하는 건데."

"쯧쯧, 이래서 어른 말을 잘 새겨들어야 하는 거다."

저는 착한 아들이었던 것마냥 희도가 대놓고 혀를 찼다. 그 모습이 기가 막혀 뭐라 한마디 해 주려던 순간이었다. 밥때 말고는 하루 종일 굳게 닫혀 있던 옥사의 문이 소리도 없이 열리고 있었다. 눈치채기가 무섭게 두 사람은 전광석화처럼 일어나 누가 먼저랄 것도 없이 옥문(獄門)에 달라붙었다.

"당장 이 문을 열지 못할까!"

"박 별감, 이러는 거 아니오. 내가 뭘 잘못했다고 옥에 가둔단 말입니까?"

때만 되면 어기적거리며 나타나 정말로 밥만 던져 주고 사라지는 박 별감을 향해 두 사람은 치열하게 소리쳤다.

그러나 막상 눈앞에 나타난 사람은 박 별감이 아니라 허옇고 뚱뚱한 문제의 대군이었다. 자경이 내내 '염병을 할 새끼'라고 욕을 해 대던 그 염병할 대군 새끼 말이다.

"잘 지내고 있었소?"

화사하게 웃는 얼굴로 대군이 그들을 향해 손을 흔들었다.

둘의 얼굴이 나란히 썩어 들어갔다. 자경은 말없이 지난 사흘을 반추했다. 두 사람이 반듯이 누우면 꽉 찰 만큼 좁은 곳에, 푹푹 찌는 더위하며 더럽게 맛없는 밥 등등이 뇌리를 스쳐 갔다. 빈말로라도 결코 잘 지냈다고 할 수 없는 사흘이었다.

한 사흘만 더 갇혀 있으면 발작이 아니라 아예 미쳐 버릴지도 몰랐다.

"그런 말은 대감께서 직접 들어와 지내보고 나서 합시다."

희도가 반말인지 존대인지 헷갈리는 말을 툭 내뱉고는 팔짱까지 척 끼고 서서 대군을 노려보았다. '대군이고 뭐고 내 손에 잡히기만 해 보아라, 아주 묵사발을 내 줄 테다.'라는 속내가 얼굴에 선명하게 드러나 있었다. 원래는 이 정도로 돈 인간은 아닌데 사흘 내내 갇혀 있다 보니 거의 미칠 지경이 되어 슬슬 이성마저 내려놓은 모습이었다.

그에 대해 진심으로 우려를 표하려다가 자경은 대군의 뻔뻔한 얼굴을 한번 슬쩍 본 다음 말없이 희도와 어깨를 나란히 하고 서서 팔짱을 척 끼었다. 갑자기 간이 부었는지 어디 한번 해볼 테면 해 보라는 듯한 태도였다.

그 모습을 보고 대군은 또 소리 없이 웃었다. 그러다 웃음의 끄트머리에서 마치 농담처럼 말했다.

"전하께서 칼을 뽑으셨소."

음?

"칼에는 본래 눈이 없지."

으음?

"오늘, 그대들의 가문마다 관군이 나갔소. 곧 국문(鞫問)이 있을 것이오."

자경의 표정이 멍청해졌다.

실실 웃으면서 늘어놓는 저것은 농담인가, 아니면 진담인가.

너무나 태연한 표정이라 자경은 한동안 그의 말을 제대로 받아들일 수가 없었다. 그러다 서서히 굳어지는 얼굴을 보고서야 비로소 그것이 진담, 그것도 아주 끔찍한 진담임을 깨달았다.

"국문이라니. 허면 아, 아버지께서 옥에 갇히셨단 말입니까?"

"아직! 혐의를 받은 자들은 모두 빈청에 연금되어 있소."

"연금?"

"국문을 통해 혐의를 자백받으면 죄에 따라 그 즉시 처분을 하게 되지 않을까 하오만."

말도 안 된다. 아무리 부패한 관리라 하지만 그래도 공신이었다. 공신을 연금한 것으로 모자라 국문을 하고 처분을 하겠다니. 무에 이런 황당한 일이 다 있단 말인가. 차라리 그냥 삭탈관직하고 귀양이나 보낸다고 한다면 이해라도 할 수 있었다.

어차피 관직 팔아 금품을 수수하는 일 정도는 다들 하는 일이니만치 귀양만 해도 엄히 다스리는 편이라 할 수 있었으니까. 헌데, 난데없이 연금에 국문이라니. 얘기를 들을수록 점점 더 기가 막혀져 자경은 마침내 말문까지 막혀 오는 것을 느꼈다.

"혹시, 상감마마께서 노망이 드셨습니까? 아무리 금품을 좀 수수했기로서니 그래도 공신인데 연금에 국문이라니요?"

"……역모 죄요."

"……!"

"빈청에 연금되어 있는 공신들의 죄목은 역모요. 이대로라면 살아남을 수 있는 자들이 얼마 되지 않으리라. 이제 내가 그대들을 이곳에 가둔 이유를 알겠소?"

"마, 말도 안 돼. 역모라니? 내가 우리 아버지를 아오이다. 그 양반은 결코 역모를 꾸밀 양반이……."

"병판이 전하를 독대한 자리에서 협박을 하였소. 공신들의 중지라며 뜻대로 하여 주지 않으면 세자 저하의 일을 폭로하겠다고 증좌까지 들이밀더구려. 헌데, 그자의 집안과 그대의 집안은 사돈지간이라지?"

눈앞이 아득하여졌다.

자경은 옥문을 붙잡고 선 채로 눈을 질끈 감아 버리고 말았다. 안 그래도 아슬아슬하더니 결국은 그 양반이 일을 저지르고 말았나 보다. 되지도 않을 욕심을 부리다 기어이 그의 집안의 발목을 잡은 게다.

"풀어 주십시오."

"뭐라? 그렇게 얘길 했는데도 내 말을 이해하지 못했단 말인가?"

"아니, 대군의 말씀은 제대로 다 알아들었습니다. 해서, 이곳을 나가야겠다는 겁니다. 이곳에 갇혀 있은들 역모의 죄를 피해 갈 수는 없을 테니까요. 안 그렇습니까?"

"……."

"이곳에 숨어 비굴하게 목숨을 연명하느니 차라리 가문과 운명을 함께하겠습니다. 풀어 주십시오."

단호한 한마디와 함께 자경은 대군을 똑바로 바라보았다. 대군 또한 그런 그의 시선을 피하지 않았다. 고집스러운 두 시선이 격렬하게 맞부딪쳤다. 한 치도 물러서지 않는 팽팽한 기 싸움이 한동안 이어졌다. 그런 때에 문득 희도가 말했다.

"이상하군. 대감께서도 역모를 피해 갈 수 없다는 사실 정도는 잘 알고 계실 터인데 어찌 이리하시는 겝니까?"

"그야……."

"……?"

말마따나, 이상한 일이었다.

셋째 대군이라 하면 그 가진 재능이며 지혜가 남달리 뛰어나 안팎으로 칭찬이 자자한 사람이 아닌가. 그런 사람이 자경의 처지를 짐작하지 못했을 리 없었다. 그런데도 기어이 그를 가두어 두려 할 때에는 그만한 이유가 있을 터였다.

"이것 참."

두 사람의 시선을 받은 대군이 얼굴을 슬쩍 붉히면서 부끄러운 빛을 보였다. 그래 봤자 두 사람은 '웬 사내답지 못한 짓'이냐며 눈 하나 깜빡하지 않았지만 딴에는 진실을 고백하기가 조금 난감한 듯 망설이는 기색이 역력하였다.

"그것이, 그러니까…… 그대의 가문이 역모로 몰리면 조금 곤란해진단 말이오. 삼족이 죄인이라 자연히 영령마저 죄인으로 몰릴 테고 그러면 저 변경의 의숙께서 가만 두고 보지 않으실 터인데 그것을 막으려면 강제로 이혼이라도 시키는 수밖에……."

"그러면 형수께서는 자진하실 겁니다."

"그렇지. 보나마나 따라 죽으려 들 게야. 허니, 별수 있나. 생목숨을 구하려면 어떻게든 역모 죄는 피해 가게 할밖에."

"그 말씀은 방법이 있다는?"

그 부분에서 대군은 잠시 말을 아꼈다. 그러다 긴 한숨과 함께 돌아서더니 자경의 앞을 오락가락하면서 중얼거렸다.

"사실, 가능성으로만 따진다면 그대의 가문이 제일 의심스러운 것은 사실이오. 변경의 의숙도 그렇고 병판까지 사돈으로 두었으니 세가 크질 않소."

"허나!"

"아오. 형판에게는 그럴 의지도, 깜냥도 없다는 것을. 허나, 세간의 시선조차 그런 것은 아니지. 그에게 용 같고 범 같은 아들이 셋씩이나 있음에야 더더욱."

"그러니까 저희 형제들도 역모 같은 것은……."

"어찌 증명하겠소?"

"예?"

"그대들에게 역심이 없음을 어찌 증명하겠느냐 말이오."

갑자기 말문이 막혔다. 난감하였다. 사람의 속마음을 어찌 증명을 해야 하나. 배를 갈라 속을 꺼내 보인다고 해서 알 수 있는 것이 아닌데 말이다. 결국 자경은 쉬운 길을 택했다.

"어찌하면 믿으시겠습니까?"

"형판께서는 자리에서 물러나 낙향하실 거요."

"그야 당연히……."

"은평위는 사은사(謝恩使)로 대국으로 갈 예정이오. 그대의 아우는 자제군관이 되겠지. 이제 묻겠소. 그대는 전하를 위해 무엇을 할 수 있소?"

"……."

자경은 다시 난감하여졌다.

그것이야말로 한 번도 생각해 본 적이 없는 질문이었다. 상감마마를 위해 무엇을 할 수 있느냐니. 일찌감치 벼슬에 대한 꿈을 접은 터라 그는 내내 가문에 대해서만 생각하였지 거기까지는 생각을 해 본 적이 없었다. 그리고 막말로 굳이 상감마마를 위해야 하는 이유도 모르겠고.

거기까지 생각하다가 그는 문득 대군을 바라보았다.

여전히 허옇고 뚱뚱한 몸뚱이였지만 유난히 까만 눈동자만큼은 맑게 반짝이고 있었다. 그것을 가만히 보다가 그는 다시 세자에 대해 생각해 보았다. 직접 대면한 적은 없으나 가마를 멘 이후 이미 그와는 돌아올 수 없는 강을 건넌 사이나 마찬가지가 되어 버렸다. 결국은 그 때문에 이 사달이 났으니 말이다.

그러니 이제 와 새삼 성상이나 세자를 위한 충심이 생겨날 리 만무하였다. 하지만 눈앞의 이 사람이라면…… 어쩌면 조금 다를 수도 있지 않을까. 자경은 마침내 결정을 내렸다.

"그렇다면 저는 과거를 보아 벼슬길에 오르겠습니다."

원하시는 대로, 볼모가 되어 이 한양 땅에 남아 있겠습니다.

그의 대답에 대군이 마침내 만족스럽게 미소 지었다. 그러더니 간다는 말도 없이 훌쩍 돌아서면서 또 말했다.

"곧 일이 마무리될 것이니 하루만 더 견디시오. 내 계획대로만 된다면 그대들은 무사히 가문과 목숨을 지켜 낼 수 있으리라."

"잠깐!"

옥사를 나서려는 대군을 자경이 황급히 불러 세웠다.

이제껏 그를 전전긍긍하게 만든 일 때문에 마음이 급해진 탓이었다. 자경은 허리춤에서 줌치를 풀어냈다.

"대군께 한 가지 부탁을 드릴 것이 있습니다."

"음?"

"중요한 일입니다."

"……."

"혹, 하백 대감을 아십니까?"

순간, 대군의 얼굴에서 표정이 사라졌다. 선한 눈매에 문득 의심의 빛이 어리는 것이 보였다. 그것을 무시하고 자경은 꼿꼿하게 줌치를 내밀었다.

"내가 아는 그 하백 대감을 이르는 것이오?"

"알고 계시는군요. 그분께 이것을 전해 주십시오."

"그것이 무엇이기에?"

"그냥 줌치입니다. 이것을 전하시면서 한마디만 같이 전하여 주시면 됩니다. 이 줌치의 주인은 이자경과 혼인을 한 사람이라고요."

그 말에 대군의 표정이 오묘하게 변하였다.

조금 놀랐다가 허탈해하고 그러다가 다시 짓궂은 얼굴로 돌아와 슬며시 줌치를 받아 들었다. 그리고 말했다.

"그대가 참말 대단한 부인을 두셨다는 사실을 알고 있소?"

"예? 그게 무슨……."

"그대의 부인께서 어명을 받잡고 나간 관군들을 잡아다 장을 쳤다오."

"헛!"

"상감마마께서는 분명히 집주변을 지키라고만 하셨는데 안으로 들이치어 사람을 상하게 하였으니 어명을 어긴 것이라고 하며 그리하였다는군. 참으로, 간도 큰 여인이 아니오."

자경의 입이 쩍 벌어졌다.

아무리 간이 커도 그렇지 이 시국에 어명을 받잡고 나간 관군들을 잡아다 장을 치다니. 이 여인네가 대체 무슨 짓을 벌이고 있는 것인가. 상상만으로도 눈앞이 아찔해지면서 등줄기를 따라 소름이 타고 올라왔다.

"말도 마십시오. 안 그래도 이 친구는 그 대단한 부인에게 뺨까지 얻어맞고 사는 팔자랍니다."

딴에는 놀린답시고 희도가 곁에서 한마디를 던져 놓았다. 대군의 시선이 이번엔 측은함으로 물들었다. 그 앞에서 자경은 긍정도 부정도 하지 못한 채 그저 떨리는 심정으로 먼 산만 바라보아야 했다.


대군이 떠나고 나자 자경은 지칠 대로 지치어 바닥에 털썩 주저앉아 버렸다.

"네가 하백을 어찌 아는 거냐?"

"그냥 압니다."

"어마어마한 부자라던데."

"생긴 것은 뭐 평범합디다."

평범하지만 결코 그냥 스쳐 갈 수 있는 사람도 아니었다. 한 나라의 군주에게서나 볼 수 있는 위엄이 있어 그를 한 번 본 사람은 쉽게 잊을 수 없었다. 그런 그에게 자경은 줌치를 전하기로 결심한 참이었다. 이유는 간단하였다.

'잃어버린 자식을 찾고 있다는 소문을 들었다. 그것이 사실이라면, 어쩌면 아내의 신세내력에 대해서도 알고 있을지 모른다.'

하잘것없는 천 쪼가리에 지나지 않았지만 그것은 아내가 가진 전부나 마찬가지였다. 스스로와 가족에 대해 알 수 있는 하나뿐인 단서였다. 그런 것을 알아본 사람은 하백이 유일했다. 그렇다면 그는 어떤 식으로든 아내와 관계가 있을지도 몰랐다.

'그가 찾고 있다는 딸이 아니어도 좋다. 하백이라면, 적어도 그가 소문 그대로의 인물이라면 하찮은 인연일망정 소중히 여겨 아내를 지켜 줄 수 있을 것이다.'

대군의 계획은 그럴듯하였지만 지나치게 순진하였다.

역모로 몰릴 지경에 처하였는데 낙향을 하고 상감마마께 충심을 보인다고 하여 금방 없던 일이 된다면 죽을 사람이 누가 있겠는가 말이다.

'나는 어찌 되어도 좋다. 어차피 가문의 은덕을 입은 몸이니 이제 와 새삼 억울할 것도 없음이야. 허나, 아내는 아니다. 그 사람은 죄가 없다.'

어떤 희생을 치르더라도 아내만은 구하고 싶었다.

그녀는 그의 가슴에 박힌 못이었다. 그 가여운 사람이 험한 꼴을 겪는 것은 죽어서도 차마 볼 수가 없을 터였다. 해서, 자경은 그녀를 하백에게 맡기기로 결심한 것이다. 그의 선택이 옳은지, 아닌지는 오직 하늘만이 알고 있으리라.

"제발 무사해야 하오."

천장을 바라보며 자경은 그렇게 기원하고 있었다.

하룻밤 사이 박우의 얼굴은 말도 못하게 초췌해졌다.

— 어디 한번 해보게나. 물론, 내게 다른 아들들이 있다는 사실도 잊지 말아야겠지.

서슬 퍼런 눈을 빛내면서 주상은 그렇게 말했었다.

심지어, 보쌈을 당하여 춘궁에 들었다가 시신이 되어 나온 여인이 있다는 사실과 그 증좌를 들이밀어도 보았지만 그 또한 아무런 효과를 내지 못하였다. 그저 책임을 묻는답시고 춘궁의 색차지 몇을 잡아다 장을 치고 귀양을 보내는 것에 그쳤을 뿐이었다. 그러나 그 일을 거론한 것에 대한 대가는 짐작했던 것보다 혹독하게 돌아왔다.

'심상치가 않아. 이대로 가만히 있다가는 역모로 몰려 죽을 수도 있음이야.'

빈청에 연금된 채 만 하루를 보내고 나니 없던 위기감이 돌았다.

아닌 게 아니라, 벌써부터 집으로 관군이 몰려가고 밑도 끝도 없는 역모 운운하는 소리들이 심심치 않게 들려오고 있는 참이었다. 그렇게 상황이 걷잡을 수 없는 방향으로 흘러가자 문득 의심도 들었다.

'아무래도 그물에 걸린 듯한 느낌이란 말이지. 혹, 주상께서 우리를 쳐내기 위해 일부러 만든 기회가 아닐까?'

교활하고 잔인한 것으로 치면 따라갈 자가 없는 위인이 바로 주상이었다. 그런 사람이 그간 공신들에게 지나치게 유하게 군 것 하며, 그가 움직이기가 무섭게 갑자기 쏟아지기 시작한 상소들까지. 아무래도 수상하지 않은가 말이다.

"이거 이러다 하지도 않은 죄를 뒤집어쓰는 거나 아닌지 모르겠소이다."

사방에서 죄어 오는 불안한 낌새를 영 떨쳐 버릴 수 없었는지 응양군이 땀을 뻘뻘 흘리면서 중얼거렸다.

"확실히 폐세자를 거론한 것은 실수인 듯하오."

"그, 그렇지요. 적반하장이라, 상소가 쏟아지는 때에 너라고 잘한 것 없다며 대거리를 해 댄 꼴이니."

"뭐요?"

공신들 사이에서 하나둘씩 딴소리가 나오기 시작하였다. 신경이 날카로워진 때라 박우도 당장 눈썹부터 치켜세웠다.

"당장 목이 날아가는 것 아니냐며 벌벌 떨던 사람들이 이제 와 딴소리를 하는 거요?"

"그, 그래도 주상을 협박한 것은 좀 지나친 듯하여……."

"흥! 할 소리를 한 것뿐인데 그것이 어찌 지나치단 말이오. 그리고 협박이라니. 그것이 어찌 협박이란 말이오. 우리는 다만 충신으로서 간언을 한 것이오."

대저 충신과 간신을 가르는 기준이 무엇인가. 시도 때도 없이 그저 옳다고만 하는 것이 간신이라면 때로는 목숨을 걸고 상의 기분을 거스르는 소리도 하는 것이 충신이 아니던가. 그러니 거칠고 방탕한 세자를 탄핵한 것도 결코 죄가 될 수 없었다.

"우리의 죄라면 그저 때를 잘못 맞추었다는 것뿐이지. 하필이면 우리를 탄핵하는 상소가 몰아칠 때 그런 이야기를 꺼낸 것이니 말이오."

어찌 들으면 비겁하기까지 한 말을 아무렇지도 않게 떠들며 박우는 슬며시 한 걸음 물러서는 자세를 취했다. 이대로 계속 주상에게 맞서 봤자 득 될 것이 없다는 계산에서 나온 행동이었다. 공신들이 똘똘 뭉쳐 힘을 합쳐도 이길까 말까 한 상황에서 그나마도 흉중에 저마다 다른 생각을 품고 있으니 일이 제대로 이루어질 리가 있을까.

'지금은 물러서야 한다. 시간을 벌어야 해.'

박우는 가능한 납작 엎드리기로 결심했다. 원한다면 죽는 시늦까지도 하리라. 시간을 벌 수만 있다면, 그리하여 언젠가 단한 번의 기회를 만들 수만 있다면 그까짓 굴욕을 견디는 것 정도는 아무것도 아니었다. 지금은 살아남는 것이 중요했다. 단단한 결심과 함께 그가 조용히 밖을 향해 소리쳤다.

"막손이 게 있느냐?"

"예, 대감."

"이것을 은밀히 내 집에 전하거라."

내시 복장을 한 사내에게 건넨 것은 손바닥만 한 작은 종이였다. 안사람에게 당부하는 말을 빼곡하게 적은 것이었다. 그것을 받아 들고 사내가 사라졌다. 그제야 박우는 조금 안심한 표정을 지을 수 있었다.


"그것이 무슨 말이냐?"

왕은 설핏 눈살을 찌푸렸다.

"역모로 다스려서는 안 된다니. 허면, 무슨 죄로 다스리리?"

"상소에 적힌 대로 죄의 유무를 따지시고 그 죄의 경중을 가리어 처벌을 하심이 옳은 줄로 아옵니다."

"자신들의 죄를 가리고자 감히 세자의 일을 거론하며 협박까지 한 자들을 그냥 놓아두란 말이냐?"

"그리 거론을 할 만큼 처신을 바로 하지 못하신 것은 저하이시니 어찌 그들만 탓할 수 있겠습니까?"

"뭐라?"

"통촉하여 주십시오, 전하. 이 일을 계기로 삼아 저하께서 주위의 사특한 것들을 물리치시고 수신(修身)에 더욱 힘을 쓰도록 하심이 옳을 줄로 아옵니다."

아픈 구석을 쿡 찌르는 말에 왕의 얼굴은 더욱 구겨졌다. 그러나 또한 틀린 말이 아닌지라 대놓고 나무랄 수도 없었다. 해서, 한다는 말이 겨우 맏이 편들기였다.

"그, 그래도 네 형이 요즘은 조금 자제를 하고 있느니라."

"후우, 조금 더 알아보시옵소서."

"엉? 그것이 무슨 말이냐?"

"아무것도 아니옵니다. 아무튼 공신들을 모두 역모로 몰아 죽이는 것은 전례에도 없는 일이오니 부디 생각을 달리하여 주십시오. 허면, 소신은 이만 물러가옵니다."

제 할 말만 다다다 해 놓고 대군은 재빨리 편전을 벗어났다.

평소보다 많이 움직인 탓인지 벌써부터 피곤이 몰려오고 있었다.

"후우, 아무래도 너무 쉽게 생각한 것인가."

매끈한 이마에 주름을 만들며 그는 진지한 자세로 생각을 가다듬었다. 그저 역모 죄만 피해 가면 그만일 줄 알았는데 그 일이 생각보다 쉽지가 않았다. 전하께서는 그냥 공신들의 기세를 꺾어 놓으려는 것이 아니라 세자를 위해 아예 주위를 정리하고 싶으신 기색이었던 것이다.

"가시나무, 가시나무."

나직한 한마디가 입안에서 맴돌았다.

대군은 저 대국의 옛 황상의 일을 떠올리고 있었다. 검교를 키워 신하들의 일거수일투족을 감시하며 핍박하기를 즐기던 황제에게 태자가 신하들을 의심하고 죽이는 일을 그만두라고 청하자 황상은 가시가 잔뜩 박힌 나뭇가지를 가져오게 하였다. 그러고는 태자에게 나뭇가지를 쥐어 보라고 명했다.

그에, 태자가 '가시가 많아 쥘 수 없습니다.'고 하자 황상은 '그러면 너를 위해 내가 가시를 모두 잘라 주겠다. 지금 내가 하고 있는 일이 바로 그런 것이니라.' 라고 말하였다. 지금의 전하께서도 바로 그런 일을 하고 계신 것이리라.

"외척을 잘라 내고 공신들을 잘라 내고. 그 뒤에는?"

중얼거리면서 멍하니 걷다가 그는 문득 멈추어 서서 하늘을 올려다보았다.

"오롯이 혼자라면 얼마나 외로울까?"

아무도 믿지 못하여 다 잘라 내고 내치고. 그렇게 피로 닦은 길을 걷는 인생은 얼마나 고단할까.

"나와는 상관이 없는 일이지만."

그 길의 주인이 내가 아니어서 그 얼마나 다행인가.

대군은 스스로의 위치에 대단히 만족하여 몇 번이나 고개를 끄덕였다. 그러면서 줌치를 뒤져 육포 쪼가리를 꺼내 입에 물더니 다시 천천히 걸음을 옮기기 시작하였다.

"그나저나 이제 어쩐다? 그들을 그냥 죽게 내버려 둘 수는 없는데. 방법이……."

방법이 있었다.

조금 어려운 방법이긴 하나 생각지도 않게 마침 좋은 수단이 생겼다. 통통한 손가락을 움직여 그가 이번엔 품을 뒤졌다. 손끝에서 형판 댁 둘째 아들에게서 받아 온 줌치가 딸려 나왔다. 알록달록 문양도 화려한 것을 눈앞에 대고 바라보면서 그가 다시 미간을 찌푸렸다.

"보면 볼수록 참 요란한 줌치로다."

'사내 주제에 이런 것을 잘도 달고 다녔도다.' 생각하면서도 그 미끈한 얼굴을 떠올리고는 저도 모르게 고개를 끄덕였다. 확실히 얼굴 하나는 잘난 사내였다. 심지어는 이런 줌치를 달고 다녀도 괜찮을 정도로 잘났다. 그런 사내가 더없이 진지한 얼굴로 하백의 이름을 거론하였다.

"아무래도 이것과 연관이 있지 싶은데."

잃어버린 딸을 찾아다니는 의숙과 형판의 둘째 아들, 그리고 쓸데없이 화려한 줌치. 그 사이에 숨겨진 사연이 문득 궁금해지는 순간이었다. 하여서, 그는 평소보다도, 심지어는 이제껏 겪어 본 적이 없을 만큼 빠른 속도로 걸어 궁을 벗어나기 시작했다. 가슴이 벌렁거렸다.

"대감, 제발 천천히 걸으십시오. 그러다 쓰러지십니다."

"어허, 괜찮다는데도."

"안 괜찮습니다. 벌써 땀이 줄줄 흐르고 있지 않습니까? 어서 교자에 오르시지요."

걸어서 궁을 벗어나는 것은 쓸데없는 만용이었던가.

고작 몇 발작 걸었을 뿐인데 숨이 거칠어지고 심장이 뛰어나올 듯 벌렁거리는 데다 땀까지 비 오듯 흘러 결국 걷는 것을 포기하고 그는 부축을 받아 엉금엉금 교자에 올랐다. 그 상태로 교자는 이제껏 그가 걸어온 속도보다 훨씬 더 빨리 내달려 애초의 목적지로 향하였다.


"누가 왔다고?"

기다리는 소식이 있어 내내 마당을 서성이고 있던 어겸에게 마랑이 달려와 고한 말은 진정 뜻밖이었다.

"접니다, 의숙."

"허! 정말 대군이셨군요."

땀까지 뻘뻘 흘리며 절인 딤채처럼 교자에 축 늘어져 있는 허연 덩어리는 진정 그가 아는 대군이 맞았다. 깨닫자마자 어겸의 눈이 더욱 커다랗게 벌어졌다. 그는 이제껏 저 아이가 제 발로(?) 누군가를 찾아다니는 것을 처음 보았는데, 그 대상이 바로 자신이라는 사실에 거의 충격을 받을 지경이었다.

"이거, 오늘은 해가 서쪽에서 떴나?"

부랴부랴 대군을 끌어다 보료 위에 앉혀 놓고 어겸은 안도의 한숨을 내쉬었다. 그러면서 농담처럼 한마디 보태었다.

"하마터면 내 집 안에서 대군이 죽는 모습을 볼 뻔하였소이다. 그래, 어쩐 일로 그 무거운 걸음을 예까지 옮기신 겁니까?"

"후우, 그간 뜸하였다고 너무 나무라지 마십시오. 사실, 제가 뜸하였던 것이 아니라 의숙께서 바쁘셨던 것이니까요. 그리고 오늘 제가 예까지 온 것은 어떤 사람에게 부탁받은 일이 있어서입니다."

"음?"

"의숙께서도 아시는 사람입니다."

어겸의 표정이 신중해졌다.

그를 알고 대군을 알고 거기에 더해 대군을 통해 무언가 부탁을 할 만한 사람이라면 진정으로 몇 되지 않았기 때문이었다. 그 첫 번째 사람이 바로 의형이신 상감마마였다.

"전하께서 보내신 것입니까?"

"아닙니다."

"허면?"

"혹, 이자경이라는 이름을 알고 계십니까?"

"이자경이라 하면?"

갑자기 정신이 번쩍 들었다.

안 그래도 우연히 마주쳤다가 다음을 기약하며 헤어진 이후 그는 줄곧 자경과의 만남을 고대하고 있었다. 헌데, 어찌 된 영문인지 중간에 자경이 사라지더니 곧 어명을 받은 군사들이 쏟아져 나와 공신들의 저택을 에워쌌다.

아무리 기다려도 연락은 없고 사람도 나타나지 않아 얼마나 애가 탔는지 모른다. 하다하다 염치 불고하고 직접 형판의 집으로 찾아가 볼까 생각하였을 정도였다. 듣자 하니, 집에도 없는 것 같지만 말이다.

"대군께서 그 이름을 어찌 알고 계시오?"

"어쩌다 보니 알게 되었습니다만, 그 사람이 의숙을 안다며

123

제게 부탁을 해 왔습니다."

사돈이니 이름이야 원래부터 알고 있었고 그 사람을 알게
된 것은 최근이라고 말하며 대군은 품을 뒤져 그에게도 익숙한
물건을 꺼내 놓았다.

"이, 이것은?"

"그 사람이 의숙께 전해 달라 하였습니다. 이 줌치의 주인은
이자경과 혼인을 한 사람이라고 전하라 하였지요."

"이자경과 혼인을 한 사람?"

충격으로 손이 다 떨렸다.

아무렇지도 않게 폭로된 것치고 진실은 생각보다 강하게 그
의 뒤통수를 후려치고 있었다.

관등놀이 때 스쳐 간 그 아이, 어여쁜 댕기를 매고 있었는데
그사이 혼인을 한 것일까?

덜덜 떨리는 손으로 줌치를 받아 들고 어겸은 저도 모르게
눈물을 글썽거렸다. 손에 와 닿는 천의 감촉이 끔찍할 만큼 익
숙하였다. 오래전 이 천을 구할 때 만져 보고 처음이었는데 그
사이의 세월 따위는 알 바 아니라는 듯 그렇게 생생하게 기억
을 불러왔다.

"이자경은 어디에 있습니까?"

"사정이 있어 제가 따로 보호하고 있습니다."

"보호라. 그렇다면 끝까지 잘 보호하셔야 할 겝니다. 그의
말이 사실이라면, 아니 사실을 확인할 때까지만 부탁드리겠습
니다."

확인만 되면 어떤 방법으로든 그를 **빼내** 갈 자신이 있다는 듯 어겸은 단호하게 말하며 눈을 빛냈다. 확실히 그는 무엇이든 원하는 일을 할 수 있는 사람이었다. 그런 그를 향해 대군이 조심스럽게 되물었다.

"혹, 어떤 사정인지 알 수 있겠는지요?"

"모르는 것이 더 나을 겁니다. 더구나 지금은 일일이 설명할 만한 정신도 없군요. 하지만 단언하건대 곧 모든 일을 제대로 고하는 날이 찾아올 것입니다."

"음, 그렇군요."

대군이 알아들었다는 듯 천천히 고개를 끄덕였다. 대강이나마 어떤 일과 관련되었는지 짐작을 한 기색이었다. 그러거나 말거나 마침내 기다리던 소식을 전해 들은 어겸은 당장이라도 자리를 박차고 달려 나가고 싶은 마음에 벌써부터 엉덩이가 들썩거렸다.

헌데, 그런 사실을 아는지 모르는지 대군은 용건이 다 끝났음에도 불구하고 우물쭈물하며 꿋꿋하게 자리를 지키고 있었다.

"용건이 더 남은 것입니까?"

"예!"

혹시나 싶어 묻자 당장 호쾌한 대답이 날아왔다. 물어봐 주기를 계속 기다리고 있었다는 뜻이었다. 그러고도 한참이나 대군은 제대로 된 용건을 꺼내지 못하였다.

그래도 재촉하는 기색 하나 없이 어겸은 인내심을 가지고.

끝까지 기다려 주었다. 이 책 읽기를 즐기는 조카님의 성정이 보기보다 깊고 신중함을 잘 알고 있는 까닭이었다. 그리고 마침내 대군이 입을 열었다.

"외람되오나, 의숙께 청이 하나 있습니다."

"말씀하시지요."

"의숙의 사정을 모르는 바가 아니지만……. 바라건대, 공신들을 구해 주십시오."

"음?"

"전하께서는 그들을 역모 죄로 다스리고 싶어 하십니다. 허나, 그러자면 너무 많은 피가 흐르게 됩니다. 그들의 죄는 무거우나 목숨을 잃을 만치 중한 죄는 아닌 줄 압니다. 구해 주십시오. 이자경을 구하시려면 그들도 구하셔야 합니다. 그 또한 공신의 가족이니까요."

순간, 줌치를 어루만지던 손길이 뚝 멈추었다.

어겸은 시선을 들어 조금 신기한 기분으로 대군을 바라보았다. 이 아이가 벌써 이리 자랐던가. 묘한 감회에 사로잡힌 채 그는 마치 그리듯 아직 앳된 얼굴을 살피고 맑은 눈과 고집스러운 입매를 보다가 문득 물었다.

"도야, 너도 꿈을 꾸고 있느냐?"

"……?"

"네 눈 속에 불이 있구나. 오래전 어느 날 나는 형님의 눈 속에서도 그 불을 보았었지. 네 불을 잘 키우거라."

어겸의 시선이 다시 손에 쥐고 있는 줌치로 향했다.

"그만 돌아가 보시오, 대군. 대군의 뜻은 이루어질 것이니."

그 한마디와 함께 모든 용건이 끝났다. 그리고 대군은 망설임 없이 자리를 털고 일어섰다. 속삭이듯 중얼거리던 어겸의 말이 화인처럼 가슴에 남았지만 내색하지 않았다. 심지어, 그 말이 무슨 뜻인지 미처 헤아리지도 못할 만큼 당황한 채였다.

허둥지둥 사라지는 그의 뒤꽁무니를 어겸은 꽤 오랫동안 바라보고 있었다. 손엔 여전히 줌치가 들려 있었고 생각 또한 여전히 그에 머물러 있었으나 이 순간만큼은 대군의 모습을 기억해 두고 싶은 마음이었다.

"지난날, 내가 보았던 형님 전하의 불은 델 만큼 뜨거웠었단다. 그 불길에 데어 지금까지도 이렇게 아픈 곳투성이지. 헌데, 다행히 네 불은 조금 더 다정한 듯하구나."

거센 불길은 사람을 태워 죽이나 온화한 불길은 사람들을 곁으로 불러 모으는 법이었다. 머잖아 저 아이 곁에도 수많은 사람들이 모이게 되리라. 어쩌면 자경도 그중 하나가 되지 않을까?

"이자경과 혼인한 사람이라. 석중 이구헌의 둘째 며느리란 말이지."

"형판 댁의 둘째 며느님이라면, 어명을 어겼다며 관군들을 잡아다 장을 쳤다는 그분이 아닙니까?"

어느새 다가온 마랑이 짐짓 알은체를 했다.

그런 사실 정도야 어겸도 모를 리 없건만 그렇게 나서서 거드는 것은 그만큼 그도 마음이 급하다는 증거였다.

"어찌, 사람을 보내 자세히 알아보라 할까요?"

"아니, 아니다. 그러기엔 내가 너무 오래 기다렸다."

"하면, 직접 찾아가 보시렵니까?"

"그러고 싶다만……. 두렵구나. 그 아이는 나를 모르고 있을 것이 아니냐."

말끝에 희미한 울음이 묻어났다.

그 또한 눈이 있고 귀가 있는데 그 집안의 소식을 어찌 듣지 못하였을까. 자경의 안사람에 대한 일도 그는 이미 잘 알고 있었다. 그래서 서러움이 더 클 수밖에 없었다.

"이 아비를 모르고 제 신세내력도 모르고 그저 개경 김 진사의 딸이라고만 알고 있을 것이 아니냐. 그런데 어찌 찾아간단 말이냐. 멀쩡히 잘 지내고 있을 아이에게 이제 와 '내가 네 아비니라.' 고백해서 뭘 어쩌려고."

고백한들 믿어나 줄까.

그토록 애타게 찾던 아이가 손만 뻗으면 바로 닿을 거리에 있었다. 마음만 먹는다면 당장이라도 달려가 제 딸이 맞는지 확인을 할 수도 있다. 헌데, 그럼에도 불구하고 어쩐 일인지 그는 함부로 움직일 수가 없었다.

혹시라도, 아닐까 봐 두려웠다. 아니, 딸이 틀림없다고 해도 그 아이에게 거부당하고 내쳐질까 봐 두렵기도 하였다. 두려움은 점점 더 커져 당장이라도 그를 집어삼킬 것만 같았다.

"허면, 이자경을 먼저 만나 보시지요. 지금 대군의 사저에 있다 하니 만나 보기가 더 편하지 않겠습니까?"

"……."

"저쪽의 이야기를 먼저 들어 보고 만나 볼지 말지 결정을 하시는 것이 옳을 듯합니다."

마랑의 말에 어겸은 내심 고개를 끄덕였다. 그로서도 차라리 자경을 만나 보는 편이 부담이 덜한 것이 사실이었다. 이런 상황도 상황이거니와 그가 직접 찾기엔 시절이 수상한 때가 아니던가.

해서, 떨리고 두려운 마음을 애써 털어 내고 마침내 결심을 굳히려는 순간이었다. 자경을 떠올리던 그의 뇌리에 문득 잊고 있던 한마디가 스쳐 가고 있었다.

— 이쪽에도 사람 목숨이 걸려 있습니다.

분명히 그렇게 말했었다.

"이상하구나. 고작 줌치 하나를 두고 그자는 왜 그리 말했을까?"

그가 줌치 하나에 목숨을 건 것은 분명히 그럴 만한 사정이 있는 탓이었다. 헌데, 자경도 이 줌치에 목숨이 걸려 있다고 말했다.

이상한 일이었다. 대체, 그는 무슨 사연이 있기에 여기에 목숨을 걸었을까.

"네 말이 옳다. 나는 아무래도 이자경을 먼저 만나 봐야겠구나."

그렇게 결정이 내려졌다.


공주 자가는 놀란 얼굴로 고개를 저었다.

"아닐세. 난 절대 그리 못하였을 것이야. 그저 호통을 쳐 내치는 것으로 그쳤겠지."

"저도 마찬가지입니다, 제수씨."

"저도요, 형수님."

이씨 집안의 두 형제들도 경악한 얼굴로 오복을 보고 있었다. 그 바람에 오복의 얼굴이 점점 더 벌겋게 물들었다.

"아, 아니 소첩은 그저 서방님을 생각하였을 뿐인데……."

"음, 확실히 아우라면 그랬을 수도 있겠습니다."

"작은형님이 생긴 것과 달리 괄괄한 기상이 넘치기는 하지요. 하지만 아무리 그래도 그렇지……."

'어찌 어명을 받잡고 나온 관군을 잡아다 장을 친단 말입니까.' 라는 말이 들린 것만 같아 오복은 저도 모르게 또 어깨를 움찔 떨었다. 딴에는 집안을 지킨답시고 한 행동이었는데 이제 보니 하마터면 제가 이 집안을 말아먹을 뻔하지 않았는가 말이다.

"소, 송구하옵니다."

그제야 상황의 심각성을 깨달은 오복이 고개를 팍 숙이고 울상을 지었다.

"아닙니다, 제수씨. 잘하셨습니다."

"그렇습니다, 형수님. 건방지게 창칼을 꼬나들고 온 자들에게 한 방을 보여 줬으니 앞으로는 조심들 하겠지요."

"그, 그래도 혹시나 상감마마께서 그 일을 문제 삼으시면……."

"괜찮네. 어명을 어긴 것은 저들이니 전하께서도 트집을 잡지는 못하실 것이야."

"그, 그럴까요?"

고개를 발딱 들고 애원하듯 묻자 세 사람이 동시에 허탈한 웃음을 흘렸다. 강단 있게 매질을 명한 사람답지 않게 이제 와 소심한 모습을 보이는 것이 어쩐지 우스웠던 것이다.

"우, 웃지 마시어요. 그때는 저도 제정신이 아니었단 말입니다. 아버님이랑 서방님도 아니 계시고 공주 자가랑 아주버님께서도 아니 계시니 저라도 집안을 지켜야지 생각하였거든요."

"잘했네. 자네가 이리 잘 해낼 줄 알았다면 아예 걱정도 하지 않았을 것이야."

"그러게 말입니다."

"하아, 그나저나 형님께서는 어디에서 뭘 하고 다니시기에 이리 감감무소식인지 원."

아직도 행방을 알 수 없는 자경의 이야기가 나오자 분위기가 금방 착 가라앉았다. 특히, 오복은 얼굴이 어두워지다 못해 눈가를 벌겋게 물들이며 울먹이기까지 하였다.

"안 그래도 사람을 더 풀어 찾아보고 있사온데, 아직 소식은 없나이다. 참말 걱정이 되어 죽을 것만 같습니다."

"너무 걱정 말게. 계속 찾고 있으니 곧 좋은 소식이 있겠지."

"그러면 오죽이나 좋겠습니까."

아직 아버님이 돌아오지 않고 계신 터라 이리 은밀히 사람을 쓰고 있지만 나중에라도 아버님이 돌아오시면 제가 직접 나가 찾아볼 생각도 하고 있었다. 이렇게 앉아 돌이 되어 가느니 차라리 낯선 시전거리를 헤매고 다니는 편이 더 나을 성싶었던 것이다.

"고, 공주 자가 손님이 드셨사옵니다."

방 밖에서 가성댁이 전에 없이 나직한 목소리로 고하여 왔다. 동시에 누군가의 날카로운 목소리가 뒤를 이었다.

"손님이라니? 내가 어찌 손님이란 말이냐!"

"……."

"네 이년, 내가 이 집안의 막내며느리임을 네년이 모르지 않을 터! 네가 지금 나를 괄시하는 것이냐?"

카랑카랑 울려 퍼지는 목소리에 모두의 눈이 동시에 둥그레졌다. 가성댁이 말하는 '손님'의 정체를 깨달은 것은 물론이었다.

## 十三. 발고(發告)

옥금을 다시 만난 것은 그날 이후 근 보름만의 일이었다.

구질구질한 봉변에 매질까지 당하고 쫓겨난 터라 면구스러워서라도 치료를 핑계 삼아 한동안은 근신을 하겠거니 생각하였는데 그것이 아주 틀린 짐작이었음을 홍주는 그녀의 말짱한 얼굴을 통해 깨달았다.

"어쩐 일이셔요?"

짜하게 퍼져 나간 소문이 채 가라앉지도 않은 때에 얼굴 빳빳이 들고 외출을 나선 옥금을 홍주는 조금 못마땅한 얼굴로 흘겨보았다. 새삼스레 분노가 치솟았다. 저 음란한 계집의 실수 때문에 아무 한 것 없는 저까지 쫓겨났다는 생각을 지울 수가 없었던 것이다.

"왜 그렇게 보니?"

"밖에 서 있는 군사들 못 보셨어요?"

"봤지. 헌데, 그게 왜?"

"하! 우리 집안이 망할까 말까 하는, 풍전등화의 지경에 처해 있다는데 아무 생각도 안 드신단 말이에요?"

주먹까지 불끈 쥐고서 홍주는 호통을 쳤다.

군사들이 몰려와 집을 겹겹이 에워싼 직후 아버지는 몰래 사람을 보내 소식을 전하여 왔다. 그때부터 집안의 장정들이 하나둘씩 사라지더니 오늘은 결국 어머니의 입에서 '만일의 일을 대비해야겠다.'는 말이 나왔다.

— 결코 허무하게 무릎을 꿇는 일은 없을 게다. 시위를 해서라도 원래대로 돌려놓을 것이야. 허나, 만일 일이 틀어질 기미가 보인다면 너는 지체하지 말고 네 시댁으로 가거라. 그나마 공주의 곁이 가장 안전할 게다.

눈앞이 캄캄하여졌다.

아무리 일이 급하게 돌아간다고 하여도 그렇지, 그 치욕스러운 일을 당하고 강제로 쫓겨 왔는데 거길 어떻게 다시 돌아간단 말인가.

그냥 조용히나 돌아왔으면 이런 걱정도 안 한다. 어머님과 서방님을 비롯한 모두가 지켜보는 앞에서 수모를 절대 잊지 않겠노라, 반드시 후회하게 만들어 주겠노라고 큰소리까지 쳐대지 않았던가.

'차라리 내가 자진을 하고 말지.'

돌아갈 명분도, 용기도 없는 마당이었다.

모든 것을 잃고 모진 꼴을 겪으니 그녀는 차라리 이 자리에서 죽어졌으면 싶었다. 죄인의 신분으로 떨어져 비참하게 목숨을 구걸하는 것보다 병조판서의 하나뿐인 딸로, 아씨마님인 채로 죽는 것이 백번 낫지 않겠는가 말이다.

해서, 그녀는 요즘 장도를 품고 사는 것은 물론, 한편으로는 의원을 통해 몰래 비상을 구하고 있었다. 일이 틀어졌을 때 깨끗하게 목숨을 끊기 위해서였다. 헌데, 이런 절박한 심정도 몰라주고 비단옷 차려입고 아무렇지 않은 얼굴로 나들이를 오다니. 홍주의 미간에 진한 분노가 차올랐다.

"어찌 그리 생각이 없으셔요? 자중해도 모자랄 때에 여기가 어디라고 함부로 찾아오셨느냐고 묻는 거여요?"

"어머나, 얘 말하는 것 좀 보소. 누가 들으면 내가 지금 못 올 데라도 와 있는 줄 알겠네."

"흥! 못 올 데가 아니면요? 참 뻔뻔도 하십니다. 내가 지금 누구 때문에 이런 꼴이 되었는데!"

"그게 어찌 내 탓이니? 그 집안사람들이 모질어서 그런 게지. 아무리 실수를 하였기로서니 그래도 사돈지간인데 매질을 하는 정부인이나 처라고 두둔하기는커녕 내치는 네 서방이나. 어찌 그리들 못되어 처먹었는지."

제가 벌인 일은 생각지도 않고 옥금은 매 맞은 일만 가지고 바락바락 이를 갈았다. 지난 보름간 자리보전하고 누워 지내며 생각하고 또 생각하였지만 그때마다 수치스러운 마음 대신 억울한 마음만 불쑥불쑥 커졌다. 해서, 얼추 거동할 만해지자마자 이렇게 홍주를 찾아온 것이었다.

"아무리 생각해 보아도 억울해서 살 수가 있나. 참아 보려 하였지만 이대로 가만히 있다가는 내가 화병이라도 들어 먼저 죽을 것만 같은데 어쩌란 말이니?"

"……."

"당한 대로 갚아 주고 싶다. 무슨 수를 써서라도 그것들의 입에서 살려 달라는 소리가 나오게 하고 싶단 말이다. 해서, 혹 무슨 방도라도 있을까 싶어 온 길이다. 나라고 왜 염치가 없겠니. 사실, 나도 예까지 오는 일이 쉽지는 않았어, 이것아."

뒤늦게 얼굴을 붉히며 옥금이 어물어물 덧붙였다.

"아무리 어렵게 되었다지만 이모부님께서는 그래도 힘이 있으시지 않니."

"그 힘이 모자라 이리 수모를 당하고 있다는 생각은 해 보지 않으셨어요?"

"힘이 모자라긴? 우리 늙은 서방에게 들으니 전하께서 공신들이 무서워 이러지도, 저러지도 못하고 계신다 하던데."

"예에? 그, 그 말이 참이어요?"

"그렇다니까. 사직상소를 그대로 받아들여 관직에서 물러나게 할 수는 있어도 죽이지는 못할 거라 하더라, 무어. 관군들을 보낸 것도 다 헛짓이란 말이지. 곧 물러들 갈 게다."

옥금의 말에 홍주의 마음이 금방 안도감으로 물들었다. 그러면 그렇지. 이대로 허무하게 물러날 아버님이 아니고, 맥없이 몰락할 집안도 아니지. 그제야 입가에 보스스 미소가 물렸다. 전만큼은 아니나 자신만만한 기색도 돌아와 목에 다시 꼿꼿하게 힘이 들어갔다.

"헌데, 저것은 무엇이냐?"

시선을 돌리던 옥금이 윗목 한쪽에 웅크리고 앉아 있는 섭섭을 발견하고 눈을 빛냈다.

차림을 보니 노비인 것 같은데 마루가 아닌 방에 들어와 있는 것이 어쩐지 조금 의아했다. 깔끔한 것을 좋아하는 홍주의 성품상 저런 것을 방 안에 들여놓을 리가 없다는 사실을 그녀는 이미 잘 알고 있었던 것이다.

"부리는 노비인 듯한데……."

"섭섭이라고 하옵니다요."

"섭섭이?"

눈치 빠르게 머리를 조아리는 늙은 것을 잠시 보다가 옥금은 대답을 바라듯 홍주에게로 시선을 던졌다. 그녀의 얼굴에 얼핏 당혹스러운 기색이 떠올랐다가 사라지는 것을 흥미롭게 바라보았다.

"외가에서 데려온 노비입니다."

"외가에서? 아니, 이 집안에도 차고 넘치는 것이 노비인데 뭣하러…… 혹, 조모님께서 선사하여 주신 것이냐?"

"아닙니다. 제가 보내 달라 하였습니다. 개경 김 진사 댁에 대해 잘 알고 있다 하여서요."

"음? 어떻게?"

"그 댁 부인을 어렸을 적부터 뫼셨다 합니다."

'부인의 친정 노비라서요.' 하는 소리를 한 귀로 흘려들으며 옥금은 금방 시큰둥해했다. 그깟 집안에 대해 잘 알아 뭘 어쩌 겠다는 겐가. 제 시댁의 일도 아니고 몰락할 대로 몰락하여 지 금은 그저 있으나마나 한, 작은동서의 친정이 아닌가.

'저것이 엉뚱한 사람을 상대로 쫓겨난 분풀이를 하려는 게 로구먼.'

한 떨기 아련한 풀꽃 같았던 자경의 안사람을 떠올리며 옥 금은 내심 고개를 저었다. 제 혼인을 반대했다는 이유로 공주 자가를 상대로 내내 억하심정을 품어 온 홍주가 하다하다 안 되니 그나마 만만한 동서를 상대로 분풀이를 하려는 모양이라 고 생각하였다.

'하긴, 이유 없이 꺾어 놓고 싶은 계집이긴 하였지.'

솔직히 말하자면, 이유가 아주 없는 것은 아니었다.

몰락한 집안 출신에, 그리 빼어난 미색도 아닌 주제에 그저 운이 좋아 한양 제일의 기남아라는 이자경을 차지한 여인이 아 닌가. 장안의 계집치고 그녀를 투기하지 않는 이가 몇이나 될 까. 말은 못하나, 당장 옥금만 하여도 두 손으로 쥐어뜯어 놓 고 싶을 만큼 그녀를 경멸하고 있는 처지가 아니던가.

'따지고 보면 그 계집 때문에 내가 이 꼴이 된 것이지. 그 계집만 없었어도, 그 사람이 내 유혹을 그리 무참히 무시하지 는 않았을 터인데. 연분까지는 맺지 못하여도 적어도 내 마음

정도는 받아 주지 않았을까?

삿된 생각은 곧 엉뚱한 분노를 불러왔다. 오늘날, 제가 이리 된 것이 다 그 계집 때문인 것만 같았다. 하여서, 그녀는 아무 생각 없이 심술 맞은 한마디를 툭 내뱉었던 것이다.

"복이 많게 생겼다 하더니 개뿔. 재수 없는 계집 같으니라고."

흠칫!

난데없는 옥금의 말에 홍주는 저도 모르게 어깨를 떨었다. 며칠 내내 섭섭의 이야기를 들은 탓인지는 갑자기 이상한 기시감이 찾아온 것이다. 그녀의 시선이 저도 모르게 섭섭에게로 향했다.

— 그것이 다 고 재수 없는 것 때문입니다요.

집안에 업둥이가 들었는데 그때부터 가세가 기울고 안방마님께서 자리에 눕더니 결국 아씨마저 병이 들은 것이라며 섭섭은 그렇게 말했었다. 그리고 또 뭐라 하였더라?

"복이 많을 상이라 하였다고?"

앞뒤를 다 잘라 낸 물음에도 섭섭은 용케 알아듣고 넙죽 고개를 끄덕였다. 옥금마저 눈을 빛내는 것을 보고 흥이 난 듯 냉큼 떠들었다.

"예. 지나가던 웬 스님께서 보시고는 복을 다 갖출 상이라고 덕담처럼 한마디 해 주셨지요. 그 뒤로는 고것을 가리켜 오복이라고 불렀습니다요."

"오복이?"

"예. 그래도 염치는 있어서 고것이 어릴 적부터 몸이 불편하여지신 아씨의 수발을 다 들었지요. 가세가 조금만 더 여유가 있었다면 아씨께서 혼인하실 때 따라나섰을 것이구먼요."

"그래, 그랬겠지."

홍주는 멍하니 중얼거렸다.

집안이 어려워 동서가 직접 일을 하여 살림을 돌보았다는 말을 들은 기억이 지금도 선명하였다. 그렇다면 오복이라는 아이는 팔아 버린 것일까?

"대감마님께서도 참 너무하셨지. 땡중의 말을 곧이곧대로 믿으시고 그것을 수양딸로 삼으셨으니."

"뭐, 뭐라? 지금 뭐라 하였느냐?"

벼락이라도 맞은 사람처럼 홍주가 눈을 치뜨고 달려들었다.

"노비가 아니라 수양딸로 삼았다고?"

"예, 그랬습니다마는."

아씨는 병이 들어 자리에 누웠고 업둥이로 들어온 아이가 수발을 들며 살림을 하였다. 헌데, 노비도 아닌 그 아이는 어찌하고 동서가 직접 살림을 돌보았을까. 그래도 수양딸이니 노비처럼 팔지는 않았을 터이고, 그렇다고 친딸보다 먼저 시집을 보내지도 아니하였을 것인데 말이다.

무언가가 떠오를 듯 말 듯 머릿속을 간질이고 있었다. 그런 때에 옥금이 또 대수롭지 않게 끼어들어 물었다.

"형판 댁 둘째 며느리에게도 그런 소리가 많더니, 대체 어찌 생긴 아이기에 복이 많다 하는 게냐?"

예쁘다는 소리는 종종 들었어도 복 많은 상이라는 소리는 들어 본 적이 없는 그녀였기에 그저 호기심에 물은 소리였다.

"어릴 적이긴 하지만 깡마르고 볼품없는 아이였습지요. 그래도 못난 상은 아니어서 자세히 보면 눈매며 콧대도 시원하고 눈동자가 또렷한 것이 제법 영리해 보이긴 했습니다."

"아씨는…… 도, 동서는 어땠었지?"

"예에? 그야, 지금이랑 별반 다를 것이 없으실 겁니다. 그때도 갸름한 얼굴에 박속처럼 하얀 피부와 청순한 눈매를 가지셨지요. 몸도 호리호리한 것이 가냘프고 연약한 분이셨는데 병이 드신 뒤로는 더 약하여지셔서……."

홍주의 얼굴에 짙은 의혹의 빛이 어렸다. 어릴 적과 완전히 달라진 얼굴하며 병치레를 하였다는 사람답지 않게 건강한 몸, 그리고 한 번도 찾아오지 않던 가족까지.

그동안 긴가민가했던 일들이 점점 더 실체를 갖추어 가는 느낌이었다. 아닌 게 아니라, 머릿속에서 이리저리 조각난 이야기들이 마침내 짝을 맞추어 가고 있었다. 한참이나 섭섭의 얘기를 꼼꼼히 듣던 그녀가 드디어 결심을 굳혔다.

"직접 보면 그 두 사람을 구분하여 알아볼 수 있겠느냐?"

"아이고, 당연합지요. 척 보면 알 수 있을 만큼 완전히 다른 얼굴인 것을요."

섭섭이 호언장담을 하였다. 그에, 홍주가 고개를 끄덕이면서 무언가를 깨달은 듯 놀란 표정을 짓고 있는 옥금을 향해 마치 혼잣말처럼 말했다.

"어머니를 뵈어야겠어요."

어머니라면 동서의 외가에 아는 사람이 있을 터이니 불러 달라 청하여서 자세히 이야기를 나누어 볼 필요가 있었다. 그만큼 이 일에 대하여 홍주는 거의 확신을 하고 있었다.

'그래, 맞아. 아무리 어렸을 때라지만 사람의 골격이 그리 달라질 수는 없는 게지. 내 짐작이 맞다면 네년은 가짜다!'

그녀의 얼굴에 섬뜩한 미소가 어렸다. 동시에 서슬 퍼런 눈빛이 칼날처럼 하얗게 번뜩이기 시작하였다.

※

"제가 나가 보겠습니다."

바락바락 소리치는 앙칼진 목소리의 주인을 깨닫자마자 휘경이 짧은 한마디와 함께 훌쩍 자리에서 일어섰다. 그러고는 미처 잡을 새도 없이 방문을 열고 먼저 밖으로 나섰다.

"네년이 정녕 매를 맞아야 비켜서겠느냐!"

장승처럼 서서 버티고 있는 가성댁을 걷어차며 홍주는 패악을 부리고 있었다. 마소처럼 덩치만 큰 계집이 옥금에게 매를 치더니 이제는 저마저 우습게 여기기 시작하였는지 방문 앞을 가로막고 서서 꿈쩍을 하지 않았다.

"무엇들 하느냐. 당장 저년을 잡아다……."

"당신이 여긴 어쩐 일이오?"

안에서 나온 휘경이 패악을 부리는 그녀를 발견하고 눈초리를 날카롭게 곤두세웠다.

아내를 바라보는 눈이라고 도저히 생각할 수 없을 만큼 냉랭한 기운이 감도는 눈빛이었다. 어찌나 냉정하고 살벌한지 홍주는 저도 모르게 흠칫 놀란 표정을 지었다.

오늘따라 그가 몹시 낯설었다.

매사 못마땅한 표정이긴 하였어도 가슴까지 시릴 만큼 차고 엄하게 군 적은 없었는데 오늘은 숫제 남을 대하듯 하지 않는가 말이다.

마음이 완전히 떠나간 사람처럼 보여 그녀는 흡사 발밑이 푹 꺼져 나가는 듯한 충격을 받았다. 가만두지 않으리라, 끝장을 내리라 생각했던 일이 무색하게 당장이라도 그가 '이혼'이라는 말을 입에 담을까 봐 두려워질 지경이었다.

"그, 그런 눈으로 보지 마시어요. 제가 못 올 곳을 온 것은 아니잖아요."

"……."

"전 아직 서방님의 처이고 이 집안의 며느리입니다. 하여, 도리를 다하고자 어려운 길을 뚫고 달려왔거늘, 어찌 이리 무정하게만 대하십니까?"

눈물을 글썽이면서 하는 말에 휘경은 잠시 말문이 막혔다. 안 그래도 사소한 일로 그녀를 내친 일이 마음에 걸리던 터라 디는 모질게 대할 수가 없었다.

"도리를 다하고자 하였다는 말이 마음에 드는구면."

도로 내치지도, 안으로 들이지도 못하고 잠시 망설이는 사이 공주 자가를 비롯한 안에 있던 사람들이 밖으로 나왔다.

"도리라는 말을 들어서 하는 말이네만, 감히 어머님 앞에서 '수모를 잊지 않겠다, 오늘의 일을 후회하게 될 것이다.' 소리치며 겁박하였다는 것이 사실인가?"

"그, 그것은……."

"그래, 쫓겨나는 마당에 무슨 말인들 못할까. 헌데, 그리 막말을 하고도 다시 돌아올 줄이야. 자네는 참 좋겠으이. 낯짝이 두꺼워 이리도 쉽게 얼굴을 바꿀 수 있으니."

다정하기까지 한 목소리로 속이며 공주는 스산하게 눈을 빛냈다. 그간 얼마나 벼르고 있었던지 당장이라도 패대기를 쳐 놓고 장을 칠 기세였다. 그런 기색을 귀신같이 눈치챈 홍주가 잽싸게 무릎을 꿇었다. 그러고는 우는 소리로 고하였다.

"저라고 그간 어찌 속이 편하였겠습니까. 공주 자가께서 까닭도 없이 이 사람을 언제나 미워하고 괴롭히시니 제가 서러워 그런 말을 할 수밖에 없었던 것입니다."

"뭐라?"

"뻔뻔하다 하시었습니까? 상관없습니다. 모진 구박을 받으며 지냈지만 저는 그래도 이 집안을 위하고 서방님을 위하여 이 길을 온 것이니까요."

"……."

"믿어지지 않으십니까? 허나, 사실입니다. 저는 오늘 이 집안을 구하기 위해 왔습니다. 공주 자가께서는 아무 죄 없는 저만 미워하시느라 정작 이 집안을 속이고 기망하고 있는 천한 것에 대해서는 까맣게 모르고 계시지 않습니까?"

대체 누가 괴롭히고 구박을 하였다는 것인가.

웃전을 무시하는 것은 물론 조금만 수가 틀려도 아랫것들을 쥐 잡듯 잡으며 제 하고픈 대로만 하며 살던 주제에 없던 일을 만들어 내어 마치 사실인 양 떠벌리는 모습을 보자 아닌 게 아니라 속에서부터 울컥 분노가 치솟았다. 그러나 그것을 미처 터뜨리기도 전에 마지막 한마디가 영령의 발목을 잡았다.

"이 집안을 속이고 기망하고 있는 천한 것이라니? 제수씨, 그것이 대체 무슨 말입니까?"

기가 막히어 말을 잇지 못하고 있는 영령 대신 문경이 나서서 물었다. 그 또한 표정이 서늘하게 가라앉아 있었다. 그에, 마치 기다렸다는 듯 홍주가 뒤를 향해 소리쳤다.

"무엇하느냐. 어서 나와 확인을 하렷다!"

"예, 아씨마님."

홍주의 부름에 잠자코 지켜만 보고 있던 일행 중에서 꾀죄죄한 몰골을 한 늙은 여인이 하나 구르듯 달려 나왔다. 노비가 분명해 보이는 여인은 쥐새끼의 그것처럼 번들거리는 눈으로 주위를 살피더니 곧 한 사람의 얼굴을 발견하고 가만히 노려보았다. 그러더니 이리 살피고 저리 살핀 끝에 한참만에야 얼굴을 확 밝히면서 소리쳤다.

"아이고, 맞습니다요! 저기, 저 계집이 틀림없습니다. 얼굴이 피어서 긴가민가하였는데 역시 고 재수 없는 것이 틀림없습니다요."

"확실한 것이냐?"

"예에! 틀림없다니까요. 저것이 바로 김 진사 댁에 업둥이로 들어온 오복이, 그 계집입니다!"

갑자기 사위가 고요해졌다.

뜰에 모여선 사람들의 시선이 일제히 한곳으로 향하였다. 그 시선의 끝자락에서 오복은 새파랗게 질린 얼굴로 마치 한 덩이 얼음처럼 바짝 굳어 있었다. 마루를 딛고 서 있는 다리가 사시나무처럼 바들바들 떨렸다. 눈앞이 까맣게 어두워졌다가 다시 확 밝아졌다. 그녀의 창백한 얼굴 위로 아득한 절망의 그림자가 드리워지고 있었다.

'어, 어째서……'

어째서 지금일까.

언젠가 결국은 제 정체가 탄로 나고 말 것이라는 사실을 알고 있었지만 그날이 이렇게 갑작스럽게 다가올 줄은 몰랐었다. 아씨를 아는 사람이 나타날까 봐 늘 조마조마하였으나 저를 직접 아는 사람이 나타날 줄은 정말 꿈에도 몰랐다.

오복은 떨리는 가슴을 움켜쥐고 그저 죽을 듯이 떨고만 있었다. 낯선 세상에 혼자 떨어진 것처럼 외롭고 무서워 죽을 것만 같았다.

'서방님, 소첩은 이제 어찌하옵니까.'

떨리는 시선을 들어 오복은 주위를 둘러보았다.

함께 있던 공주 자가와 아주버님, 작은서방님을 비롯하여 동서와 그녀가 데리고 온 일단의 사람들, 그리고 갑작스러운 방문에 놀라 쏟아져 나온 노비들까지 마당에 그득하게 들어차 있었다.

이상한 분위기를 눈치챈 듯 모두가 숨까지 멈춘 채 오직 그녀의 입만 바라보았다. 그 송곳처럼 날아드는 시선을 홀로 감당하고 있자니 그만 정신이 아득하게 멀어지는 것만 같았다.

"아무래도 자세히 설명을 해 주셔야겠습니다, 제수씨."

파랗다 못해 이제는 안쓰러울 정도로 창백하게 변해 가는 오복의 얼굴을 흘깃 보다가 문경이 다시 홍주를 향해 말했다.

"우선, 안으로 드시지요."

"아닙니다. 이 일을 어머님도 아시어야지요. 저는 안방으로 들겠습니다."

기쁨마저 내비치는 시선으로 오복을 보고 다시 공주를 슬쩍 본 다음 홍주는 치맛자락을 휘날리며 돌아섰다. 그러고는 당당한 걸음으로 안방으로 향하였다. 그런 그녀의 앞을 휘경이 막아섰다.

"너희들은 모두 물러가 있거라."

상황이 생각보다 심상치 않음을 눈치챈 그는 우선 영문도 모르고 나왔다가 돌아가는 분위기가 심상치 않자 눈을 부릅뜨고 상전들의 일을 훔쳐보고 있는 아랫것부터 물리쳤다.

"가성이는 나가 누구도 별채로 들지 못하게 중문을 막고 있거라."

"예, 막내 서방님!"

휘경의 재빠른 행보에 아랫것들이 물러난 중정이 금방 휑하게 비었다. 남은 사람들도 한동안 말없이 서로를 돌아보다가 곧 움직이기 시작하였다.

"자네도 들게."

영령이 오복의 곁을 스쳐 가면서 나직하게 속삭였다. 금방이라도 쓰러질 것처럼 서 있는 모습이 안쓰럽긴 하였으나 당장은 들어야 할 말이 너무 많았다.

"서방님, 이리하시면 안 됩니다. 이 일은 어머님께 먼저 고하고 나서……."

"그 입 다무시오."

"서방님!"

"아무 말 말고 조용히 방으로 드시오. 이야기할 시간은 얼마든지 있을 것이니."

여전히 냉랭한 휘경의 태도에 홍주는 조금 당황하였다.

처음부터 활짝 웃는 얼굴로 맞아 주지는 않겠지만 제가 하려는 일을 알고 나면 적어도 서운하게 대하지는 않으리라 생각하였는데 그의 태도는 처음보다 오히려 더 싸늘하게 변해 있었다.

'이럴 수는 없다. 내가 왜 이런 대접을 받아야 한단 말이냐.'

저를 이해하고 감싸 주지는 못할망정 점점 더 멀어지기만 하는 그를 대하자 다시금 분노가 치솟았다. 대체, 제가 누구 때문에 이러고 있다고 생각하는 것일까. 그와 그의 집안을 위해 이리 노력하고 있는 줄을 알았으면 이제 그만 지난 일들을 사죄하고 그녀를 받아들여 주는 것이 인지상정이 아닌가 말이다.

"일의 전후사정을 다 알고도 계속 이리 대하는지 어디 두고 보렵니다."

입술을 질끈 깨물고 홍주는 다짐하였다.

반드시 전후 사정을 따져 진실을 밝힌 다음 저 천한 계집을 내치고 다시 이 집안으로 돌아오고야 말겠다고.


"고생이 많구먼."

지쳐 널브러진 두 사람을 향해 어겸이 그렇게 말했을 때, 자경은 하마터면 그를 향해 돌을 던질 뻔하였다. 주변에 돌이 없어서 정녕 다행이었지 안 그랬다면 분명히 이 자리에서 저 반듯한 이마가 깨져 나갔으리라.

"여긴 어쩐 일이십니까?"

뻗치는 성질을 간신히 억누르고 자경은 씹어뱉듯 물었다.

"줌치와 함께 전한 말이 있었는데 못 들으셨습니까?"

"들었네."

"헌데도 이리로 오셨단 말입니까?"

"이리로 오면 안 되는 거였나?"

"당연히 안 되는 거였습니다. 저보다는 제 처에게 가셨어야 했습니다!"

두 손으로 옥문을 부여잡고 자경은 왈칵 소리쳤다. 그러다 그가 천하에 이름 높은 하백이며 자경이나 그의 아내와 아무런 관계가 없을지도 모르는 사람에다가 어쩌면 노비문서의 주인일지도 모른다는 사실을 뒤늦게 깨닫고 나서야 간신히 화를 억눌렀다. 어쨌거나 상대는 막 대해서는 절대로 안 되는 사람이었다.

"다 했나? 그럼 이제 내가 왜 자네의 처에게 갔어야 했는지에 대해 들어 볼까?"

왈칵 소리쳤다가 얼굴이 붉으락푸르락했다가 마침내 차분히 가라앉는 모습까지 가만히 지켜보던 어겸이 진지한 어조로 덧붙였다.

"이 줌치에 걸려 있다던 목숨이 아마도 자네 처와 연관이 있지 싶었네만."

"끄응. 이러고 있을 시간이 없습니다. 가면서 말씀드릴 터이니 저 좀 꺼내 주십시오."

"나는 여기도 마음에 드는군."

"꺼내 주실 때까지 한 마디도 내뱉지 않을 수도 있습니다. 제가 그리하길 원하십니까?"

"원한다면 그리하게나. 나는 급할 것이 없다네."

급한 티를 다 드러내 놓고 발발 날뛰는 자경에 비해 어겸은 아예 의자를 가져오라고 명하더니 그 위에 척 앉아 사뭇 여유롭기까지 한 얼굴로 자경을 바라보았다. 그 바람에 더더욱 마음이 급하여진 자경은 꽁지에 불이라도 붙은 사람처럼 안절부절못하며 제자리에서 오락가락하기 시작하였다.

'미치겠구나. 어찌 이리 불안하단 말이냐. 진정해라, 이자경. 그저 기우일 뿐이야. 아무 일도 없을 것이다.'

급하게 등등거리는 가슴을 다독이며 자경은 애써 침착하려고 노력하였다. 어제까지만 하여도 괜찮았었는데 설핏 눈을 붙였다가 꾼 꿈 때문에 마음이 몹시도 불안하여 미칠 지경이었다.

안 그래도 상황이 어렵게 되었다 여기고 있는 때에 하필이면 꿈속에서 철철 울고 있는 아내의 모습을 본 것이다. 그때부터 그는 좌불안석이 되어 하루 종일 좁은 옥 안을 뱅뱅 맴돌고 있었다.

'설마, 무슨 일이 생긴 것은 아니겠지? 아니, 아니다. 그럴 리가 없어. 아내는 영리하고 강단이 있는 사람이니 잘 견디어 줄 것이다.'

생각을 하면서도 어쩔 수 없이 얼굴이 흐려졌다.

의지가지없는 그 사람, 지금쯤 혼자서 얼마나 두렵고 외로울까 생각하니 가슴이 절로 먹먹하여진 까닭이었다. 그 또한 고작 며칠 떨어져 있었을 뿐인데 벌써부터 아내가 보고프고 그리웠다. 그립고 그리워서 까맣게 애가 탈 지경이었다.

"노인장, 노인장이 그 돈 많다는 하백이 맞습니까?"

돌아가는 꼴을 가만히 지켜보고 있던 희도가 어겸을 향해 불쑥 물었다.

"음?"

"아니, 그냥 궁금해서 묻는 겁니다. 남들이 말하기를, 그 가진 재산이 나라를 하나 세우고도 남을 정도라고 하기에. 참말입니까?"

"참이면?"

"그냥 그런가 보다 하는 거지요 뭐. 헌데, 큰 바다를 건널수 있는 배도 가지고 계시다면서요?"

"그렇네만."

"그럼 바다 건너에 있는 나라들도 보고 오셨겠……."

"사형!"

옥에 갇혀 있다는 사실도 잊은 듯 어느새 호기심 가득한 얼굴로 하백을 상대로 하잘것없는 질문이나 던져 대는 희도를 향해 자경이 버럭 소리쳤다. 남은 지금 속이 타고 간이 쪼그라들 지경인데 고작 그런 것들이 궁금하여 수다를 떨고 있는 것이냐말이다.

옴짝달싹할 수 없는 처지라는 사실에서 오는 짜증과 다급한 마음이 합쳐져 마침내 화가 나려는 때였다. 문득 어겸이 그를 돌아보았다. 그리고 말했다.

"하나만 묻세."

"……하문하십시오."

"혹, 그 아이…… 아니, 자네의 처가 이 천의 출처에 대해 알고 있던가?"

그 아이가 진정 김 진사의 고명딸이 맞느냐고는 차마 묻지 못하고 어겸은 그렇게 돌려 물었다. 그 한마디조차 그냥 내뱉기가 힘들어 한참이나 숨을 돌린 후에야 간신히 토해 놓을 수 있었다. 그간 스쳐 간 숱한 실망과 좌절은 떠올릴 필요도 없었다. 처음으로 나타난 증좌였다. 이것을 놓치면 영영 기회가 없으리라는 사실을 그도 본능적으로 깨닫고 있었다.

'어쩐다. 아무래도 다 짐작하고 온 듯한데.'

하백의 질문에 자경은 잠시 망설였다. 사실대로 털어놓아야 하나, 말아야 하나. 숨 막히는 갈등이 찾아왔다. 그러나 아무리 생각하여도 달리 피해 갈 방법이 없었다. 무엇보다 그는 마음이 급하였다. 죽이 되든 밥이 되든 일단은 부딪쳐야만 했다.

"본래부터 그 사람이 가지고 있던 것이라 하였습니다."

꽈악!

대답을 듣는 순간 어겸은 저도 모르게 줌치를 쥐고 있던 손에 불끈 힘을 주었다. 갑자기 숨이 차고 가슴이 떨렸다.

"보, 본래부터라. 미묘한 말이구먼."

"처음부터 그 사람의 것으로 허락된 유일한 것이라 하였습니다. 아내는 그 천에 싸여 버려졌으니까요."

"⋯⋯!"

순간, 어겸의 두 눈이 튀어나올 듯 부릅 떠였다.

세차게 떨리던 눈동자가 움직임을 멈추고 눈앞이 부옇게 흐려진다 싶더니 어느새 눈가에 물기가 흥건하여졌다. 그 상태로 어겸은 손에 쥔 줌치를 내밀어 보였다.

"이 천의 이름은 사라사라고 한다네."

"사라사?"

"젊었을 적, 저 먼 천축에서 온 승려에게 구한 것이지. 다른 문양을 가진 사라사는 구할 수 있어도 단언컨대, 이것과 똑같은 문양의 사라사는 구할 수 없을 걸세. 이 천에 물을 들인 이는 이미 오래전에 귀천하였으니."

그 말을 끝으로 어겸은 의자에서 몸을 일으켰다. 그러고는 손짓 몇 번 하는 것으로 가뿐하게 옥문을 열어젖혔다.

"가세! 남은 이야기는 가면서 듣겠네."

"예?"

"자네 집으로 가잔 말일세. 급하다 하지 않았나?"

"아!"

멍하니 서 있다 곧 상황을 깨닫고 자경이 옥에서 뛰쳐나왔다. 그러고는 벌써 저만치 앞에서 걸어가고 있는 하백의 뒤를 무작정 따라가기 시작하였다. 웬 노인네가 걸음이 저리도 빠른지 그는 벌써 옥을 완전히 벗어나고 있었다.

"어어, 같이 가!"

뒤늦게 옥을 나선 희도가 헐레벌떡 뛰어와 잽싸게 꽁무니에 따라붙었다.


서방님이 말씀이 뇌리를 스쳐 가고 있었다.


— 그대는 이 이자경의 조강지처요.


개경 도련님의 말씀도 떠올랐다.

— 빚은 없다. 허니, 우리는 신경 쓰지 말고 네 뜻대로 자유
롭게 살거라.

발각이 나도 죽을 생각 같은 것은 하지 말고 끝까지 초희라
고 우기라고도 하셨다. 너는 그리해도 된다고.

오복은 고개를 들어 앞을 보았다.

"바로 그 해에 진사 나리 댁에 업둥이가 들었습지요. 헌데,
그때부터 탁탁하던 가세가 급격히 기울기 시작하더니 급기야
는 가산이 바닥이 나 작은 집으로 옮겨야 했습니다. 그리고 엎
친 데 덮친 격으로 그때부터 안방마님께서 자리에 누우셨지
요."

"무슨 병을 얻으신 겐가?"

"아닙니다! 까닭도 없이 시름시름 앓으시다 자리에 누우셨
는데 의원도 원인을 모른다 하고, 갖가지 약을 써도 듣지를 않
는 데다가 굿을 해도 소용이 없었습니다. 결국은 얼마 가지 못
하여 세상은 떠나셨습니다."

"으음."

간간이 눈물까지 내보이면서 이어 가는 섭섭의 이야기에 문
경은 터져 나오려 드는 무거운 한숨을 애써 삼켰다. 반강제로
끌려 들어와 차마 울지도 못하고 종잇장처럼 하얗게 질린 얼굴
로 앉아 있는 제수씨의 모습이 아릿하게 눈에 밟혔다. 이 자리
에 없는 아우가 새삼 원망스러웠다.

"뿐만이 아닙니다요. 마님께서 세상을 떠나신 지 얼마 되지 않아 이번엔 초희 아씨께서 병이 나신 겝니다."

"병?"

"예에! 무슨 까닭인지 제대로 움직이지 못하시고 자꾸 자빠지시고 행동이 굼떠지시더니 곧 한쪽 팔이 곱고 다리마저 굳어 혼자서는 움직이지 못하게 되셨지요."

모두의 시선이 이번엔 오복의 팔다리로 향하였다.

그녀의 팔다리는 멀쩡하기만 하였다. 수침을 좋아하고 또 잘 놓기도 하여 별채의 모든 이불이며 베개에까지 고운 수가 가득하였고 다리 또한 멀쩡하여 지난 단오엔 말을 타고 궐 구경까지 다녀왔다. 그 일을 떠올린 영령이 넌지시 끼어들었다.

"나은 것이겠지. 어릴 적엔 곧잘 병치레를 하는 법이 아니던가."

"그야 그렇습니다만, 용한 의원께서 말씀하시기를 아무래도 저절로 낫기는 힘들겠다 하였습지요. 해서, 쇤네가 수발을 들다가 그나마 저것이 제 몫을 하기 시작하였기에 돌아온 것입니다."

"어허, 저것이라니!"

"아, 아이고. 송구하옵니다. 만날 이것아, 저것아 하고 부르던 것이 인이 박히어 그만."

말로는 죽을죄를 지었다 하면서도 섭섭의 얼굴에 어색한 미소가 떠올라 있었다. 그 얼굴로 그녀는 혼이 반쯤 나간 몰골로 앉아 있는 오복을 흘끔 바라보았다. 옷이 날개라더니, 비단옷을 차려입고 있으니 진짜 아씨마님이나 된 듯 그럴듯하게 보였다. 게다가 얼굴도 또 어찌나 고와졌는지 하마터면 알아보지 못할 뻔하였다.

'그러면 뭘 하누. 한 집안을 말아먹은 불길하고 재수 없는 년인 것을.'

제 생각에 고개까지 끄덕이다 그녀는 재촉하는 홍주의 시선을 받고 다시 입을 열었다.

"하여간에, 저희들은 그것을 오복이라고 불렀는데요. 지나가던 웬 땡중이 오복을 갖출 상이네 어쩌네 해서 붙은 이름입지요. 말이 수양딸이지 사실은 노비나 다름없는 처지였구면요. 아니, 마소와 같았지요. 노비들한테도 맞아 가면서 밥을 얻어먹고 살았으니까요."

"……."

"나중에는 그것도 없어 부엌 아궁이 옆에서 자고 개밥을 나누어 먹으면서 자랐을 정도라니까요. 그래도 내쫓기지 않은 것이 어디랍니까? 제가 진사 나리 같았으면 진즉에 장을 쳐서 내다 버렸을 겁니다요."

막말에 가까운 폭로에 장내엔 다시 괴괴한 침묵이 내려앉았다. 그런 때에 홍주의 곁에 앉아 있던 중년의 여인이 긴 한숨과 함께 입을 열었다.

"후우, 아씨가 돌아가신 이후 집안 간의 연락이 끊겨 그런 사정이 있는 줄도 까맣게 모르고 있었거늘."

그녀는 김 진사의 처가 사람으로 처남의 안사람이었다. 즉,

초희 아씨의 외숙모다. 그런 사실을 오복은 홍주의 소개가 있고서야 알았다. 아씨의 외가엔 가 본 적이 없어 그 댁의 어른들을 한 번도 보지 못했던 것이다.

"네 이년! 너는 대체 무엇하는 계집이더냐. 근본을 모르는 업둥이 주제에 감히 초희를 사칭하여 혼인을 하다니. 이 무슨 천인공노할 짓이냐 말이다!"

"진정하시어요. 본래 무지하고 천한 것들의 언행이란 다 그런 것이 아닙니까. 이제라도 사실이 밝히어졌으니 다행이지요. 소첩이 곧 저 천한 계집을 끌어내어 따끔하게 훈계를 내리겠습니다."

다정다감하게 속삭이며 홍주는 빙긋 웃었다. 궁핍하여진 가세를 생각하여 금전을 적잖이 쥐여 주긴 하였지만 그래도 데려오길 잘하였다는 생각이 들었다. 그런 사실을 감쪽같이 감추고 그녀는 사뭇 도전적인 시선으로 공주 자가를 바라보았다.

"결국은 이렇게 사실이 밝히어지고 말았습니다. 공주 자가, 이 집안을 기망하고 욕보인 저 천한 것을 당장 끌어내어 장을 치십시오."

"⋯⋯."

"듣자 하니 참말로 불길하고 재수 없는 것이 아닙니까. 허니, 저것을 죽여 가문이 당한 수치를 닦고 기강을 바로 세우심이 옳을 줄로 아옵니다."

어디, 아끼던 사람을 당신의 손으로 죽여 보시구려.

공주도, 어머님도 그녀보다는 저 못난이 동서를 더 아끼었더랬다. 별 볼 일 없는 가문에, 무엇 하나 빼어난 구석이 없는 이를 그리 아끼고 어여삐 여기더니 결국은 믿는 도끼에 발등을 찍히고 말았지 무언가.

'이래서 가문과 혈통을 무시할 수 없다는 게야. 어리고 무지하여 보는 눈이 없는 것도 모르고 감히 내 혼인을 반대하였으니 당해도 싸지.'

홍주는 자신만만하게 미소 지었다.

모르긴 해도, 지금쯤 공주는 뼈아프게 후회하고 있을 것이었다. 이럴 줄 알았다면 막내 서방님의 혼인을 반대하지 않는 것인데 하고 말이다. 아마도 저것의 목숨을 끊어 놓고 나면 그 일에 대하여 그녀에게 사죄를 하지 않을까.

그 때였다. 적잖이 충격을 받은 듯 내내 노한 얼굴로 상황을 살피던 공주가 마침내 입을 열었다.

"자네 말이 틀리지 않았네."

"허면……."

"허나! 천한 노비의 말만 듣고 어찌 함부로 일을 도모할까. 더구나 작은서방님께서 자리에 아니 계신 때가 아닌가."

그제야 모두가 자경의 존재를 떠올렸다. 홍주 또한 '아차' 하며 재빨리 문경을 돌아보았다. 이래서 어머님이 계신 안방으로 들려고 하였거늘.

"지당하신 말씀이십니다, 공주 자가. 아우가 자리에 없으니 일을 처리하는 것은 다음으로 미루심이 옳을 줄로 아옵니다."

"하오나, 아주버님!"

"제수씨, 이 일은 우리 집안의 문제입니다. 더구나, 아우는 이 일에 대하여 아무것도 모르고 있을 것이 아닙니까? 아우에게 이 일을 전하고 뜻을 묻는 것이 먼저입니다."

흠칫!

문경의 말에 정신을 놓아 버린 듯 멍하니 앉아 있던 오복이 순간 소스라치게 놀라며 몸을 떨었다.

'서방님!'

이제라도 서방님이 돌아오시면 어찌 될까. 보나마나 그분은 모든 책임을 떠안고서라도 그녀를 감싸려고 들 터였다.

'나를 은애한다 하시었어. 다시는 무서운 생각도 말라 하시었지. 죽는 날까지 곁에서 떠나지 말라하시었는데…….'

이미 그녀를 지키기 위해 집안의 위험도 무릅쓰고 오래전에 놓아 버린 과거 공부를 다시 시작하신 분이었다. 허니, 이 일을 알게 되신다면 모르긴 해도 더 위험한 결정을 내리려 들지도 몰랐다.

'안 돼. 그리되어서는 안 돼. 안 그래도 나 때문에 스스로 고초를 겪고 계신 분이거늘. 오복아, 네가 짐승이 아닌 사람이라면 그래서는 안 되는 게야. 그 지극한 사랑을 받고도 네가 어찌 그분께 해가 되는 일을 할 수 있단 말이냐.'

부옇게 죽어 가던 오복의 눈에 언뜻 푸른빛이 감돌았다.

죄인은 그녀 하나였다. 그러니 죽는 것도 저 하나면 족하리라. 그녀만 입을 다물고 없어지면 개경의 어른도 무사하시고 서방님도 사랑받는 아들로서 계속 잘 지내실 수 있을 터였다.

모진 일인 줄은 알지만 그것이 모두를 위하는 유일한 방법이었다. 단단한 결심과 함께 오복은 치마 아래에 숨겨진 작은 손을 꼭 움켜쥐었다.

"가문끼리의 약속을 더럽힌 일입니다. 천한 것이 감히 제 신분을 속이고 혼인을 하여 이 집안을 기망하였어요. 이런 중한 일을 뒤로 미루다니요. 당장 어른들께 고하고 해결을 보아야지요. 따지고 보면, 그것이 작은아주버님을 진정으로 위하는 일도 될 것입니다."

"아무리 그렇다 하나 그 아이 모르게 일을 처리할 수는 없습니다. 끔찍이 위하는 아내를 저 모르게 어찌하기라도 한다면 그 성질에 분명히 사달을 일으키고 말 겁니다."

"하! 그것이 무슨 대수랍니까? 무참히 짓밟힌 집안의 체면을 세우는 일이 먼저지요."

"그만!"

한 마디도 지지 않고 앙칼지게 대드는 홍주를 보다 못한 영령이 단호하게 외치며 말을 잘라 냈다.

"그냥 넘어가자는 것이 아니라 잠시 일을 미루어 두자는 것이다. 물론, 사안이 중하니 어머님께 고하고 의견을 여쭈어야겠지."

"허면, 그때까지 저것을 어찌하시게요? 양천 간의 혼인은 국법으로 금한 일입니다. 더구나 미천한 신분으로 감히 상대를 속이고 시집을 온 것이니 결국은 죄인이란 말이지요. 죄인을 이대로 별채에서 편히 지내도록 그냥 두실 겁니까?"

"허나, 우리는 아직 저이의 말을 들어 보지 않았네. 천것의 말만 믿고 죄인으로 몰기에는 지나친 감이 있지 않겠는가."

"외가의 숙모님께서 증언을 하시지 않았습니까? 저것은 초희 아씨가 아니라고요. 이것으로도 부족하단 말씀입니까?"

홍주는 어느새 오복을 향해 삿대질까지 해 가며 이것, 저것이라 부르고 있었다. 그 모습이 심히 거슬리어 영령의 눈매가 절로 일그러졌다. 그래도 아직은 제 동서인데 어찌 저리 무도한 것인지 보고 있기가 민망할 지경이었다.

"네 이년, 너도 입이 있다면 말을 하여 보아라."

어지간히 성이 나는지 홍주가 이번엔 다 죽어 가는 얼굴로 앉아 있는 오복을 상대로 성질을 부렸다. 두려움에 심장이 죄어 들어가는 아픔마저 느끼며 오복이 간신히 고개를 들어 그녀를 바라보았다.

철썩!

"악!"

눈앞에서 불꽃이 튀었다고 느낀 순간이었다. 갑자기 오복의 고개가 홱 돌아갔다.

"홍! 천한 것이 감히 어디서 두 눈 똑바로 뜨고 웃전을 바라본단 말이냐."

"이보게!"

"부인!"

불시에 **뺨**을 얻어맞은 오복이 한 손으로 얼굴을 쥐고 엎어졌다.

어찌나 모질게 맞았는지 단정하게 틀어 올렸던 머리칼은 흐트러지고 뺨은 벌써 벌겋게 부풀어 오른 데다 코에서는 새빨간 피가 뚝뚝 떨어지고 있었다. 그 모양을 본 공주가 당장 눈에 불을 켜고 홍주를 노려보았다.

"무슨 짓인가!"

"보면 모르십니까? 아랫것을 훈계하고 있습니다. 천것 주제에 감히 두 눈 똑바로 뜨고 상전을 바라보다니요."

"아랫것이라니! 그 사람은 비록 그 신분이며 행적에 의문스러운 점이 있긴 하나 그래도 천것은 아닐세. 수양딸이라 하지 않았는가 말이야."

"그것도 말뿐이라 하지 않았습니까. 사실은 마소보다 못한 것이었다는 소리를 듣지 못하신 겁니까? 이런 것과 정녕 한 식구가 되고 싶으십니까?"

일이 제 뜻대로 돌아가지 않자 홍주는 이제 공주에게조차 대놓고 대거리를 하였다. 관군들이 물러갔으니 곧 아버지께서 돌아오시면 어차피 이깟 것들은 제 발아래에 무릎을 꿇을 것이다 생각하자 그 행동에 거침이 없어진 것이다.

"당장 일어나시오."

보다 못한 휘경이 홍주의 손을 잡아챘다.

"놓으셔요. 제가 무얼 잘못했다고 자꾸 이러십니까? 왜요, 또 모두를 속이고 집안마저 기망한 저 천것의 편을 들고 싶으십니까? 헌데, 이를 어찌하지요? 이 집에서 나가자마자 저는 저 계집을 관에 밀고할 것입니다."

"뭐, 뭐요?"

"업둥이라니, 혹시 아옵니까? 도망친 노비의 소생일지."

"……미쳤군. 사람의 심성이 어찌 이리 독하고 잔인한가. 나가시오. 다시는 그대를 보고 싶지 않소."

"뭐, 뭐라고요?"

휘경이 다시 저를 밀어내자 홍주는 기가 막히어 말을 잇지 못하였다.

그 때였다. 어느새 피범벅이 된 몰골로 오복이 공주 자가의 앞에 무릎을 꿇고 엎드렸다. 그리고 눈물을 주르륵 흘리면서 말하였다.

"공주 자가, 소첩을 죽여 주십시오."

"이보게."

"저분들의 말은 모두 다 사실입니다. 소첩은 초희 아씨가 아닙니다. 업둥이로 들어와 노비보다, 마소보다 못하게 자란 오복이가 바로 소첩의 정체입니다."

"……!"

"편하게 살 욕심에 눈이 어두워 소첩이 개경의 어른들을 속이고 아씨 대신 이 댁으로 시집을 온 것입니다. 이런 사실은 서방님도 모르고 계시옵니다. 어리고 무식하여 그것이 죄인 줄도 모르고 저지른 일이옵니다. 하오니, 이년을 용서하지 마시고 그냥 죽여 주십시오."

"……."

"짐승도 먹이를 주는 손은 물지 않는다 하였습니다. 그간 분에 넘치도록 지극한 사랑을 주셨음을 잘 아옵니다. 그런 사랑을 받은 소첩이 이 댁에 죄를 짓고도 어찌 살기를 바라겠습니까?"

아직도 떨어지고 있는 피가 옷자락이며 바닥을 홍건히 적시고 있었지만 오복은 닦을 생각도 못하고 철철 울면서 그저 죽여 달라는 말만 반복하고 있었다. 그 모습이 가엾고도 참담하여 가슴이 다 먹먹해질 지경이었다. 그러나 죄는 죄였다.

"제수씨, 아니 그대의 말이 정녕 사실이오?"

문경이 서늘하게 가라앉은 얼굴로 무겁게 입을 열었다.

노비가 얼굴을 알아보고 외숙모라는 이가 증언을 하였어도 솔직히 이제까지는 그들의 말을 진심으로 믿지 못하였던 것이 사실이었다. 노비는 천것이라 그러하고, 외숙모라는 이는 안면이 없어 선뜻 믿음이 가지 않는 데다, 결정적으로 억하심정을 품고 쫓겨난 막내 제수씨가 벌인 일이다 보니 어디서 엉뚱한 말을 듣고 와 되지도 않는 트집을 잡는 것이라고만 여겼던 것이다.

헌데, 그 모든 이야기들이 사실이라고 한다.

그의 아우와 혼인한 여인은 개경 김 진사 댁의 초희 아씨가 아니라 그 댁의 수양딸인 오복이라는 여인이었다. 업둥이로 들어와 그 신분이 분명치 않은 데다 노비보다, 마소보다 못하게 자란 사람. 그런 사람이 편하게 살고자 그 댁의 어른들을 속이고 아씨 대신 시집을 왔다 한다.

"어찌 이런 일이……."

너무나 당혹스러워 차마 말도 잇지 못하고 문경은 공주를 돌아보았다. 그 모습을 홍주가 득의만만한 시선으로 바라보고 있었다. 그러고는 아직도 제 손목을 잡고 있는 휘경을 향해 말했다.

"그것 보시어요. 제 말이 다 맞지 않았습니까? 이래도 또 저를 탓하시렵니까?"

"……."

"서방님, 저는 오로지 서방님과 이씨 가문을 위해서 이러는 겁니다. 제발, 이제 그만 제 마음을 헤아려 주시어요."

"그대야말로, 내 마음을 헤아려 주었으면 좋겠소. 나는 질렸소. 더 이상은 그대를 감당할 수가 없소. 그만 돌아가시오. 아버지가 돌아오시는 대로 이혼서를 보내리다."

"휘야!"

갑작스러운 선언에 문경이 놀란 얼굴로 그를 돌아보았다. 그러나 휘경은 코끝으로도 신경 쓰지 않고 마치 등을 떠밀 듯 잡고 있던 홍주의 손을 가만히 놓아주었다.

"가시오."

"마, 말도 안 돼. 어째서……."

"……."

"어째서 내가 이혼을 당해야 해. 죄를 지은 것은 저 천것인데 어째서 내가 버림을 받아야 하느냔 말이야. 못해요. 그리는 못하겠어요. 이혼이라고요? 하! 누구 마음대로. 나는 가지 않겠어요. 끝까지 서방님 곁을 지킬 겁니다."

홍주는 눈을 벌겋게 물들인 채 사력을 다해 소리쳤다. 허나, 아무리 소리쳐도 휘경이 반응을 보이지 않자 악에 받쳐 발을 구르다 급기야는 피범벅이 되어 울고 있는 오복을 걷어차기 시작하였다.

"네 이년! 이것이 다 네년 탓이다. 무슨 수작을 부린 것이냐. 당장 고하지 못할까!"

"그만! 대체 어찌 이러는 것이오."

"이것 놓으시어요. 저는 쫓겨날 이유가 없어요. 죄는 저년이 지었는데 왜 제가 쫓겨난단 말이어요. 다 들으셨잖아요. 저년은 김 진사 댁의 초희 아씨가 아니에요. 오복이라는 업둥이라고요. 허니, 저년을 죽이셔야지요!"

비명 같은 한마디가 방 안을 쩌렁쩌렁 울렸다. 거의 동시에 소리도 없이 방문이 열렸다. 그 사이로 들어서는 한 사람이 있었다.

급하게 달려온 길인 듯 흐트러진 옷차림에 흑립은 어디에다 버려두었는지 맨상투를 그대로 드러낸 모습을 한 사내는 느린 걸음으로 걸어와 티격태격하는 휘경 부부의 곁을 무심히 지나쳤다. 그러고는 피범벅이 된 채 쓰러져 흐느끼고 있는 오복에게로 다가가 두 손으로 그녀의 젖은 얼굴을 가만히 들어 올리는 것이었다.

"서, 서방님?"

오복은 제가 헛것을 보고 있다고 생각하였다.

이렇게 맞아 죽는가 생각한 순간 온다는 말도 없이 거짓

말처럼 나타난 얼굴이었다. 하여, 보고 있으면서도 어쩐지 믿어지지 않아 오복은 눈을 꾹 감았다 떴다. 그러자 눈가에 고여 있던 눈물이 주르륵 흘러내리면서 갑자기 눈앞이 더 선명하여졌다. 다행히 서방님의 얼굴은 그대로 있었다. 그에, 오복은 더더욱 놀라 눈을 부릅뜨고 말았다.

"참말 서방님이셔요?"

"미안하오. 내가 늦었소. 많이 아팠소?"

흥건히 쏟아지는 피를 소매로 닦아 주면서 자경이 물었다.

"아, 아닙니다."

"뺨이 많이 부었소."

"괜찮습니다."

"입술도 찢어졌구려. 아플 터이니 말하지 마시오."

나직한 목소리로 속삭이면서 자경은 아내의 얼굴을 정성껏 닦아 내었다. 그런 그의 모습을 공주 내외는 물론이고 한바탕 실랑이를 벌이고 있던 휘경 부부까지 움직임을 멈춘 채 가만히 바라만 보고 있었다. 문경이 입을 열지 않았다면 언제까지라도 그렇게 바라만 보고 있었을 터였다.

"자경아, 네가 들어야 할 이야기가 있다."

"관두십시오. 밖에서 다 들었습니다."

"허면, 이제 어찌할 생각이더냐."

"무얼 어찌한단 말입니까?"

모든 이야기를 다 들었다고 하면서도 얼굴빛 하나 달라지지 않은 채 태연히 대꾸하는 그의 모습에 문경은 문득 불길함을 느꼈다. 혹시, 혹시 이놈이 진즉부터 모든 것을 다 알고 있었던 것은……

"서방님, 소첩이 서방님을 속이고 이 집안을 기망하였습니다. 저는 김 진사 댁의 초희 아씨가 아니옵니다. 바라건대, 소첩을 죽여 주시어요."

"……."

"죽을죄를 지었습니다. 하오니, 어떤 벌을 내리시든 달게 받겠습니다."

"그만두오. 아무리 그리하여도 나는 그대를 놓지 못하오. 내가 진즉에 말하지 않았소이까. 나는 이제 그대 없이 살지 못한다고."

미련하기도 하지. 이 사람은 어째서 이렇게 선하단 말인가. 아내가 모든 죄를 혼자서 끌어안고 떠나려 한다는 것을 자경은 금방 눈치챘다. 본래, 그런 사람이었다, 그녀는. 너무나 선하여 저를 지키는 대신 항상 다른 이를 먼저 지키려 들었다.

"어리석은 생각하지 마오. 우리 형님은 눈치가 무척 빠른 양반이라오. 아마, 벌써 모든 것을 다 눈치챘을 거요."

"자경아, 너 설마……."

"아무 말 마십시오, 형님. 때로는 모든 것을 다 걸고서라도 얻고 싶은 것이 있는 법입니다. 예, 저는 처음부터 이 사람의 신분을 알고 있었고 그럼에도 혼인을 하였습니다. 그것이 진실입니다."

'첫눈에 반하었거든요.' 하고 중얼거리며 자경은 철철 울고 있는 오복을 가만히 끌어안았다. 그러고선 또 말하였다.

"애초에 속인 것이 없으니 이 사람에겐 죄가 없습니다. 받아들일 수 없다면 저희를 함께 내치시면 그만입니다."

"진심으로 하는 말이냐?"

"허면, 설마하니 농이겠습니까? 이래 봬도 심각합니다. 너무 심각하여 머리가 아플 지경이랍니다."

농담인지 진담인지 구분이 가지 않는 말을 지절거리며 자경은 긴 안도의 한숨을 내쉬었다.

"곤합니다. 쉬어야겠으니 그만 돌아들 가십시오. 내칠지 말지 결정이 나면 그때나 알려 주시고요."

"이놈아, 지금 그런 말이 나온단 말이냐? 당장 부모님은 둘째 치고 가문의 어른들께서 그냥 계시겠느냔 말이다."

"상관없습니다. 그런 일 따위는."

정말로 어찌 되어도 아무렇지 않을 수 있다는 듯 자경은 편한 얼굴로 웃었다. 그러더니 문득 서안 한쪽에 놓인 제 연적을 발견하고는 한 팔을 뻗어 그것을 들어 냅다 휘경에게로 던지는 것이었다.

"억!"

멍하니 서 있다 불시에 이마를 얻어맞은 휘경이 머리를 움켜쥐고 휘청거렸다.

"꺼져라. 네 그 염병을 할 계집도 데리고 꺼져. 더 보고 있으면 내 손으로 죽이고 싶어질 것 같으니까 말이다."

"혀, 형님!"

"닥쳐! 네놈이 조금만 더 분명한 성격이었다면 이런 일도 벌어지지 않았을 것이다. 내 전에 경고했었지. 한 번만 더 시끄러운 소리가 들리면 네놈을 가만두지 않겠다고. 가라. 아니면, 참말로 이 자리에서 내 손으로 끝장을 내 주리?"

목소리 한 번 높이는 법 없이 조곤조곤 읊조리는 소리에도 휘경은 도통 꼼짝을 하지 못하였다. 제 형이 화가 나면 당장 목소리부터 낮아진다는 사실을 알고 있었던 것이다. 뿐만 아니라, 입 밖으로 꺼낸 말은 반드시 그대로 행한다는 사실도.

그에, 휘경은 짠 눈물을 삼키며 눈을 치켜뜨고 달려들 듯 구는 아내의 입을 틀어막은 채 방 밖으로 질질 끌어낼 수밖에 없었다.

"어? 이게 대체 무슨……."

방을 나서자마자 휘경의 눈이 휘둥그레지고 말았다.

분명히 해가 진 밤중이었는데 어찌 된 영문인지 중정이 대낮같이 밝았다. 그것이 사랑채부터 별채까지 가득 메우고 있는, 수백에 달하는 횃불 때문임을 그는 한참만에야 깨달았다.

대체 이것이 무슨 일인가. 설마하니 관군들이 집 안으로 들이친 것인가.

고민하는 사이, 그의 눈에 석계 한쪽에 우두커니 서 있는 사람이 들어왔다. 머리와 수염이 희끗희끗한 노인이었는데 무슨 까닭인지 화가 난 듯, 혹은 슬픈 듯 두 눈을 벌겋게 물들인 채 방금 그가 나온 방을 노려보고 있었다. 아니, 이제는 그와 아내를 노려보는 중이었다. 그것만으로도 휘경은 그가 안에서 있

171

었던 일을 다 들었다는 사실을 깨달았다. 면구스러움에 얼굴이 벌게졌다.

뒤따라 나온 문경 내외가 그를 발견하고 흠칫 놀란 표정을 지었다. 그러곤 뭐라 말하려는데 문득 안에서부터 나직한 한마디가 먼저 날아왔다.

"안으로 드시지요."

그 소리를 듣자마자 노인은 언제 휘경 내외를 보고 있었었냐는 듯 잰걸음으로 그들을 스쳐 지나 대청으로 올라섰다. 그러고는 마치 돌진하듯 방문을 홱 열고 그 안으로 사라져 버렸다.

그때까지도 횃불을 든 군사들은 제자리에 박힌 채 꿈쩍을 하지 않았다. 아무래도 노인이 저들의 수장인 듯하였다.

"대체 누구지?"

"읍읍!"

멍하니 노인의 그림자만 좇고 있자 아내가 몸부림을 치더니 기어이 그의 손에서 벗어났다. 풀려나자마자 그녀는 또 고래고래 소리를 치기 시작하였다.

"제게 어떻게 이러실 수 있습니까? 염병을 할 계집이라니. 그런 막말을 듣고도 어찌 가만히 계실 수 있어요? 말을 해 보시란 말입니다."

"시끄럽소. 그만 갈 길을 가 보오."

"뭐, 뭐라고요?"

"그만 갈 길을 가 보라지 않느냐?"

경악을 한 홍주가 분기에 치받쳐 마치 대들듯 따져 물었을 때였다. 문득, 등 뒤에서 냉랭한 한마디가 날아왔다. 돌아보니 안방에 있는 줄 알았던 오 부인이 가성댁을 거느린 채 다가오고 있었다.

"어, 어머님!"

"조용히 하거라. 안에서 있었던 일은 다 들었다. 네게 할 말은 많다만 지금은 때가 아닌 듯하니 나중에 다시 이야기하자꾸나."

"하오나!"

"쉿! 방에 손님이 들었는데 어찌 이리 가벼이 군단 말이냐? 너는 네 친정에서도 그리 구느냐?"

한껏 낮춘 목소리로 오 부인은 홍주를 꾸짖었다. 무슨 까닭인지 안색이 어둡고 표정마저 한없이 무거워 보였다. 그리고 시선은 마치 노인의 뒤를 좇고 있는 듯 아직도 방문을 향하고 있었다. 그런 그녀를 향해 휘경이 물었다.

"어머니, 저 손님이 누군지 아십니까?"

"아다마다."

"누굽니까?"

죽 늘어선 군사들을 의식하며 휘경은 저도 모르게 목소리를 낮추었다. 그리고 답이 있었다.

"……그가 바로 하백이다."

"하백? ……하백!"

그의 얼굴이 순간 경악으로 일그러졌다. 그러나 그도 잠시.

오 부인이 그렇듯 그의 시선도 노인의 그림자를 좇아 황급히 방문으로 향하였다. 아주 사소하지만 당연한 의문이 뇌리를 스쳐 가고 있었다.

"그가 왜 여기에?"

## 十四. 상봉(相逢)


문경 내외까지 반강제로 내쫓고 단둘이 마주 앉은 자리였다.

"바보같이. 어찌 이리되도록 맞고만 있었소?"

피로 얼룩지고 퉁퉁 부은 얼굴이 가여워 어쩔 줄 몰라 하다 자경은 툭 성질을 부렸다.

"어명을 받은 관군들은 잘도 잡아다 장까지 치셨으면서 말이야, 그깟 계집에게는 왜 그리 약한 모습을 보였느냔 말이오. 차라리 덤벼들어 물어뜯어 놓을 일이지."

"……."

"그리고 내가 무어라 하였소이까. 그대는 이 이자경의 조강지처라 하지 않았소. 무슨 일이 있어도 끝까지 당당하게 굴라 하였거늘 도대체 왜 그리 말을……."

열이 받쳐 다다다 떠들던 것도 잠시, 그의 목소리가 자신을 잃고 점점 더 사그라졌다. 안 그래도 안쓰러워진 얼굴에 두 눈 가득 눈물을 그렁그렁 매달고 바라보는 아내의 모습을 보니 저도 모르게 울컥 죄책감이 치받친 것이다.

"……미안하오!"

울 듯한 얼굴로 자경이 마치 토하듯 내뱉었다.

"다 내 탓이오. 내가 곁에 있었어야 했소. 무슨 일이 있어도 떨어져서는 아니 되었소. 그랬다면 그대가 홀로 관군을 맞지 않아도 되었을 터이고, 이런 불쌍한 몰골이 되지도 않았을 터인데……."

"……."

"내가 잘못하였소. 나를 원망한다 하여도 이해하오."

뚝뚝 떨어지는 눈물을 보며 안절부절못하는 서방님을 보다 오복은 말없이 그의 품에 얼굴을 묻었다. 익숙한, 넓고 따스한 품이 넉넉하게 그녀를 감싸고 곧이어 가만가만히 등을 두드리는 다정한 손길이 느껴졌다. 마치 얼음이 녹듯 그때까지 바짝 오그라들어 있던 심장이 느슨하게 풀어지고 있었다. 이제야 서방님이 돌아왔다는 사실이 실감났다.

"흑. 무서웠사와요."

"응. 내가 잘못하였소."

"기다려도 아니 오시어 애가 탔습니다. 많이 걱정하였습니다. 다시는 말없이 사라지시면 아니 되어요."

"명심하리다."

무엇이든 다 들어줄 기세로 서방님이 넙죽 고개를 끄덕였다.

그에, 조금 용기를 얻은 오복은 눈물 젖은 얼굴을 들고 조심스럽게 애원하였다.

"몰랐다 하시어요."

"……?"

"아직 늦지 않았습니다. 이제라도 소첩의 일을 까맣게 몰랐다 하시어요. 허면, 아주버님께서도 눈감아 주실 거여요."

"부인."

"서방님, 제발!"

혹, 밖에서 들을까 염려하여 애써 조곤조곤 속삭이던 목소리가 조금 높아졌다. 눈치도 빠르신 분이 그리 말을 하였는데도 못 알아듣고 어찌 이리 고집을 부리시노. 애가 타고 갑갑하여 오복은 아예 두 손을 모으고 애원하기 시작하였다.

"이미 발각이 난 일입니다. 소첩은 결국 내쳐지고 말 것이어요. 허나, 서방님은 다르지 않습니까?"

"그대가 내쳐지면 나도 따라 나갈 것이오."

"아니 된다니까요! 사나이 대장부가 어찌 보잘것없는 계집 하나 때문에 가문을 등지고 가족을 버린다는 말씀을 하십니까? 부모님께서 들으시면 통곡을 하실 거여요. 고아는 소첩 하나로 족하니 제발 그런 말씀은 마시어요."

"그리 말하여도 소용없소. 내 이미 그대 없이는 살 수 없다 하였지 않소. 그대가 쫓겨나면 나도 나가고, 그대가 죽겠다 하면 나도 같이 따라 죽을 것이오. 어디, 참말로 내가 그리 하나 안 하나 두고 보려오?"

177

그대를 버리고 내가 어찌 살겠소.

이 며칠 떨어져 있는 동안에도 그대의 눈물 젖은 얼굴이 눈에 밟히고 다정한 품이 그리워 남몰래 끙끙 앓았거늘. 아주 헤어져 영영 못 보게 된다면 며칠이나 살 수 있을까.

저 혼자 죄를 뒤집어쓰고 죽을 결심을 하였음을 어찌 모를까마는, 자경은 제가 죽는다 해도 이 어리고 연약한 사람을 그 잔혹한 길로 내몰 수가 없었다. 저 이기적인 김 진사의 결정으로 인해 이미 홀로 죽을 길로 내몰린 사람이 아닌가 말이다.

그런 마당에 저마저 돌아선다면 이 사람이 너무 가엾어진다. 강보에 싸여 버려질 때 그러했듯 다시 또 세상 천지에 홀로 내버려진다. 생각만으로도 가슴이 무너지는 듯하여 자경은 두 팔에 불끈 힘을 주었다.

"허튼 생각은 마오. 그대가 아무리 고집을 피운다 해도 내 고집만 하겠소이까."

"서방님."

"걱정 마오. 아직 확실치는 않으나 어쩌면 방법이 생길지도 모르겠소."

"바, 방법이라니요?"

또 무슨 짓을 벌이신 겝니까?

방법이라는 소리에 오복은 저도 모르게 소스라치게 놀라며 고개를 발딱 들고 그를 올려다보았다. 까닭 없이 간이 떨렸다. 그가 방법이 있다는 소리를 할 때마다 벌어진 일들이 잠시잠깐 뇌리를 스쳐 갔다. 그저 말뿐이면 좋겠는데 한다 했으면 또 야무지게 실행을 하는 양반이라 무슨 일을 벌일지 벌써부터 걱정이 몰려오기 시작한 것이다.

"그 천을 알아보는 이를 만났소."

"예?"

"내게 만들어 준 줌치 말이오. 그것을 알아보았단 말이오. 사라사라 하였던가? 아무튼, 그 천의 이름이 그렇다 합디다."

꿈에서도 생각지 못하였던 말이라 오복은 순간 그의 말을 제대로 알아듣지 못하고 멍한 표정을 지었다. 그러다 마침내 그 의미를 깨달았을 땐 그때대로 충격을 받아 또 한없이 멍한 얼굴이 되고 말았다. 설마, 설마…….

"그, 그 말은……."

"아니오. 아직은 모르는 일이니 섣부른 희망은 갖지 마시오. 그분은 그저 그 천에 대해서만 말하였을 뿐이니."

'장사를 하는 양반이라 본래 식견이 대단하다오.' 하고 말하면서 서방님은 천을 알아보았다는 사람에 대해서 간단하게 설명을 해 주었다. 장사를 하는 분이고 고향은 개경인데 오래전에 딸을 잃어버려 찾아다니고 있다는 사연이 마치 소나기처럼 발치에 후드득 쏟아졌다. 그 소리까지 듣고 나자 오복은 갑자기 심장이 벌렁거려 말도 제대로 잇지 못하였다.

"그 천에 대해 잘 알고 있는 것으로 보아 어쩌면 그대에게도 들려줄 이야기가 있을지 모른다 생각하였소. 아, 혹시나 싶어 그대의 사연에 대해서는 내가 미리 말씀을 드려 두었소이다. 지금 밖에 와 계신다오."

"예에? 여, 여기에 와 계신단 말입니까?"

"그렇다니까요. 한시라도 빨리 만나 봤으면 하시기에."

순간, 오복의 얼굴이 하얗게 굳어 버렸다.

그냥 그런 사람이 있다는 말만 들어도 심장이 벌렁거리고 등줄기에 땀이 돋을 지경이었는데 아예 예에 와 있다는 말까지 듣자 이제는 뜻 모를 두려움에 손발이 떨리려고 하였다.

"어, 어, 어쩌면 좋습니까?"

"음? 왜 그러오?"

"마, 만날 수 없습니다. 몰골이 이러한데…… 제 처지가, 아니 사정이 어려워……."

오복은 크게 당황하여 제 몰골을 살피다 방문을 한 번 보고 다시 주위를 둘러보며 안절부절못하는 등 어쩔 줄을 몰라 했다. 언젠가 만나지면 좋겠다고 생각만 하였지 정말로 누군가가 나타날 줄은 몰랐던 것이다. 뿐이랴. 만에 하나라지만, 어쩌면…… 저와 관계가 있을지도 모르는 분이었다.

"으음."

놀란 탓일까?

오복이 주저앉은 채 갑자기 한 손으로 이마를 짚으며 크게 휘청거렸다. 눈앞이 핑 돌면서 전에 없던 현기증이 밀려왔다. 안 그래도 하얗던 얼굴이 더욱 창백하게 가라앉았다.

"부인!"

"괘, 괜찮습니다. 그냥 조금 어지러웠을 뿐이어요."

"참말 괜찮은 것이오? 혹, 어디 더 불편한 곳이 있는 것은 아니오?"

뺨 말고 다른 곳도 맞은 것이 아니냐며 서방님은 그녀를 안고 이리저리 더듬었다. 그냥 내버려 두면 아예 발가벗겨 놓고 살필 기세였다.

"조금이라도 불편한 곳이 있다면 어서 말을 하오. 응?"

"아이참, 그만하시어요. 참말로 괜찮습니다. 그냥 조금 어지러웠다니까요. 아무래도 소첩이 많이 놀란 모양입니다."

"허기는, 왜 놀랍지 않겠소. 나도 놀랐거늘."

간신히 안색을 회복하는 모습을 보고 자경은 겨우 안도의 한숨을 내쉬었다. 물론, 그가 놀란 것은 천을 알아보는 사람이 나타났다는 사실 때문이 아니라 그 사람이 천하에 이름 높은 하백 대감이라는 것 때문이었지만 아내에게는 그런 사실을 말하지 않았다. 안 그래도 놀라서 어쩔 줄 몰라 하고 있는데 상대의 신분까지 알고 나면 더더욱 놀라 기절을 할까 두려웠던 것이다.

"너무 그렇게 긴장할 것 없소. 이곳에서 있었던 일도 다 아시고 또 내가 곁에 있을 것이니 그저 편한 마음으로 이야기를 나누어 봅시다."

"예에."

"그리고 한 가지 약조하오. 나야 잘 되었으면 좋겠다 생각하고 있지만 혹, 결과가 좋지 않더라도 너무 실망하지 않겠다고. 응?"

자경의 얼굴에 설핏 그늘이 졌다.

하백 대감도 그렇지만 아내 또한 이렇게 기대하였다가 실망하게 될까 봐 조금 걱정이 되었다. 두 사람의 사연이 깊거니와 안팎으로 가뜩이나 아슬아슬한 시기가 아닌가 말이다.

그런 생각과 함께 자경은 아직도 떨고 있는 아내를 잘 다독였다. 그런 다음, 밖에서 이제나 저제나 기다리고 있을 사람을 생각하며 나직하게 외쳤다.

"안으로 드시지요."

벌컥!

말이 떨어지기가 무섭게 예고도 없이 방문이 홱 열렸다. 얼마나 기다렸는지 애가 닳아 없어지기 일보 직전이라는 표정이 역력한 얼굴로 하백이 달려 들어왔다. 아무리 경황이 없다지만 발이라도 쳐야 하는 것이 아닐까 고민하던 일이 무색하게, 그렇게 갑작스럽게 세 사람이 마주했다.

"다쳤다 들었네. 많이 다친 겐가? 어디를, 얼마나……."

거의 기절을 할 듯한 얼굴로 달려와 자경을 향해 따져 묻다 어겸은 뒤늦게 오복을 발견하고서야 가만히 입을 다물었다.

다투는 소리가 요란했던 데다가 피까지 쏟았다는 말에 간이 조마조마하여 정신을 차릴 수가 없었다. 장이라도 맞았다면 필시 몸이 성치 못할 것이었기에.

그런 그의 눈에 얼룩강아지 몰골이 된 오복의 얼굴이 들어왔다.

벌건 손자국이 남은 채 퉁퉁 부어오르기 시작한 얼굴과 아직도 피가 흥건한 콧등이며 찢어지고 부은 입술이 고스란히 드러나 있었다. 가체가 떨어져 나간 머리는 온통 헝클어져 있었고 울었는지 눈에는 아직도 눈물이 그렁그렁하였다.

그 딱하고 불쌍한 몰골을 보자 갑자기 기가 탁 막혀 와 어겸은 한동안 말을 잇지 못했다. 그리고 분노했다. 아무리 죄를 지었기로서니 어찌 저 어리고 작은 것을 저리 쳐 놓았단 말이냐. 제깟 것들이 감히 누구를 쳐!

"이, 이, 이것이 다 무어냐. 이 꼴이 다 무어야!"

억장이 무너지는 심정으로 어겸은 발까지 구르며 소리쳤다.

비록 붓고 터진 몰골이긴 하여도 얼굴을 알아보는 데는 아무런 문제가 없었다. 오복을 보자마자 어겸은 그녀가 바로 관등놀이 때 저를 스쳐 간 그 댕기머리 아이가 맞다는 사실을 깨달았다. 감격으로 벌써부터 눈시울이 뜨거워졌다.

그저 스쳐만 갔을 때도 피가 당기는 느낌이었는데 이렇게 가까이에서 자세히 보고 있자니 아니라 하는 것이 이상할 정도로 낯익은 느낌과 함께 심장이 둥둥 춤을 추었다. 그런 아이가 누군가에게 맞아 피에 젖은 몰골을 하고 저를 바라보고 있었다.

"뉘, 뉘십니까?"

갑자기 나타난 노인을 향해 오복은 저도 모르게 물었다.

묻고도 '아차!' 했지만 그만큼 갑작스럽게 나타난 노인이었기에 그녀는 더더욱 놀라고 당황하여 제대로 된 생각을 할 수가 없었다. 그러나 그리 묻기를 잘하였는지 흥분하여 발까지 구르던 노인이 문득 정신을 차리고 숨을 고르더니 이윽고 그들의 앞에 정좌를 하고 앉았다.

"실례인 줄은 아네만, 내 사정이 다급하여 염치 불고하고 이리 찾아왔다네. 용서하시게."

다소간 진정을 하였어도 다급한 마음은 가라앉히지 못하였는지 그가 자리에 앉기가 무섭게 품을 뒤져 그녀의 앞에 낯익은 물건을 하나 꺼내 놓았다. 그러고는 물었다.

"혹, 아는 물건인가?"

"예에. 제가 만들어 서방님께 드린 것입니다."

조금 얼떨떨한 기분으로 오복이 대답했다.

"허, 허면 이 천을 어디에서 얻었는지 물어도 되겠니?"

"그것은……."

벌써부터 눈가를 벌겋게 물들인 채 그가 채근하듯 묻자 오복은 당황하여 서방님을 돌아보았다. 정말 말해도 되느냐는 뜻이었다. 그가 말없이 가만히 고개를 끄덕였다. 그러면서 아무 걱정 말라고 말하듯 그녀의 손을 꼭 잡아 주었다. 그에, 용기를 얻은 오복은 대답 대신 자리에서 일어나 한쪽에 서 있는 화초장을 열었다.

제일 낮은 곳의 가장 깊숙한 곳에 잘 보관해 놓은 보따리를 꺼내어 들고 다시 자리로 돌아와 그것을 노인의 앞에 조심스럽게 내어놓았다. 오래되어 빛바랜 아기 이불과 배냇저고리를 비롯해 줌치를 만들고 남은 사라사 천이 수줍게 모습을 드러내었다. 그것을 본 어겸의 눈동자가 세차게 떨리고 있었다.

"이것을…… 간직하고 있었구나."

기억이란, 어쩌면 이렇게 간사한 것일까. 직전까지만 하여도 이런 것이 있는 줄을 까맣게 잊고 있었거늘 보자마자 어째서 이렇게 선명하게 다시 떠오르는 것인가. 안 그래도 벌겋게 물들어 있던 어겸의 눈가가 순식간에 젖어 들었다.

"비단옷을 지어 주어도 모자란 아이에게 어찌 헌옷을 가져다 입히었느냐고 타박하였거늘."

"……."

"비단이불로 휘감아도 생채기가 날까 두려운 아이에게 이 거친 면포는 무엇이냐고 패대기를 쳤는데 이것을 이리 반갑게 맞이할 줄을 누가 알았을까."

빛바랜 아기 저고리를 어루만지며 어겸은 울먹였다.

혼인은 일찍 하였으나 오래도록 아이가 생기지 않아 그들 내외는 꽤 오랜 시간 적적하면서도 괴로운 시간을 보내야 했다. 그러다가 혼인한 지 십 년 만에 아이가 들어섰다는 사실을 알았을 땐 얼마나 기뻤는지 어겸은 일도 제쳐 놓고 사흘 내내 잔치를 열었다.

"십 년이었느니라. 십 년 만에 간신히 하나 본 자식이었다. 아내를 꼭 빼닮은 아이였지. 얼마나 귀엽고 어여뻤는지 보고 또 봐도 도통 질리지가 않았다. 눈에 넣어도 아플 것 같지가 않았어. 헌데, 그런 아이에게 새 옷도 아닌 내 헌옷을 가져다 입힌 걸 보고 얼마나 속이 상했던지……."

'아비처럼 아프지 말고 건강하게 자라거라.' 하는 뜻이었다는 사실도 모르고 어겸은 처음으로 아내에게 투정을 부렸었다.

저는 세상의 온갖 귀한 것들을 다 누리고 살면서 어찌 제 자식에게는 그리 짜게 구냐며 손수 지은 이불을 걷어차고 돌아앉았다. 그러곤 침모에게 당장 비단이불을 지어 오라고 소리쳤다.

"이렇게 그리울 줄도 모르고."

빛이 바랬지만 작은 옷자락 위에 아직도 선명하게 남은 붉은 인장을 보며 어겸은 기어이 눈물을 떨어뜨렸다. 아내가 손수 수놓은 붉은 용왕의 인장. 그것과 똑같은 문양이 지금 걸치고 있는 그의 옷자락에도 수놓아져 있었다. 그것을 오복도 알아보고 눈을 둥그렇게 떴다.

'참말, 나를 아는 분일까?'

꽉 죄어 오는 가슴을 부여잡고 오복은 기대 어린 시선으로 노인을 바라보았다. 그가 찾고 있다는 귀한 아기씨가 저라는 생각은 차마 하지 못하고 그저 제 신세내력이나마 주워들을 수 있을까 하는 기대감에 눈을 빛내면서.

"진정하십시오, 대감."

보다 못한 자경이 수건을 내밀며 조심스럽게 주위를 환기시켰다.

"이것만으로는 충분한 증좌가 될 수 없지 않겠습니까?"

"음?"

"안사람이 내내 간직하고 있던 것들이긴 하나 이불이며 옷가지라는 것은 본래 만들어 내거나 사고팔 수 있는 물건인지라 충분한 근거가 되지 못합니다."

"으음, 그렇긴 하지."

어겸은 어렵사리 사실을 인정하였다.

그의 시선이 다시 오복에게로 향하였다. 저를 닮은 입매와 아내를 쏙 빼닮은 눈매가 쏘아진 듯 동시에 눈에 들어왔다.

이제껏 이런 적이 없었는데, 보면 볼수록 피가 당기고 가슴이 진탕되어 자꾸 눈시울이 붉어졌다. 그저 외양이 닮았다는 사실을 제쳐 두고라도 혈육끼리만 느낄 수 있는 남다른 무언가가 있는 것인지 까닭 없이 마음이 끌리고 있었다. 전에 없던 경우인지라 결국에는 제 자식이 분명하다는 강한 확신마저 들 지경이었다.

'네놈은 눈이 삐었단 말이냐. 이렇게 닮았는데 어떻게 아닐 수가 있단 말이냐.'

길 가는 사람을 붙잡고 물어봐도 열이면 열 부녀지간이 맞다고 고개를 끄덕일 정도로 닮은 두 사람을 놓고도 의심 어린 눈초리를 보내는 자경의 행태가 어쩐지 서운하여 어겸은 그를 슬쩍 흘겨보았다.

하지만 아직도 긴가민가한지 그저 조심스레 그를 곁눈질하고만 있는 아이를 설득하기 위해서라도 더 강력한 증좌가 필요하다는 사실을 그도 인지하고 있었다. 결국에는 긴 한숨과 함께 어겸은 이제까지 누구에게도 물은 적이 없는 말을 꺼내 놓아야 했다.

"혹, 몸에 작은 흉터가 있지 않던가?"

"……!"

흉터라는 소리가 나오기가 무섭게 둘의 시선이 자연스레 오복의 왼쪽 발로 향하였다. 그 시선을 눈치챈 어겸이 엉덩이마저 들썩이면서 소리쳤다.

"보, 보여 주지 않으련?"

"아니, 대감. 아무리 그래도 그렇지, 반가의 아녀자에게 어찌 발을 보여 달라⋯⋯."

"내 딸이다! 아비가 딸의 발도 보지 못한단 말이냐."

'아직 확실한 건 아니지 않습니까?' 라고 따지려다 자경은 슬그머니 입을 다물었다. 간신히 닦아 낸 눈가에 또다시 그렁그렁 눈물을 매단 채 소리치는 하백의 모습이 불만 따위 쏙 들어가게 만들 만큼 처절한 까닭이었다.

"후우, 하는 수 없구려. 잠시만 실례를 하겠소, 부인."

"하, 하오나 아닐 수도 있는데."

"참말 그리 생각하오?"

"그것이⋯⋯ 잘 모르겠습니다."

오복은 조금 자신 없는 목소리로 말했다.

제 신세내력을 아는 사람이 나타났다는 말을 들었을 때는 두려운 마음이 드는 한편으로 가슴이 울렁거릴 정도로 설레기도 하였는데 막상 피붙이일지도 모른다는 노인을 눈앞에 두자 오히려 아무런 생각이 나지 않았다.

혹, 자꾸 보다 보면 무언가 느껴지는 것이 있을까 싶어 한참이나 가만히 바라보기도 하였지만 소용없었다. 그저 드는 생각이라곤 참 풍채가 좋으시구나, 젊잖게 늙으셨구나 하는 정도였을 뿐.

'보자마자 한눈에 알아볼 수 있을 줄 알았는데.'

저에게 실망하여 오복은 괜히 고개를 숙였다.

어린 마음에 한때는 그런 생각을 한 적이 있었다. 혈육끼리
는 통하는 무언가가 있어, 그저 먼발치에서 보기만 하여도 한
눈에 알아볼 수 있을 것이라고. 그런 마음이 꽤 강하였던 까닭
에 불과 얼마 전까지만 하여도 그녀는 어머니든, 아버지든 나
타나기만 하면 단박에 알아볼 자신이 있었더랬다. 하여서 그렇
게 만나면 서로 얼싸안고 울어 보리라 마음먹고 있었는데…….

그녀의 여린 시선이 다시 노인에게로 향하였다.

처음 보자마자 눈물을 글썽이며 다가들던 모습이 다시 뇌리
를 스쳐 가고 있었다. 아직 확실한 것도 아닌데 '내 딸이다.'
외치는 모습 또한 당당하기 이를 데 없었다. 그만큼. 확신하고
있는 것이다.

'내가 이상한 것인가.'

제 아비라 주장하며 철철 우는 노인의 모습을 보고도 아무
생각이 나지 않다니. 답답하면서도 한편으로는 죄스럽기도 하
여 오복은 금방 자신을 잃고 말았다.

"죄송합니다. 생각나는 것이 아무것도 없어…….."

"당연한 것이다. 너는 그때 고작 백일 남짓 된 아기였느니.
기억이 있다면 그것이 더 이상하지 않겠느냐."

"그, 그런 것입니까?"

"그렇다마다."

서운해하는 기색도 없이 노인이 넙죽 고개를 끄덕였다. 덕분

에 침울하던 안색이 조금이나마 밝아졌다. 그러다 문득 제 꼴을 떠올리고 오복이 황급히 덧붙였다.

"이런 모습으로 뵈어서 죄송합니다. 제 처지가 처지인지라."

"아니다. 네가 원하여 그리된 것이 아님을 다 알고 있단다. 나는 그저 네가 이리 무사한 것만으로도 고맙고 또 고맙다. 너무 감격하여 더 이상은 소원이 없을 지경이야."

어겸은 울다가 웃으면서 고개를 끄덕였다.

'기특하구나. 어쩌면 이렇게 잘 자랐을꼬.'

안 그래도 혼자서 모든 죄를 짊어질 각오를 하고 아씨 대신 혼인을 하였다는 소리를 듣고 어겸은 크게 놀란 바가 있었다. 비록 제 의지와는 상관없이 등 떠밀리다시피 하여 죽을 길로 밀어 넣어졌지만 그럼에도 불구하고 저들을 한 번도 원망한 적이 없다는 말에 그는 진정으로 감탄을 하였었다.

거기에 더해, 이제는 제 서방을 지키고자 또 자청하여 죄를 고한 데다 맞은 자리가 아프다 고자질하는 대신 험하여진 제 몰골을 보고 그가 마음 아파 할까 봐 걱정하는 마음이 너무 고와 남이라 하여도 딸로 삼고 싶은 마음이 들 지경이었다.

"이제부터 너는 내 딸이다. 약속하마. 내가 바라던 증좌가 나오지 않는다 하여도 나는 너를 딸로 삼을 것이니라."

"대감!"

"아무 말 말게. 나는 이미 결심을 하였어. 그러니 자네는 아무 걱정 말고 어서 증좌를 보이게."

놀란 자경의 외침도 무시하고 어겸은 단호한 태도로 그를 재촉하였다. 증좌에 대한 확신이 있지 않고서는 할 수 없는 말이었지만 그런 것과는 상관없이 그는 이미 오복이 자신의 친딸임을 직감하고 있었다. 그러니 증좌 따위는 보지 않아도 상관없었다. 굳이 증좌를 보겠다고 나선 것은 그저 아무 기억이 없는 아이에게 확신을 심어 주기 위한 핑계에 지나지 않았던 것이다.

"부인, 발을……."

서방님의 말에 오복은 퍼뜩 정신 차리고 가만히 돌아앉았다. 증좌가 없어도 딸로 삼겠다는 소리에 얼마나 놀랐는지 아직도 가슴이 벌렁거렸다. 내내 마주 앉아 있을 때는 괜찮더니 그 소리를 듣자마자 갑자기 심장이 요동을 치는 바람에 하마터면 숨이 멎을 뻔하였다.

'범상치 않은 분이신 듯한데 어찌 저러시는 것일까? 참말로, 내가 저분의 잃어버린 딸일까?'

생각만으로도 간이 철렁하여 버선을 벗기는 손이 바르르 떨렸다. 갑자기 입이 말랐다. 방금 전까지만 하여도 아무렇지 않더니 어째서 이렇게 긴장이 되는지 모를 일이었다.

"부, 부끄럽습니다."

한참이나 꼼지락거리며 버선을 벗고 하얗게 빛나는 발을 살그머니 내밀면서 오복은 부끄러움에 볼을 붉히었다. 이제껏 서방님 말고는 누구에게도 보인 적 없던 것이라 그런지 흡사 발가벗고 선 것처럼 몹시도 민망한 마음이 든 것이다.

"역시!"

하얗게 드러난 발등을 보자마자 어겸은 아찔한 현기증마저 느끼며 비명과도 같은 한 마디를 토해 놓았다. 깨끗한 발등엔 새끼손톱만 한 작은 꽃이 피어 있었다. 오랜 세월 동안 그가 그토록 찾아 헤매던 꽃이었다.

"아가! 연주야!"

"아!"

"내가, 내가 네 아비니라!"

"차, 참말이십니까?"

"참말이다. 참말이다마다."

작은 발을 붙잡고 어겸은 눈물을 펑펑 쏟았다. 지난 세월 내내 명치를 틀어막고 있던 응어리가 눈 녹듯 녹아 한꺼번에 눈으로 쏟아지고 있는 것만 같았다.

"밤마다 우는 너를 안고 어르다가 아비가 깜빡 잠이 들었구나. 여린 살에 촛농이 떨어지는 줄도 모르고 자다가 울음소리에 놀라 깨었지만 이미 늦어 발에 커다란 흉이 생기고 말았단다. 그때는 그것이 평생 가면 어쩌나 걱정하였는데……."

"그, 그런 사연이 있는 줄은 몰랐습니다."

대답하는 오복의 눈에도 이슬이 맺혔다.

"아비가, 아비가 잘못하였다. 모두가 다 내 탓이니라. 그날 집을 떠나지만 않았어도 너를 잃지 않았을 터인데. 네가 이리 고생하며 자라지 않아도 되었을 터인데. 잘못하였다. 아비가 잘못하였다, 연주야. 으흐흑."

"아, 아버님!"

피를 토하듯이 울음을 토해 내는 어겸의 모습에 오복은 저도 모르게 울음을 터뜨리며 그를 얼싸안았다. 그렇게 서로를 끌어안고 두 사람은 한참을 울었다. 그 애끓는 울음소리가 문지방을 넘어 밖에까지 생생하게 전하여지고 있었다.

홍주는 새파랗게 질린 얼굴로 입술을 짓씹었다.

'이, 이것이 대체 어찌 된 일이란 말인가. 저 늙은이가 왜 여기에 나타나?'

하백이라는 이름을 듣는 순간 홍주는 하마터면 기함을 할 뻔하였다. 오래전부터 여기저기에서 들어온 이름인 데다가 최근에는 아버지의 입에서도 심심찮게 거론되던 이름이었기 때문이었다.

— 그 가진 재산이 한 나라를 세우고도 남는단다.

— 딸을 찾아 헤매고 있다지.

— 그자가 죽어야 우리가 살 수 있음이야.

그간 들어온 말들이 비수처럼 날아와 가슴에 꽂혔다. 그중에서도 가장 걸리는 말은 최근에 들은 아버지의 말이었다.

— 그자를 잘라 내고 재산을 가로챌 수만 있다면 임금도 부럽지 않을 것이다.

아무리 식견이 모자란 여인이라고는 하나 그녀도 귀가 있고 눈치가 있었다. 이번에 공신들이 탄핵한 이가 바로 하백임을 그녀도 알고 있는 것이다. 그런 자가 멀쩡한 모습으로 형조판서의 집에 나타났다.

'아버지는? 우리 아버지는, 시아버님은 왜 나오지 않으시고 저자가 나타난 거냔 말이다.'

설마, 일이 잘못된 것일까?

관군들이 물러가고 나면 금방 돌아오실 거라고 옥금이 말하였다. 그 말대로 관군들은 다 물러갔으나 아버지에게서는 아직 이렇다 할 소식이 없었다. 그런 때에 하백이 나타났으니 그녀의 근심은 자연스레 커질 수밖에 없었다.

그녀의 시선이 희미한 울음소리가 새어 나오는 방으로 향하였다.

무슨 까닭인지 군사를 거느리고 온 하백은 시아버님을 찾는 대신 별채로 들었다. 그러고는 안에 틀어박혀 저들끼리 무어라 속삭이더니 급기야 저렇게 곡을 하기 시작하였다.

"아무래도 그리된 듯하지요?"

공주와 함께 반강제로 쫓겨나와 석계 한쪽에 우두커니 서 있던 문경이 문득 오 부인을 돌아보며 나직하게 속삭였다.

"그렇구나. 안절부절못하는 모습을 보고도 설마 하였는데, 결국은 그리된 모양이다. 자경이 녀석이랑 함께 나타났을 때부터 알아보았어야 했는데. 대체 이게 다 무슨 일인지 원. 큰애야, 너는 다 알고 있겠지?"

"그저 대강 알고 있을 뿐입니다. 제대로 아는 건 아우겠지요. 그래도 그럭저럭 일을 꿰어 맞출 수는 있을 겁니다. 다 말씀드릴 테니 그만 안방으로 드세요. 어머니."

"그래, 그러자꾸나. 어차피 오늘은 잠자기도 그른 것 같으니."

지쳐 버렸다는 듯 한숨을 내쉬며 오 부인이 돌아섰다. 그 뒤를 공주 자가 내외가 따르고 다시 휘경이 따랐다. 그에, 홍주도 잽싸게 그를 따라나서려 하였는데 미처 몇 걸음 걷기도 전에 가성댁이 그녀의 앞을 막아섰다.

"무, 무슨 일이냐?"

"그만 댁으로 돌아가시라는 분부시옵니다."

"뭐라? 누가 그런 명을 내렸다는 것이냐! 공주냐?"

"아닙니다."

"그럼 어머님께서? 하! 말도 아니 된다. 어머님이 왜 나를 내치신단 말이냐. 아, 그분이 아직 내가 한 일을 모르고 계시지. 오냐, 그렇다면 내가 직접 안방으로 들어 저 별채의 간악한 것에 대해서 말씀을 올릴 것이다. 비켜서거라."

또다시 패악을 부릴 듯 소매까지 둥둥 걷어붙이고 나서는 그녀를 가성댁이 다시 막아섰다.

"막내 서방님께서 명하셨습니다."

"뭐, 뭐라?"

"살고 싶다면 지금 당장 댁으로 돌아가라 하셨습니다. 별채에 계신 하백 대감이 나오기 진에 도망치지 않는다면 영영 돌아가지 못할 수도 있다 하시더구먼요."

"그게 대체 무슨 말이냐?"

"글쎄요. 쇤네처럼 천한 것이 무얼 알겠습니까요."

눈치가 빠름에도 불구하고 가성댁은 그렇게 의뭉을 떨었다. 곧 죽어도 제가 아는 것을 절대로 털어놓지 않겠다는 의지가 뚝뚝 떨어지는 얼굴을 한 주제에 아닌 척 그렇게.

"네년이 감히 나를 능멸하려는 게냐."

"그럴 리가 있겠습니까요. 모르니 모른다 하는 것이지요. 허면, 명을 전하였으니 쇤네는 이만 물러가옵니다."

거만하게 고개만 까딱해 보이고는 가성댁이 치맛자락을 휘날리며 사라졌다. 그에, 분에 치받쳐 다시 고함을 내지르려는 찰나였다. 뒤늦게 뇌리를 스쳐 가는 한마디가 있었다.

— 딸을 찾아 헤매고 있다지.

그랬다. 하백은 잃어버린 아이를 찾아다니느라 상감마마의 부름도 무시하고 천하를 떠돈다고 하였었다. 그렇다면 설마?

"설마, 저 오복이라 하는 것이 하백의……?"

오싹 소름이 돋았다.

"아니야. 그럴 리가! 저것이 또 거짓말로 하백을 속이고 있는 것일지도 몰라. 그렇지 않고서야 어떻게 이런 일이 있을 수 있단 말이냐. 제가 어떻게, 저 천것이 어떻게!"

실성한 듯 중얼거리며 홍주는 저도 모르게 뒷걸음질을 쳤다.

하백이 방을 나서기 전에 도망치라던 서방님의 말이 그냥 하는 소리가 아니었음을 그렇게 깨달았다. 어렵게 찾은 딸이 피투성이가 되어 있는 것을 보았다면 하백이 아니라 하백의 할아비라도 이성을 잃고 말 테니까.

"가, 가자!"

상황을 깨닫자마자 홍주는 덜덜 떨리는 다리에 힘을 주고 간신히 걸음을 내딛었다. 기세당당하게 들이친 일이 무색하게 그야말로 꽁지가 빠진 닭처럼 초라한 몰골로 도망을 쳤다.

그런 그녀의 모습을 휘경은 끝까지 지켜보고 있었다.

성격이 맞지 않아 사사건건 부딪치기만 하는 아내였지만 그래도 아내라고 엄한 손에 맞아 죽는 모습은 차마 볼 수 없었다. 하여, 애써 돌아가라는 말을 전하였지만 생각하여 보니 그것이 다 무슨 소용일까 싶었다.

"어차피 탄핵은 피해 갈 수 없겠지요?"

씁쓸한 물음에 안쪽에서 문경의 대답이 날아왔다.

"그렇겠지."

"목숨은 건질 수 있겠습니까?"

"분위기를 보니 살려는 주실 것 같더라만. 병판까지는……
잘 모르겠구나."

아무래도 어려운 모양이다.

두루뭉술한 대답에 휘경의 입에서 긴 한숨이 새어 나왔다. 장인이 벌을 받는데 사위가 멀쩡할 리가 없었다. 모르긴 해도, 최악의 상황까지 각오를 해야 하리라.

"이혼까지는 생각해 두어야 할 것이다."

"그것으로 되겠습니까?"

"되게 하여야겠지."

무슨 방법이라도 있는 듯한 말에 휘경이 눈을 번뜩였다. 그러나 그도 잠시. 저 살자고 처를 버려야 한다는 생각에 그의 안색은 다시 먹장구름처럼 어두워지고 말았다.


궐에서 쏟아져 나왔던 관군들이 간다는 말도 없이 홀연히 철수를 한 직후였다. 괴괴한 어둠을 틈타 한곳을 향해 은밀히 움직이는 일단의 무리가 있었다.

"서둘러라."

나직한 명령과 짧은 수신호가 몇 번이나 오고 갔다. 얼마 지나지 않아, 대여섯 명씩 짝을 지어 움직이던 무리는 곧 비슷한 머릿수의 일행을 만나 합류하였다. 그러다 보니 여섯 명은 금방 열둘이 되고 다시 스물이 되었다. 그렇게 합류한 장정들이 향한 곳은 도성 외곽에 자리한 아담한 크기의 와가였다.

"뒤따르는 이는?"

"없소."

나직하게 오가는 짧은 대화를 끝으로 사내들을 받아들이느라 슬쩍 열렸던 육중한 대문이 굳게 닫혔다.

"다 왔나?"

와가 안에 모인 장정들을 돌아보며 누군가가 물었다. 그러자 일렁이는 횃불 아래에 서 있던 백여 명의 사내들이 소리 없이 일제히 고개를 끄덕였다. 은밀한 명을 받고 박우의 집에서 하나둘씩 사라졌던 장정들이 마침내 한자리에 모두 모인 것이다. 언제 준비한 것인지 그들의 허리춤에 기다란 칼이 걸려 있었다.

뿐만이 아니었다. 누군가는 활을 멨고 또 누군가는 창을 들었으며 어떤 자들은 도끼와 박도를 들고 있기도 하였다. 명을 받기 전까지는 마당을 쓰는 빗자루를 들고 있거나 나무를 패거나 했던 사람들이었다. 그러나 이제 곧 지난날의 고생을 한꺼번에 보상받게 되리라.

달콤한 기대감과 적당히 조여 오는 긴장감 속에서 분위기가 팽팽하게 달아올랐다.

"자시(子時)에 움직여 본대와 합류할 것이다. 그때까지 대기하고 있도록."

나직한 명에 역시 소리 없는 대답이 차례로 오갔다. 그 때였다.

"역도들은 오라를 받아라!"

"뭐, 뭣?"

난데없는 고함 소리에 질서 정연하게 모여 있던 장정들은 순식간에 혼란에 빠져 버렸다. 어떻게 된 영문인지 사방에서 횃불이 올라오더니 곧이어 대문이 종잇장처럼 부서져 나간 것이다. 그 사이로 '와아!' 하는 함성과 함께 수백이나 될 듯한 관군들이 한꺼번에 쏟아져 들어오고 있었다.

"순순히 투항하는 놈은 살 것이나 반항하는 놈들은 역도가 되어 목이 잘릴 것이다. 당장 무기를 내려놓고……."

"쳐라!"

장수의 외침이 다 끝나기도 전에 성질 급한 누군가가 칼을 휘두르면서 달려들었다.

그렇게 전쟁이 시작되었다. 이와 비슷한 전쟁이 도성의 곳곳에서 한꺼번에 벌어지고 있었다. 그리고 그 밤이 다 가기 전에 수백이 죽고 또 수백이 사로잡히는 일대의 사건이 벌어졌으나 워낙 은밀히 치러진 일이라 누구도 눈치채지 못하였다.


"후우, 한고비 넘었구나."

밤늦게 날아든 서찰을 내려놓으며 왕은 짧은 안도의 한숨을 내쉬었다. 그러더니 방 한쪽에 우두커니 앉아 있는 사람을 향해 빙긋 웃으면서 말하였다.

"그래, 좋은 일이 있다고?"

"예, 전하. 다름이 아니오라, 하백 대감께서 마침내 소원을 이루시게 된 모양입니다."

"뭐라? 그이의 소원이라면…… 설마, 참말로 아이를 찾았어?"

"틀림없다 하옵니다."

"허어! 잘됐구나, 그것참 참으로 잘되었어. 허허허!"

뜻밖의 소식에 놀란 것도 잠시. 왕은 흡족한 마음으로 웃어젖혔다. 오랜 시간 공들인 보람도 없이 만날 허탕만 쳐 대어 안 그래도 미안하기 이를 데 없었는데 이제야말로 체면도 차리고 모처럼 아우의 웃는 얼굴도 볼 수 있겠구나 싶었던 것이다.

"하온데……."

"음? 무슨 일이냐?"

"그 딸이라 하는 이가 아무래도 형판과 관계가 있는 듯합니다."

"……!"

"확실치는 않으나, 그 댁의 둘째 며느리가 하백 대감께서 잃어버렸다던 딸인 것 같습니다. 그 일로 소신의 옥에서 직접 이자경을 빼내어 가셨습니다."

나직한 목소리로 사실을 고하기가 무섭게 모처럼 풀어졌던 왕의 얼굴이 도로 딱딱하게 굳었다. 한동안 무거운 침묵이 이어졌다. 그 끝에서 왕은 골치가 아프다는 듯 한 손으로 이마를 짚으며 중얼거렸다.

"이구헌이라. 어째 일이 이렇게 꼬이나."

왕은 형판의 약삭빠름에 대해 진심으로 경의를 표하고 싶어졌다.

왕실의 사돈인 동시에 역모를 꾸미다 발각된 병판의 사돈이기도 하더니 이제는 하백의 사돈이라. 운이 좋아도 이렇게 좋을 수가 있나.

"위험해. 아무래도 그냥 둘 수는 없겠어."

"혹, 하백을 의심하시는 겁니까?"

"아니다. 내가 의심하는 것은 이구헌이다. 그자의 운이 아무래도 지나친 구석이 있지 않은가 말이야."

"하오나, 하백의 일입니다. 조금 더 지켜보심이 어떠신지
요."

"……."

"어련히 알아서 하시겠습니까마는, 그전에 의숙께서 서운해
하실 일은 만들지 않는 것이 옳을 것입니다. 모처럼 맞이한 경
사에 선물은 못할망정 초를 쳐서는 아니 되겠기에."

"허긴, 그도 그렇구나."

왕은 천천히 고개를 끄덕였다. 하백의 일을 떠올렸는지 입
가에 다시 너그러운 미소가 떠올랐다. 그러나 눈빛만은 여전
히 서늘하게 빛나고 있어 그 깊은 의중을 슬쩍 내비치고 있었
다.


"이혼이라 하셨습니까?"

불손한 눈빛으로 자경이 따져 물었다.

"제가 왜 이혼을 한단 말입니까?"

"말했지 않은가. 나는 자네가 마음에 들지 않는다고. 내 딸
은 내가 데려가겠네. 이혼서는 곧 보내 주지."

"그럴 수 없습니다!"

자경은 분개했다. 물에 빠진 사람을 건져 놓으면 보따리까지
내놓으라 한다더니 그가 딱 그러했다. 그야말로 배은망덕이요,
적반하장이었다.

"저희는 절대 헤어지지 않을 것입니다."

"흥! 헤어지지 않으면? 네놈은 개경 김 진사의 딸 초희와 혼인을 하였지 내 딸 연주와 혼인을 한 것이 아니질 않느냐! 초희나 데려다가 살아라, 이놈아."

"싫습니다! 제 처는 내어 줄 수 없으니 데려갈 생각일랑 꿈에도 하지 마십시오."

"어허, 그래도 이놈이! 금쪽같은 아이를 데려다 그 꼴로 만들어 놓고도 그런 소리가 나온단 말이냐."

밤새 더 붓고 멍든 오복의 얼굴을 떠올리며 어겸이 소리쳤다.

"제 여자 하나 지킬 줄 모르는 놈은 이혼을 당해도 싼 것이지!"

"흘리고 다닐 것이 없어 자식까지 흘리고 다니시는 분이 할 소린 아닌 줄로 압니다만!"

"뭐라? 말 다했으렷다."

"아직 덜하였습니다. 저희는 절대 헤어져서는 살 수 없는 사람들입니다. 서로의 매력에 이미 흠뻑 빠져서 자력으로는 헤어 나올 수 없거든요. 강제로 떼어 놓으면 시름시름 앓다 죽을지도 모릅니다. 그러니 그런 쓸데없는 생각일랑 당장 집어치우십시오."

제 입으로 '제 처는 저 없이 못 삽니다.' 라는 따위의 헛소리를 잘도 늘어놓는 얄미운 놈을 어겸은 조금 삐뚜름하게 흘겨보았다. 집안 어른끼리 정한 혼인이었다는 사실을 다 알고 있는데 웬 헛소리인가 싶어서.

"……얼굴 한 번 못 보고 한 혼인이라더니?"

"헛소문입니다. 적어도 일면식은 있는 사이였습니다."

"호오, 그래?"

"그렇다니까요."

혼인날 직전에 몰래 찾아가 한 번 보고 온 것이 전부였지만 굳이 그런 이야기까지 할 필요는 없으리라. 어쨌거나, 서로가 좋아 죽는 것만은 사실이었으므로.

"허니, 다른 방법을 생각해 보시란 말입니다."

"그것이 네놈이 말하는, 상감의 의심을 피하는 제일 쉽고 좋은 방법인데도?"

"뭐든 쉽게 이루면 가치가 덜하여지는 법입니다. 더구나, 저희는 떨어져서는 절대 못 산다고 하였지 않습니까."

"끄응. 골치가 아프구나."

생긴 것답지 않게 의외로 고집이 센 놈을 보다 어겸은 짐짓 머리를 감싸 쥐었다. 아닌 게 아니라, 앞으로 이런 놈과 함께 살 생각을 하니 벌써부터 두통이 몰려오려고 하였다.

"막내 대군께서 제안하신 것이 있으니 그리 어렵지만은 않을 겁니다."

"들었다. 과거 보아 벼슬길에 오르라 했다지?"

"한양에 남아 볼모가 되라는 뜻이지요 뭐. 하지만 나쁘지 않습니다. 그렇게 해서라도 아내와 함께 살 수만 있다면."

당당하던 목소리가 애틋하게 갈라졌다.

말로는 아내가 저 없이는 못 사는 사람이라 하였지만 사실은 그 반대였다. 자경은 아내와 떨어져 홀로 살아갈 자신이 없었다. 잊지 못하고 그리워하다 하얗게 말라 죽고야 말리라.

"초희 아씨와는 이혼을 하겠습니다. 그리고 연주 아씨와 다시 혼인을 하여 족보에 올릴 것입니다."

"그것은 당연한 소리고."

"처가살이를 하라시면 하지요."

"그것도 당연한 것이지. 허면, 내가 딸을 두고 혼자 살 거라고 생각했단 말이냐? 그것도 십육 년 만에 찾은 딸인데?"

당연한 소리를 왜 하느냐고 물으며 어겸은 그를 휙 노려보았다. 그 눈빛에 찔끔했다가 자경은 남몰래 한숨을 삼켰다. 천금을 주고 처가살이를 피했다고 좋아했더니 이게 다 뭔 일이란 말인가. 알고 보니 아내는 무남독녀 외동딸에 조선 최고의 부잣집 딸이기도 하였다. 처가살이를 시작하면 늙어 죽을 때까지 독립은 꿈도 꿀 수 없는 상황을 맞이하게 될 거란 말이다.

"원하시는 것이 무엇입니까?"

결국 자경이 먼저 두 손을 들었다.

딸을 찾아 15년이 넘도록 헤매고 다닌 사람답게 고집으로는 절대 이길 수가 없었다. 저런 양반과 함께 평생 같은 집에서 살 생각을 하니 벌써부터 머리가 지끈거리는 것만 같았다.

"가서 네 아내를 설득해 다오."

"예?"

"아비 집으로 가자고 하였는데 고놈이 통 듣질 않는단 말이다. 시아버님이 아직 들어오지 않으시어 집안이 심란하니 더 있다 가겠다면서 고집을 부리고 있어. 그 말은 무슨 뜻이냐. 결국 제 시아비를 무사히 구해 달라는 말이 아니더냐."

"부인께서 그, 그랬습니까?"

어쩐지 감격스러운 기분에 빠져 자경은 말까지 더듬었다.

그냥 이대로 부친을 따라나서도 아무도 뭐라 할 사람이 없는 마당인데 스스로 남아 집안을 돌보겠다고 하였다는, 그 진심 어린 마음이 손에 잡힐 듯 와 닿아 가슴 한쪽이 훈훈하게 데워지는 듯하였다.

"그것 보십시오, 저 없이는 못 산다니까요."

"퍽이나. 생소리 말고 어서 가서 아비를 따라나서라고 설득을 하여라. 내 집에 안전하게 데려다 놓아야 내가 제 시부를 구하러 가든지 말든지 할 것이 아니냔 말이다."

뭐가 그리 좋은지 바보처럼 히죽 웃고 있는 자경을 향해 어겸이 빽 소리쳤다.

아닌 게 아니라, 마음 같아서는 춤이라도 추고 싶을 만큼 행복한데 또 그만큼 불안하여 쉬이 발을 떼어 놓을 수가 없었다. 제가 없는 동안 간신히 찾은 딸아이를 다시 잃어버리게 될까 봐 두려웠던 것이다. 설마, 또 그런 일이 있기야 할까마는 한 치 앞을 모르는 것이 인생사이고 보면 무엇이든 미리 대비를 해 두는 것이 나을 성싶었다.

"후우, 나야말로 떨어지고 싶지가 않거늘."

이미 다 자라 혼인까지 한 딸이건만, 그의 눈에는 아직 어리게만 보였다. 얼마나 귀하고 어여쁜 딸인지 보고 또 보아도 질리지 않고 눈에 넣어도 아플 것 같지 않았다. 더구나 어린 나이부터 갖은 고생을 하면서 자란 아이가 아니던가.

"여기저기 데리고 다니며 무엇이든 다 사 주려 하였는데."

가지고 싶다는 것은 그것이 무엇이든 가리지 않고 구해다 줄 생각이었다. 그간 누리지 못한 것을 다 누리며 살 수 있도록, 무엇 하나 부족하지 않게 챙길 준비가 되어 있었다. 헌데도 고작 바라는 것이 제 시부가 무사히 돌아왔으면 한단다.

— 지금도 부족한 것이 없습니다. 다들 어쩌나 잘 챙겨 주시는지 이런 호강이 없다 싶을 정도인걸요.

말도 안 된다. 제가 정말로 호강을 하고 살았다면 차림은 어찌 그리 검소하고 먹는 것도 부족하며 또 제 아랫동서 되는 계집에게 그리 모질게 얻어맞을 수 있단 말인가.

온통 붓고 터진 얼굴을 볼 때마다 분통이 터지는 아비의 속은 생각지도 않고 그저 좋다는 말만 하고 있는 딸을 보며 그는 더 답답하여 몇 번이나 남몰래 한숨을 삼켜야 했다.

'두고 보아라. 내 그 계집을 절대 그냥 두지 않을 것이다. 감히 내 딸을 치고도 무사할 성싶으냐.'

여차하면 고 잔인한 손모가지를 똑 분질러 놓으리라.

어겸은 단단히 작심하였다. 본래 받은 것은 배로 갚는 것이 허씨 집안의 전통이었다. 은혜를 받았으면 은혜로 갚고 원한을 받았으면 원한으로 갚는다.

"그러고 보니 지금쯤 병판이 어떤 얼굴을 하고 있을지 궁금하구나."

간밤의 거사 준비가 실패로 돌아갔다는 사실도 모르고 이제 나저제나 하며 소식을 기다리고 있을 사람을 떠올리다 어겸은 쓰게 웃었다. 딴에는 회심의 일격을 날리기 위하여 오래전부터 단단히 준비를 한 모양이나 단언컨대 그 정도 가지고는 궐문도 넘기 힘들었다.

게다가 그마저도 실패를 하였으니 이제 남은 것은 바닥까지 굴러떨어져 죗값을 치르는 암울한 시간뿐이었다. 뭐, 살아남는다면 그렇다는 이야기다. 어디까지나 살아남는다면.

"허면, 나는 다녀오겠다."

벌써부터 제 아내에게 달려가고 싶어 안달이 난 놈을 팽개쳐 놓고 어겸은 서둘러 길을 나섰다. 그런 그를 배웅하는 둥 마는 둥 하고 있는데 때마침 가성댁이 헐레벌떡 달려와 자경을 찾았다.

"무슨 일이기에 그리 뛰어다니는 것이냐?"

"아이고, 큰일 났습니다요."

"음? 큰일이라니. 또 무슨 일이기에?"

"아씨께서, 아씨께서 편찮으십니다."

"뭐라?"

"기침이 늦으시어 어찌 이러시나 싶었는데 들어가 보니 글쎄 열이 펄펄 끓고 계셨습니다. 정신이 없으시어 땀에 절은 채 헛소리도 하십니다. 이를 어쩌면 좋습니까요."

208

갑자기 숨이 턱 박혔다.

발밑이 푹 꺼지고 넋이 반쯤은 달아나는 듯하여 자경은 잠시간 아무 말도 할 수가 없었다. 그러다 간신히 정신을 차렸을 땐 언제 타박을 했었냐는 듯 이미 가성댁보다 더 빨리 달리고 있었다. 오늘따라 별채까지 가는 길이 만 리나 되는 듯 멀게 느껴졌다.


오복은 가만히 손을 내밀었다.

아름다운 꽃 한 송이가 눈앞에 있었다. 겹겹이 둘러친 하얀 꽃잎에 코끝을 희롱하는 향긋한 향기를 품은 작은 꽃이었다. 어찌나 곱고 어여쁜지 보는 순간 오복은 꽃을 향한 맹목적이면서도 끝없는 갈망을 시작하였다.

참 이상도 하지. 드넓은 연못 가득 피어난 연꽃은 수십, 수백 송이나 될 듯 흐드러졌는데 그녀의 눈에는 오직 작고 여린 그 꽃만 보였다.

— 이리 온.

마치 어르듯 속삭이며 그녀는 꽃을 향해 한 걸음 더 다가갔다. 그러자 꽃이 뒤로 한 걸음 물러났다. 꽃에 발이 달린 것도 아닐진대 그녀가 다가가면 꽃은 물러나고 그녀가 물러나면 꽃은 딱 그만치만 다가왔다.

그렇게 줄다리기를 하듯 밀고 당기기를 반복하다가 마침내 오복이 꽃을 손에 쥐었을 때였다.

갑자기 발밑이 스르르 꺼지고 있었다

내려다보니 그녀는 어느새 연못 한복판에 선 채 서서히 가라앉는 중이었다. 동시에 물이 부글부글 끓어올랐다.

— 뜨거워. 서방님, 서방님!

불이 붙은 듯 온몸이 달아오르고 있었다. 꽃을 손에 쥐고 오복은 몸부림을 쳤다. 뜨겁고 괴로워 숨을 쉴 수가 없었다.


"부인!"

비명처럼 부르짖으며 자경은 불덩이가 된 오복을 끌어안았다. 새벽녘까지만 하여도 괜찮았는데 언제부터 열이 오르기 시작한 것인지 그저 안고만 있어도 열기가 느껴질 정도로 온몸이 펄펄 끓고 있었다.

"부인, 부인! 제발 눈을 떠 보시오."

"으으으……."

"부인! 뭣들 하느냐. 당장 의원을 부르지 않고!"

떨리는 마음으로 재촉을 하다가 자경은 곧 가성댁이 전해주는 찬 수건을 받아 들었다.

"열부터 내려야겠습니다요. 어서 닦아 주십시오."

"이것으로 되겠느냐. 너는 얼른 어머니께 가 고하고 빙고에서 얼음을 꺼내 오너라. 서둘러라."

"예, 서방님."

다급한 마음에 자경은 아내의 옷가지를 벗겨 놓고 찬 수건으로 온몸을 닦아 내기 시작하였다. 두려움에 손이 덜덜 떨리고 있었다.

"이러지 마오. 힘든 일은 이제 다 지났는데, 그토록 바라던 가족도 찾았는데 어찌 이런단 말이오. 제발 눈을 뜨오. 눈을 뜨고 나를 보란 말이오. 부인, 부인!"

"……."

"설마, 이대로 나를 두고 가 버릴 것은 아니지요? 응? 참말 그럴 작정이라면 평생토록 원망할 것이오. 이러지 마오. 제발 눈을 뜨시오."

아무리 불러도 반응이 없자 자경은 왈칵 겁이 났다. 열기가 워낙 대단하여 이대로 어찌 되는 것은 아닌지 두려울 정도였다.

"병이라니? 이게 무슨 소리냐?"

미친 듯이 찬 수건만 들이대어 요까지 흠뻑 적셔 놓고 있는 때에 마침 소식을 들은 어머니가 달려왔다.

"어머니, 이 사람 좀 살려 주세요. 아무리 불러도 눈을 뜨지 않습니다."

"세상에! 이게 다 웬일이란 말이냐."

그저 아프다는 소리만 듣고 온 오 부인이 놀라서 와르르 달려왔다. 며느리는 벌겋게 달아올라 흠뻑 젖어 있고 아들은 실성한 듯 물수건만 쥐고 있었다. 그것을 빼앗아 들고 그녀가 오복의 곁으로 바짝 다가앉았다.

"의원은?"

"불렀습니다. 헌데 왜 이리 오지 않는지 모르겠습니다."

"걱정 말아라. 사람이 갔다면 곧 오겠지."

침착하게 상황을 파악한 오 부인은 흠뻑 젖은 오복의 몸을 다시 닦아 내었다. 그런 다음 새 이불과 옷을 꺼내어 다시 깔고 입히었는데 바로 그 때에 딱 맞춘 듯이 의원이 도착하였다.

"서두르게."

황급히 발을 내리고 앉아 오 부인이 의원을 재촉하였다.

모두가 다급한 빛을 보이며 재촉을 하는 가운데에서도 의원은 서두르는 기색 하나 없이 침착하게 앉아 가만히 발 너머로 오복을 살피고 진맥을 하였다.

헌데, 금방 병증을 알아낼 것이라 생각했던 것과 달리 진맥하는 시간이 점점 길어지더니 의원은 한참만에야 눈을 떴다.

"후우, 아마도 크게 놀라신 일이 있는 듯합니다. 심신이 많이 지치신 것도 있고요. 열만 내리면 다행히 큰 탈은 없을 듯하옵니다."

"참인가?"

"예, 마님. 침이나 뜸은 놓을 수 없으니 우선은 기력을 보하는 약을 지어 올리겠습니다."

"음? 침을 놓을 수 없다니. 어째서인가?"

"그야, 만에 하나라도 복중의 아기씨께 좋지 않을 수 있어 그러하옵니다. 하여, 아씨마님께서 조금 더 힘드시긴 하겠으나 약도 강한 것으로는 쓸 수 없습니다."

"뭐, 뭐라? 자네 지금 무어라 하였나?"

유심히 듣고 있던 오 부인이 흠칫 놀라 눈을 부릅떴다.

"보, 복중의 아기씨라 하였나?"

"아기씨?"

넋을 놓고 제 아내의 얼굴만 보고 있던 자경도 그제야 소스라치게 놀라 의원을 바라보았다. 그러자 이번엔 의원이 더 놀라 두 사람을 보면서 소리쳤다.

"모, 모르고 계셨습니까?"

"몰랐네."

"내가 그것을 어찌 알아?"

너무 놀라고 당황하여 세 사람은 서로를 향해 똑같은 표정으로 소리만 질러 대었다. 그러다가 간신히 정신을 찾은 자경이 의원의 멱살을 틀어쥘 듯 달려들어 물었다.

"아, 아내는 어떠한가? 정말 괜찮아지겠나? 아기씨께서는 무사한가? 열이 저리 높은데 참말 괜찮은 게야?"

"예. 다행히 두 분 다 무사하십니다. 열만 내린다면 아씨께서도 무탈하실 터이고, 아기씨께서도 건강하신 듯하옵니다."

"하!"

맥이 풀린 듯 자경이 갑자기 제자리에 털썩 주저앉았다.

그사이, 얼음을 가져온 가성댁이 열을 내리기 위하여 베개를 비롯한 곳곳마다 수건에 싼 얼음을 끼워 넣고 있었다. 그 모습을 멍하니 보고 있는데 어머니가 그를 돌아보면서 말하였다.

"수고하였다. 네가 이제는 아비가 되려는 모양이구나."

"아, 아비요?"

"그렇다마다. 네 아내가 아기씨를 가졌으니 너는 곧 아버지 소리를 듣지 않겠느냐. 호호, 경사구나. 세상에, 얼마나 기다리던 소식인지."

아비라는 소리에 자경은 눈앞이 핑 도는 듯한 충격을 느꼈다.

갑자기 정신이 멍해졌다. 그동안은 그저 아기씨가 생겼으면 좋겠다고만 생각하고 있었기에 제가 아비가 된다는 생각은 미처 하지 못하였는데 생각하여 보니 참말 그러했다.

'내가 아비가 되는구나. 한 아이의 부모가 되는 것이야.'

갑작스러운 깨달음이 뒤통수를 후려졌다.

깨달음과 동시에 가슴이 터질 듯 뿌듯하여지고 심장 아래가 간질간질한 것이 그만 웃음이 터질 것 같았다. 자경은 엉금엉금 기어 끙끙 앓고 있는 아내에게로 다가갔다. 그리고는 뜨끈뜨끈한 손을 찾아 쥐고 씩 웃었다. 눈물이 그렁그렁한 얼굴로 가만히 속삭였다.

"그대의 이름을 지어 주었다던 그 스님의 말이 맞았소. 그대가 복이 많소이다. 그리고 복 많은 그대를 아내로 맞이한 나는 아무래도 전생에 나라를 구하였나 보오."

"으음."

"고맙소. 참말로 고맙소."

피딱지가 앉은 파리한 얼굴을 쓰다듬으며 자경은 실성한 놈마냥 그렇게 울고 웃었다.

그 사이 긴장이 풀어졌는지 딱딱하게 굳어 있던 몸이 노곤

하게 늘어졌다. 안 그래도 밤새 바쁘게 달려오느라 제대로 잠을 이루지 못한 그였다. 그에, 자경은 끙끙 앓는 아내의 곁에서 가만히 눈을 감았다. 왠지 좋은 꿈을 꿀 것만 같은 예감이 들었다.

## 十五. 희비(喜悲)

　박우의 낯빛이 처참하게 가라앉았다. 아무리 생각하여 보아
도 어째서 일이 이렇게 돌아가게 된 것인지 도통 이해를 할 수
가 없었다. 세차게 떨리는 시선으로 그는 눈을 들어 앞을 바라
보았다.

　"으아아악!"

　"당장 바른대로 고하지 못할까!"

　"정신을 잃었습니다."

　"물을 끼얹어라!"

　곳곳에서 울려 퍼지는 비명 소리와 매질 소리가 날카롭게
귀를 찔렀다. 바로 어제까지만 하여도 공신입네, 당상관입네
하면서 어깨에 힘 좀 주고 다니던 이들이 오늘은 죄인이 되어
모진 고문을 당하고 있었다.

비명 소리가 커질 때마다 나란히 서 있던 이들이 약속이나 한 듯 동시에 어깨를 움찔거렸다. 지금은 이렇게 바라보고 있는 입장이지만 곧 자신들도 형틀에 묶이어 매질을 당하는 처지가 될지도 모르는 일이었기 때문이다.

'이상한 일이다. 서슬 퍼런 분위기이긴 하였어도 그동안은 그나마 주위를 살피는 기색 정도는 비치셨거늘, 이제는 망설임이 사라지지 않았는가 말이야.'

왜인가, 상감의 마음은 왜 갑자기 일변한 것인가.

아무리 그래도 모든 공신을 쳐낼 수는 없을 것인데 무슨 마음을 먹은 것인지 왕의 결정은 단호하면서도 거침이 없었다. 약속한 대로, 상소문을 일일이 살피고 거론된 죄목에 대해 꼼꼼하게 조사를 하게 한 다음 그에 대한 처벌을 결정하였는데 그것이 전에 없이 냉정하다 할 정도로 매서웠던 것이다.

'분명히 무언가가 있음이야. 그렇지 않고서야 이럴 수는 없지. 숫제, 공신들을 다 죽일 기세가 아닌가.'

죽이려 든다고 순순히 죽어 줄 생각은 없었다. 그러나 상황이 예고도 없이 워낙 빠르게 돌변하다 보니 미처 제대로 된 대응을 할 시간이 없다는 것이 문제였다.

'밖에다 미리 연락을 해 두었기에 망정이지 하마터면 아무것도 해 보지 못하고 당할 뻔하였구나.'

만일의 일을 대비하여 단단히 준비를 해 두라는 전갈을 남긴 것이 그나마 다행이라고 여기며 박우는 남몰래 고개를 끄덕였다. 지금쯤이면 가병들이 왕자궁이며 공주궁으로 들이닥쳐 저들을 볼모로 잡았을지도 모르겠다. 일이 계획대로만 되었다면 이곳의 사정이 다소간 불리하게 돌아간다 하더라도 협상의 여지는 충분히 남게 되는 것이다.

생각이 그에 이르자 잠시 움츠러들었던 어깨에 도로 힘이 들어갔다. 박우는 고개를 들어 서릿발 같은 얼굴로 친국(親鞫)을 진행하고 있는 왕을 바라보았다.

한때는 진심으로 따르고 열망하던 주군이었으나 그는 변했다. 토사구팽이라 했던가. 사냥은 진즉에 끝났고 이제 그는 사냥개를 삶아 먹으려 드는 사냥꾼에 지나지 않았다.

'순순히 잡아먹힐까 보냐.'

단단히 마음을 먹는 순간, 대전의 내관 하나가 종종걸음으로 나타나 왕의 곁으로 다가가는 것이 보였다. 그러곤 잠시 좌우를 살피더니 그의 귓가에 대고 무언가 말을 전하기 시작하였다. 직후, 왕의 얼굴이 더욱 심각하게 굳는 것이 보였다. 그 모습에서 박우는 불현듯 불길한 예감이 엄습하는 것을 느꼈다. 그리고 다음 순간이었다.

"잡아라!"

짧은 명이 떨어졌다.

딱히 누구를 가리키며 한 말이 아니었음에도 불구하고 미리 입을 맞추어 두기라도 한 듯 군사들이 일제히 박우를 향하여 달려들었다.

"무, 무슨 짓이냐. 이것 놓지 못할까!"

크게 당황한 박우가 두 팔을 휘저으며 고함을 쳤으나 그때는 이미 개처럼 끌려나와 강제로 꿇려어진 후였다. 와중에 관모가 벗겨져 손이 닿지 않는 저만치로 데굴데굴 굴러가고 있었다.

"네 이놈들! 당장 놓지 못하겠느냐."

"……"

"주사앙! 그래도 공신이거늘, 우리에게 어찌 이리하실 수가 있습니까?"

불을 뿜듯 소리치며 박우는 몸부림쳤다. 그런 그의 옆으로 형판 이구헌이 패대기쳐진 듯 와락 날아와 떨어졌다. 동시에, 왕의 추상과도 같은 명이 이어졌다.

"죄목을 고하라!"

"예! 형판 이구헌은 사사로이 관직을 팔아 뇌물로 받은 재물이 은병 수천 근, 비단이 수백 필이며 노비는 백여 구에 이르고 땅도 4결(結)이나 되는 것으로 밝혀졌습니다. 이는 처형을 당해도 마땅한 양이오니 중형으로 다스리는 것이 옳은 줄로 아옵니다."

"고얀! 형판은 죄를 인정하겠느냐!"

"화, 황공하옵니다. 죄인이 무슨 할 말이 있겠사옵니까. 죽여 주시옵소서, 전하."

이 배알도 없는 멍청한 위인이!

눈에서 불똥이 튀었다. 한 번 부인하는 기색도 없이 단박에 죄를 인정하며 고개를 조아리고 벌레처럼 싹싹 비는 구헌의 모습에 박우는 그만 기가 막혀졌다. 공신에, 형조판서씩이나 되는 위인이 위엄은 둘째 치고 사내로서의 자존심은 다 어디다 팽개쳐 두고 저리 약해 빠진 모습을 보인단 말인가.

'그러고도 네놈이 내 사돈이라 할 수 있단 말이냐!'

으드득 이가 갈렸다.

딸이 고집을 부리는 바람에 이리저리 양보하고 하는 수 없이 사돈을 맺었더니 정작 사위라는 놈은 딸을 박대하고 저 위인은 모자란 행동으로 그의 속을 이리도 긁어 놓고 있었다. 사위가 돌아오면 잘 가르쳐 데리고 살아야겠다고 생각하고 있었는데 이런 꼴까지 보고 있자니 마음이 저절로 돌아섰다.

'죽일 놈들 같으니. 두고 보아라. 이번 일만 무사히 넘긴다면 당장 이혼부터 시키고 톡톡히 망신을 주어 다시는 그 잘난 낯짝을 들고 다니지 못하게 하리라.'

분노에 눈이 멀어 박우는 이를 벅벅 갈며 구헌을 노려보았다. 그러다 참다못하여 뭐라 한마디 소리치려는 순간 왕이 먼저 선수를 쳤다.

"참으로 더럽고 부끄러워 얼굴을 들 수 없는 일이로다. 누구보다 청렴해야 할 자가 이런 더러운 짓을 저지르고 있었다니. 뉘가 믿겠는가 말이야!"

"……."

"보고 있자니 오장이 뒤집히고 눈이 썩는구나. 형판 이구헌은 삭탈관직하여 장기로 귀양을 보낼 것이다. 뭣들 하느냐. 꼴도 보기 싫으니 당장 저자의 관복을 벗기고 궐 밖으로 내치렷다!"

"서, 성은이 망극하옵니다."

저를 유배 보낸다는 소리를 듣고도 구헌은 납작 엎드려 그저 '성은이 망극하옵니다.' 하는 소리만 하고 있었다. 그에, 더더욱 기가 막혀진 박우가 얼굴을 일그러뜨리며 다시 소리를 치려는데 마침 고개를 돌리던 왕과 시선이 딱 마주치고 말았다. 짧은 순간이지만 심장으로 짜르르한 충격이 전해졌다. 번 갯불을 품은 것처럼 번뜩이는 시선이 날카롭게 다가와 속을 온통 휘젓고 있었다.

'질까 보냐!'

억울하다는 마음이 컸던 탓일까?

때아닌 오기가 샘솟았다. 여기서 밀리면 이후로는 걷잡을 수 없을지도 모른다는 위기감도 엄습했다. 그래서였을 것이다, 꼿꼿하게 세운 모가지에 더 바짝 힘을 준 것은.

피식.

왕의 입가에 문득 삐딱한 웃음이 걸렸다. 헌데, 어쩐지 '가소롭구나.' 하며 비아냥거리는 기색이 아닌 '네가 할 수 있는 것이 고작 그것뿐이었느냐.' 하고 말하듯 씁쓸한 기운이 느껴지는 거다. 마치 그가 준비하고 있는 일들을 다 알고 있기라도 한 것처럼 말이다.

갑자기 등골이 오싹하여졌다. 그리고 나직한 한 마디가 떨어졌다.

"고하라!"

"궁녀와 싱긴을 히고 양민의 처를 빼앗아 첩으로 삼았으며 권력을 이용하여 다른 가문의 땅을 빼앗았습니다. 그 외, 뇌물로 받은 황금이 백 근, 비단이 수천 필에 노비는 이백여 구가 넘는 데다 땅도 수결에 이르는 줄로 아옵니다. 그것으로도 모자라 병판 박우는 사병을 금하라는 명을 어기고 사사로이 병사를 키워 역모를 도모하기에 이르렀사옵니다!"

"……!"

당당히 쳐들린 얼굴에서 핏기가 가셨다. 뜻밖의 소리였는지 갑자기 주위가 고요해졌다. 장을 치고 인두를 달구던 이들은 물론이고 모진 고문에 지쳐 비명을 내지를 힘도 없이 늘어져 있던 자들까지 모두 눈을 부릅뜨고 그를 돌아보았다.

"마, 말도 아니 된다. 네 이놈! 감히 누구에게 누명을 씌우려 하는 것이냐!"

"누명이라?"

"누명이지요! 뇌물을 받은 것까지는 인정할 수 있습니다. 허나! 역모라니요. 한때는 목숨 걸고 전하를 위해 칼을 뽑은 사람이거늘, 그런 이 사람에게 역모 운운하는 더러운 누명을 씌우다니요. 이것이 정녕 전하의 뜻이란 말입니까. 이것이…… 전하를 위해 목숨을 걸고 싸운 일에 대한 대가란 말이오!"

벼락같은 외침에 모진 고문을 당하는 와중에도 억울하다 외치던 죄인들이 동시에 눈을 빛냈다. 안 그래도 마침 저희들도 그런 생각을 하던 참이었던 것이다. 오늘날, 제가 왕이 된 것이 다 누구 덕인데 하면서 말이다.

"대가라. 하하하! 그렇게 누리고도 대가 타령을 하다니. 궁녀와 상간을 해도 용서하고 살인멸구를 하여도 용서하고 뇌물로 받은 재물로 곳간을 가득 채워도 다시 용서하였거늘!"

분노 어린 외침이 피가 낭자한 형장 바닥으로 내리꽂혔다. 기다렸다는 듯 요란한 발소리와 함께 양쪽의 문이 활짝 열리더니 관군들에 의해 만신창이가 된 십수 개의 그림자가 질질 끌려와 박우의 발 앞에 거칠게 내동댕이쳐졌다. 그들을 알아본 박우의 얼굴이 도로 창백하게 물들었다. 저들이 어찌 여기에!

"그자들을 모른다 하지 않겠지?"

"나, 나는⋯⋯."

일이 실패로 돌아갔구나!

깨달음이 뒤통수를 후려쳤다. 왕은 알고 있었다. 모든 것을 알아낸 끝에 그를 함정에 빠뜨려 사로잡은 것이다. 왈칵 공포가 밀어닥쳤다. 끝이었다. 이제껏 누리던 모든 것들이 바로 눈앞에서 한 줌 먼지가 되어 사라지려 하고 있었다.

'내가 대체 무슨 짓을 하려 한 것인가.'

정신이 번쩍 들면서 머리꼭대기까지 두려움이 치달았다. 그에, 달아나고 싶은 충동마저 느끼며 박우는 덜덜 떨었다.

"소, 송구하옵니다, 주군. 거사는 실패⋯⋯."

"네놈들은 누구냐! 누구이기에 나를 안다 하는 것인가!"

"⋯⋯."

"나는 모르는 일이오. 역모라니. 전하, 이럴 수는 없습니다. 어찌 이 사람에게 이런 참혹한 누명을 씌우려 하십니까!"

죽을힘을 다해 부인하며 박우는 소리쳤다. 죽는 한이 있어도 아니라고 해야 그나마 가문이 멸문지화 당하는 것을 막을 수 있을 것이기에.

"글쎄, 이것이 누명인지 아닌지는 이제 곧 밝혀질 터이지. 저자를 형틀에 묶어라!"

새된 고함 소리가 막 어슴푸레하게 물드는 저녁 하늘을 갈랐다.

그것이 신호가 된 듯 한참이나 문 너머에서 서성이던 어겸이 제자리에 우뚝 멈추어 섰다. 마침 상감의 곁을 지키던 곽내관이 종종걸음으로 달려오고 있었다.

"어찌 되었는가?"

마주 달려가며 어겸이 성급히 물었다.

"오래 기다리셨사옵니다. 다행히 늦지 않게 대감의 전언을 전달하여 형판께서는 무사히 목숨을 구하신 줄 아옵니다."

"허, 허면⋯⋯."

"병판과 무관하지 않은 사이이긴 하나 역모에 관여한 것은 아니니 자식들을 이혼시키어 죄를 공정히 가리겠노라 하시었습니다. 이는 모두 아우이신 대감의 처지를 살핀 것으로 만에 하나 앞서 한 약조들을 지키지 않을 시에는 차후에라도 그 죄를 엄히 묻겠다 하시었사옵니다."

약조라는 말에 어겸은 문득 자경, 아니 사위의 얼굴을 떠올렸다.

옥에 갇혀 있을 때 셋째 대군과 거래를 하였다더니 바로 그것을 가리키는 모양이었다. 그에, 어겸은 두말할 것도 없이 바로 고개를 끄덕였다.

"약조는 반드시 지켜질 것이네. 누구보다 내가 먼저 지켜볼 것이야."

"그리 전하겠나이다. 하온데, 이제 어디로 가시려는지요?"

때마다 나가는 원행(遠行)을 생각했는지 곽 내관이 조심스럽게 물었다. 그에, 한 번 생각해 보는 기색도 없이 어겸은 말했다.

"딸아이가 가자는 곳으로 가겠네. 나도 이제 늙었으이. 앞으로는 한곳에 정착하여 그 아이를 보살피며 남은 생을 보내고 싶은 마음뿐이야."

"그러시다면, 이왕이면 한양에 머무시는 것이 어떠십니까?"

"음?"

"다른 이유는 아니옵고, 그저 전하께서 요사이 많이 적적해 하시는 터라……."

'그리고 앞으로 더 적적하여지시겠지요.' 하고 말하며 곽 내관은 비명 소리가 울려 퍼지는 형장 쪽으로 슬쩍 시선을 던졌다.

그 근심 어린 시선을 무시할 수 없어 어겸은 또 한 걸음 물러서는 쪽을 선택하였다. 어차피 사위가 있는 이상 한양을 완전히 떠날 수는 없을 것이기에.

"생각해 보겠네."

"감읍하옵니다. 그럼 소인은 이만."

어겸의 대답에 곽 내관은 깊이 허리를 숙여 보이더니 젠걸음으로 다시 왕의 곁으로 돌아갔다. 그제야 안도의 한숨이 쏟아졌다. 저도 모르게 긴장을 하고 있었던 모양이다. 형판이 병판과 엮이어 함께 역모죄를 받을까 봐 어지간히도 걱정을 하였던 것이다.

"후우, 비록 유배를 피하지는 못하였지만 그래도 목숨을 구한 것이 어디인가."

쓸쓸한 한마디가 어둑어둑해지는 저녁 하늘을 맴돌다 조용히 사그라졌다.


오복은 얼떨떨한 기분으로 제 배를 바라보고 있었다.

아무리 들여다보아도 납작하고 판판한 것이 평소와 별로 달라 보이지 않았는데 사람들이 너도나도 말하기를 그 안에 아기씨가 들어 있다고 하였다.

"참말 의원이 그리 말하였습니까?"

어쩐지 믿어지지 않아 그녀는 재차 물었다. 그러자 입이 귀에 걸린 듯 벙실벙실 웃고 있던 서방님이 넙죽 고개를 끄덕였다.

"참말이라니까요. 벌써 두 달째 접어들었다고 합디다. 정말 모르고 있었소?"

"예에. 아무것도 달라진 것이 없는데 소첩이 어찌 알겠습니까? 이리 듣고 있어도 어쩐지 믿어지지 않는걸요."

정말이다. 서방님이 말도 없이 사라지시어 이리저리 걱정을 하느라 저를 돌볼 정신이 없었기 때문에 달거리가 끊긴 것도 몰랐었다. 입맛이 달라진 것도 없고 배가 나온 것도 아니니 당연히 모를밖에. 더구나, 한바탕 모질게 앓고 일어난 탓인지 이렇게 듣고 있어도 어쩐지 남의 일인 양 실감이 나지 않았다.

"고맙소, 부인. 나는 부인이 해낼 줄 알았소이다. 이로써, 우리는 이제 부모가 되는 것이오. 하하하!"

"부모요?"

"그렇소. 이제 그대는 요 안에 든 녀석의 어미가 되고 나는 아비가 되는 것이지. 어이구, 요 어여쁜 사람을 어쩌면 좋지?"

덩실덩실 춤이라도 출 듯한 기세로 자경은 와락 달려들어 오복을 품에 꼭 끌어안았다. 퍼렇게 멍들고 부은 얼굴에 다짜고짜 입을 맞추며 좋아 죽었다. 아내가 회임하였다는 사실을 알고 난 이후 그는 괜히 좋아 밥을 먹다가도 웃고 야단을 맞아도 웃었으며 아버지가 고신(拷訊)을 당할지도 모른다는 소식을 듣고도 웃다가 어머니께 한 대 맞기까지 하였다. 한마디로, 그는 어제부터 제정신이 아니었다.

"사랑하오. 내겐 부인밖에 없소이다."

"서방님."

"부인 없이는 살 수 없소. 허니, 혹시 장인께서 이혼하라 명하셔도 절대로 따르시면 아니 되오이다. 응?"

"예에? 이, 이혼이라니요?"

난데없는 소리에 놀란 오복이 눈을 둥그렇게 뜨고 그를 바라보았다. 제 신분을 들켰을 때에도 죽을 생각만 하였지 이혼할 생각은 꿈에도 해 보지 못한 터라 충격이 너 컸나.

"아, 아버……님께서 이혼하라 하셨습니까?"

"아니오. 그런 것은 아니오. 그저 내가 그분 마음에 차지 않으면 어쩌나 걱정이 된 것뿐이라오."

"아이, 그럴 리가 있겠습니까. 서방님이 어떤 분이신데…….틀림없이 좋아하실 거여요. 허고, 소첩은 죽어도 이, 이부종사할 생각이 없습니다."

오복의 볼이 발그레하게 물들었다. 말을 해 놓고 보니 부끄럽게도 '살아도, 죽어도 오직 서방님만 보고 살 것입니다.' 하는 고백을 해 버린 것이었다. 안 그래도 싱글벙글하던 자경의 얼굴이 더욱 환하게 밝아졌다.

"내가 그리도 좋소?"

그가 마치 놀리듯 물었다. 대답은 엉뚱한 곳에서 날아왔다.

"그러는 작은서방님께서는 저 사람이 그리도 좋으십니까?"

"음?"

"허기는, 죽어도 포기 못하겠으니 내쳐달라 하신 분이 아닙니까?"

그리 말하면서 방으로 들어온 사람은 다름 아닌 공주 자가였다. 막 달여 낸, 약사발을 든 가성댁이 뒤를 따르고 있었다. 그들을 발견한 오복이 부랴부랴 이불을 걷고 자리에서 일어나려 들었다.

"그냥 있게. 이제는 홑몸이 아니지 않은가."

"화, 황공하옵니다."

홑몸이 아니라는 소리에 오복의 얼굴이 속절없이 붉어졌다.

그러다 문득 무슨 생각을 떠올렸는지 그녀는 바짝 다가와 앉은 공주의 눈치를 살피다 조심스럽게 말하였다.

"본의 아니게 며, 명을 어기게 되었습니다. 참말로 송구하옵니다."

"음? 명이라니?"

"그게…… 먼저 회임하지 말라 하시었지 않습니까."

"아, 그 소리였나? 오늘까지 잊고 있었는데 생각하여 보니 그게 그렇게 되었구먼."

"예에?"

아니, 잊을 게 따로 잊지 말아야. 진지하게 말씀하시어서 딴에는 얼마나 신경을 쓰고 있었는데. 억울한 마음에 저도 모르게 입술을 툭 내밀었다. 그걸 본 공주가 피식 웃었다.

"회임이란 것이 본래 뜻대로 되는 것이 아닌데 어찌하겠나. 이것도 다 하늘의 뜻이겠지. 호호, 사실은 많이 부럽긴 하다네. 축하하네. 부디 이 약 먹고 순산하시게."

깔깔 웃으면서 공주는 손수 약사발을 건네어 주었다. 그러면서 또 자경을 향해 말하였다.

"방금 전에 궁에서 사람이 다녀갔습니다. 아버님께서 고신을 면하시었다 합니다."

"그렇습니까? 불행 중 다행이군요. 허면……."

"예. 다행히 역모죄는 면하신 게지요. 허나, 다른 죄가 있어 유배는 피할 수 없었다 합니다. 한 몇 년은 내려가 계시지 싶습니다, 모두 하백 대감 덕분이라 하더이다."

누군지 참 고마운 분이구나 하다가 두 사람이 저를 바라보자 오복은 약사발을 내려놓던 것도 잊고 또 눈을 둥그렇게 떴다.

"어, 어찌 그리 보십니까?"

"자네의 신세내력에 대해 들었다네. 하백 대감께서 그리 찾아 헤매던 딸이 바로 자네였다고? 따로 인사를 하겠으나 그래도 어른께 감사하다 전하여 주시게. 어머님께서도 자네 덕분에 좋은 일이 연달아 생긴다며 많이 기뻐하고 계시다네."

"하, 하백 대감이라는 분이 제 아버님이셨습니까?"

허 모라는 이름만 들었지 하백이라는 이름은 또 처음이라 오복은 어리둥절하여지고 말았다. 생각하여 보니, 간신히 제 신세내력만 주워들었지 아버지에 대해서는 아직 아는 것보다 모르는 것이 더 많았다. 시아버님의 일이 있어 서로 마주 앉아 이야기를 한 시간이 얼마 되지 않는 까닭이었다.

"앞으로 천천히 이야기해 주리다. 허나, 그 전에 약조부터 해야 할 것이오. 그대가 사실은 얼마나 대단한 분의 따님인지 알게 되어도 절대로 나를 버리지 않겠다는 약조 말이오."

"예에?"

"그러고 보면 내가 참 용하단 말이지. 이리 마침맞게 회임을 시켰으니 그대가 도망치지 못할 것 아니겠소. 하하하!"

벌써 남산만 해진 배를 보기라도 한 듯 자경이 득의만만하게 웃어 젖혔다. 그 때였다.

"하백 대감께서 드셨사옵니다."

"쿨럭! 호, 호랑이도 제 말을 하면 온다더니."

웃다가 사레가 들려 쿨럭이면서도 자경은 주섬주섬 자리에서 일어섰다. 이제껏 속 편하게 살아온 대가로 앞으로는 호랑이 같은 장인의 눈치를 좀 보면서 살게 되겠구나 하면서.

"허허허!"

웃음소리를 앞세우고 어겸이 잰걸음으로 들어섰다.

이상하게도 웃음을 멈출 수가 없었다. 눈에는 눈물이 그렁그렁한데 웃음은 멈추지 않아 누가 봐도 그야말로 실성한 사람처럼 보일 지경이었지만 미처 신경 쓸 겨를도 없었다.

"아가!"

"오, 오시었습니까?"

조금 어색한 얼굴로 오복이 그를 맞았다.

부녀지간이라 밝혀지긴 하였지만 아직은 낯설어 그를 대하는 것이 사뭇 조심스러웠다. 그런 것을 아는지 모르는지 어겸은 철철 우는 얼굴로 다가와 앉자마자 오복의 두 손을 꼭 쥐고 말했다.

"장하구나!"

"……."

"오는 길에 소식을 들었단다. 네가 아기씨를 가지었다 하더구나. 사실인 게지?"

끄덕끄덕.

부끄러움에 말은 못하고 그저 고개만 끄덕이며 오복은 또 얼굴을 붉히었다. 아직 실감이 나지 않는 일인데 주위 사람들

이 먼저 알고 기뻐하여 주니 아닌 게 아니라 제가 벌써 대단한
일을 해낸 듯 자랑스러운 기분마저 들려고 하였다.

"허허허, 경사구나! 너를 찾은 것보다 더 기쁜 일은 없다 여
겼거늘. 잘하였다, 참으로 잘하였어."

"부, 부끄럽습니다."

"부끄럽기는. 자랑스러워해야지. 허허허!"

마냥 껄껄 웃으며 어겸은 고개를 끄덕였다. 그러다 문득 밖
을 향해 나직하게 명했다.

"들여라."

말이 떨어지기가 무섭게 문이 열리더니 말년네가 소반을 들
고 들어섰다. 순간, 오복은 코끝을 자극하는 고소한 냄새에 저
도 모르게 꼴깍 침을 삼켰다. 무언지는 모르겠지만 밥 먹은 지
얼마 되지 않았음에도 불구하고 다시 강한 허기가 느껴졌다.

"어르신께서 가져오신 것입니다요."

말년네가 어겸을 슬쩍 곁눈질하며 소반을 내려놓았다.

상 위엔 여인의 부푼 가슴을 닮은 뽀얀 진가루 덩어리가 수
북하게 놓여 있었다. 다시 꼴깍 침이 넘어갔다.

"먹어 보아라. 입에 맞을 것이야."

벌써부터 꼴깍꼴깍 침을 삼키는 딸의 얼굴을 보며 어겸이
말했다.

말이 떨어지기가 무섭게 오복은 어른께 먼저 권하는 것도
잊고, 심지어는 사양조차 하지 않고 두 손으로 제 얼굴만 한
덩어리를 하나 움켜쥐고는 허겁지겁 베어 물었다. 솜이불처럼

폭신하면서도 녹을 듯 부드러운 피 속에 다진 고기며 채소가 듬뿍 들어 있었는데 어찌나 고소하고 맛있는지 씹기도 전에 목구멍으로 꿀떡 넘어가 버린 것만 같았다.

"맛있습니다. 저는 이렇게 맛난 것은 처음 먹어 보옵니다. 이것이 무엇입니까?"

"쌍화(雙花)니라. 흔히 먹는 교자하고는 조금 다르지? 혹시나 싶어 부리는 숙수를 시켜 만들어 온 것이다. 네 어미가 너를 가졌을 적에 이것을 많이도 찾았거든."

숨도 안 쉬고 두 볼이 터져라 만두를 오물거리는 그녀를 보며 어겸이 조금 울먹이면서 말했다. 얼마나 맛나게 먹는지 그저 보고만 있어도 배가 부를 지경이었다. 동시에, 쌍화 하나 먹어 볼 수 없을 만큼 어려운 집안에서 노비나 다름없이 자랐다는 딸의 신세가 뒤늦게 가시처럼 가슴을 파고들었다.

조금만 더 일찍 찾았더라면, 아니 그때 집을 비우지만 않았어도 제 어미 품에서 먹고픈 것 마음껏 먹어 가며 세상 누구보다 더 귀하게 자랐을 아이였다. 그 생각에 다시 눈가가 벌겋게 달아올랐다.

"처, 천천히 드시오. 체하겠소이다."

"예에! 아, 서방님도 드시어요. 맛있습니다."

"나는 되었소이다. 아니 먹어도 배가 부르니 부인께서나 많이 드시구려. 모자라면 내가 찬모 시켜 더 만들어 오라 하겠소."

화채를 건넨답시고 오복의 곁에 딱 달라붙어 있는 어겸을 슬쩍 밀어내고 그 자리를 차지한 자경이 다정하게 속삭였다. 쌍화를 가져온 것은 그인데 마치 제가 준비하기라도 한 듯한 태도였다. 그 모양을 보자 갑자기 눈물이 쏙 들어갔다. 어겸의 한쪽 눈썹이 하늘을 향해 삐죽 곤두섰다.

"흥! 아무나 다 그 맛을 낸다던?"

"크흠, 뭐 쌍화야 다 거기서 거기지요."

"허! 무식한 놈 같으니. 개떡이나 빈대떡이나 다 같은 맛이라고 할 놈이로세. 같은 재료를 쓴다고 다 같은 맛이 난다더냐. 그렇다면 숙수는 왜 있단 말이냐?"

제 공을 빼앗길까 봐 신경이 곤두선 사람처럼 어겸은 닦달을 했다. 그러면서 또 잽싸게 덧붙였다.

"아기는 내가 챙길 터이니 너는 이사 준비나 잘하여라. 약속은 잊지 않았겠지? 네 처지 생각하여 궐과 가까운 곳에 아담한 와가를 장만해 두었으니 하루라도 빨리 옮겨 와야 할 것이야."

"아, 갑니다, 가요. 뉘가 아니 간다 하였습니까?"

자경이 짐짓 입술을 삐죽이며 투덜거렸다.

그저 받아만 주시면 다시 혼인도 하고 처가살이도 하겠다 했더니 하루 만에 저리 재촉을 할 줄이야. 성질이 저리 급한 양반인 줄 알았으면 미리 숙이지 말고 며칠 더 버텨 보는 것인데 그랬다.

"이, 이사를 갑니까?"

처음 듣는 이야기에 오복이 만두를 오물거리다 말고 눈을 둥그렇게 떴다.

"오냐. 그리하기로 하였다. 혼인을 하였으면 당연히 처가살이를 하여야지. 사위가 과거공부를 하고 있다니 내 앞으로 그 뒷바라지를 단단히 해 줄 생각이란다."

"예에."

천금을 받고 팔려 온 몸이라 그저 시집살이가 전부려니 생각하였는데 정말 그리하여도 되는 것일까? 맛나게 먹던 만두도 내려놓고 오복은 걱정스런 시선으로 서방님을 돌아보았다.

"저는 괜찮습니다. 내키지 않으시면 그냥 예서 지내도 되어요."

"아니오. 안 그래도 전부터 따로 나가 살자 하지 않았소이까. 이참에 그대 친정으로 가 장인어른을 모시고 삽시다."

"참말로 괜찮으시겠습니까?"

"괜찮다니까요. 부인만 좋다면 나도 좋소이다. 더구나, 어렵게 찾은 혈육임을 아는데 내 어찌 싫다 하겠소."

자경은 선선히 고개를 끄덕였다.

어차피 따로 나가 살기로 마음먹고 있었으니 어려울 것도 없는 일이었다. 더구나, 대군과의 약속이 있어 어려워도 싫어도 과거공부를 하여 벼슬아치 노릇이라도 해야 할 모양이라 먼 곳으로는 갈 수 없었다.

"서방님께서 괜찮다 하시니 저도 좋습니다."

자경의 허락이 떨어지자 오복도 마침내 고개를 끄덕였다. 그녀의 처지에서야 시댁이든 친정이든 크게 다를 바가 없긴 하였으나 그래도 간신히 찾은 아버지와 함께 지내보고픈 마음이 큰 것도 사실이었다.

"고맙구나. 드디어 이 아비의 소원이 이루어지려는 모양이야. 잘할 것이다. 원하는 것은 무엇이든지 다 하여 줄 것이야."

크게 감동한 어겸이 다시 눈물을 글썽이면서 외쳤다. 늘 그리던 아이를 찾은 것으로 모자라 마침내 곁에 끼고 살 수 있다니 이보다 더 좋을 수가 없었다. 더구나, 머잖아 손자도 보게 생겼지 않은가 말이다.

보기만 하여도 애틋한 딸아이에, 한 마디도 안 지고 따박따박 말대꾸를 일삼는 사위 놈에다가 귀여운 손자까지 데리고 살다 보면 늘 적적하던 집 안도 조금쯤은 소란스러워질 것이다. 그 생각에 어겸은 벌써부터 마음이 그득하여지는 것 같았다.


"역모라니요!"

홍주의 얼굴이 새파랗게 굳었다.

"상감께서 친국을 하고 계신다 하더구나."

"허면, 아버지는요? 아버지는 어찌 되시는 겁니까?"

"……"

대답 대신 장 부인은 눈물을 떨어뜨렸다.

궐 안의 소식을 듣기 어려워 자세히는 알 수 없으나 역모라는 말이 나온 이상 멀쩡히 살아 나오기는 애초에 그른 일이었다. 보나마나, 모진 고신을 당하고 있을 터였다.

"이러고 있을 새가 없다. 어서 짐을 싸거라. 중요한 것만 챙기어 한시라도 빨리 네 외가로 가야 한다."

"외가로 가면 살 수는 있고요?"

"그냥 있는 것보다는 낫지 않겠느냐."

"역모라면서요! 삼족을 벌하는 중죄인데 외가라고 무사하겠어요?"

"허면 이대로 앉아서 죽자는 말이더냐! 잔말 말고 어서 서둘러라. 관군이 또 몰려오기 전에 떠나야 한다."

장을 뒤져 귀한 패물만 골라 싸는 장 부인을 보면서 홍주는 이를 갈았다.

'이게 다 그년 때문이다. 하백이 아비라 하더니 그년이 고자질이라도 한 것이 분명해. 그렇지 않고서야 시아버님은 무사한데 어찌 내 아버님만 역모 누명을 쓴단 말인가.'

시댁에서 쫓기듯 도망쳐 나온 이후, 홍주는 거의 제정신이 아니었다. 분한 것도 분한 것이지만 어쩐지 자꾸 불안한 생각이 들어 제대로 먹지도 자지도 못한 채 밖의 동정만 살피고 있었다.

그러자 곧 하백이 궐 가까운 곳에 으리으리한 와가를 장만하였다더라, 어렵게 찾은 딸을 위해 온갖 화려한 가구며 비단 등을 사들이고 전국에서 올라온 먹거리들 중 제일 귀한 것들로만 구입을 하여 매일 나른다더라 하는 소문들이 쉴 새 없이 날아들기 시작하였다.

거기에 더해, 옥금을 통해 그 못난이가 회임을 하였다는 소식까지 들었을 때는 그만 없던 현기증마저 돌았다. 회임 소식 덕분에 시아버님께서 유배를 떠나게 되있음에도 불구하고 집

안 분위기가 오히려 화사하다는 소리를 들었기 때문이다.

그런 소식을 전해 들을 때마다 홍주는 부아가 끓어 병을 앓듯 밤새 끙끙 앓아야 했다. 그럴 만도 한 것이, 저는 쫓겨났는데 그 계집은 잘만 지내고 있으니 어찌 속이 멀쩡할 것이냐 말이다.

'죽는 한이 있어도 게서 나오는 것이 아니었어. 이런 꼴이 될 줄 알았다면 차라리 그곳에서 버텼을 것이야.'

하백이 온다는 소리에 앞뒤 가릴 새도 없이 도망친 일에 대해 홍주는 진심으로 후회하고 있었다. 집안 꼴이 이리될 줄 알았다면 죽어도 그냥 거기서 죽겠다며 버텼을 터였다. 허나, 이제 와 후회한들 무엇하랴. 다시 돌아갈 수도 없게 되었는데 말이다.

"가자!"

귀한 패물만 골라 싼 보따리를 안고 장 부인이 재촉하였다. 그에, 하는 수 없이 어기적거리고 일어나 제 몫의 보따리를 받아 안고 아랫것들이 잡아끄는 대로 움직이고 있을 때였다.

쾅쾅쾅!

"어명이다! 당장 문을 열어라."

심장을 옥죄는 한마디가 대문 밖에서 쩌렁쩌렁 울려 퍼지고 있었다. 관군이 새카맣게 몰려온 것이다.

"어, 어머니!"

"어찌 벌써……. 안 되겠다. 뒷문으로 가자."

"큰일 났습니다, 마님. 관군들이 뒷문을 부수고 안으로 짓쳐

들고 있습니다."

"뭐, 뭐라?"

사면초가였다.

아버지의 소식을 듣자마자 움직였음에도 불구하고 관군의 움직임이 생각보다 빨라 그들은 순식간에 집 안에 갇히고 말았다. 아니, 그냥 갇히기만 한 것이 아니었다.

"샅샅이 뒤져라!"

벌 떼처럼 몰려온 관군들이 노비들을 사정없이 때려잡으며 집 안 구석구석을 뒤져 대고 있었다.

"네 이놈들! 여기가 어디라고 이리 함부로 군단 말이냐."

"닥치시오. 어명이라 하지 않았소. 병판 박우는 그 지은 죄가 중하여 도저히 구제할 수 없으니 오늘부로 삭탈관직하고 그 가산을 몰수하라는 어명이 떨어졌소이다. 아, 그 전에 녹권부터 회수하여야겠지."

"……!"

"죄인이 아직 역모를 인정하지 않았으니 가솔은 그냥 두겠소이다마는, 이 집 안의 물건은 단 하나도 밖으로 빼돌릴 수 없소. 뿐만 아니라, 노비는 하나도 빠짐없이 잡아 모조리 공노비로 삼을 것이오."

그리 말하면서 장수는 장 부인이 품에 끌어안은 보따리를 강제로 빼앗았다. 그것을 신호로 하여 온 방마다 관군들이 흙발로 들이쳐 뒤집어엎기 시작하였다. 그 호환마마가 몰아친 것 같은 현장을 뒤로하고 홍주는 어머니와 함께 무조건 밖으로 내

달렸다. 제 품에 든 보따리를 악착같이 끌어안은 채였다.

"저년을 잡아라!"

"이놈들, 내가 누군 줄 아느냐! 영령공주 자가의 동서니라. 내 몸에 손 하나만 대어 보아라. 당장 공주 자가께 고하여 네 놈들의 목을 치라 할 것이야!"

"공주 자가의 동서?"

"뿐인 줄 아느냐. 내 윗동서가 바로 하백 대감의 따님이시다. 당장 길을 열지 못할까!"

고래고래 소리치면서도 홍주는 비참한 기분에 사로잡히고 말았다. 아무리 목숨을 부지하기 위해서라지만 원수보다 더 증오하는 년들의 이름을 빌리다니. 비참하고 비참하여 억장이 무너지고 눈물이 절로 솟았다.

"내 오늘의 일을 결코 잊지 않을 것이야."

제집에서 쫓기듯 도망쳐 나오면서 홍주는 이를 악물고 그렇게 다짐하고 있었다. 그러나 그녀는 알지 못하였다. 시련은 그것으로 끝이 아니라 시작임을.


길손 하나 드는 법도 없이 언제나 적막하던 집 안에 모처럼 손님이 들었다. 예사 사람들은 아닌 듯 좋은 옷을 반듯하게 차려입고 말을 탄 채 먼 길을 온 손님들은 곧 집주인과 마주 앉았다. 그러곤 빼곡하게 글자가 적힌 종이를 한 장 꺼내 놓았다.

"이, 이혼서?"

김 진사의 눈에 경악이 어렸다.

시름시름 죽어 가다 간신히 살아나 그나마 얼굴이 볼만하여진 참이었는데 그런 얼굴이 순식간에 해쓱해질 정도로 그는 놀라고 있었다.

"이혼이라니. 무, 무슨 이유란 말이오?"

"아랫것이 웃전의 뜻을 어찌 다 헤아리겠습니까마는, 시절이 시절이다 보니 아무래도 가문의 안전을 먼저 생각하신 것이 아닌가 하옵니다."

"가문의 안전이라 하였소?"

김 진사가 놀란 얼굴로 되물었다. '이혼서'라는 소리만 듣고 지레짐작으로 결국은 모든 것이 다 들통 나 버렸구나 생각하다가 엉뚱한 말이 튀어나오자 되레 마음이 침착해질 지경이었다.

"최근에 도성에서 역모 사건이 일어나 공신이며 당상관들이 모조리 잡혀 들어간 일이 있었습니다."

"허어, 저런!"

"헌데, 그 일의 주모자가 병조판서가 아니었겠습니까? 아시다시피, 병판 댁이라 하면……."

"사돈이 아니시오!"

"그렇지요."

그래도 사돈이랍시고 형조판서의 큰아들이 공주와 혼인한 일이며 막내아들이 병조판서의 사위가 된 일들을 김 진사도 그럭저럭 주워듣고 있었다. 헌데, 남도 아닌 바로 그런 대단한 사돈들 중 하나인 병판이 역모를 저질렀다니. 무에, 이런 흉흉한 일이 다 있단 말인가.

"그 바람에 대감마님께서도 욕을 당하시고 결국은 귀양을 가시게 되었지 뭡니까."

"그, 그런 일이!"

"허니, 집안 꼴이 어찌 되었겠습니까? 당장 풍비박산이 나도 전혀 이상하지 않을 지경이 되었지요. 허나, 그렇다고 해서 아무 죄 없는 집안까지 역모에 휘말리게 할 수는 없는 일이 아니겠습니까."

그 부분에서 사내는 잠시 말을 멈추고 김 진사를 지그시 바라보았다. 이래도 이쪽의 뜻을 전혀 짐작하지 못하겠느냐고 묻는 듯한 시선이었다. 물론, 김 진사도 아주 바보는 아니니 당연히 그 시선의 의미를 눈치채기는 하였다. 그러나 그냥 그렇게 이해하기엔 손에 든 종잇장의 무게가 또 만만치 않았다.

"자고로, 역모는 삼족을 벌한다 하지 않습니까. 하여, 대감마님께서는 이대로 그냥 두면 이 댁까지도 죄를 뒤집어쓰게 되지 않을까 심히 걱정하시었습니다. 하여, 생살을 찢어 내는 마음으로 눈물을 머금고 이혼서를 보내게 된 것이지요."

"그, 그랬구려."

"그저 기우로 그치면 얼마나 좋겠습니까마는, 아무래도 한양의 상황이 쉽지 않다 보니……. 허나, 결정은 어디까지나 나리께 맡기겠다고 하셨습니다."

뜻밖의 말에 김 진사는 또 당황했다.

처음엔 그저 이혼서라는 말에 놀랐을 뿐인데 생각보다 일이 커져 이제는 역모까지 거론되고 있으니 어찌 당황하지 않을 수 있을까. 일은 간단하였으나 그 뒤에 걸쳐 있는 것이 만만치 않아 저도 모르게 간이 다 떨렸다. 곧이어 심각한 갈등이 찾아왔다.

　'이 일을 어찌할꼬. 그냥 있자니 가문이 위험해지고 허락하자니 오복이 그것의 신세가 어려워지지 않는가.'

　다른 죄도 아닌 역모였다.

　만에 하나 연루가 되면 이깟 몰락한 집안 정도는 흔적도 남기지 못하고 멸문하고 말 터였다. 아무리 볼품없는 집안일망정 그래도 꿋꿋하게 지켜 온 뿌리이거늘, 하지도 않은 일로 어찌 오명을 씌울 수 있을까. 더구나, 갓 장가든 아들의 앞날도 걸려 있음에야.

　'이 일이 알려지면 욱이도 이혼을 당하는 것은 물론 앞으로 과거조차 볼 수 없는 신세가 된다.'

　손이 떨렸다.

　가문이 몰락하고 아내를 잃고 하나뿐인 딸마저 저리 병이 들어 있는 때에 아들마저 잘못된다면 그는 더 살아갈 희망을 잃을지도 몰랐다. 가짜 혼사 덕분에 그나마 간신히 살 만하여졌는데 여기서 다시 무너진다면 더는 맨정신으로 살아갈 수 없으리라.

　'그 아이에게 또다시 죄를 지어야 한단 말인가.'

　눈물을 흘리며 떠나가던 오복을 떠올리자 다시 정신이 혼미하여졌다. 아무 죄 없는 아이를 그저 거두었다는 이유만으로 험한 길로 내몰았는데 이제 다시 저 살자고 이혼을 시켜야 하다니. 처음이야 업둥이를 거두어 키워 준 대가라 자위하며 버틸 수 있었으나 이제는 그런 핑계가 통할 상황이 아니었다.

더구나 이혼을 하는 것은 오복이지만 실제로 족보에 남겨지는 것은 딸 초희가 아닌가 말이다. 혼례복 한 번 못 입어 본 채 딸은 혼인을 하고 이제는 이혼을 당할 처지였다. 다시 건강해진다 해도 멀쩡한 집안으로 시집을 가기는 다 틀린 것이다.

'다 내 탓이구나. 내 욕심이 결국은 일을 이 모양으로 만들어 놓은 것이야.'

그는 진심으로 후회했다. 아들의 말처럼 애초에 혼인을 거절하는 것이 옳았다. 쓸데없는 자존심과 딸을 치료할 수 있다는 욕심에 눈이 어두워 그릇된 선택을 한 결과가 이렇게 돌아왔다.

"으음. 그래도 역모는 안 돼."

울상을 지으며 김 진사는 멍하니 중얼거렸다.

아무리 생각하여도 가문을 포기할 수는 없었다. 오복이는 다시 돌아오게 하여 예서 지내게 하면 되지만 가문이 멸문하면 아예 돌아올 곳조차 사라지게 되는 것이니.

"심려를 끼쳐 참으로 송구하옵니다."

이혼서를 들고 온 자가 다시 고개를 조아렸다.

"대신이라고 하기는 조금 민망하옵니다마는, 허락을 하시면 얼마간 위로금을 보내겠다고 하시어 그 물목을 미리 가져왔습니다. 보시겠습니까?"

"……아닐세."

"섭섭하시지 않게 최대한 잘 챙겨 드리라 하셨습니다."

"크흠. 그리 챙기시는 것을 보니 그래도 그 아이가 그간 어른들께 영 밉보이지는 않았던가 보구먼."

"그렇지요, 그렇지요. 그만큼 많이 아끼는 며느님이시니 힘든 일은 피해 가라 이리하시는 겁니다."

서안 위로 슬그머니 물목을 올려놓으면서 사내는 그렇게 말했다.

"우선은 살고 봐야 하지 않겠습니까."

"……."

"병판 대감 댁은 이미 풍비박산이 났답니다. 가산은 몰수되고 식속들도 뿔뿔이 흩어졌지요."

"받아들이겠네."

결국은 고개를 끄덕일 수밖에 없었다. 아무리 생각하여 보아도 다른 선택의 여지가 없는 일이었다. 오복이에게 미안한 마음이 없는 것은 아니었다. 그러나 맹세하건대 친딸인 초희였어도 그는 분명히 같은 선택을 하였으리라. 그렇게 이혼이 결정되었다.

"용렬(庸劣)한 위인 같으니."

대문을 나서며 마랑은 마치 혼잣말처럼 조용히 중얼거렸다. 곁을 따르던 수하가 무슨 소리냐고 묻듯 그를 돌아보았다.

"결국은 세 가문 살리고 우리 아씨도 버리고 자신의 딸도 버리지 않았느냐."

"역모라는 말이 두려웠던 것이겠지요."

"아무리 그래도 그렇지, 저리 뻔뻔할 수가 있느냔 말이다. 감히 우리 아씨를 사지로 밀어 넣은 것도 모자라 이제는 자신의 가문을 살리자고 이혼까지 시키다니."

"그래도 우리에겐 잘된 일입니다. 이제 아씨께서는 허씨 집안의 딸로서 당당하게 다시 혼인을 치르실 수 있게 되었으니까요."

말마따나, 딸의 혼인 문제에 대하여 어겸은 입장을 단호히 했다. 그는 한순간이라도 딸이 유령 같은 존재로 머무는 것을 원하지 않았다. 해서, 초희와는 이혼을 시키고 허연주라는 이름을 정식으로 족보에 올릴 것을 요구하였고, 그 조건을 자경의 가문에서도 흔쾌히 받아들였다. 물론, 혼인식도 다시 올릴 예정이었다.

하였는지 말았는지조차 모를 정도로 조용히 치러졌던 초희의 혼인과는 비교도 되지 않을 정도로 성대한 잔치를 열기 위해 온 집안이 들썩일 정도로 열심히 준비를 하고 있었다. 누가 뭐래도 연주 아씨는 하백의 하나뿐인 귀한 따님이니까.

"아씨께서는 참 다정하기도 하시지. 그 고생을 하시고도 김 진사가 어찌 될까 걱정하시어 이런 수까지 쓰게 만드시다니 말이야."

아닌 게 아니라, 오복은 끝까지 김 진사를 걱정하였다.

모든 사실이 들통 났다는 것을 알고 스스로 목숨을 끊을까 봐 두려워한 나머지 무슨 일이 있어도 그에겐 사실을 알리지 말아 달라고 부탁하였던 것이다. 해서, 하는 수 없이 마랑 일행이 이렇게 개경 나들이를 하게 된 것이고.

"헌데, 아씨께서 부탁하신 일은 어찌하실 생각이십니까?"

느긋하게 말을 모는 마랑을 향해 수하가 다시 물었다.

"초희 아씨의 소식을 알아봐 달라고 하지 않으셨습니까. 병을 치료하러 간다고 하였다던데 어찌 지내고 계시는지 궁금하다고요."

"글쎄다. 알아볼까 말까. 저 김 진사가 하는 꼴을 보니 어쩐지 더 살펴 주는 것도 귀찮다만."

"그러다 아씨께 경을 치지 마시고 제대로 하십시오. 언젠가 어명을 받고 나온 관군을 잡아다 장을 치셨다는 소리도 못 들으셨습니까?"

"아! 그런 일이 있었지. 거참, 그럼 하는 수 없지. 장을 맞지 않기 위해서라도 발품을 더 파는 수밖에. 가세나."


눈이 부실 정도로 화려한 혼례 잔치였다.

딸의 혼례식을 맞아 어겸은 구휼미를 풀고 사흘간 성대한 잔치를 열었다. 혹시라도 부정 탈세라 고승을 초청하여 미리 축원의식을 한 것은 물론이고 혼수로는 전국에서 올라온 물품 중 제일 좋은 것으로만 주문하여 바리바리 싸 보냈으며 딸 부부를 위해서는 별채 가득 온갖 화려한 가구를 마련하여 주었다.

뿐만이 아니었다.

하백이 여는 잔치답게 손님들도 화려하기 짝이 없어 왕실의 귀인들은 물론이고 도성 안의 한다하는 집안에서는 거의 다 찾아와 얼굴을 비쳤을 정도였다. 덕분에 혼례는 두고두고 회자될 만큼 화려해졌고 꾸역꾸역 찾아드는 손님은 일일이 셀 수도 없을 만큼 많았다.

혹자는 형판이 귀양길에 올랐는데 그 아들의 혼례가 지나치게 화려한 것이 아니냐고도 하였지만 그런 말은 대군이 가져온 상감마마의 축하 전언에 쏙 들어갔다.

"남은 한 번도 못한 혼례를 두 번이나 하다니."

혼례복을 입은 채 싱글싱글 웃고 있는 자경을 보며 희도가 투덜거렸다.

"그리 부러우시면 이제라도 늦지 않았으니 얼른 장가를 드시면 되지 않습니까."

"흥! 수신제가(修身齊家)라 하였다. 아직 수신도 제대로 이루지 못하였는데 내 어찌 벌써 일가를 이루려 하겠느냐."

"그 말은 즉, 과거 급제하고 나서 장가를 들겠단 뜻이겠지요?"

"왜 아니겠느냐. 하하하!"

과거 소리만 들어도 좋은지 희도가 큰 소리로 웃어 젖혔다. 하긴, 좋을 만도 한 일이었다. 이전까지는 출신의 제약에 묶이어 과거는 꿈도 꿀 수 없는 몸이었으나 다행히 과거를 보라는 어명이 있어 마침내 출사길이 열렸으니 왜 아니 좋을까.

"공부를 소홀히 하였다가는 평생 장가도 못 들겠군요."

"뭐라?"

"과거 급제하기가 하늘의 별 따기 만큼이나 어렵다니 하는 소리입니다. 사형, 열심히 공부하셔야겠습니다."

자경의 말에 희도의 얼굴이 단박에 일그러지고 말았다. 생각하여 보니, 그간 엉뚱한 일을 좇아다니느라 공부와는 담을 쌓고 지낸 일이 떠오른 것이었다. 깨닫기가 무섭게 그의 얼굴이 창백해졌다. 그런 그를 두고 자경은 천천히 자리에서 일어섰다. 내내 느긋함을 가장하고 있었지만 사실은 마음이 급해 죽을 지경이었다.

"독수공방도 오늘로 끝이다."

지난 한 달간의 일을 떠올리며 자경은 이를 갈았다.

"아무리 그래도 그렇지 말이야. 한 달이나 떨어뜨려 놓으실 건 뭐냔 말이지."

이혼 절차가 마무리되기가 무섭게 저 얄미운 장인은 아내만 데리고 가면서 '처녀 총각이 함께 지내는 법은 없네.' 라고 하였다. 그러곤 혼례가 끝날 때까지 함부로 드나들지 말라며 아예 아내의 처소에 떡하니 감시인까지 붙여 놓았다. 본래 임신 초기에는 조심을 해야 한다나 뭐라나.

덕분에 그들 부부는 본의 아니게 생이별을 하여 혼례 준비가 이어지는 한 달 내내 얼굴도 제대로 못 보고 살아야 했다. 그 갈증이 얼마나 컸는지 자경은 체면 불고하고 몇 번이나 담을 타려다 걸려 깐깐한 장인에게 잔소리를 좀 들었다.

"혼례도 치렀으니 이제는 막을 사람이 없으렷다."

그간의 설움을 떠올리며 그는 기세등등하게 신방을 찾았다. 아내의 어여쁜 얼굴이 벌써부터 눈앞에서 어른거리고 있었다.


대감마님께서 말씀하셨다.

— 네가 대신 혼인을 해 주어야겠다.

— 예.

별다른 고민도 없이 오복은 단박에 고개를 끄덕였다.

전에는 울고불고하였던 것도 같은데 이번에는 그냥 그러려니 하였다.

— 처음 하는 혼인도 아닌데요, 뭐.

'한 번 해 본 혼인이니 두 번째도 잘할 수 있습니다.' 하는 소리를 늘어놓으며 그녀가 방긋 웃었다. 그러자 담벼락 위에 올라앉아 있던 서방님이 또 '나에게 모과를 던져 주기에 나는 아름다운 패옥으로 갚았지.' 하고 노래를 하더니 달밤을 비행하는 한 마리 야조처럼 담을 박차고 날아올라…… 쿵 소리를 내면서 추락했다.

그런 그에게 잽싸게 다가가 오복이 밥상을 내밀었다. 그러고는 미처 숟가락도 들기 전에 '이 거지가!' 하면서 뺨을 철썩 후려졌다. 뺨을 맞은 서방님이 달콤하게 웃으면서 속삭였다.

— 내 뺨을 친 여인은 그대가 처음이오. 사랑하오.

— 헤헤헤.

— 이제 그만 눈 좀 뜨시구려.

음?

— 안 그러면 이대로 잡아먹겠소.

으음?

갑자기 한쪽 귀가 따끔해졌다. 돌아보니 커다란 호랑이가 웅크리고 앉아 그녀의 귀를 물고 있었다. 어쩐지 낯이 익은 호랑이였다.

시선이 마주치차 호랑이가 입을 쩍 벌렸다. 어흥!


"악!"

비명을 내지르며 오복이 눈을 번쩍 떴다. 그런데 참말 이상하기도 하지. 이번에도 서방님이 그녀의 귀를 물고 있었다. 깜짝 놀라 돌아보자 그가 싱긋 웃으면서 말했다.

"지나가던 과객이오만."

"서, 서방님?"

"그냥 지나가려 했소이다마는, 생각해 보니 내가 또 이 집안에 긴한 볼일이 있었지 뭐요."

"그 긴한 볼일이라는 것이 혹……."

"맞소이다. 이 댁의 귀한 아씨께 장가를 드는 일이라오. 하하하!"

지난 첫날밤의 일을 떠올리며 자경이 껄껄 웃었다.

"그때는 감히 이 몸을 소박을 놓으시더니 말이야. 이번에도 소박 놓으시려오? 싫다 하면 그냥 가리다."

"아이참, 가긴 어딜 간다고 그러셔요. 누가 소박을 놓는다고. 쳇, 그간 소첩이 보고 싶지 않으셨나 보아요?"

그간 얼마나 보고팠는데 그냥 간다 하시노.

짐짓 몸을 빼는 척 새침을 떠는 서방님의 팔을 꼭 끌어안고
오복이 재잘거렸다. 그제야 자경의 얼굴에 환한 미소가 어렸
다. 두 팔을 활짝 벌리고 아담한 몸뚱이를 담뿍 안아 들었다.

"보고 싶었소! 보고 싶어 눈이 다 짓무를 뻔하였다오. 그대
도 내가 보고팠소?"

"예, 예! 날마다 그리워 잠 못 이루고 전전긍긍하였습니다."

"요 배 속의 우리 아기씨께서도 잘 지내셨고요?"

"암만요. 의원을 불러 진맥하였는데 무탈하게 잘 자라고 계
시다 하였습니다."

숨 가쁘게 안부를 전한 두 사람이 서로를 마주 보며 또 생긋
웃었다. 굶주린 자경의 눈에 통통하게 잘 익은 앵도 한 쌍이
걸렸다. 보았으니 먹어야지. 그의 두툼한 입술이 앵도 위에 사
뿐히 내려앉았다. 작고 달달한 입술을 담뿍 삼키고는 쪽 소리
가 나도록 빨았다.

"으음."

성급하면서도 뜨겁게 다가온 입술 아래에서 오복은 작게 신
음하였다.

첫 느낌은 급하고 강하였으나 곧 다정하고 부드러운 움직임
이 시작되었다. 은근함을 품은 뜨끈한 덩어리가 입술을 스윽
핥고는 그 사이로 스며들었다. 숨결마저 빼앗을 듯 담뿍 들이
쳐 그녀의 작은 혀를 냉큼 잡아채고는 야무지게 빨아 당겼다.

순간, 눈앞이 아찔하여졌다.

혼마저 빠져나가는 듯 머릿속이 온통 하얘지면서 심장이 미친 듯이 뛰었다. 큼직한 손이 조심스럽게 다가와 뺨을 감싸는 것이 느껴졌다. 욕심 많은 혀가 고른 치열과 부드러운 속살을 마음껏 맛보다가 그녀의 숨이 거칠어지자 그제야 조심스럽게 놓아주었다.

"하아, 하아."

간신히 놓여나 거친 숨을 몰아쉬는 사이 뜨끈한 입술의 감촉이 귓불을 지나 목덜미로 내려앉았다. 훅 달아오른 성급한 손길은 이미 신부의 비녀를 빼 던지고 혼례복의 고름을 풀어 젖히고 있었다. 앓는 듯한 나직한 한숨과 함께 곧 신방의 불이 꺼졌다.

같은 시각, 홍주는 어두운 밤거리를 미친 듯이 내달리고 있었다.

"헉헉!"

잔뜩 헝클어진 머리에 평생 걸쳐 본 적이 없는 허름한 누더기 옷을 걸치고 살을 긁어 대는 거친 짚신을 신은 발로 그녀는 몸을 숨길 곳을 찾아 이곳저곳을 헤매고 있었다. 그리 멀지 않은 곳에서 '저년 잡아라!' 하는 소리가 쟁쟁 울렸다.

'살려 주세요, 제발 살려 주세요.'

후미진 골목 끝에 숨어 덜덜 떨면서 그녀는 입술을 꼭 깨물었다.

'아버지! 제발 저 좀 구해 주세요.'

절절한 외침이었으나 입 밖으로는 감히 내뱉지 못하고 그녀는 그저 속으로만 울부짖었다. 그러면서도 마음 한편으로는 아버지가 결코 자신을 구할 수 없다는 사실을 선명하게 인지하고 있었다. 모진 고문을 받고 만신창이가 되어 먼 곳으로 위리안치 된 양반이 무슨 재주로 그녀를 구할 수 있단 말인가.

지난 한 달간의 일이 빠르게 뇌리를 스쳐 갔다.

역모만은 인정할 수 없다며 독하게 버티던 아버지가 결국 반시신이나 마찬가지인 몰골로 내쳐져 귀양에 처해진 후 그녀의 집안은 한순간에 몰락하고 말았다. 가산과 노비를 몰수당하고 외가로 도망쳤는데 외가마저 비리에 연루되어 다시 관군의 발에 짓밟혔다. 그에, 친척이랍시고 옥금을 찾았으나 아무리 문을 두드려도 그녀는 단 한 번도 밖으로 나와 보지 않았다.

'죽일 년! 내가 저에게 어떻게 했는데. 그러고도 네년이 친척 운운하였더란 말이냐. 네년에게 혈육이란 것은 쓸모가 있을 때나 혈육이라는 것이지.'

생각할수록 분이 치솟고 이가 갈렸다.

코빼기도 보이지 않는 그년의 이름을 목 놓아 부르며 두 손이 터지도록 그 집 대문을 두드릴 때의 치욕이 다시금 턱 끝까지 치고 올라왔다.

"흐윽. 흐읍."

말라 버린 줄 알았던 눈물이 다시 왈칵 쏟아졌다.

대체 제 신세가 왜 이리되었단 말인가. 생각할수록 기가 막혔다. 귀한 집의 무남독녀 외동딸로 태어나 온갖 호사는 다 누

리며 살았거늘, 이제는 머물 곳이 없어 다 쓰러져 가는 초가에
간신히 몸을 누이고 때마다 끼니 걱정을 하면서 지내고 있다
니. 고작 감자 몇 알 훔치다 들키어 개처럼 쫓기는 신세가 되
었다니.

비참함에 몸이 떨렸다.

이대로 혀라도 깨물고 콱 죽어 버리고 싶은 마음도 들었다.
헌데, 제가 죽으면 외진 초가에서 병든 몸으로 그녀를 기다리
고 있을 어머니는 어찌한단 말인가.

"흐윽, 서방님."

참말 이상도 하지.

하고 많은 사람 놔두고, 이 순간에 어째서 그 무정한 양반의
얼굴이 떠오르는 것일까.

억지로 혼인을 한 탓인지 처음부터 무뚝뚝하고 불친절하기
그지없었던 사람이었다. 한 번도 다정하게 대해 주는 법이 없
었고 무엇 하나 하자는 대로 따라 주지도 않았는데, 그리하여
결국은 아무 죄 없는 저를 잔인하게 내쳤는데 어째서⋯⋯.

"이리 생각하여 무엇한다고. 이런다고 그가 알아나 준다더
냐. 그 작자는 이미 너 같은 것을 잊고 새장가를 들었을 것인
데!"

숨 죽여 외치는 사이에도 닭똥 같은 눈물은 뚝뚝 떨어져 옷
자락을 적시고 있었다. 더러운 치마폭에 싼 감자 몇 알을 꼭
움켜쥐고 홍주는 그렇게 한참이나 울었다. 그러다 사위가 고요
해진 것을 깨닫고 조심스럽게 골목 밖으로 나와서야 그녀는 깨

달았다.

"아!"

거리가 낯이 익었다. 정신없이 달려올 때는 몰랐는데 이제
보니 시댁으로 가는 길이었다. 일을 당한 후, 작심하고 한 번
도 돌아보지 않았는데 본능은 어쩔 수 없었는지 저도 모르게
익숙한 길로 내달린 것이었다.

쫓기던 것도 잊고 홍주는 흔들리는 걸음으로 그 익숙한 길
을 걸었다. 그러자 넓고 반듯한 대로 한 곁으로 마침내 고래
등 같은 와가들이 모습을 드러내었다. 끌리듯 그중 한 집을 발
견한 순간 저도 모르게 왈칵 반가움이 몰아쳤다.

홍주는 문득 깨달았다. 쫓겨났을지언정 마음은 그곳에 남겨
둔 듯 내내 그리워하고 있었음을. 그토록 그리운 사람이 그곳
에 있다는 사실을 그렇게 깨닫고야 말았다.

## 十六. 내 사랑아

"이것이 무엇입니까?"

금입사(金入絲) 백옥패가 물린 화려한 노리개를 받아 들고 오복이 물었다.

"노리개네."

"저어, 노리개인 줄은 알고 있사온데……."

"궐에 든다 하여 빌려 주는 것이네."

아니, 그러니까 왜요?

노리개를 두 손으로 고이 받쳐 든 채 오복은 눈동자만 굴려 제 가슴어림을 내려다보았다. 큼직한 진주에 산호며 호박이 물린 화려한 삼작노리개가 '왜 날 보니?' 하듯 얌전히 매달려 있었다. 회임한 턱이라는 핑계로 아버지가 하여 주신 물건이었다.

요즘, 아버지는 틈만 나면 온갖 핑계를 만들어 그녀에게 이 것저것 가져다주기를 즐기고 계셨다. 덕분에, 오복은 벌써 평생 입어도 될 정도로 많은 비단옷에 갖은 패물은 물론이고 노비만도 수십 구나 받아 놓고 있는 데다 거기에 더해 얼마 전에는 꽤 넓은 크기의 논밭도 선물 받았다.

그런 것은 아니 해 주셔도 된다, 그만하시라 아무리 말씀을 드려도 소용없었다. 그때만 고개를 끄덕일 뿐 또 어디에 좋은 것이 있다는 소리만 들리면 바람처럼 달려가 구해 오기를 반복하고 있었다. 그러고도 모자라 때마다 그녀를 향해 '뭐가 먹고 싶으니.', '뭐가 가지고 싶으니.' 하고 묻곤 했다.

하여간에, 그런 극성 덕분에 사치를 모르는 오복도 요즘은 차림새가 제법 화려해졌다. 굳이 노리개를 빌리지 않아도 전처럼 촌것이라든지, 초라하다는 소리를 들을 일이 없어진 것이다. 그런 사실을 공주 형님도 모르지 않을 터인데 새삼 어찌 이러시나 싶었다.

"감사히 받거라."

영문을 몰라 망설이고 있는 그녀를 향해 오 부인이 말했다.

"잃어버리지 않도록 조심히 간수하였다가 궁에서 돌아오는 대로 바로 돌려 드려야 할 것이야."

"예에. 그리하겠습니다."

이유를 모르면서도 오복은 순순히 고개를 끄덕였다.

두 분이라면 저에게 절대로 해가 될 일을 권하지 않을 거라는 굳은 믿음이 있는 까닭이었다.

"아 참! 아버님께서는 무탈하게 지내고 계시다 하옵니다."

노리개를 소중하게 챙겨 넣은 후 오복이 그제야 생각이 났다는 듯 말했다. 잠시 잊고 있었으나, 오늘 본가를 찾은 것도 사실은 바로 귀양 가 계신 시아버님의 일을 전하기 위함이었던 것이다.

"마침 근처에 상단의 객주가 있어 아버지께서 그곳의 사람에게 일러 지내시는 데 불편함이 없도록 잘 살피라 하셨답니다."

"그랬느냐. 불감청이언정 고소원이었거늘. 이제야 한시름 놓을 수 있겠다. 고맙구나, 참말 고마워."

"고맙기는요. 그런 말씀 마시어요. 며느리로서 당연히 해야 할 도리입니다. 하옵고……."

오복의 시선이 이번엔 공주 자가에게로 향했다. 일 년 전보다 조금 더 자라고 더 많이 어여뻐지긴 하였으나 아직은 어린 나이였다. 아닌 척, 의연한 척하고 있으나 어린 마음이라 고향과 가족이 한창 그리울 때였다.

그런 생각으로 공주를 가만히 보다가 오복은 품을 뒤져 자그마한 비단보를 꺼내 두 손으로 조심스레 내밀었다.

"소첩이 일을 저질렀습니다. 미리 허락을 구하지 못하여 송구합니다, 공주 자가. 변명을 하자면, 개경 아씨의 일을 알아보느라 소첩이 미처 경황이 없었습니다."

"개경 아씨라면 그 김 진사 댁의?"

"에. 초희 아씨의 일이 궁금하여 사람을 보냈거든요."

개경 김 진사의 이름이 나오자 오 부인의 얼굴이 문득 싸늘해졌다.

저간의 사정을 모두 들어 알고 있는 탓인가? 비록 족보의 일일망정 이혼을 하여 이제는 그 집안과는 영영 남이 되었음에도 불구하고 오 부인은 때때로 치미는 서운한 감정을 지울 수가 없었다. 아무리 사정이 어려웠다고는 하나 이 집안을 속이고 기망한 일을 없던 일인 양 유야무야 넘길 수는 없었던 것이다. 안 그래도 집안 어른들께서도 그 집안을 결딴내 놓아야 하지 않겠느냐는 말을 심심찮게 하고 있는 참이었다.

"몸이 많이 안 좋다고 들었는데 그 일 때문이더냐?"

"예, 어머님. 의원을 찾아간 지가 벌써 여러 달이 지났는데 아직 소식이 없어 궁금하였습니다."

"후우, 내가 참말 네 속을 모르겠구나. 당장 되갚아 주겠다 이를 갈아도 모자라거늘, 그토록 모진 꼴을 당하고도 그 집안의 일을 걱정하다니. 너는 화도 아니 나느냐?"

"모진 꼴이라니요? 핏덩이인 소첩을 거두어 키워 주시었는걸요. 그 은혜가 너무 커 소첩은 이제껏 한 번도 그분들을 원망한 적이 없습니다. 헌데, 왜 화를 내겠습니까?"

"허어! 네가 참말 바보인지, 보살인지 모르겠구나."

오 부인이 낮게 혀를 찼다. '노비보다 못하게 자랐다, 부엌 아궁이 옆에서 자고 개밥을 얻어먹고 살았다.' 하는 소리를 이미 다 들었거늘 그조차 은혜라고 말하니 새삼 기가 막혔다. 아비인 하백 대감은 그 이야기를 듣고 사흘 밤낮을 울다가 혼절

을 하여 궐에 계신 상감마마께서 근심을 하다 못해 어의까지
보내고서야 간신히 일어났는데도 말이다.

"이, 이것이 무엇인가?"

맹하고 착하기만 한 그녀에게 한마디 더 하려는데 문득 물
기 가득한 한마디가 발목을 잡았다. 무슨 일인지 비단보를 펼
쳐보던 공주 자가가 두 눈에 눈물방울을 가득 매단 채 덜덜 떨
고 있었다.

"어, 어찌 이러십니까, 공주 자가?"

놀란 오 부인이 바짝 다가앉으며 물었으나 그녀의 시선은
오복에게 박혀 움직일 줄을 몰랐다.

"이, 이것이 참말 내가 생각하는 것이 맞는가?"

"예. 소첩이 직접 확인하지는 않았으나 다녀온 이에게 화령
부에 계신 마님께서 적어 주신 서찰이라는 말을 들었습니다.
맞습니까?"

"마, 맞네. 어머님의 서찰이 맞아."

닭똥 같은 눈물을 뚝뚝 떨어뜨리며 공주가 고개를 끄덕였다.

얼마나 간절했던 일이었는지 언변이라면 어디 가서 빠지지
않는 그녀가 말조차 제대로 잇지 못한 채 서찰을 끌어안고 아
이처럼 엉엉 울었다. 고향과 가족을 향한 그리움은 어느새 그
작은 가슴을 가득 채울 만큼 커져 있었던 것이다. 그 애처로운
모습에 오복의 눈도 덩달아 붉어졌다.

"우, 울지 마시어요, 형님. 이런 서찰 정도는 이제 매일이라
도 주고받을 수 있습니다. 하옵고, 자주는 아니 되지만 아주

가끔은 전하의 허락을 얻어 가족분들을 만나 보실 수도 있을 거여요."

"그, 그것이 참이냐?"

"예, 어머님. 아버지께서 전하를 뵙고 청하여 보겠노라 약조하셨습니다."

"네가 부탁드린 것이더냐?"

"그것이…… 예. 마음대로 행동하여 죄송합니다. 마침 그곳으로 가는 상단이 있다는 소리도 들었고 또 궐에서 부르신다 하니 급한 마음에 그만……. 하오나, 이 일이 문제가 되지는 않을 거라고 하셨습니다."

'서찰을 전하는 것은 상감마마께서 이미 허락하신 일입니다.' 하고 말하며 오복은 슬며시 공주 자가의 눈치를 살폈다. 어른들의 허락도 구하지 않고 제가 혼자서 너무 날친 것은 아닌지 은근히 걱정이 되었다. 아닌 게 아니라, 일이 잘되었기에 망정이지 안 그랬다면 주위에 큰 누를 끼쳤을지도 모르는 상황이었기 때문이다.

걱정으로 마음이 조금 의기소침해졌다. 그런 그녀를 향해 공주는 엉엉 우는 와중에도 작게 고개를 내젓더니 아직 물기가 잔뜩 물린 음성으로 말했다.

"고맙네!"

"아, 아닙니다. 멋대로 일을 만들어 죄송스러운걸요. 다음부터는 꼭 허락하신 일만 하겠습니다, 공주 자가."

"응. 그래도 고맙네."

비단보에 싸인 서찰을 끌어안고 공주는 또 엉엉 울었다. 그런 그녀를 오 부인이 말없이 안아 주었다. 그녀의 눈도 어느새 흠뻑 젖어 있었다.

"잘되었습니다. 참으로 잘되었습니다, 공주 자가. 이리 외로이 사시는 모습을 볼 때마다 가슴에 못이 박힌 듯 쓰리고 아팠거늘 이제야 사람답게 살 수 있게 되려는 모양입니다."

"으흑, 어머님!"

"울지 마시오. 이 좋은 날 왜 우십니까. 둘째야, 고맙구나. 네가 참말 우리 집안의 복덩이인 게야."

오 부인이 오복을 돌아보며 '잘하였다.'고 말하듯 연방 고개를 끄덕였다. 그러다 보니 문득 김 진사를 향한 미움도 조금 누그러졌다. 까딱하였으면 저리 귀한 아이를 놓칠 뻔하지 않았는가 말이다. 그리 생각하자 급기야는 김 진사의 결정이 고맙게 느껴지기까지 하였다.

'그렇구나. 다 생각하기 나름인 거였어. 감사히 여겨야지. 저런 아이를 보내 주었으니 그보다 더 큰 은혜가 어디 있을까.'

오 부인의 마음이 그렇게 돌아섰다.


사내는 맹렬한 시선으로 자경을 노려보았다.

벌겋게 달아오른 눈동자는 불을 뿜을 듯 뜨거웠고 보기 좋은 입매는 굳은 결심을 드러내듯 단단히 다물려져 있었다.

"오랜만에 뵙습니다, 형님. 그간 강녕하셨습니까?"

자경이 태연한 얼굴로 인사를 건넸다. 그러자 안 그래도 날카롭게 치켜 올라가 있던 사내의 눈매가 더 길게 찢어졌다.

"강녕 못했네. 이유야 자네가 더 잘 알고 있을 터이니 입 아프게 더 길게 말하지 않음세. 어디 있는가, 그 아이는?"

"……."

"갑자기 이혼을 하였다고 하기에 개경으로 돌아올 줄 알았는데 안 왔네. 어디로 내쳤는가!"

분노를 눌러 참으며 욱은 한 자 한 자 씹어뱉었다. 그러면서 주위를 둘러보니 그 가진 재산으로 나라를 사고도 남는다는 하백의 저택답게 방이 온통 으리으리하였다. 그것을 보자 안 그래도 뒤틀려 있던 심사가 더 복잡하게 틀어졌다.

"돈이 좋긴 좋군. 신수(身手)가 더 훤해졌네그려."

"하하! 형님께서도 만만치 않게 신수가 편해지셨습니다. 역시 혼인을 하신 덕분인가요? 보기 좋습니다."

"……역모 죄를 피하기 위해 하백 대감의 사위가 되었다고 들었네만 아무리 그래도 그렇지 조강지처를 버리다니. 자네가 고작 그런 사람인 줄은 몰랐으이."

"저야 뭐 본래부터 별 볼 일 없는, 고작 한량에 지나지 않는 사람이었지요."

낯빛 하나 달라지지 않고 자경이 또 넙죽 고개를 끄덕였다. 그 뻔뻔한 모습에 욱은 그야말로 열불이 나 머릿속이 하얗게 타 버릴 것만 같은 기분이었다.

'어쩔 수 없이 이혼을 하기는 하지만 그 아이에게 섭섭하게

하지는 않겠다 하였다.'

뒤늦게야 소식을 전하면서 아버지는 그렇게 말했다. 말도 아니 되는 소리였다. 강제로 이혼을 당해 내쳐지는 것 자체가 오복에게는 이미 충분히 절망스러운 일일 터인데 섭섭하게 하지 않겠다는 말이 다 뭔가 말이다. 욱은 아버지의 무심함에 치가 떨렸다. 돌아가신 어머니의 뜻이긴 하였지만 그래도 노비가 아닌 수양딸로 삼은 아이인 데다가 어쨌거나 집안을 위해 희생만 하며 살았는데 챙기지는 못할망정 마지막까지 어찌 그리 매정할까.

'그 아이가 초희였어도 그리하셨겠습니까!'

죄스러움과 안쓰러움이 교차해 가슴이 온통 갑갑하여졌다. 하여, 그는 긴 한숨을 내쉬는 대신 반들반들한 얼굴로 앉아 있는 자경에게 재빨리 덧붙였다.

"어차피 이제는 남이 되었으니 더는 연연하지 않겠네. 허니, 그 아이의 행방이나 알려 주게. 내가 찾아 집으로 데려갈 것이야."

"개경으로 말입니까?"

"그렇네. 이 의지가지없는 곳에 혼자 둘 생각은 없어. 아직 어린 나이이니 평생 혼자 살게 둘 수도 없는 일이고."

"재가(再嫁)를 시키겠다는 말씀이십니까?"

재가라는 말에 욱은 저도 모르게 잠시 멈칫하였다.

사실은, 미처 앞일을 생각할 겨를도 없이 달려온 길이었다. 그 아이가 이혼당하여 쫓겨났다는 소리를 든자마자 반길도 마다않고 쉬지 않고 달렸다. 무얼 어찌하겠다는 계획도 없이 그저 오복을 얼른 찾아야겠다는 생각 하나뿐이었다.

그런데 재가라는 말을 듣자 어쩐지 가슴이 철렁 내려앉는 것이 아닌가.

'어리석은 놈 같으니. 이제 와 무얼 어찌하겠다고.'

욱의 얼굴이 참혹하게 일그러졌다. 이미 혼인을 한 주제이면서 그 아이를 아직도 마음에서 놓지 못하고 있는 제가 도저히 용서가 되질 않았다. 한낱 계집에게도 정절이라는 것이 있는데 하물며 선비 된 자가 한 몸으로 두 마음을 품고 있다니. 이 얼마나 부끄러운 일인가 말이다.

그 아이를 떠나보내고 저는 따로 장가를 들면서 앞으로는 오복을 초희 대하듯 하겠다고 작심했던 일을 떠올리며 욱은 잠시 마음을 가다듬었다. 그러고는 다시 눈을 부릅뜨면서 단호히 말했다.

"당연히 그리할 것이네. 앞으로는 마음 편히 살 수 있도록 좋은 사내를 찾아 집으로 들일 것이야."

"흠, 형님의 뜻은 잘 알겠습니다만 그 사람이 따라나서겠다고 할지 모르겠습니다."

"뭐라?"

"그나저나 이왕 오신 길이니 제 안사람에게 인사나 받고 가시지요. 곧 돌아올 시각이 다 되었거든요."

"일없네. 내가 왜 자네의 안사람에게 인사를 받는단 말인가."

"그거야 만나 보시면 아실 일이지요."

"어허, 그래도 이 사람이!"

생뚱맞기까지 한 소리에 욱은 울컥 화가 날 지경이었다.

안 그래도 마음이 급하여 안절부절못하는 이에게 제가 새로 맞아들인 안사람과 대면을 하라니. 제가 쫓아낸 조강지처는 어디에서 무엇을 하고 있는지도 모르는데 이 마당에 대놓고 자랑이라도 하겠다는 뜻인가?

그리 생각하자 불쾌함을 넘어 모욕감마저 느껴지려고 하였다.

"그리 안 보았는데 참으로 후안무치한 자가 아닌가."

소리치며 욱은 자리에서 벌떡 일어섰다. 그런 때에, 문득 밖에서 두런거리는 소리가 이어지더니 곧 콩콩거리며 달려오는 작은 발소리가 들려왔다.

"서방님, 소첩입니다. 안으로 들겠습니다."

음? 한껏 들뜬 듯한 목소리가 짜랑하게 울린 직후였다. 조심하는 기색도 없이 방문이 훌쩍 열리더니 마침 외출했다 돌아오는 참인지 비단옷을 곱게 차려입은 여인이 후다닥 달려들어 왔다. 욱의 미간이 슬쩍 일그러졌다. 하백 대감의 딸이라면 귀하게 자란 몸일 터인데 아녀자의 품행이 어찌 저리 방정맞단 말인가.

"오라버님!"

"음?"

"오시었단 소식을 듣고 부랴부랴 달려왔는데 오래 기다리셨습니까?"

으음?

지금 제게 하는 소리인가 싶어 그녀를 빤히 보다가 '혹시, 나를 아시오?' 하고 물으려던 참이었다. 욱의 눈이 갑자기 휘둥그레졌다. 분이 묻어날 듯 뽀얀 얼굴에 귀티가 흐르는 자태로 웃고 있는 여인의 모습이 어쩐지 낯이 익었던 것이다. 깨닫는 순간, 턱하니 숨이 막혔다.

"네가 참말 오, 오복…… 아니, 초희란 말이냐?"

"예, 제가 오복이가 아니면 누구이겠습니까?"

"……!"

"안 그래도 뵙고 싶었는데 이리 찾아 주시어 얼마나 기쁜지 모르겠습니다. 아, 저녁 진지는 하셨습니까?"

미처 자리에 앉기도 전에 오복이 숨도 안 쉬고 다다다 물었다. 워낙 오랜만이라 궁금한 것이 너무 많아 참을 수가 없었다. 대감마님의 안부는 물론이고 감감무소식인 아씨의 일까지, 물을 일이 산더미 같았다.

"부인, 그러다 숨이 넘어가겠소이다. 이야기할 시간은 많으니 진정하시고 그만 이리 와 앉으시구려."

보다 못한 자경이 일어나 오복의 끌어다 자리에 앉혔다. 손을 잡아끄는 사소한 동작 하나도 조심스럽기 이를 데 없어 마치 신주단지를 모시는 듯하였다. 마지못한 듯 끌려가 자리에 앉으면서 오복이 습관처럼 한손으로 살그머니 배를 감쌌다. 그 모습이 욱의 눈에 딱 밟혔다.

"혹, 회…… 임?"

다리에 힘이 풀린 욱이 무너지듯 털썩 주저앉으면서 물었다. 그의 얼굴엔 어느새 감출 수 없는 충격과 공포가 동시에 어른거리고 있었다. 예상치 못했던 불길한 예감이 등골을 타고 왈칵 스며들었다.

"아기씨를 가진 게냐?"

"하하하, 눈치채셨습니까? 예, 그리되었습니다. 이 사람이 마침내 장한 일을 해내었지요. 벌써 넉 달째로 접어들었답니다."

"그, 그렇군. 감축하네. 헌데, 대체 어찌 된 일인가? 이혼을 하였다더니?"

떨리는 심정으로 그가 물었다.

저를 가리켜 '오복이'라고 스스럼없이 밝히던 모습과 그 소리를 듣고도 태연히 있던 자경의 모습이 머릿속에 가득하였다. 벌써부터 눈앞이 막막해지고 있었다. 만일, 그가 짐작하는 그 일이 벌어진 것이라면 그땐 어찌해야 하나. 정녕 어찌해야 한단 말인가.

"분명히 이혼을 하기는 하였지요."

자경이 웃음기 하나 없는 얼굴로 그를 돌아보며 말했다.

"개경 김 진사 댁의 초희 아씨와 이혼한 것은 맞습니다."

"……!"

"그리고 하백 대감의 여식인 연주 아씨와 다시 혼인을 한 것도 사실입니다."

'이 사람이 바로 그 사람입니다.' 하는 소리가 환청처럼 욱의 귀로 날아와 꽂혔다. 욱의 얼굴이 순식간에 새카매졌다.

"그, 그런 일이 어찌 가능하단 말인가?"

"그러게 말입니다. 헌데, 살다 보니 그런 이상한 일도 다 있더이다. 물론, 형님께서 더 잘 아시겠지만요."

자경의 눈빛이 의미심장하게 빛났다. 그 눈을 차마 똑바로 마주 보고 있을 수가 없어 욱은 허겁지겁 오복을 바라보았다. 그러자 잘못한 것도 없이 괜히 죄스러운 표정을 지으며 그녀가 고개를 숙였다.

"아무래도 들을 이야기가 많을 듯싶구나. 그렇지?"

"예에. 저도 궁금한 이야기가 참 많습니다."

둘은 나란히 고개를 끄덕였다. 그리고 곧 길고 긴 그간의 이야기들이 시작되었다.


이른 새벽, 욱은 다시 길을 나섰다.

밤새 잠을 이루지 못하여 까칠한 얼굴에 붉게 핏발이 선 눈을 한 채 아무도 나와 보는 이 없는 대문을 혼자 넘었다. 문밖에 서서 욱은 잠시 뒤를 돌아보았다. 하늘을 찌를 듯 당당하게 서 있는 대문을 보고 있자니 문득 눈물이 앞을 가렸다.


— 그간의 사정은 다 들어 알고 있습니다. 저 사람이 귀댁의 따님이신 초희 아씨가 아니라 업둥이로 들어온 수양딸이라는 사실까지도.

냉랭한 기운이 가득했던 자경의 목소리가 다시 귀를 찌르고 지나갔다.

— 아버님께서 찾아오셨습니다. 실수로 핏덩이였던 저를 잃어버린 후 오랫동안 찾아다니셨다 합니다.

도리어 저를 위로하듯 가만히 속삭이던 오복의 목소리도 아직 생생했다. 그리고…….

— 저 아이는 자네들에게 받은 은혜를 스스로 다 갚았다네. 돌아가신 자네 모친조차도 감히 저 아이에게 더 받아야 할 것이 남았다고는 말하지 못할 것이야. 내 딸을 살린 모친의 덕을 생각하여 누이를 살려 주겠네. 그 이상은 바라지 말게.

분노 어린 하백 대감의 말이 묵직하게 심장을 가르고 지나갔다.

그래도 사실이 들통 나는 일만은 피했노라며 자위하고 있는 아버지가 우스울 정도로 모든 일은 이미 적나라하게 밝혀진 상황이었다.

그 사실을 깨닫는 순간 욱은 부끄러움에 고개를 들 수 없었다. 할 수만 있다면 그 자리에서 혀라도 깨물고 싶은 심정이었으나 그조차도 쉽지 않았다. 그의 아내도 회임을 한 까닭이었다.

— 저희 집안은 이 일을 조용히 묻고 가기로 하였습니다. 허니, 어른께도 아무 말씀 드리지 않는 것이 좋을 것 같군요. 그분의 성정을 잘 알고 있기에 드리는 말씀입니다.

당황하여 어쩔 줄 모르는 그에게 자경은 그렇게 말했다. 그러면서 진심 어린 어조로 덧붙였다.

— 그쪽 집안에서는 어떠했는지 모르나 우리 집안에서 이 사람은 세상 무엇과도 바꿀 수 없는 복덩이입니다. 감사합니다, 제게 이 사람을 주셔서.

그 한마디에 욱은 진실이 들통 났다는 사실을 알았을 때보다 더 큰 좌절에 빠져 버리고 말았다.

'졌구나. 완전히 져 버렸어. 아버지 탓이 아니다. 누구의 탓도 아니야. 정말 소중한 것을 제대로 알아보지 못한 나의 어리석음이 일을 이리 만든 것뿐.'

그 옛날, 어머니는 '이 아이 잘 자라면 나중에 우리 욱이 아내 삼아 주고 싶구나.' 하셨는데 한때나마 그 말을 가당찮다 여겼으니 이리되어도 싸지.

쓸데없는 자존심을 찾느라 소중한 것을 놓쳐 버린 저를 탓하며 욱은 힘없이 돌아섰다.

"벌써 가십니까?"

등 뒤에서 들려온 나직한 한마디가 문득 발목을 잡아챘다. 언제 나온 것인지 오복이 혼자 서서 그를 바라보고 있었다. 홑 몸이 아님에도 불구하고 하얗게 핀 꽃처럼 곱고 단아한 모습이 었다.

불과 한 해 전만 하여도 마르고 볼품없던 저 아이가 저리 어 여쁘게 피어날 것이라고 어찌 감히 상상이나 할 수 있었을까. 가슴을 메우는 서글픈 기분을 감추며 욱은 애써 미소 지었다.

"이, 이른 시각인데 왜 나왔느냐?"

"늘 이 시각에 기침하시지 않습니까."

"그랬나?"

"예. 해서, 아침상 서둘러 차리라 하였는데 그냥 가십니까?"

"……가야지. 갈 길이 멀지 않느냐. 가는 길에 초희에게도 들러 보아야 하고."

"아씨께서는 괜찮으시지요?"

"사실, 많이 안 좋았었다만 다행히 하백 대감께서……."

왠지 감정이 치밀어 욱은 저도 모르게 뒷말을 삼켜 버렸다.

별 차도 없이 하루하루 말라만 가는 동생을 위해 하백 대감 이 대국에 있는 의원을 불러 주마 약속하였다. 지금 초희를 돌 보고 있는 의원의 스승이라 하는데 모르긴 해도 그를 불러들이 는 데에만 천금이 들지 싶었다.

그 큰돈을 아낌없이 내어 주마 한 것도 다름 아닌 오복의 뜻 임을 욱도 모르지 않았다. 저 아이가 아니라면 누가 그들에게 그리 세심하게 관심을 가져 주겠는가 말이다.

"고맙구나. 네게는 오직 고마운 마음뿐이야. 이 은혜를 어찌
다 갚아야 할지 모르겠다."

"별말씀을 다 하십니다. 당연히 하여야 할 도리인 것을요.
한 식구가 아닙니까."

"식구라……. 그래, 그랬구나."

저는 노비려니 여겼는데 저 아이는 그래도 한 식구라 여기
고 이제껏 저희를 돌보았다 생각하자 부끄러움에 얼굴이 붉어
졌다.

"이만 가겠다."

"또, 또 다녀가실 것이지요? 얼마 안 있으면 과거시험도 있
다 하니 그때는 여기서 지내시어요."

"……그래, 그러마."

무슨 양심이 있어 내가 여길 또 오겠느냐. 어찌 너를 다시
보겠느냐.

살아생전 이제 다시는 저 고운 모습을 볼 수 없으리라 생각
하면서도 욱은 부러 그리 말하였다. 그러곤 마치 마지막 인사
를 하듯 그녀를 돌아보며 애써 환히 웃어 주었다.

"오복아."

"예."

"오복아."

"예."

"내가……."

너를 마음에 담았느니라. 죽는 날까지 평생을 두고 그리워할 것이니라. 이 마음을 어쩌면 좋을까.

"아니다. 아침 기운이 제법 쌀쌀하다. 어서 들어가거라."

"예에."

촉촉이 젖은 눈으로 바라보는 그녀를 눈에 그득히 담은 채 욱이 돌아섰다. 새벽부터 내리기 시작한 무서리 속으로 그렇게 혼자 떠나갔다.

"그리도 아쉽소?"

언제 따라 나온 것일까.

벌써 사라져 보이지 않는 등만 하염없이 찾고 있는데 자경이 어깨에 도톰한 외투를 걸쳐주면서 물었다.

"아무래도 수상하단 말이지. 혹, 둘이 나 몰래 눈이라도 맞춘 것 아니오?"

"예에?"

"아니, 친남매도 아닌데 지나치게 다정하여 하는 말이지. 참말 아니오?"

"아이참, 오라버님께서 아침진지도 거르시고 먼 길 떠나시어 속이 상하여 죽겠거늘 지금 그런 말씀이 나오셔요? 몰라요!"

팩 성질을 부리며 사납게 눈을 부릅떠 보이고는 오복이 홱 돌아섰다. 그에, 또 약한 척 종종걸음으로 뒤따르다 자경은 슬쩍 뒤를 돌아보았다.

떠나간 자는 말이 없었지만 그는 본능적으로 눈치채고 있었

275

다. 아내에게는 그가 그냥 오라비에 불과하지 몰라도 그에게 아내는 누이가 아닌 그저 한없이 그리운 여인임을 말이다.

'다시 보지 않길 바라리다. 나는 투기가 많은 사내인지라 그대를 그냥 두고 보지 못할 것 같으니.'

미소 속에 감춘 서슬 퍼런 살기가 슬쩍 번졌다 사그라졌다. 제 여인에 관한한 그는 매우 욕심이 많은 사내였다.

"그 옷은 너무 화려하지 않겠느냐?"

금박이 들어간 단삼을 보며 오복이 고개를 흔들었다.

"상감마마께서 부르시기는 하였지만 그래도 죄인이나 다름없는 처지니라. 그런 옷을 입고 들어갔다가 무슨 소리를 들으라고?"

"그래도 궐에 가실 적에는 다들 이 정도는 입으십니다요. 북촌 마님께서도 그러시고 또 공주 자가께서도……."

"아이, 어찌 감히 그분들과 나를 비교하오?"

시어머님은 정부인 마님이시고 공주 자가야 상감마마의 따님이시니 금박을 찍은 옷을 입든 보석을 단 옷을 입든 무슨 상관일까마는, 아무 고신 하나 받지 못한 평민 신분으로 금박이 찍힌 옷을 입는다는 것은 아무래도 조금 문제가 될 것 같았다. 그녀가 아무리 하백의 딸이라고 해도 말이다.

더구나, 오늘 궐에 들어가는 일만 해도 그렇다.

겉으로야 상감마마께서 부르시어 안부를 여쭈러 가는 길이라지만 사실 오복은 내심 죄를 고하러 가는 길이라 여기고 있었다. 이미 지난 일이라지만 신분을 속이고 혼인을 한 일이며 또 관군들을 불러다 장을 친 일 등이 마음에 걸리는 것이다.

"게다가 시아버님께서 아직 귀양을 가 계시는데 내가 무엇이라고 사치를 일삼겠느냐. 그것은 도로 넣고 아무 문양이 없는 수수한 것으로 꺼내 다오."

"예에. 그래도 쇤네는 조금 아깝구먼요. 고운 옷들이 산더미인데 그리 수수한 것만 찾으시면 이걸 다 언제 입어 본답니까."

"옷이야 두면 언젠가는 입을 날이 있겠지."

"그야 그러합니다만, 대감마님께서 서운해하실 겁니다요."

"그, 그러실까?"

"그렇다니까요. 아, 입으라고 구해다 주신 옷 주구장창 내팽개쳐만 두시니 속이 좋으실 리가 없지요. 허니, 대감마님을 생각하셔서라도 앞으로는 좋은 옷 입으신 모습도 보여 주시고 그러시란 말입니다."

"으응, 알았네."

기어이 아무 문양 없는 수수한 옷을 꿰어 입으면서 오복은 나름 심각한 표정으로 고개를 주억거렸다. 생각하여 보니 아주 틀린 말이 아니었다. 아버지는 날마다 무언가를 해 주지 못해 안달을 하시는데 정작 저는 오늘처럼 부담스럽다는 이유로 그것들을 제대로 사용하지 않고 있었으니까.

"허, 허면 신은 아버지께서 사다 주신 것으로 신겠네. 그것으로 준비를 하여 주게."

어느 날인가 서방님과 함께 아버지를 모시고 시전에 나가 맞춘 신발을 떠올리고 오복이 말년네를 재촉했다. 그러고는 공주 자가께서 특별히 빌려 주신 노리개를 차고 서둘러 방을 나섰다.

"늦었소이다."

사랑채 마당에서 기다리고 있던 서방님이 허겁지겁 나오는 그녀를 먼저 발견하고 빙긋 웃었다.

"서두른다 하였는데 살필 것이 많아 조금 늦었습니다. 오래 기다리셨습니까?"

"아니오. 나도 방금 나왔소. 헌데, 아버님께서 적잖이 기다리셨다오. 하도 재촉하시어 안 그래도 들어가 보려던 참이었소."

"그, 그러셨습니까?"

조금 미안한 얼굴로 돌아보자 한참이나 마당을 서성이고 있던 어겸이 재빨리 얼굴색을 바꿨다.

"아니다. 재촉은 무슨. 네 몸이 불편해진 것은 아닌지 걱정이 되어 그런 게지. 홑몸이 아니질 않느냐."

"저는 괜찮습니다. 아기씨도 건강하시고요."

명랑하게 대꾸하면서 오복이 우연인 듯 새로 신은 신발을 슬쩍 보여 주었다. 그것을 본 어겸의 얼굴이 확 피어났다.

"어허허, 신이 어여쁘구나. 잘 맞느냐?"

"예. 편하고 좋습니다. 감사합니다, 아버지."

그깟 신 하나가 무어라고 두 부녀는 신을 보면서 서로 좋아

벙글벙글 웃었다. 그리고 자경은 보았다. 그 이후 장인의 어깨에 더 바짝 힘이 들어가는 것을 말이다.

"전하께서 가마를 보내셨구나."

대문 앞에서 기다리고 있는 화려한 옥교를 가리키며 어겸이 말했다. 오복의 눈이 동그래졌다.

"예에? 하오나, 제가 어찌 가마를……."

"허허허. 전하께서 타고 오라고 보내셨으니 타야지. 어서 가마에 오르거라."

"걱정 말고 가마에 오르시오. 홀몸도 아닌데 말을 타고 갈 수는 없지 않겠소이까."

서방님까지 나서서 권하자 오복은 하는 수 없이 옥교에 올라탔다. 어쩐지 가슴이 두근거렸다. 어머님과 공주 자가께서 타고 다니시는 것을 보긴 하였지만 제가 타게 될 줄은 꿈에도 몰랐던 것이다. 곧 가마가 두둥실 떠올라 천천히 움직이기 시작하였다.

비단 방석 위에 앉아 오복은 가마의 창을 열고 밖을 내다보았다. 창칼을 든 군사들이 길을 여는 가운데 가마의 바로 앞에서는 아버지와 서방님이 말머리를 나란히 한 채 움직이고 있었고 가마의 주변에서는 궐에서 나온 상궁 나인들이며 그녀를 돌볼 수모들이 바짝 붙어 따르고 있었다.

"지난해에만 해도 내가 이리 살게 될 줄은 꿈에도 몰랐는데."

어쩐지 이 모든 것이 꿈만 같아 오복은 그렇게 중얼거렸다.

아씨 대신 시집을 올 때만 하여도 그저 두렵고 무섭기만 하였는데 이제는 모두에게 사랑받으면서 이리 당당히 살고 있었다. 거기에, 언제나 만나질까 상상만 하던 아버지를 찾고 회임도 하여 믿고 의지할 수 있는 가족이 늘었다. 세상천지에 오직 혼자라는 생각에 때때로 외로워지곤 하였었는데 이제는 그럴일이 없어진 것이다.

"이것은 다 서방님 덕분일 것이야. 내 비천한 신분을 알고도 버리지 않고 감싸 주시고 또 처음이나 지금이나 한결같이 사랑하여 주기만 하시니."

오복의 시선이 저만치 앞에서 가고 있는 서방님에게로 향했다.

참말 잘나기도 하셨지. 눈에 뭐가 씌었는지 훤칠하고 잘생긴 얼굴에서 빛이 나는 것만 같았다. 그에 다시 가슴이 설레어 저혼자 보스스 미소를 지으며 오복은 봉긋하게 부푼 배를 가만히 쓰다듬었다. 할 수만 있다면 서방님을 쏙 빼닮은 아들을 낳고 싶었다. 그런 생각과 함께 막 고개를 들어 다시 창밖으로 시선을 던졌을 때였다.

가마가 육조거리로 막 접어들고 있었는데 무슨 일인지 거리한쪽에 사람들이 떼를 지어 둥그렇게 모여 있었다. 환한 대낮부터 왁자한 소리가 그 넓은 거리를 가득 메우고 넘쳐 하늘까지 쟁쟁 울려 퍼졌다.

"이상하구먼. 저곳에 무슨 일이 있는가?"

오복이 나직한 목소리로 가마 곁에서 따르고 있는 수모에게 물었다. 그러자 곧바로 쯧쯧 혀를 차는 소리가 들려왔다.

"말도 마십시오. 안 그래도 며칠 전서부터 소문이 짜하게 돌던 일인데요, 글쎄 반가의 마님께서 방탕하게 놀다가 시가 사람들에게 딱 들켰다지 뭡니까요."

"저런!"

"그것도 한두 번이 아니었답니다. 하다하다 상감마마께 상소까지 올라갔다지 뭡니까. 그래서요, 세상에 면구스럽기도 하지. 전하께서 백주대낮에 모두가 다 보는 앞에서 엉덩이를 까고 곤장을 치라고 명하셨답니다."

"에구머니나!"

"뿐만이 아닙니다. 그 바깥나리는 집안을 제대로 다스리지 못하였다고 파직당하여 내쫓겼답니다."

오복의 입이 쩍 벌어졌다.

얼마나 놀랐는지 하마터면 저도 모르게 비명을 내지를 뻔하였다. 여인을, 그것도 반가의 여인을 벗겨 놓고 곤장을 치다니. 오래 살지는 않았으나 그런 일이 있었다는 소리는 이제껏 들어 본 적이 없었다. 그런 꼴을 당하느니 차라리 혀를 깨물고 죽는 것이 나을 터였다.


화려한 옥교가 대로 한복판을 막 지나가고 있었다.

궐에서 나온 것인지 규모가 크고 붉은색 비단을 바탕으로 황금과 갖가지 매듭이며 낙영(落瓔)을 달아 장식한 화려한 가마였다.

'누가 탄 가마일까?'

홍주는 길을 가던 것도 잊고 멍하니 선 채 가마를 바라보았다.

한때는 저런 가마를 타고자 소망했던 때가 있었다. 제가 원해서 가지지 못할 것이 없다 믿고 코끝을 하늘을 향해 치켜들고 살던 시절이었다. 집안의 위세가 등등하던 때였으니 원하기만 하면 저런 것쯤은 금방이라도 탈 수 있으리라 믿었는데 이제는 감히 바라볼 수도 없을 만큼 멀어져 버렸다.

그녀의 시선이 거지꼴이나 다름없는 제 몰골로 향하였다.

누덕누덕 기운 허름한 치마저고리에 험한 일을 하느라 시커멓게 때가 묻은 손발이 눈에 들어왔다. 뽀얗고 미끈했던 피부는 못 먹어 진즉에 누렇게 떠 버렸고 몸은 비쩍 말라 볼품없어졌다. 부끄러움에 몸이 저절로 오므라들었다. 누군가가 알아볼지도 모르는데 이런 몰골로 나돌아 다니고 있는 스스로가 새삼 뻔뻔하게 느껴졌다.

"아악! 아이고, 나 죽네."

얼굴을 숨기듯 가마 행렬을 피해 허겁지겁 사람들 속으로 숨어들기가 무섭게 이번엔 길게 찢어지는 비명 소리가 귀를 찔렀다.

철썩!

"아악!"

"열두 대요!"

"제발 사, 살려 주시오. 어흑!"

허옇게 엉덩이를 깐 옥금이 곤장을 맞고 있었다.

홍주의 시댁에서 벌인 일로 창피를 당하고도 정신을 차리지 못하여 이 사내, 저 사내를 넘보다가 기어이 들키는 바람에 결국은 음행녀로 발고를 당하여 모두가 보는 앞에서 엉덩이를 까고 곤장을 맞는 신세가 된 것이다.

한때는 바람을 피우다 들키고도 늙은 서방의 뺨을 치면서 당당하게 살더니 그 운도 마침내 다하였던 모양이다. 모진 계집 만나 구박을 당하면서 살던 옥금의 늙고 못생긴 서방이 그녀를 발고한 것이다. 그러나 대개 이런 종류의 일은 양날의 칼과도 같아 옥금을 발고한 직후 그는 집안을 제대로 다스리지 못하였다는 이유로 파직당하여 멀리 쫓겨나고 말았다.

"더 세게 쳐라!"

"저런 년은 때려죽여도 싸지."

야유하는 소리가 더 높아졌다.

'차라리 자진을 할 것이지. 아무리 뻔뻔하여도 그렇지. 그런 꼴을 당하고 사느니 차라리 죽는 것이 나아.'

곤장 맞은 자리가 터져 형장엔 벌써부터 피가 낭자했다. 눈물 콧물은 물론이고 냄새나는 대소변까지 지려 놓은 옥금을 보다 홍주는 단호하게 돌아섰다. 한때는 대문조차 열어 주지 않는 그녀를 원망하기도 하였으나 이제는 원망을 품을 만큼의 미련도 남지 않았다.

집안이 몰락한 이후, 그녀와 어머니를 외면한 것은 단지 옥금 하나뿐이 아니었기 때문이다. 약속이나 한 듯, 기의 모든 친척들이 그들을 외면했다. 그 바람에, 그 많은 친척들을 두고도 홍주는 세상천지에 혈혈단신인 듯 어머니를 모시고 혼자 살아가고 있었다.

"힘들다. 이렇게 힘들게들 살았는가."

휘청휘청 걸으며 홍주는 멍하니 중얼거렸다.

비단으로 휘감고 남이 해 주는 밥을 받아먹고 살던 때에는 몰랐다. 거친 베옷을 입고 하루 한 끼를 해결하기 위해 하루 종일 뙤약볕에서 일을 해야 하는 삶도 있다는 사실을 말이다. 제가 버러지라고 여기던 그들처럼 지금 그렇게 그녀가 살고 있었다.

힘겨운 눈을 들어 홍주는 저 멀리 까마득하게 멀어지고 있는 가마의 뒤꽁무니를 바라보았다. 누군지 모르나 참 귀한 사람이 타고 있겠지. 몸 편하고 마음도 편하여 세상 부러울 것이 없겠지.

부러움으로 가득한 눈가가 어느새 촉촉하게 젖어 들었다. 오늘따라 많이 외로웠다.


의외로 수더분하게 생긴 얼굴이었다.

선이 굵직한 골격 안에 이목구비가 시원시원하게 자리 잡고 있었는데 잘생겼다기보다는 사내다운 느낌이 강하였다. 거기에 더해 고집이 세고 집요한 구석도 조금 엿보였으나 웃으면 의외로 익살스럽게 보이기도 하였다. 상감마마의 용안을 처음 본 오복의 감상은 대강 그러했다.

하여, 그녀는 조금 충격을 받았다.

그녀가 상상한 상감마마는 호랑이처럼 부리부리한 눈에 사납고 무서운 성정을 가진, 그러니까 이를테면 사천왕상 같은 모습이었는데 정작 눈앞에 앉아 있는 사람은 개경의 대감마님이나 아버지와 별반 다르지 않은 모습을 하고 있었던 것이다.

"호오, 크게 실망하였다는 눈치로구나."

"아, 아니옵니다! 조금만 실망하였습니다."

"음? 풋, 푸하하하!"

잔뜩 긴장한 얼굴로 소리치듯 왈칵 대답하기가 무섭게 왕이 큰 소리로 웃어 젖혔다. 오복의 눈이 다시 동그래졌다. 그러다 마침내 제가 한 말뜻을 깨닫고는 큰 실수를 하였다는 생각에 도로 울상을 짓고 말았다. 그 모양을 본 왕의 웃음소리가 불쑥 더 커졌다.

"그만 좀 하십시오. 아이가 놀라지 않습니까?"

"크크큭. 관군을 잡아다 장을 쳤다기에 고것 참 맹랑하다 하였더니 이거야 오히려 강아지마냥 귀엽지 않은가 말이야. 요즘 천하의 하백이 팔불출이 되었다고 소문이 자자하던데 다 이유가 있었던 것이야. 안 그런가?"

"크험! 팔불출은 무슨. 남들도 다 그러고 삽니다."

"으음? 푸, 푸흐흐."

어겸의 뻔뻔한 대답에 왕이 이상한 소리를 내며 또 실실 웃었다. 그러더니 문득 낯빛을 바로 하면서 말했다.

"감축하네! 소원을 이루었으니 이제 자네도 사람답게 살 수 있겠네그려."

"황공하옵니다."

"그간 자네의 고통을 알면서도 제대로 도움을 주지 못하여 짐 또한 마음이 고달팠거니. 이제야 마음의 짐을 내려놓을 수 있게 되어 속이 다 시원하다네."

묵은 변이라도 싸 놓은 듯 왕은 정말로 속 시원한 얼굴이었다.

딸을 찾은 것은 어겸인데 그보다 왕이 더 기뻐하고 있는 것처럼 보일 정도였다. 그에, 조금 묘한 기분을 느끼려는 찰나 갑자기 그가 고개를 획 돌려 자경을 바라보았다.

"허, 그놈 참 잘생겼도다."

"황공하옵니다."

"그래, 천하제일의 갑부라는 하백의 사위가 된 기분이 어떻더냐?"

"죽을 맛이옵니다."

"뭐라?"

"농이 아니옵니다. 장인께서 어찌나 잔소리가 심하시고 눈치를 주시는지 하루하루 살기가 아주 고달프옵니다. 할 수만 있다면 도로 물리고도 싶사온데 하필이면 천신이 또 공처가인지라 달리 방도가 없어 꾹 참고 사는 줄 아옵니다."

어려운 줄도 모르고 지절지절 떠드는 자경의 모습에 어겸은 그만 기가 탁 막히고 말았다. 그리하여 저도 모르게 또 울컥 소리쳤던 것이다.

"나야말로 꾹 참고 사느라 힘들다, 이놈아. 내 딸만 아니었으면 진즉에 내쳤을 것이야."

"글쎄, 그런 꿈은 꾸지 마시라니까요. 제 아내는 저 없이 못 산다고 하였지 않습니까."

장서지간, 늙고 젊은 두 사내의 대거리에 왕은 조금 황당한 표정을 지었다. 그러자 내내 그의 눈치만 살피고 있던 오복이 나름 변명을 한답시고 조그만 목소리로 말했다.

"신경 쓰지 마시어요. 본래 저리 다투다가도 금방 풀어지곤 하옵니다. 참말로 사이가 나쁜 것은 아닙니다."

"음? 푸, 푸흐흐흐."

이상하다. 상감마마는 어째서 그녀가 말만 하면 웃는 것일까.

제가 무슨 우스운 소리라도 한 것일까 의심하며 오복은 껄껄 웃는 왕과 제 아비를 열심히 번갈아 바라보았다. 그러자 아무 걱정 말라고 말하듯 아버지는 그저 벙긋 웃어 주시고 서방님은 조용히 손을 내밀어 그녀의 작은 손을 꼭 잡아 주었다.

"오래전에 짐과 네 아비는 의형제를 맺었느니라. 그 일을 아느냐?"

한참 동안 웃던 왕이 소맷자락으로 눈가에 맺힌 눈물을 닦아 내면서 물었다.

"예에. 자세히는 아니나 대강 들어 알고는 있사옵니다."

"그래, 다행이구나. 하여간에, 그 인연으로 우리는 많은 일을 함께하였느니라. 따지고 보면 짐이 오늘날 이 자리에 앉아 있는 것도 다 네 아비의 덕이라 할 수 있지."

"……."

"그러니 사사로이 내 조카가 되는 아이에게 작은 선물을 하나 하여 준다 하여도 그리 이상한 일은 아닐 것이야. 혹, 짐에게 바라는 것이 있느냐?"

"없습니다."

"음? 아니 그래도 작은 소원 하나쯤은 있질 않겠느냐?"

"송구하오나, 제 소원은 벌써 다 이루어졌사옵니다."

"허면, 가지고 싶은 것이라든지."

"아버지께서 다 하여 주십니다."

'갑부시거든요.' 하고 대답하며 오복은 그를 말똥말똥 바라보았다.

"하옵고, 사실 전하께서 그 자리에 오르신 것은 하늘의 뜻이지 제 아버님의 덕은 아니라 생각하옵니다. 하오니, 혹시라도 빚이라 생각하지 마십시오."

"음, 참말 그리 생각하느냐?"

"예. 모든 일에는 운명이라는 것이 있다고 생각하옵니다."

오복은 진심으로 그리 생각하였다.

제가 어릴 적에 버려진 것도 운명이요, 아씨 대신 서방님과 혼인을 한 것도 운명이며, 다시 아버님을 찾게 된 것도 운명이지 싶었다. 그 과정 중 어느 하나라도 없었다면 오늘날 찾은 이 행복이 지금만큼 소중하게 느껴지지 않았을 터였다.

"그리 말하여 주니 고맙구나. 그래도 원하는 것은 말하려무

나. 하나쯤은 들어주고 싶어 그런다."

"음, 하오시면 다른 사람의 소원을 대신 고하여도 되옵니까? 그분의 소원이 이루어지면 저도 행복할 것 같아서 그러하옵니다."

"……좋다. 들어주마."

왕은 선선히 고개를 끄덕였다.

저리 말하는 것을 보니 돈으로 해결할 수 있는 문제는 아닐 터이고 그러면 적어도 돈은 안 들겠구나 생각하면서. 그런 태평한 생각을 하고 있는데 문득 오복이 말했다.

"공주 자가께서 가족들을 만날 수 있게 해 주십시오."

"음?"

"아, 이 공주 자가는 그러니까 제 형님이 되시는 분을 말하는 것입니다."

"알고 있다."

왕의 얼굴은 어느새 무서울 정도로 딱딱하게 굳어 있었다. 그러자 수더분하다 느꼈던 인상도 변하여 어느새 날카롭고 강한 기질이 전면에 드러났다.

"귀엽다 하면 수염도 잡아 뽑는다 하더니 참으로 맹랑한 것이 아닌가. 누가 그리라라 시키더냐? 영령, 그 아이냐?"

"그, 그런 것이 아니오라……."

"고얀 것 같으니. 짐이 부른 자리에 감히 면사철권을 차고 나올 때부터 알아보았도다. 네가 역모를 도모할 생각이 아니고시야 이찌 감히 변경의 군시들을 마음대로 움직이게 해 달라는 소리를 입에 담을 수 있단 말이냐."

면사철권은 무엇이고 역모는 또 무엇인가.

당황한 오복은 저도 모르게 서방님을 바라보았다. 아무 생각 없이 꺼낸 제 말 한마디 때문에 간신히 위기를 피해 간 집안에 또다시 피바람이 불어올까 봐 두려워진 것이다. 손이 떨렸다. 그것을 느낀 자경의 미간이 슬쩍 일그러졌다.

"그래, 그것을 차고 있으면 네 한목숨은 건질 수 있겠지. 허면, 다른 이들은 어찌하려느냐?"

"고정하여 주십시오, 전하."

"뭐라?"

"아뢰옵기 송구하오나, 천신의 안사람은 지금 홑몸이 아니옵니다. 안정이 중요한 시기이오니 바라옵건대, 오해를 거두시고 이 사람에게 잠시나마 해명할 기회를 주시옵소서."

"흥! 오해라? 네 생각은 어떠하냐. 정녕 그것이 짐의 오해라 생각하느냐?"

"그러하옵니다. 분명히 오해십니다."

무슨 자신감인지 자경은 왕을 똑바로 바라보며 대꾸했다.

"어리고 착하기만 한 이 사람이 무엇을 알아 역모를 도모하겠습니까? 아녀자의 좁은 소견으로 그저 제 손위 동서의 근심을 해결해 주고자 한 것뿐이 아닙니까. 그 마음을 짐작하지 못하시는 바가 아닐 터인데 그 선한 마음을 칭찬하지는 못할망정 그것을 가리켜 고약하다 하시다니요."

"허! 네가 지금 나를 훈계하는 것이냐?"

"훈계가 아니라 그저 사실을 말씀드리는 것입니다. 통촉하여 주시옵소서."

말은 그렇게 하면서도 눈빛은 반항기가 가득하여 왕은 순간 가슴이 뜨끔하여졌다. '훈계가 분명한데 아니긴 뭐가 아니란 말이냐.' 라는 소리가 목구멍까지 치솟았다. 그 때였다.

"작작 좀 하시오!"

보다 못한 어겸의 입에서 마침내 호통이 터져 나왔다.

"사사로운 자리에 불러 놓으시고는 어린 아이들 데리고 지금 그러고 싶으십니까? 체통을 좀 찾으시오. 대체 언제 철이 드실 겁니까?"

"아니, 그게……."

"홀몸이 아니란 말도 못 들으셨습니까? 안 그래도 몸이 약한 아이인데 이러다 문제라도 생기면 어쩌려고 그러십니까. 게다가, 제가 없는 사이에 권가에게 무슨 짓을 하신 겁니까?"

"뭐, 별로……."

"시끄럽소! 참으로 내가 형님 전하 때문에 속이 터져 죽겠소이다. 아무리 사람을 못 믿어도 그렇지 어찌 권가마저 의심을 하시오. 하나뿐인 딸아이도 마음대로 못 보게 하였다는 소리에 하마터면 내가 기함을 할 뻔하였소이다. 권 아우가 착했기에 망정이지 나였다면 그까짓 역모 열 번도 더 하였겠소. 에잉! 몹쓸 양반 같으니라고."

"……내가 잘못하였네."

놀랍게도 왕은 바로 꼬리를 내렸다.

이제까지 날카롭게 추궁했던 것이 모두 거짓이기라도 한 듯 잠시 안절부절못하더니 급기야는 어물거리며 어겸의 눈치를 살피기 시작하였다.

"이보게, 아우. 그냥 장난이었다니까."

"됐소이다. 내 더러워서 이놈의 궐에는 다시 안 들 것이오."

"어허, 그러면 아니 되지. 고작 장난한 것 가지고 사람이 그러면 쓰나."

대체 이게 다 무슨 일이란 말인가.

놀란 오복이 눈동자가 둥그렇게 커진 채 두 양반 사이를 바쁘게 오가고 있었다.

"걱정 말아라, 아가. 저 양반이 공연히 장난을 친 거란다."

"자, 장난이요?"

"암만! 까짓, 만나고 싶으면 만나면 되는 것이지. 그것이 무어라고 어명까지 받겠느냐. 그리고 그놈의 면사철권인지 뭔지는 나도 가지고 있느니라. 화가 나서 던져 버린 적도 있는데 그까짓 것 가지고 무슨 유세인지 원."

그리 말하면서 어겸은 도끼눈을 뜨고 다시 왕을 노려보았다.

"화령부에 사람 보낼 터이니 그리 아십시오."

"크흠, 알았대도 그런다. 단단히 삐쳐 있을 테니 내 대신 잘 달래 보게."

사고 쳐 놓고 뒷수습을 맡기는 사람처럼 얄미운 사람이 또 있을까.

어겸에게는 왕이 딱 그러했다. 해서, 오늘따라 눈빛이 곱게

292

나가지 않았다. 헌데, 그런 것도 무시하고 저 양반이 하는 소리 좀 보소.

"그저 장난이었거니. 사실은, 내가 그 정도는 다 들어주려 하였느니라."

"예에."

"그래, 회임을 하였다고? 감축하노라. 참으로 잘되었구나. 허면, 회임 선물로는 무엇을 하여 줄까?"

아무것도 필요 없사옵니다!

왈칵 소리치고 싶은 마음을 꾹 누르고 오복은 그저 어색하게 웃었다. 결국은 자경이 나서서 '금원 산책이나 하게 하여 주십시오.' 하고 고하여 간신히 먼저 자리를 뜰 수 있었다.

"잘 자랐구먼."

상궁 나인의 안내를 받아 금원으로 향하는 오복을 보며 왕이 문득 말했다.

"생전의 제수씨를 보고 있는 것만 같았다네."

"그렇지요. 저 아이가 안사람을 많이 닮긴 했습니다."

"쯧쯧, 불쌍한 것. 제 어미 얼굴도 모르고 자랐으니 속이 오죽이나 허전할까."

"제가 어미 몫까지 해야지요."

"미안하네. 자네에겐 온통 미안한 일뿐이야."

"그러실 것 없습니다. 저 아이가 그러지 않았습니까. 그저 다 운명이었다고요."

그 말에 왕이 가만히 고개를 끄덕였다. 그러더니 한쪽 눈썹을 삐죽 올리면서 덧붙였다.

"헌데, 사위 놈이 참 얄밉더구먼. 감히 내게 훈계를 해? 고얀 놈 같으니라고. 저놈 길들이려면 자네도 고생을 좀 하겠으이. 흐흐흐."

"끄응. 내 팔자야."

골머리를 앓는 소리가 벌써부터 요란하였다.

그런 것을 아는지 모르는지, 자경은 오복의 손을 잡고 천천히 금원을 거닐고 있었다.

"이제 진정이 좀 되었소?"

"후우, 예. 이러고 있으니 조금 나아지는 것 같습니다."

단풍이 곱게 물든 길을 따라 천천히 걸으면서 오복이 그나마 밝아진 안색으로 방긋 웃었다.

"헌데, 서방님께서는 두렵지 않으셨습니까?"

"음?"

"아까 전에 말이어요. 전하께서 '네가 지금 나를 훈계를 하는 것이냐!' 하실 때 소첩은 놀라서 그만 간이 떨어지는 줄 알았습니다. 어찌 그리 무모하십니까?"

"하하! 난 또 무어라고. 사실, 나는 걱정 같은 것은 하지 않았소. 무서운 분이긴 하나, 지은 죄가 없는데 공연히 벌을 주실 분은 아니라 생각하였거든."

"그 거짓말이 참말이셔요?"

"참말이래도요."

자경이 턱을 치켜들고 짐짓 잘난 척을 하였다. 그런 그를 가

294

만히 보다 오복이 다시 말하였다.

"그래도 다음부터는 절대로 그러지 마시어요. 서방님은 괜찮으실지 몰라도 소첩의 간이 떨어진단 말입니다."

"하하하, 알았소. 명심하리다. 허나, 사실 그 약조는 내가 받아야 할 것이오. 제발, 다시는 다른 이를 먼저 생각하느라 스스로 위험한 일을 도맡아 하지 말아 주오. 부탁이오. 응?"

"별로 위험한 일은 아니었는데…… 예에, 약조하옵니다."

고집 센 눈매에 힘이 들어가려는 것을 보고 오복이 잽싸게 말을 바꿨다. 화를 내는 일이 워낙 드물긴 하지만 일단 그가 한 번 화를 내기 시작하면 뒤끝이 길다는 것을 잘 알고 있는 까닭이었다.

"참말입니다. 다시는 위험한 일을 하지 않겠습니다."

"그대는 나의 생명이오. 내가 만일 장인어른처럼 그대를 잃고 홀로 된다면 나는 도저히 남은 생을 살아갈 수 없을 것이오. 허니, 제발 스스로를 소중히 여겨 주시오."

자경은 오복의 손을 잡고 간곡히 말하였다.

처음 본 순간부터 마음에 들어온 이 사람이 너무 소중하여 그는 종종 불안해질 지경이었다. 어느 틈에 커진 마음인지 이제는 그녀 없이 산다는 것은 상상도 할 수 없었다. 오죽하면, 장인과 더불어 팔불출 소리를 나란히 듣고 있을까.

"사랑하오."

문득, 감정이 치받쳐 자경은 조금 격하게 외쳤다.

"그대를 너무 사랑하여 가끔은 나도 내가 제정신이 아닌 것만 같소이다."

"서방님."

"다른 데 보지 마시고 오직 나만 보아 주오."

"예. 소첩의 마음이야 처음부터 오로지 서방님의 것인 줄 잘 아시면서."

"그래도 이렇듯 확인을 하여야 마음이 놓이는 것을요. 나를 사랑하시지요?"

"예. 은애하옵니다. 오직 서방님만을 은애하옵니다."

눈물까지 글썽이며 오복은 고개를 끄덕였다.

제게로 퍼부어지는 사랑이 너무 커 가슴이 온통 뿌듯하여졌다. 이리 아름다운 사내에게 일편단심 굳은 사랑을 받고 있다는 사실이 어쩐지 믿기지 않아 혼자 있을 때면 가끔 남몰래 허벅지를 꼬집어 볼 정도였다.

"소첩도 제가 가끔 미친 것만 같습니다."

드넓은 품에 얼굴을 묻으며 오복은 그렇게 중얼거렸다. 그러자 곧 단단한 두 팔이 다가와 그녀의 작은 몸을 꽁꽁 감쌌다. 그렇게 한 덩어리처럼 꼭 끌어안은 채 둘은 서로의 귓가에 가만히 속삭였다.

"약조하오. 우리 두 사람 이리 사랑하며 오래오래 삽시다."

"예, 예!"

두 사람의 머리 위로 따스한 오후의 긴 햇살이 쏟아지고 있었다.

"사형, 아무래도 이건 좀 아닌 것 같습니다."

전각 모퉁이 뒤에 숨어 나란히 쪼그리고 앉은 채 자경이 불쑥 말했다.

"과거 급제한 지 이제 겨우 한 해가 될까 말까인데 벌써 파직당할 일을 만들다니요."

"야, 그럼 어쩌란 말이냐? 사실을 적기는 해야겠고 안으로 들여보내 주지는 않는데."

"아니, 안 들여보내 주면 안 적으면 그만이지 예까지 숨어들 건 또 뭡니까?"

"흥! 그거야 직접 보고 듣지 않은 일을 적을 수는 없으니까 그렇지. 사관은 목에 칼이 들어와도 어디까지나 사실만을 적어야 하는 거다, 오직 사실만을!"

말마따나, 오직 사실만을 전하기 위해 희도는 하루 종일 왕의 뒤꽁무니를 졸졸 따라다니고 있었다. 마치 적의 동정을 염탐하려는 첩자나 되는 것처럼 기침하는 순간부터 침수를 들 때까지 따라다니며 그분의 일거수일투족을 낱낱이 기록으로 남겼다.

얼마나 집요하고 철저한지 '그 일은 남기지 말라' 고 하면 '남기지 말라고 하시었다' 라고 적는 식이었다. 그러더니 하다 하다 이제는 이렇게 편전에까지 몰래 숨어들었지 뭔가.

"모르긴 해도, 이러다 들키면 전처럼 곤장을 맞는 정도로 끝나지 않을 겁니다."

"까짓, 설마 죽이기야 하겠냐."

"죽는 건 당연히 안 되고 귀양도 어지간하면 안 됩니다. 누누이 드리는 말씀이지만 저는 홀몸이 아니란 말입니다. 고작 이런 일로 죽거나 귀양을 가게 되면 아마 장인어른이 먼저 저를 죽이려고 들 겁니다."

"그럼 나 혼자 들어갈 테니 너는 예서 망을 보든지."

말도 안 된다. 매 시각마다 관군들이 순찰을 도는데 망을 본답시고 이대로 있다가 혼자 무슨 꼴을 당하라고!

자경의 얼굴에 독기가 어렸다. 그러더니 엉덩이를 털고 일어서면서 툭 내뱉었다.

"차라리 같이 들어가서 죽읍시다."

움찔.

"까짓, 저야 이미 혼인도 해 보았고 제사를 지내 줄 자식도 남겼으니 크게 아쉬울 것도 없습니다."

"……!"

이번엔 희도의 얼굴이 일그러졌다.

그는 아직까지 혼인도 못해 보았고 그러다 보니 당연히 제사 지내 줄 자식도 없었다. 있는 거라곤 망나니 같은 아들이 장가갈 날만을 이제나저제나 손꼽아 기다리고 있는 늙은 아버지뿐이었다.

"끄응. 그래도 포기할 순 없어. 분명히 저 안에서 무슨 일이 벌어지고 있단 말이다."

짐승처럼 눈을 번뜩이면서 희도가 짙은 어둠에 휩싸인 편전을 노려보았다.

일각 전, 몇몇 종친들이 은밀한 부름을 받고 편전으로 들었다. 딴에는 쉬쉬한다고 했지만 그들이 궐에 들기도 전에 이미 소문은 다 났다. 오늘 편전에서 무언가 중요한 일이 있을 거라고 말이다.

"저런 열성의 반만이라도 기울여서 여인을 쫓아다녔으면 진즉에 장가를 가고도 남았을 텐데……."

고양이처럼 소리 하나 내지 않고 살금살금 움직이는 희도를 보며 자경은 짧게 혀를 찼다. 그러면서 곧 자신도 발소리를 죽인 채 조심스럽게 희도의 뒤를 따랐다. 어쨌거나 사관인 이상 왕의 모든 것을 사실 그대로 기록하긴 해야 했다.

다행히 잠입은 쉬웠다.

비밀스러운 이야기를 나누기 위해 왕이 모든 이들을 삼장 밖으로 물리쳤기 때문이었다. 그리하여 신발을 벗어 품에 안은 다음 어찌어찌 들키지 않고 안으로 들어섰을 때였다.

"아니 되옵니다!"

겹겹이 닫힌 방문 너머에서 누군가의 고함 소리가 터져 나왔다.

순간, 희도와 자경은 얼어붙은 듯 움직임을 멈춘 채 잠시 서로를 바라보았다. 그리고 거의 동시에 방문에 귀를 바짝 가져다 대고 달라붙었다.

"그만한 일로 세자를 폐하시다니요!"

"그만한 일이라니. 이미 그 도가 넘어 사방이 들끓고 있소이다. 남의 첩을 빼앗아 몰래 궐에 들이어 살림을 차리고도 하는 소리가 뭐라? 아버지도 하는 일을 나는 왜 하면 아니 되냐고? 무에 그런 막 되어 먹은 놈이 다 있던가!"

"하오나, 적장자이십니다!"

"그래서 고민하고 또 고민하였소. 허나, 그때마다 놈은 짐에게 실망만을 안겨 주었지. 놈은 글러먹었소. 이제 와 깨달았거니 왕으로서의 자질이 심히 부족한 것이오. 그런 놈에게 이 나라를 물려주고 내 어찌 편히 눈을 감을 수 있을 것인가."

"역사의 수많은 선례가 있사옵니다. 이대로 정녕 왕실의 분란을 자초하시렵니까. 통촉하여 주시옵소서, 전하!"

충심 어린 절절한 울음소리가 낮게 흐르고 흘러 자경들의 귀에까지 이르렀다. 세자를 폐한다는 소리에 놀라 그들은 이미 숨 쉬는 것도 잊고 있었다. 그 사이에도 '이러하옵니다, 저러

하옵니다.' 하는 소리가 몇 번이나 방문을 두드리고 사그라졌
다.

"이미 결정이 난 일이오. 더는 말하지 맙시다. 날이 밝으면
모든 일이 절차에 따라 이루어질 것이니."

"하오시면, 어느 분을 세자의 자리에……."

"다행히 셋째가 총명하고 덕이 많으니 그 아이로 정하였소."

"으음."

나직한 침음(沈吟)을 끝으로 방안은 곧 적막한 고요에 휩싸
였다. 간혹 나직하게 두런거리는 소리가 더 들리기는 하였으나
대개는 그들도 익히 알고 있는 대소신료들의 주청과 넋두리에
가까운 왕의 하소연들뿐이었다.

'이만하고 갑시다, 사형.'

인상을 잔뜩 쓰고 문짝에 딱 달라붙어 있는 희도의 옷자락
을 슬며시 잡아끌며 자경이 밖을 향해 고갯짓을 하였다. 더 있
다가 누군가에게 들키기라도 하면 일이 많이 복잡해질 터였다.
말마따나, 곤장으로 끝날 수준의 일이 아니었다. 훔쳐 들은 이
야기가 지나치게 엄중하여 여차하면 목숨이 위험해질 수도 있
었다.

"알고 있었냐?"

쥐새끼처럼 살금살금 물러나와 신도 제대로 못 신고 허겁지
겁 달아나면서 희도가 물었다.

"뭘 말입니까?"

"임이 결국은 저리될 줄을 알고 있었느냔 말이다."

"그 뜻보 대군이 세자 저하가 되실 줄 알았느냐고 묻는 거라면 아닙니다!"

누가 들을세라 잔뜩 숨죽인 소리로 대답하며 자경은 부지런히 발을 놀렸다. 그리 멀지 않은 곳에서 순찰을 도는 관군들의 발소리가 들려오고 있었다. 그 소리를 피해 어둠 속으로 몸을 숨기며 자경은 저도 모르게 편전을 돌아보았다. 미처 하지 못한 말이 입안에서 맴돌고 있었다.

'그저 그랬으면 하고 바라기는 하였습니다만.'

바라기는 하였으나 정말로 그리될 거라는 생각은 하지 않았다. 그간 숱한 상소와 주청에도 불구하고 꿈쩍하지 않았던 왕의 고집과 그분의 세자를 향한 사랑이 얼마나 깊은지를 잘 알고 있는 까닭이었다.

장인어른께서도 그러지 않았던가. 어렵게 얻은 귀한 아들이라, 세자는 어릴 적에 부왕의 무릎 위에서 자라다시피 하였다고 말이다. 그런 아들을 내려놓기까지 왕은 무던히도 마음고생을 하였을 터였다.

"일이 공교롭게 되었는걸."

관군들이 지나가기가 무섭게 숨어 있던 곳에서 어기적거리며 나타난 희도가 무심히 중얼거렸다. 그러면서 문득 자경을 바라보는데 그 눈빛이 심히 불량하였다.

"아무래도 수상하단 말이지."

"뭐가 말입니까?"

"세자를 폐하라고 대소신료들이 그렇게 주야장천으로 주청을 드릴 땐 꿈쩍도 않으시더니 왜 갑자기 마음을 바꾸셨는가 말이야."

"그야, 세자께서 해도 너무하셨으니……."

"글쎄, 과연 그 이유뿐일까?"

알 듯 모를 듯한 말을 중얼거리며 희도는 짐짓 자경의 눈치를 살폈다. 그러더니 아무렇지도 않은 척 휘적휘적 걷다가 또 물었다.

"그나저나 자네 장인께서도 이 일을 알고 계신가?"

"설마요."

"분명히 알고 계실 걸세. 내 짐작인데, 일이 이렇게 된 데에는 아무래도 그 양반의 입김이 들어갔지 싶어. 며칠 전 밤에 주상께서 은밀히 잠행을 나가지 않으셨던가 말이야."

'어디로 갔었는지는 너도 잘 알고 있겠지.' 하고 묻는 듯한 시선이 곧바로 날아왔다. 물론, 자경은 잘 알고 있었다. 밥 먹다 말고 불려 나간 기억이 아직도 생생한데 어찌 모를 수 있을까. 그래도 모른 척 그는 입을 굳게 다물어 버렸다.

당시, 왕은 그저 장인어른과 마주 앉아 아무 말 없이 술잔을 주거니 받거니 하다 돌아가 버렸고 덕분에 그는 오늘까지도 이런 결과가 나올 줄은 꿈에도 모르고 있었다. 그러니 말 하고 싶어도 딱히 할 말이 없을밖에.

"그래도 나쁜 일은 아니지 않습니까?"

간신히 얼떨떨한 기분에서 벗어나 차분한 마음으로 궐을 돌아보며 자경이 말했다.

"적어도 우리는 백성을 긍휼히 여길 줄 아는 다정하고 똑똑한 왕을 섬기게 될 것 같으니까요."

자경의 말에 희도가 마치 그제야 깨달았다는 듯 눈을 둥그렇게 떴다. 폐세자만 생각하느라 미래의 왕이 바뀌었다는 사실까지는 미처 깨닫지 못하고 있었던 것이다. 그런 그를 향해 자경은 빙긋 웃어 보였다.

"그러면 된 겁니다, 사형."

"그, 그런가?"

"그렇다니까요."

약속이나 한 듯 둘은 어느새 나란히 고개를 끄덕이고 있었다.

"아버지!"

움찔.

날카롭게 찢어지는 고함 소리에 놀라 어겸은 저도 모르게 어깨를 떨었다. 주춤주춤 돌아보니 딸이 허리에 두 손을 착 얹은 채 그를 노려보고 있었다. 순간, 어겸은 크게 당황하여 저도 모르게 손부터 내저었다.

"아니, 그게 아니라……."

"그리 하지 마시라 하였는데 또 영아 심부름을 하러 시전에 다녀오셨다고요? 그래, 고 녀석이 이번엔 무얼 사 달라고 졸랐습니까?"

"조르기는. 그런 일 없다. 크흠."

"흥! 제가 또 속을 줄 아세요? 보나마나 고 녀석이 해 달라는 대로 이것저것 잔뜩 사다가 저 몰래 들여놓으셨을 거면서."

따져 묻는 오복의 눈초리가 짐짓 가늘어졌다.

"제발 그만 좀 하시어요. 벌써부터 아이가 하여 달라는 대로 다 하여 주시면 버릇이 나빠진단 말입니다."

"어허, 버릇이 나빠지기는. 누굴 닮았는지 하는 짓이 점점 더 어여뻐지기만 하는구먼. 허허…… 크흠! 아, 알았다. 내 앞으로는 주의하마."

"약속하시는 거지요?"

"그, 그렇다는데도."

애초에 지키지도 못할 약속을 하며 어겸은 짐짓 고개를 끄덕였다. 그러면서 어느새 동그마니 부푼 딸의 배를 흐뭇한 얼굴로 바라보았다. 두 번째라, 회임을 한 지도 벌써 다섯 달을 훌쩍 넘기고 있었다.

"허허, 배 속의 우리 손자는 오늘도 무탈하신고?"

"예, 무탈하십니다. 잘 드시고 잘 놀았습니다. 헌데, 말년네에게 들으니 급하게 나가시느라 점심도 거르시었다 들었는데 시장하지 않으셔요? 서둘러 상을 보라 할까요?"

"아, 아니다. 낮것 한 끼 거르는 것이 무어 대수라고. 난 괜찮으니 신경 쓰지 말거라. 크험, 그나저나 우리 영아는 무엇을 하고 있으려나."

진즉부터 안달이 나 있었으면서 아닌 척 의뭉을 떨다 어겸은 이내 별채로 내달렸다. 그 모습을 보며 오복이 졌다는 듯 고개를 절레절레 젓고 있었다.

중문을 넘기가 무섭게 유모 손을 잡고 아장아장 산책을 하는 작은 계집아이가 눈에 들어왔다. 이제 갓 서너 살이나 되었을까? 복숭아처럼 통통하고 뽀얀 두 볼에 영리하게 반짝이는 까만 눈망울을 가진, 깨물어 주고 싶을 만큼 귀여운 아이였다. 발견하는 순간, 어겸의 입이 벌써부터 함지박만 하게 벌어졌다.

"영아!"

"하아부지!"

"오냐, 오냐 우리 강아지. 우리 어여쁜 강아지가 할아비를 기다렸느냐?"

두 팔을 벌리고 달려가 아이를 담뿍 안아 든 어겸이 눈물마저 글썽이면서 부르짖었다. 그 모양을 보고 유모는 또 남몰래 웃음을 삼켰다. 고작 반나절 떨어져 있었을 뿐인데 때마다 이리 유난을 떠니 처음엔 애틋하였다가 이제는 웃음이 먼저 나는 것이다.

"영아는 하부지 보고 싶어쩌."

"어이쿠, 그랬느냐? 불쌍한 내 강아지. 할아비도 우리 애기가 보고 싶었단다. 그래서 이렇게 부리나케 달려왔지. 자자, 이것 좀 보아라. 할아비가 무엇을 가져왔을까?"

"으응, 꽃신?"

"오냐, 할아비가 우리 영아 꽃신을 가져왔지."

헤벌쭉 웃으며 어겸은 품을 뒤져 앙증맞은 신을 내놓았다.

며칠 전에 갖바치를 불러 특별히 맞춘 아기 꽃신이었다. 다 되면 어련히 알아서 가져올까마는 아이가 지난밤부터 꽃신을 찾자 참지 못하고 먼저 달려가 무섭게 재촉을 해 받아 온 것이었다. 밤을 꼬박 새워 만들었다며 울먹이던 갖바치의 하소연이 아직도 귀에 선했다.

"잘 맞는지 어디 한번 신어 보자꾸나."

흙바닥에 직접 무릎을 꿇고 앉아 어겸은 아이의 발에 신을 신겨 주었다. 알록달록한 꽃신 속으로 작은 발이 쏙 들어갔다.

신이 꼭 맞자 아이는 신이 나서 댕기머리 휘날리며 나비처럼 팔랑팔랑 걸어 다녔다. 그 모습을 어겸은 홀린 듯 바라보았다. 흡사, 함께해 주지 못했던 딸의 어린 시절을 보고 있는 듯한 느낌이었다.

"이번엔 신발입니까?"

감동에 젖어서 보고 있는 사이 기척도 없이 나타난 기다란 그림자 하나가 곁으로 다가와 섰다. 주는 것 없이 괜히 얄미운 사위 놈이었다.

"안 그래도 너무 오냐오냐하시는 것 같다고 안사람이 걱정을 하더이다."

"오냐오냐하기는. 이 정도는 다들 하는 것이지 무어. 자네는 아마 모를 것이야. 남들은 늘상 하고 사는 이런 일을 내가 그간 얼마나 하고팠는지."

안다. 왜 모를까. 그 소리도 앞으로 열 번만 더 들으면 백 번을 채우는데.

딸이 태어난 순간부터 날이면 날마다 들어온 말이라 이제는 때마다 그러려니 하는 정도를 넘어 한숨이 먼저 나오는 지경에 이르렀다. 거기에, 하고팠던 것은 또 왜 그리 많은지 하루가 멀다 하고 '이것도 해 보자', '저것도 해 보자'며 일을 벌이기 일쑤였다. 덕분에 딸은 벌써부터 제 할아버지와 붙어 다니며 말괄량이 기질을 쑥쑥 키워 가고 있었다.

"들어오면서 들으니 아무래도 둘째는 아들일 것 같다 합니다. 경덕 어멈이 안사람의 배를 보고 사내애라고 했다나요?"

아장아장 걸어 다니는 딸을 조금 아득한 시선으로 바라보며 자경이 말했다.

"호오, 그래? 잘됐구먼, 잘됐어. 허허허, 우리 영아가 남동생을 가지게 되겠구나."

"예, 저도 참 잘된 일이라고 생각합니다. 둘째도 딸이면 또 장인어른께 빼앗길 게 아닙니까."

"흥! 흰소리는. 낮에는 나랑 놀면서도 밤이면 꼭 제 아비 품에 안겨 잠드는 걸 누가 모를 줄 아느냐?"

"그거야, 제대로 얼굴을 볼 시간이 그때뿐이니 그런 것이고요. 다행히 앞으로는 여유가 조금 생길 것 같긴 합니다만."

"음?"

네 주제에 웬일이냐고 묻듯 어겸이 그를 돌아보았다. 그에, 자경은 마치 관찰하듯 그의 얼굴을 살피면서 말했다.

"전하께서 세자를 폐하시겠답니다."

"……."

"놀라지 않으십니까?"

"뭐, 겨우 그깟 일을 가지고 놀라기씩이나."

"홋! 혹, 알고 계시지 않을까 생각했습니다만 역시 그랬군요."

"그래서 서운하다는 것이냐?"

"아닙니다. 오히려 안심이 되었습니다. 요즘 제 딸아이 뒤만 졸졸 따라다니고 계시어 세상일은 다 잊고 사시는 줄 알았거든요."

"예끼, 이놈! 내가 중이더냐, 세상일을 다 잊게."

어겸이 짐짓 화를 내듯 소리쳤다.

"일을 하다 보면 관심을 두지 않아도 저절로 알게 되는 것이 있느니라. 장사의 근본이 사람이듯 나라의 근본도 사람이다. 아무 관계없는 듯 보여도 세상의 큰일이란 대개 민심을 따라 흐르는 법이니라."

"그 말은 곧 민심이 세자를 떠나 셋째 대군께로 이어졌다는 뜻이군요."

"영리한 아이지. 아직 준비는 되지 않았으나 기회가 주어지면 분명히 제 몫을 해내고도 남을 녀석이야. 자리가 사람을 만든다고도 하지 않더냐."

자경은 가만히 고개를 끄덕였다.

아직 갈 길은 머나 대군이라면 적어도 지금의 폐세자처럼 변하지 않을 거라는 확신이 있었다. 그래서 새로 발령이 난 자리노 기쁜 마음으로 받아 든 것이다.

"아, 저희 춘궁으로 발령이 났습니다."

그제야 생각났다는 듯 자경이 말했다.

"새로 세자가 되신 분을 가르치라더군요. 재미있겠지요?"

"허! 어디 가르칠 사람이 없어서 과거에도 간신히 붙은 사고 뭉치 놈들을……."

타박을 하려다 어겸은 슬그머니 입을 다물었다. 돌아보니 자경이 어느새 환하게 웃고 있었다. 어쩐지 희망으로 가득 찬 듯 보이는 얼굴이었다. 그런 얼굴로 그는 아장아장 걷는 제 딸을 보고 있었다. 그 모습이 생각보다 보기 좋았다. 어겸의 시선이 공연히 하늘로 향했다.

"거 날씨 한번 좋구나."

햇볕 가득한 봄날의 오후가 깊어 가고 있었다.

後 二

동창이 부옇게 밝아 오는 새벽녘이었다.

"아이, 간지럽습니다."

방만하게 풀어헤쳐진 옷자락 사이로 숨어든 예의 없는 손을 살며시 밀어내며 오복이 짐짓 입술을 삐죽였다.

"밤새 괴롭혀 놓으시곤 또 탐하시면 소첩더러 어찌하라고 이러셔요?"

"흥, 괴롭히다니. 억울하오. 간밤에는 분명히 그대가 먼저 끌어당겼으면서."

"그거야, 그저 입만 맞춰 달라 한 것인지 옷고름까지 풀라는 뜻은 아니었지 않습니까."

"말도 아니 되오. 허면, 그때는 왜 내 손을 밀어내지 않았단 말이오?"

탐스럽게 드러난 수밀도로 다시 손을 가져가며 자경이 투덜거렸다. 회임을 한 몸이라 예민해진 터라 손을 대기가 무섭게 탱탱한 가슴 끝에서 짙은 선홍빛 유두가 금방 곤두섰다. 그것을 은근한 손길로 어루만지며 자경은 사슴의 그것처럼 여린 목덜미로 입술을 가져갔다.

"으음. 소첩도 배 속의 아기씨를 생각하여 밀어내려 하였사와요. 헌데 참말 이상도 하지. 서방님의 손길만 닿으면 저도 모르게 정신이 혼미하여진단 말입니다."

"후후, 참이오? 그럼, 이리 만져 주면 어떻소?"

"아이, 아니 되어요. 그만하시어요. 이제는 참말 일어나야 한단 말입니다. 모처럼 와서는 늦잠이나 잔다고 혼을 내실까 봐 두렵단 말이어요."

"으응, 그럼 조금만."

"으훗! 서, 서방님!"

앙탈을 부려 봤지만 이미 늦었다.

유려한 목덜미를 따라 흘러내린 입술은 이미 훤히 드러난 가슴 위로 내려앉고 있었다. 오뚝 솟은 유두를 혀끝으로 살살 간질이다가 베어 물 듯 한껏 입에 물고 빨았다.

"아아!"

오복은 저도 모르게 허리를 휘며 나직하게 신음했다.

익숙한 쾌감이 등허리를 타고 머리끝까지 치솟는 것만 같았다. 허벅지 사이를 더듬는 은근한 손길에 이불을 움켜쥔 손이 바들바들 떨렸다. 참아 보려 해도 앙다문 입술 사이로 자꾸만

야릇한 신음이 흘렀다. 정신이 바로 혼미해졌다.

날마다 겪는 손길인데 질리기는커녕 어째서 점점 더 좋아지기만 하는지 모를 일이었다.

"아, 아니 되는데……."

"참말 아니 되오?"

"아훗!"

오복의 앙탈에 자경은 손을 뻗어 은밀한 곳에 숨겨진 작은 꽃봉오리를 톡 건드렸다. 한껏 예민해진 상태인지라 벌써 촉촉하게 젖어 들던 몸이 바로 반응을 보였다.

귀엽게 신음하며 매달리는 아담한 몸뚱이를 끌어안고 자경은 음흉하게 웃었다. 그러곤 살짝 벌어진 앵두 빛 입술에 깊게 입 맞추면서 그녀를 돌려 안고 통통한 엉덩이 사이로 슬며시 허리를 놀렸다.

다시 회임한 지 벌써 다섯 달이지만 배는 아직 많이 부르지 않은 몸이었다. 그래도 혹 탈이 날세라 봉긋한 배 아래에 푹신한 이불을 받쳐 준 다음 자경은 그녀의 뒤에서 조심스러운 동작으로 한껏 달아오른 제 물건을 밀어 넣었다.

"아아!"

몸을 빠듯하게 가르며 들어오는 뜨거운 물건의 감촉에 전율하며 오복은 작게 진저리를 쳤다. 아무리 겪어도 묵직하고 거대한 사내의 크기는 도통 익숙해지질 않았다. 그에, 그녀는 벌써 아래를 그득히 채우는 물건을 온전히 받아들이기 위해 흡사 삭살에 꿰인 듯 바르작거리며 나리를 너 넓게 벌렸다. 그러자

느릿느릿 파고들던 것이 단번에 쑥 쳐들어와 그녀의 몸을 활짝 열어젖혔다. 몸이 붕 떠오르는 것만 같았다.

"아흑!"

"으음."

미친 듯이 조여 오는 뜨거운 속살의 감촉에 신음하며 자경은 가만히 숨을 골랐다.

그의 아이를 낳고, 다시 회임을 한 몸임에도 불구하고 아내의 몸은 여전히 처녀의 그것처럼 좁고 빡빡하였다. 덕분에, 안 그래도 달아오른 몸이 더 뜨거워지면서 한순간 이성을 잃을 것처럼 정신이 다 아찔하여졌지만 그는 배 속의 아이를 위해 초인적인 인내력으로 견뎌 냈다. 그러곤 당장이라도 달리고 싶어 안달하는 제 물건을 달래듯 천천히 허리를 움직였다.

아랫도리에 와 닿는 통통한 엉덩이의 감촉이 오늘따라 못 견디게 부드러웠다. 허리를 튕겨 올릴 때마다 함께 흔들리는 아내의 다리를 더 높이 치켜들자 은밀한 부위가 더 활짝 벌어지면서 촉촉이 젖은 붉은 속살이 그의 물건을 쑥 빨아들였다. 순간, 눈앞이 하얗게 달아올랐다.

"서방님, 제발……. 으흑! 아앗!"

정신이 혼미했다.

오복은 점점 더 빠르게 들썩이는 허리를 간신히 추스르며 가쁜 숨을 몰아쉬었다. 뜨겁게 달아오른 아랫배에 힘이 들어가면서 몸 깊은 곳이 미친 듯이 간질거렸다. 안에서부터 뜨거운 무언가가 넘칠 듯 말 듯 숨 가쁘게 차오르고 있었다.

"제발, 어떻게 좀 해 주시어요. 서방님! 아학, 으훗!"

결국, 오복은 두 손 모아 애원을 하고 말았다. 몸이 온통 후끈 달아올라 정신마저 어떻게 될 것만 같았다.

꼬끼오!

멀리서 첫닭 우는 소리가 아련하게 들려오고 있었다.


"아이고, 낯짝도 두껍지. 제 처지에 감히 누굴 바라보누?"

"그러게나 말입니다. 아무리 막내 서방님께서 손목을 잡아 끌었어도 그렇지. 사람이라면 그럴 수가 없지요."

"참말, 내 살다 살다 그리 염치없는 것은 또 처음 보네그려."

아랫것들이 수군거리는 소리가 찬간의 문턱을 넘어왔다.

마침 주전부리가 당기던 참이라 찬모 시켜 교자나 좀 빚게 할까 하여 나온 길이었다. 친정에서라면 숙수가 늘 챙겨 주기에 따로 명할 것도 없었지만 시댁의 살림이라 나름 조심한다고 한 것인데 그곳에서 뜻밖에도 원치 않았던 이야기를 듣게 된 것이다.

"막내 서방님께서 뉘 집 처자의 손목이라도 잡으신 겐가?"

이혼을 한 이후 줄곧 홀로 지내고 계신 분을 생각하며 오복은 작게 고개를 갸웃거렸다.

사은사로 가시는 아주버님을 따라 대국에 다녀온 뒤에 몇 군데서 중매가 들어오기도 하였지만 그때마다 거절하였다는 소리를 늘은 기억이 있었다. 발년네에게 들으니 그 일로 얼마

전에는 어머님께서 아예 불러다 놓고 '장가 아니 갈 거니?'
하고 잔소리까지 하셨단다.

"올해는 경사가 연달아 있으려나 보네."

시아버님의 유배도 곧 풀어진다 하고 마침 공주 자가 댁에
도 경사가 있을 듯하다는 소식을 들은 참이라 기대가 한껏 부
풀었다.

그에 방싯 웃으며 오복은 잰걸음으로 안채를 나섰다. 서방님
께 청하여 막내 서방님의 속내를 넌지시 떠보라 할 참이었다.
그분의 마음에 든 처자가 있다면 그것이 누구든 잘 연결하여
보리라 작심하면서. 그런 그녀가 뜻밖의 일을 목격한 것은 바
로 그날 오후의 일이었다.

"참말 괜찮겠소?"

"아이, 괜찮습니다. 아직 몸이 많이 무거운 것도 아니고요,
또 이제는 말이 익숙하여 불편한 줄도 모르겠습니다. 허고, 가
성댁이 곁에 있는데 별일이야 있겠습니까?"

"아무리 그래도 걱정이 된단 말이오. 차라리 가마를 타십시
다. 응?"

친정으로 돌아가기 위해 말을 타려는 그녀를 서방님이 극구
말리고 나섰다. 올 때는 시전 구경을 하느라 함께 손을 잡고
천천히 걸었는데 갈 때는 말을 타겠다고 하니 마음이 온통 불
안한지 거의 안절부절못하고 있었다.

"제 신분이 있는데 어찌 자꾸 가마를 탐내겠습니까? 그러다
버릇없어질까 두렵습니다. 쓸데없는 구설(口舌)을 들을까 걱정

도 되고요. 허니, 오늘은 그냥 이리 가게 하여 주셔요. 네?"

"휴우, 알았소. 대신, 가성이더러 고삐를 잡으라 하고 만일
의 일을 대비하여 되도록 천천히 가도록 하오."

"예, 그리하겠습니다."

간신히 허락이 떨어지자 오복이 냉큼 너울을 쓰고 가성댁의
부축을 받아 말 위에 올랐다. 물론, 여전히 별로 좋아하지 않
는 말군을 입은 채였다.

실랑이를 한 일이 무색하게 움직임은 순조로웠다. 말도 얌전
하고 거리에도 별다른 일이 없어 오복은 그야말로 편안하게 앉
아 모처럼 거리구경에 정신을 쏟았다. 바로 그 때였다, 그녀의
눈에 낯익은 이의 얼굴이 걸린 것은.

"어? 저분은 막내 서방님이 아니……."

알은체를 하려다 오복은 황급히 입을 다물었다.

뒤로 길게 내뻗은 막내 서방님의 손끝에 다른 이의 손이 걸
려 있는 까닭이었다. 안 그래도 아까 전에 들은 이야기도 있겠
다, 참말 뉘 집 처자의 손목을 쥐셨구나 하는 생각에 오복의
눈이 저절로 커다래졌다.


사내다운 큼직한 손 안에 까맣게 탄 작은 손이 걸려 있었다.

언제나 생각하는 거지만 무예를 닦는 사람의 손답지 않게
희고 고운 손이었다. 그런 생각을 하느라 모질게 잡힌 손이 희
미하게 아파 왔지만 홍주는 내색하지 않았다. 어쨌거나 지금은
억센 손길에 잡혀 질질 끌려가는 중이었다.

앙상하게 말라비틀어진 손목이 몇 번이나 기워 댄 허름하고 꼬질꼬질한 무명옷 사이로 슬쩍 드러났다. 그것이 부끄러워 홍주는 그의 손을 떨쳐 내기 위해 다시 안간힘을 썼다.

"도대체 왜 이러십니까? 이것 놓으셔요."

"……."

"일하러 가 봐야 합니다. 말도 없이 이리 자리를 뜨면 또 일거리를 받을 수 없을 거여요."

"……."

"서방님!"

우뚝!

말도 없이 척척 걸어가던 사람이 그제야 걸음을 멈추었다. 그러더니 뒤를 돌아보지도 않고 물었다.

"아직도 그리 부르는구려. 그대에겐 내가 여전히 남편이라는 뜻이오?"

"그, 그것은……."

홍주의 얼굴이 당혹스러움으로 물들었다. 다급한 마음에 생각 없이 외친 말일 뿐이라고 둘러댈 수조차 없을 만큼 그녀는 크게 당황하고 말았다. 말마따나, 이제껏 그를 다른 이름으로 부를 생각을 해 보지 못한 탓이었다. 모든 것을 다 잃은 와중에 모질기까지 한 이혼서를 받았으면서도 말이다.

"그런 나를 두고 다시 다른 이와 혼인을 하려 하오?"

혼인을 하기는 누가 한다는 것인가.

왈칵 소리치려다 홍주는 가까스로 입을 다물었다.

최근에 다녀간 먼 친척이 어머니를 통해 재가하는 것이 어떻겠느냐고 물어 온 것은 사실이었다. 그러나 후처도 아니고 자식이 셋 딸린 중늙은이의 첩 자리였다. 먹고살기 힘든 처지를 생각하여 얼마간 돈을 받고 가라는 뜻이었다. 살림이 형편없다 보니 아무리 재가를 하고 싶어도 장가를 올 사내가 없을 거라면서 말이다.

전이라면 감히 꺼내 보지도 못했을 제안일망정 어머니는 그래도 내심 반가운 기색이었다. 그리 가면 적당히 체면치레는 하며 살게 해 주마 하는 약속이 오고 간 탓이었다.

그런 어머니가 못 견디게 서운하였지만 차마 내색도 못하고 홍주는 양식거리라도 번다는 핑계로 제 몸만 더 혹사하였다.

"무슨 상관이십니까?"

서러움에 홍주는 왈칵 소리쳤다.

"제가 다시 혼인을 하든, 이리 살든 죽든 대체 무슨 상관이기에 이러셔요."

"……."

"다시 찾아오지 말라 하지 않았습니까. 한 번도 돌아보지 않으셔 놓고 이제 와 어찌 이러십니까. 이리 구질구질하게 사는 모습을 보니 새삼 가여운 마음이라도 드셨습니까? 그래서 동냥이라도 주시려고요?"

"그런 것이 아니오."

"허면, 무엇입니까?"

"……나도 모르겠소."

절망 어린 표정으로 그가 말했다.

"나도 내가 왜 이러는지를 모르겠소."

"그것이 무슨……."

"돌아서고도 홀가분하지 않았소. 떠나면서도 돌아오고 싶었소. 미운데 또 그만치 미안하기도 하였소. 참말 모르겠소, 놓았다 생각하면서도 그대마저 나를 놓았을까 봐 두려워지는 까닭은 무엇인지. 나도 알고 싶소, 대체 내가 왜 이러는지 말이오."

뜻밖의 고백에 홍주의 얼굴이 멍해졌다. 참으로 무정한 사람이 아닌가. 그토록 바랄 땐 아니 주시더니……. 어쩐지 눈물이 날 것만 같은 기분이었다. 그리하여 마른 입술을 질끈 깨물고 돌아설 수밖에 없었다. 감히 그를 바라볼 수도 없을 만큼 떨어져 피폐하고 볼품없어진 제 처지가 새삼 깨달아진 까닭이었다.

이런 몰골로 그를 바라서는 안 되었다. 이렇게 초라하고 궁핍한 꼴로 그의 발목을 잡고 또다시 그를 괴롭게 할 수는 없었다. 그악한 제 성정에 진저리를 치면서 돌아서는 모습을 다시 보고 싶지 않았다. 안 그래도 그의 집안에서는 이미 오래전부터 죄인이나 다름없는 신세가 아닌가 말이다.

"헛짓입니다."

"부인."

"부인이 아니어요. 이제는 남이 아닙니까? 동정은 그것으로 되었으니 그만 돌아가시어요. 다시는 찾아오지 마셔요. 예, 저도 이제는 마음을 달리 먹겠습니다. 다른 이와 다시 혼인을 할 터이니 서방님께서도 다시 장가를⋯⋯."

갑자기 목이 메었다. '좋은 집안의, 착하고 어여쁜 여인을 다시 맞아 서로 아끼며 사셔요.' 하고 말하고 싶은데 그 말이 차마 입 밖으로 떨어지지 않았다. 언제부터인가 메마른 뺨을 타고 눈물이 뚝뚝 떨어지고 있었다.

"미, 미안하오."

멍청히 서서 소리 없이 우는 그녀를 향해 휘경이 한껏 당황한 목소리로 말했다. 아닌 게 아니라, 얼굴이 온통 당황으로 물들어 있었다. 그 모양이 우스우면서도 애달파 홍주는 더 서러워지고 말았다.

"무엇이 미안하십니까?"

"모르겠소. 그냥 미안하오. 어, 그대가 울고 있으니 갑자기 내가 큰 죄를 지은 것만 같은 기분이 들었소."

"바보같이."

바보다, 이 사람은.

"그게, 그러니까⋯⋯ 울지 마오."

잠시 망설이다 그가 어색한 동작으로 손을 뻗어 볼을 적시는 그녀의 눈물을 닦아 주었다. 참말 이상도 하지. 그 손짓 하나에 서서히 그쳐 가던 울음이 갑자기 둑 터지듯 툭 터져 버렸다. 그에, 홍주는 그제야말로 소리 내어 엉엉 울어 버리고 말았다.

"휴우, 저것이 대체 무슨 일인지 모르겠구나."

놓아라, 못 놓겠다. 가겠다, 가지 못하리라.

한낮의 대로 한복판에서 벌어지는 실랑이에 사람들의 이목이 쏠리고 있었지만 그조차 모르는 듯 두 사람은 온전히 자신들만의 세계에 빠져 있었다. 무심히 앞서 가던 서방님조차 그들을 발견하고 길을 가다 말고 멈추어 서서 바라볼 정도였는데 그런 것을 아는지 모르는지 두 사람은 이제 서로를 부둥켜안고 울기 시작하였다. 아니, 여인은 울고 막내 서방님은 당황하여 어쩔 줄을 모르고 있었다. 참으로 가관이었다.

"대체 저 처자가 누구이기에 저러실까?"

나직하게 중얼거리는 소리에 가성댁이 뜨악한 얼굴로 오복을 돌아보았다. 그러면서 말했다.

"아니, 저 얼굴을 몰라보시겠습니까요?"

"음? 아니, 그게 무슨 소리인가? 저이가 혹 내가 아는 이라도 된다는 말인가?"

"아, 아시다마다요. 잘 보셔요. 분명히 낯이 익을 터이니."

영문을 모르는 오복의 시선이 다시 두 사람에게로 날아갔다.

까무잡잡하게 탄 얼굴에 깡말라 눈만 둥그렇게 보이는 여인의 얼굴을 한동안 가만히 바라보았다. 어지간히 고생을 하며 살았는지 참으로 볼품없는 차림새에 얼굴은 꺼칠하고 지쳐 보였다.

헌데, 보다 보니 가성댁의 말마따나 그 얼굴이 묘하게 낯이 익은 듯한 것이다. 오복의 눈이 금방 휘둥그레졌다.

"설마, 동서?"

"왜 아니겠습니까요?"

"세상에!"

오복은 그제야 아랫것들이 '염치' 운운하며 수군거린 이유를 깨달았다. 그리하여 한편으로는 더더욱 모를 기분이 되고 말았다. 이미 오래전에 이혼하여 남이 된 사람들이 어찌 저러고 있느냔 말이다.

"세월이 무심한 것인가. 불과 몇 년이 지났을 뿐인데 많이도 변하였네그려. 하마터면 알아보지 못할 뻔하였어."

"듣자니, 사는 꼴이 퍽 힘들다고는 하더구먼요. 대감께서는 전라도에 위리안치 되시어 죽을 때까지 도성으로는 발도 딛지 못하게 되시었고 마님께서는 허구한 날 병치레를 하시는 모양입니다요. 허니, 산 입에 거미줄이라도 칠 요량으로 양반가의 아씨 체면도 던져두고 아랫것들마냥 날품팔이를 한다더라고요."

"그랬는가?"

그리 살고 있었구나. 귀한 집안의 외동따님으로 자란 사람이 그런 고생을 하였다고 생각하니 문득 안쓰러운 마음이 들었다.

"무엇들 하느냐. 당장 가서 저놈을 끌고 오너라."

측은한 마음으로 보고 있는데 갑자기 서방님의 입에서 호통이 터져 나왔다.

"서방님, 어찌 이러십니까?"

"아우가 남부끄러운 짓을 하고 있으니 말리려는 것이오."

"하오나……."

"혹시라도 저이를 받아들일 생각은 마오. 다른 이는 용서하여도 나는 절대 저이를 용서할 생각이 없으니. 아버님 또한 나와 같은 마음이실 것이오."

그 말에 까맣게 잊고 있던 옛일이 다시 뇌리를 스쳐 갔다. 그러나 단지 그뿐. 그때의 일이 새삼 서럽다거나 억울하다는 생각은 들지 않았다. 그저 그런 일도 있었구나 하는 마음이었다. 그러다 보니 서방님의 마음도 저절로 이해가 되었다.

예전의 일로 인하여 제 마음이 또 다칠까 염려하신 것이리라. 저 그악한 성품이 어딜 가나 싶은 것이다. 물론, 전과는 달라진 동서의 처지가 마음에 차지 않았을 수도 있으나 그런 것은 사실 아무 소용이 없다는 것을 잘 아는 분이니 그것은 더 말할 필요도 없었다. 노비나 다를 바 없이 자란 저도 기꺼이 받아들이어 아껴 주신 분이 아닌가 말이다.

"소첩은 괜찮습니다."

오복은 방긋 웃었다.

"예전 일을 다 잊었다고는 못 하나 저이에게 억한 마음은 없습니다. 소첩을 생각하여 그러시는 거라면 그만 거두시어요. 이제는 소첩이 전처럼 호락호락하지도 않지 않습니까? 지금이라면 윗동서 노릇도 야무지게 잘할 수 있을 것 같습니다."

"그래도 안 되는 것은 안 되는 거요. 나는 저이가 싫소. 저집안과 다시 이어지는 것도 끔찍하오. 허니, 공연히 설득할 생각일랑 마오."

"서방니임."

"가자!"

오복의 청이라면 그것이 무엇이든 늘 들어주시던 분이 오늘은 전에 없이 냉정하게 고개를 돌려 버렸다. 그만큼 골이 깊다는 뜻이었다.

"휴우, 갈 길이 멀겠구나."

근심 어린 얼굴로 짧은 한숨을 내쉬며 오복은 다시 두 사람을 돌아보았다. 나란히 선 모습이 아프게 눈에 밟혔다. 그러다 보니 걱정하는 마음도 불쑥 커지고 말았다.

"아무래도 힘든 길을 가야 할 것 같으이. 허나, 살다 보면 방법도 생기겠지. 그때까지 견뎌야 할 것인데……."

세상만사 쉬운 일이 어디 있을까마는, 그래도 힘든 시기를 견디면 언젠가 기쁜 날도 찾아오리라. 오복은 진심으로 그리 생각하였다. 하여, 아직 갈 길이 먼 두 사람의 앞날을 위해 조용히 복을 빌어 주었다.


— 完

## 번외. 금지옥엽(金枝玉葉)

"혼인이라니요!"

홍 부인의 입에서 비명 같은 한마디가 터져 나왔다.

나란히 앉아 있던 십수 명의 사내들이 마치 맞춘 듯 동시에 어깨를 움찔 떨었다. 하나같이 덩치가 산만 한 것이 여차하면 맨손으로 소도 때려잡을 수 있을 것처럼 생긴 젊은이들이었는데 모두들 한주먹거리도 안 되는 부인의 눈치를 살피느라 그런 덩치가 아까울 정도로 기가 팍 죽어 있었다.

"혼인이라니. 어미인 내가 허락한 적이 없는데 감히 누구 마음대로 혼인을 시킨단 말입니까."

"그것이…… 어명이라오."

"어명?"

뭐 그런 개뼈다귀 같은 것이 다 있냐고 따지려다 홍 부인은 퍼뜩 입을 다물었다. 그러더니 곧 무언가를 떠올리고는 소리쳤다.

"그 멱을 따다가 젓갈을 담가 버려도 시원치 않을 놈이!"

"크허허험! 부, 부인 고정하시구려."

"고정? 내가 지금 고정하게 생겼어? 자식 건사도 제대로 못하는 이 어린 새끼야, 내 딸은 죽어도 못 내놓으니 당장 군사를 끌고 가서 네놈의 의형인지 뭔지 하는 놈의 목이나 따오란 말이야!"

"끄응."

다다다 이어지는 폭풍 같은 고함 소리 앞에서 길재는 그만 머리통을 움켜쥐고 말았다. 변경에서 자란 장군의 딸답게 여장부 기질이 강한 그의 아내는 평소엔 단아하기 이를 데 없었으나 이렇게 가끔 화가 나면 물불을 가리지 않는 못된 습성을 가지고 있었던 것이다.

화가 난 그녀는 고작(?) 두 살밖에 어리지 않은 하늘같은 서방에게 욕지거리는 기본이고 주먹질도 예사로 퍼부었는데 다행히 덩치 차이가 큰 덕분에 맞아도 별로 아프진 않았다. 그저 정신적으로 조금 피곤할 뿐.

"어명 같은 소리 하고 있네. 그래서 어명을 따르겠다고 지금 고작 열 살밖에 안 된 딸을 볼모로 내주겠다는 소리냐!"

"볼모라니. 그냥 혼인이라니까."

"흥! 혼인은 그냥 핑계일 뿐이라는 걸 누가 모를 줄 알고. 그 압삽한 놈이 내 딸을 볼모로 잡고 지금 이 집안의 명줄을 틀어쥐겠다는 소리가 아니냔 말이다!"

길재의 얼굴이 더더욱 일그러졌다. 오냐, 그의 아내는 성격이 더러울 뿐만 아니라 하필이면 머리도 좋고 눈치도 빨랐다. 그래서 뭔 일이 있으면 한 번도 져 주는 법 없이 그를 잡고 닦달을 하는 취미도 가지고 있었다.

"도대체 네놈이 할 줄 아는 게 뭐냐. 변경을 지킨답시고 사람이나 쳐 죽이고 왕 노릇 한다는 병신 같은 의형을 두어서 토사구팽이나 당하는 것 말고 할 줄 아는 게 뭐야!"

"끄응. 잘못하였소. 내가 못난 놈이오. 하지만 일이 이렇게된 이상 형님의 명을 따르지 않을 수도 없지 않소이까. 다른 것도 아닌 어명이라는 데야. 잘 알고 있겠지만 어명을 따르지 않으면 역도가 된다오."

"이, 이, 이 덜 떨어진 위인이!"

곧 죽어도 어명을 따를 듯 굴자 홍 부인은 실망하여 이제는 울먹이기 시작하였다. 아닌 게 아니라, 잔주름이 내린 고운 눈가에 벌써부터 굵은 물방울이 그렁그렁 맺히고 있었다.

"이 나쁜 놈! 당신이 내게 어떻게 이럴 수가 있어. 열다섯에 시집와 아들만 내리 여섯이나 낳았어. 그때, 당신 나한테 뭐라고 했어? 딸만 하나 낳아 주면 원하는 건 다 들어준다고 했잖아!"

"으음."

"어렵게 간신히 하나 얻은 딸이야. 이 집안에 단 하나뿐인 딸이라고. 그 아이 혼인시켜 곁에 데리고 말년을 의지하면서 살려고 했는데 볼모로 내주자고? 그 어린것 혼자 한양으로 보내야 한다고? 차라리 당신이 보는 앞에서 같이 죽어 버리고 말지!"

차마 입에 담지 못할 악다구니를 퍼부은 다음 홍 부인은 치맛자락을 휘날리며 방을 박차고 나가 버렸다. 그러자 그때까지 숨도 제대로 쉬지 못한 채 돌처럼 가만히 앉아만 있던 사내들이 일제히 안도의 한숨을 내쉬면서 무너졌다. 그런 모습을 보는 길재 또한 어느새 주저앉아 긴 한숨을 내쉬고 있었다.

"끄응. 망할 여편네 같으니. 아무리 화가 나도 그렇지 말이야, 자식들 앞에서까지 하늘같은 서방에게 욕지거리를 해 댈 건 또 무어야."

"휴우, 그럴 만도 하지 않습니까. 사실, 어머니 성정에 칼을 뽑아 들지 않은 것만 해도 다행이지요."

"어쩌면 이혼을 당하실지도 모르겠어요."

"아버지, 참말 그 말도 안 되는 걸 어명이랍시고 따라야 한다는 겁니까? 우리 영령이를 내줘야 한다고요?"

"차라리 이참에 그냥 역모를 해 버립시다."

"젠장! 나도 허락 못 해. 나는 우리 애기 없이는 못 산다고!"

여섯이나 되는 아들놈들이 중구난방으로 한마디씩 떠들었다. 안 그래도 지끈거리던 머리가 더더욱 지끈거리는 것만 같았다. 와중에도 길재는 어쩐지 머릿수가 부족하다는 생각을 하고 있었다. 그래서 찬찬히 머릿수를 세다가 넷째가 없다는 사실을 문득 깨닫고는 물었다.

"그런데 만이 놈은 어디 갔어?"

"······."

"······."

씩씩거리던 놈들이 일제히 입을 다물었다. 아들들이 입을 다물자 이번엔 열 손가락도 넘어가는 조카 놈들을 바라보았지만 마찬가지였다. 그러다가 저만치 끝자리에서 누군가가 쭈뼛쭈뼛 손을 들었다.

"저어기······."

"······?"

"대장은 아까 전에 수하들 데리고 나가셨는데요."

"어딜 갔는데?"

"그게, 그 신랑후보인지 뭔지 하는 놈들을 쳐 죽이러 한양에 잠깐 다녀온다고······."

아이고, 두(頭)야.

길재는 아예 끙끙 앓는 소리를 내고 말았다.

"무식한 새끼, 가는 데만 해도 보름이 넘게 걸리는 길을 잠깐 다녀온다고 둘러대다니. 게다가 어명이라는데 그걸 정면으로 거스르려 들어?"

자식만 아니면 그냥 딱 때려죽이고 싶었다. 하필이면 저를 닮은 아들인 데다, 그놈보다 더 무식한 것들이 널린 곳이라서 그나마 참고 산다.

"당장 가서 잡아와!"

성난 고함 소리가 대청을 쩌렁쩌렁 울렸다. 그러자 평소엔 재빠르기만 하던 놈들이 괜히 어기적거리면서 일어나 어슬렁 어슬렁 제각각 사라졌다. 잡아오기는커녕 쫓는 시늉이나 하려는지 의심스러운 행동이었다.

그런 것을 못마땅한 시선으로 바라보다가 길재는 긴 한숨을 내쉬었다. 그러다 주위에 아무도 없다는 사실을 깨닫고는 문득 툭하니 내뱉었다.

"어명 같은 소리 하고 있네."

불만 가득한 한마디와 함께 어쩔 수 없이 입이 튀어나왔다.

"돌아가신 아버지의 유언만 아니었으면 그 내시 놈의 목을 쳐서 돌려보내는 거였는데."

고개를 빳빳이 들고 찾아와 어명 운운하던 놈을 떠올리고 길재는 으드득 이를 갈았다.

"내 딸을 데려다 양딸로 삼고 친히 국혼을 치러 주겠다고? 도성의 명문가 자제들 중에서 간택을 해? 염병할 인간 같으니! 의형만 아니었으면 그냥 확!"

안 그래도 큰 주먹에 불끈 힘이 들어갔다.

돌아가신 아버지와 태상왕 전하는 함께 요동벌판을 누비면서 자란 의형제였다. 그래서 자연스레 두 사람의 자식들인 그들도 형제처럼 자랐고 지금껏 그런 관계들이 변할 일은 없을 줄 알고 살아왔다. 가장 가까이 지내온 의형이라는 양반이 갑자기 왕이 되기 전까지는 그랬었다는 말이다.

— 공언히 권력에 욕심내지 말고 변경이나 잘 지켜라. 우리

*집안이 여기서 한 발이라도 물러나면 오랑캐가 침범한다.*

의백이 왕이 되었다고 덩달아 날치지 말라며 아버지는 그렇게 말씀하셨다. 평생 전장에서 떠나 본 적이 없는 본인처럼 이 가문에서 태어난 숙명이려니 여기라고도 하셨다. 해서, 길재는 지금껏 단 한 번도 이곳을 떠날 생각을 해 본 적도 없거니와 도성의 일을 궁금히 여겨 본 적도 없었다.

더 솔직히 말하자면, 왕 노릇을 하고 있는 의형을 부러워한 적조차 없다. 적어도 이곳에서만큼은 그도 왕이나 다를 바가 없었기에. 아니, 어떤 면에서는 저 도성에 앉아 있는 이보다 더 큰 권력을 가졌다고도 볼 수 있었다. 말 한마디로 수만에 이르는 군사들을 직접 부리는 만큼 이곳에서 그가 원하여 하지 못할 일은 거의 없으니까.

"어쩌면 그래서 경계심을 산 것일지도 모르겠군."

내내 잠잠하다가 갑자기 경계심이 생긴 이유에 대해 짐작하지 못하는 바는 아니었다. 아버지가 돌아가시고 얼마 전 의백이신 태상왕 전하마저 승하하시면서 두 집안의 관계가 전처럼 끈끈하지 못하다 여겼을 터이니 그때부터 내심 불안해진 것이리라. 더구나, 본인들도 이 화령에서부터 일어선 집안임에랴.

"감히 이 몸을 시험해 보시겠다?"

아우라고 잘만 부르면서 온전히 믿지는 못하나 보구나 생각하자 괜히 입맛이 썼다. 그의 가문이 참말로 이 변경에서 움직이지 않을 생각인지도 의심스러웠던 모양이다. 공연히 볼모까지 잡을 생각을 한 것을 보면 말이다.

"뭐, 그렇다 해도 평생 잡고 있지는 않겠지."

평생 잡고 있을 수도 없을뿐더러 아이를 지극한 정성으로 보호하지 않으면 아니 되리라. 만에 하나라도, 딸아이에게 문제가 생긴다면 그땐 일이 생각보다 커지게 될 테니까. 당장 그의 아들들이 들고 일어설 것은 틀림없고 여차하면 변경의 군사들 전체가 움직일 수도 있었다.

"혹은, 내가 미쳐서 오랑캐에게 성문을 열어 줄 수도 있겠지."

길재의 눈이 가늘어졌다. 무엇 하나 장담할 수 없는 때에 의형은 제법 위험한 도박을 감행했다. 그 결과를 그는 두 눈 똑바로 뜨고 지켜볼 요량이었다.

"그나저나 간택이라. 어떤 놈들을 골라 보내려나?"

양딸로 삼겠다니 형식으로나마 왕실에서 간택을 진행할 터였다. 그중 최종 후보에 든 놈들이 이곳 화령으로 올 예정이었다. 길재가 사윗감만은 손수 고르겠다는 욕심을 전해 둔 상태였기 때문이다.

"제대로 된 놈들을 보내야 할 것이오. 그렇지 않으면 이곳에 도착하기도 전에 모조리 죽을 터이니."

화령은 먼 곳이었다.

변경이라 곳곳에 위험이 도사리고 있는 데다 산적도 흔하고, 야인들이며 혈기 넘치는 병졸들끼리의 싸움도 심심치 않게 벌어진다. 그러니 오는 길에 불행한 일을 당한다 해도 그리 **특별**

한 일은 아니라 할 수 있었다.

"그래, 무사히 오는 놈이 있기만 하다면야 사윗감 후보로 인정해 줄 수도 있지."

중얼거리는 길재의 눈빛이 어느새 스산하게 번뜩이고 있었다.


문경은 크게 당황했다.

"화, 화령으로 간다고요?"

"그래, 이번에 간택된 부마(駙馬) 후보들을 게까지 모셔다 드리고 오라는 명이실세."

"저는 사은사를 따라 대국으로 가시는 줄 알고 있었습니다만."

"그건 다른 사람이 대신할 걸세. 그나저나 자네에겐 미안하게 되었네. 이번엔 사은사에 포함이 될 줄 알고 호언장담을 하였는데 일이 이리되고 말았으니 면목이 없네. 다음에 다시 기회가 온다면 그땐 꼭 함께 가세나."

다음번에 언제?

은밀히 말을 넣고도 꼬박 삼 년을 기다렸는데 언제 또 기회가 온단 말인가. 기회가 온다 한들 부모님께서 다시 허락을 해준다는 보장도 없었다. 이번만 하여도 사흘이나 식음을 전폐하고 드러누워 간신히 얻은 허락이었다. 심지어, '이번 한 번뿐이다.' 하는 단서까지 달렸었다.

"이제라도 아버지께서 도와주시면……. 후우, 아니지. 도와 주실 분이 아니지."

중얼거리는 문경의 어깨가 어느새 축 늘어졌다.

먼 친척뻘의 형님께서 마침 사은사의 일행으로 뽑히어 대국으로 가게 되었다는 소리를 듣고 묻어가려 하였는데 그만 일이 어그러져 버렸으니 아닌 게 아니라 실망이 이만저만이 아니었다.

"차라리 혼자라도 떠나 볼 걸 그랬나?"

당장이라도 따라나설 수 있도록 차곡차곡 꾸려 놓은 봇짐으로 시선이 갔다. 기대감에 부풀어 가서 구해 올 책이며 꼭 보고 싶은 곳도 일일이 다 적어 놓았는데 이제는 쓸모가 없어지고 말았다. 어쩔 수 없이 다시 한숨이 쏟아졌다.

"너무 그렇게 실망하지 말게."

"예에."

"저어, 정 그리 섭섭하다면 화령에라도 함께 다녀오지 않겠나?"

"화령을요?"

거기에 볼 것이 무에 있다고?

반듯하고 잘생긴 얼굴 위로 숨길 수 없는 시큰둥한 기색이 떠올랐다. 문을 숭상하는 선비로서 그는 아직 읽어 보지 못한 수많은 책과 이제껏 겪어 보지 못한 새로운 문물을 보고 배우게 될 날들만을 꿈꾸고 있었다. 일찍이 대국으로 가 보고자 한 것도 바로 그러한 열망의 한 조각이라 할 수 있었는데 뜬금없이 화령이라니?

"화령이라면 군사들이 주둔하고 있다는 전장이 아닙니까?"

"하하. 전장이라고만 하기는 그런데 뭐 크게 다르지는 않지."

"하아, 제가 무인도 아닌데 북쪽의 야인들과 대치하고 있는 전장에 가서 무얼 하겠습니까?"

"허어, 모르는 소리. 화령이 그래도 변경에서는 가장 큰 도시라네. 이곳 한양에 대기는 뭐하지만 그리 부족하지도 않아서 대국을 오가는 장사치들이 꼭 들르는 곳이기도 하지."

음?

갑자기 귀가 솔깃해졌다. 시큰둥하던 얼굴에 희미한 호기심이 어렸다. 그러자 우명은 신이 나서 떠들었다.

"사은사라면 통상 의주부에 들러 준비를 마치고 마침내 압록을 건너 대국으로 넘어가곤 하는데 우리는 중간에 따로 떨어져 화령으로 올라갈 생각이니 자네도 미리 한 번 다녀와 두면 나중에 대국에 가는 길이 조금이나마 편해지지 않겠나?"

"그, 그렇습니까?"

"그렇지. 게다가 그곳에도 대국이나 서역의 물건이며 서책들이 종종 들어오고 또 북쪽에서 할거(割據)하고 있는 야인들도 구경할 수 있다 하니 한번 다녀오는 것도 그리 나쁘지는 않을 것이야."

"으음."

"사은사의 일도 그렇지만 이런 기회가 언제 또 오겠나?"

옳은 말이었다.

사은사를 따라가는 일도 자그마치 삼 년이 걸렸는데 변경을
돌아보는 일이라고 자주 찾아올 리가 없었다. 더구나 곧 과거
를 보아 벼슬길에라도 오르게 되면 더더욱 운신하기가 어렵게
되리라. 거기에 더해 집안의 장손이기도 하니 어른들의 허락이
없이는 함부로 움직일 수도 없었다. 그런 이유로 결론은 금방
떨어졌다.

　"좋습니다. 형님과 함께 가겠습니다."

　해맑은 얼굴로 문경은 넙죽 고개를 끄덕였다.

　그때만 하여도 그는 앞으로 닥쳐올 일 같은 것은 전혀 예상
하지 못하고 있었다. 그저 새로운 것을 보고 들을 희망에 부풀
어 출발할 날만 이제나저제나 기다리고 있을 뿐이었다.

　그런 지극한 기다림 덕분이었는지 다행히 출발일은 금방 다
가왔다. 심지어 모든 준비가 순조롭기까지 하였다. 사은사를
따라 대국으로 간다 하였을 땐 깐깐하게 굴던 어머니조차 이번
엔 순순히 허락을 하여 주실 정도였다.

　"다녀오면 서둘러 네 혼처를 정하여야겠다. 네 나이가 벌써
스물을 넘기지 않았더냐."

　"그, 그렇지요."

　"네가 그리 혼자 있으니 네 아우들의 혼례도 줄줄이 밀린
것이 아니냐."

　제가 원하여 그리된 것은 아니었으나 그래도 사실은 사실인
지라 문경은 공연히 죄책감이 드는 것을 느꼈다.

　"이럴 적 정혼힌 그 이이와 그냥 혼인을 히었디면 너도 벌

써 애아버지가 되었을 것인데."

"너무 어릴 때라 그런지 저는 기억이 없습니다."

"그래, 그렇겠지. 얼굴 한 번 본 적이 없는 데다가 네 나이 고작 열 살 때가 아니었느냐. 뜻이 달라 가문끼리 척을 지지만 않았어도 열다섯쯤에는 혼례를 치러 주어야지 생각했었는데 그리 파혼하고 이 나이까지 혼자 있게 될 줄 뉘가 알았을까. 서두르자. 집안의 장손이니 네 의무가 막중하질 않느냐."

"예, 알겠습니다. 저는 어머니 뜻에 따르겠으니 그 일은 어머니께서 알아서 해 주십시오."

부끄러움 반, 무관심 반.

당장 관심을 둔 일이 있다 보니 혼인에 대해서는 상대적으로 관심이 덜할 수밖에 없었다. 싫든 좋든, 어차피 가문에서 정해 주는 집안의 여인과 하게 될 테니 혼인날까지 딱히 제가 할 일도 없을 거라는 생각이었다.

"허면, 내 그리 알고 준비를 하고 있으마. 먼 길이니 조심히 다녀오너라."

"예, 어머니."

문경은 선선히 고개를 끄덕였다.

화령은 먼 곳이라 다녀오는 데만 해도 한 달이 족히 걸리는 거리였다. 그러니 혼인에 대한 고민은 다녀와서 하여도 늦지 않으리라.

"갑자기 화령은 뭡니까?"

봇짐까지 짊어지고 대문으로 나서는데 마침 소식을 듣고 돌아와 있던 아우 자경이 배웅을 나왔다.

"그게, 어쩌다 보니 그리되었다. 헌데, 공부는 잘 하고 있느냐?"

"공부야 늘 하는 것이니 별로 대단할 것도 없습니다. 스승님께서 모자라다 탓하지 않으시어 그나마 다행이라 여기고 있을 뿐입니다. 저보다는 갑자기 먼 길 가시는 형님의 일이 더 걱정이지요. 위험한 곳이 아닙니까?"

"위험하기는. 원래 야인들이 할거하는 곳이기는 하지만 이제 우리 군사들이 주둔하고 있는 곳이라 많이 안정이 되었다고 하더라. 그리고 어차피 병부의 군사들이 함께 가는 길인데 위험할 일이 무엇이 있겠느냐."

"흐음, 부마 후보들을 호위한다 들었는데 말입니다."

"그렇지. 삼간택에 든 공자가 셋이니 그들을 데리고 화령까지 가서 최종 낙점을 받아 혼례를 치른 다음 내려올 예정이라하더라."

"오래 걸리겠군요."

"음. 족히 석 달은 걸리지 싶구나."

대답을 하면서도 문경은 벙긋 웃었다.

석 달간 듣고 보고 할 일이 벌써부터 기대가 되는 까닭이었다. 안 그래도 가는 길부터 보고 들은 것은 죄다 적을 생각으로 빈 서책도 여러 권 준비하였다.

"내 그동안 되도록 많은 것을 보고 듣고 와 네게도 전하여주마."

"허어, 참. 그리도 좋으십니까?"

"좋다마다. 하하하!"

들뜬 얼굴로 문경은 호탕하게 웃었다. 그러나 그러한 마음은 궐에서 나온 일행들과 본격적으로 합류하면서 조금 수그러들었다.

"저들입니까?"

말에 앉아 나란히 가고 있는 세 사람을 돌아보며 문경이 물었다.

"그렇다네. 명망 높은 사대부가에서 고르고 고른 인재들이지."

"그렇습니까?"

'고르고 골랐다는 인재들이 고작 저따위냐' 고 묻고 싶었지만 꾹 참았다. 어쨌거나 혼인은 저들이 하는 것이지 그의 일이 아니었기에. 그렇다 해도 의외는 의외였다.

"많이 어려 보이는군요. 먼 길을 제대로 갈 수 있을지 모르겠습니다."

"별수 있나. 가능한 쉬엄쉬엄 가야지."

쉬엄쉬엄이라. 화령까지의 길이 과연 쉬엄쉬엄 갈 수 있는 길이던가?

걱정스러운 마음에 문경은 다시 세 공자를 돌아보았다. 고만고만한 어린 공자들이 잔뜩 긴장한 얼굴로 말에 몸을 싣고 있었는데 그중 가장 어린 공자의 나이가 이제 겨우 아홉 살이라 하였다.

"신부가 몇 살이기에?"

"아, 몰랐나? 화령의 공주 아기씨께서는 올해 열하나라 하더군. 해가 지나면 열둘이 되시지."

공주 아기씨?

낯선 이름 앞에서 잠시 멈칫하였다가 문경은 이내 고개를 끄덕였다. 하긴, 부마의 짝은 공주겠지.

얼마 전 상감마마께서 화령 대장군부의 아기씨를 양녀로 삼고 공주 직첩을 내리셨다는 사실을 그는 간신히 기억해 냈다. 그러고는 곧바로 부마를 간택한다고 난리를 치른 끝에 저 어린 공자들이 선택되었다는 사실도.

말로는, 의제의 딸이니 자신의 딸처럼 여겨 그리 하노라 하였는데 그 말을 그대로 믿는 사람은 아무도 없었다.

'혼인을 시켜 한양에서 머물게 한다니…… 영락없는 볼모 신세가 되겠구나.'

척하면 착이라, 문경은 단박에 이번 혼인의 속사정을 깨달았다.

"저 아홉 살짜리는 조씨 가문의 둘째라네. 격을 맞추기 위해 개국공신 집안에서 고른 것이지."

"그렇군요."

"가운데 풍채가 좋은 공자는 한씨 집안의 막내로 올해 열두 살이고 가장 나이가 많은 공자가 올해 열넷인 저 황씨 집안의 장남이야. 다들 쟁쟁한 가문의 영윤(令胤)들이지. 그래, 자네가 보기엔 저들 중에서 누가 **낙점을 받게** 될 것 같은가?"

아니, 그걸 내가 어찌 압니까?

그런 질문은 뽑을 사람에게 하는 것이지 아무 관계없는 제삼자에게 물을 일이 아니었다.

뜨악한 기분으로 우명을 마주 보며 문경은 고개를 젓고 말았다. 그러고 보니 일행들 모두가 저 세 어린 공자들의 눈치를 보고 있었다. 부마가 되든 되지 않든 간에, 어쨌거나 저들은 쟁쟁한 집안의 자식들이니 어떻게 연이라도 맺어 둘까 하는 것이다.

"자네 같은 사람이야 신경 쓸 필요도 없겠지. 자네 집안도 저들에 비해 결코 뒤지는 것이 아니니 말이야."

"글쎄요. 그런 생각은 한 번도 해 본 적이 없어 놔서."

대답하는 문경의 얼굴이 희미하게 붉어졌다.

사실은, 워낙 엉뚱한 데 정신이 팔려 있다 보니 이제껏 제 신분을 제대로 자각할 기회가 없었다. 글을 읽고 공부를 하거나 대국으로 갈 기회를 알아보는 일 정도는 가문의 위세를 빌리지 않고도 충분히 할 수 있었던 것이다.

'과거를 보아 벼슬길에 오르면 또 달라지려나?'

공신 집안에서 태어나 형조판서를 아버지로 두긴 하였으나 한 번도 그 덕을 보려 애쓴 적이 없는 그였다. 아니, 아직은 그럴 만한 일이 없었다고 해야 옳을까?

'꼭 그리 생각할 수만도 없는 일이다. 어쩌면 나도 모르는 사이에 우리 집안의 체면을 생각한 누군가로부터 양보를 받은 적이 있을지도 모르는 일이 아니냐.'

그런 생각과 함께 문경은 저도 모르게 우명을 돌아보았다. 먼 친척뻘의 형님이라고는 하나 따지고 보면 사돈의 팔촌만큼 이나 먼 사이인데 사은사 행렬에 끼워 달라는 그의 부탁을 흔 쾌히 들어주었었다. 그가 마냥 어여뻐서 그런 노력을 하였을 까?

생각을 하기가 무섭게 이번엔 내심 부끄러운 마음이 들었다. 목에 힘을 잔뜩 주고 있는 저 어린 부마 후보들만큼이나 제가 철없는 녀석쯤으로 여겨지려 하였기 때문이었다.

'공무를 보는 사람들에게 누가 되지 않도록 정신을 바짝 차 려야겠구나.'

저는 그저 유람이려니 생각하고 따라나선 길이었지만 우명 을 비롯한 다른 이들은 목숨을 걸고 공무를 수행하는 길이었 다. 그 사실이 새삼 뼈에 와 닿는 순간이었다.


이제 갓 열 살이나 되었을까.

분이 묻어날 듯 작고 뽀얀 얼굴에 그린 듯 오목조목 자리 잡 은 고운 이목구비를 가진 깜찍한 소녀가 화려한 문양의 비단을 댄 여우털 외투를 걸친 채 말 위에 앉아 있었다.

"네 엄마는 아직도 화가 나 계시더냐?"

제 어미를 꼭 빼닮은, 흑백이 분명한 커다란 눈동자를 내려 다보면서 길재가 다 죽어 가는 목소리로 물었다.

"응. 친정으로 가 버리겠다면서 짐을 싸고 있어."

"젠장!"

친정이라고 해 봤자 엎어지면 코가 닿을 만큼 가까운데 굳이 게에 가서 뭘 어쩌겠다고 그 난리람. 딸의 눈치를 살피던 것도 잠시. 불만을 잔뜩 품은 주둥이가 툭 튀어나왔다.

"또 장모한테 가서 일러바치려는 게지. 망할 여편네, 꼭 그렇게 유세를 부려야 속이 시원하다는 거야?"

"이혼을 하겠다고 하던데?"

"그 얘긴 어제도 했어. 흥, 다 늙어서 이혼은 무슨! 나 아니면 그 성질을 감당해 줄 사내가 또 어디 있다고. 어디 가기만해 보라지. 당장 새장가를 들어 버릴 테다."

"후우, 내 팔자야."

어리고 고운 입에서 나이답지 않은 긴 한숨이 새어 나왔다.

그녀의 나이 열한 살, 영령은 요즘 고민이 많았다. 사실, 지난달까지만 하여도 고민이 몇 개 되지 않았는데 혼인 이야기가 나오면서부터 갑자기 많아졌다.

그럴 수밖에 없었다. 혼인을 하고 당장 집을 떠나야 한다는데 고민이 안 생기면 그것이 더 이상할 테니까.

"아버지, 나 참말 혼인을 해야 해?"

"그, 그야…… 하긴 해야지. 남들도 다 하잖니."

"얼굴도 모르는 사람하고?"

"어른들이 알아서 다 확인을 하니까 괜찮아."

"어른들 누구? 아버지도 아직 얼굴은 못 봤으면서."

"……."

"두꺼비처럼 생긴 사람이면 어쩌지?"

영령의 얼굴이 심각해졌다. 평소 심심찮게 봐 오던 병졸들이
며 제 오라비들의 모습이 하나하나 눈앞을 스쳐 가고 있었다.

"팔이나 다리가 하나씩 없거나 얼굴이랑 몸에 칼자국이 나
있는 건 싫은데."

"그래도 부마인데 그런 놈을 뽑았을 리가 없잖아."

"바보도 싫어. 머리 나쁘고 눈치 없으면 눈먼 칼도 맞고 들
어오고 그러잖아."

제 이야기가 아니라는 걸 알면서도 길재는 어쩐지 오래전
칼 맞은 자리가 가려워져 슬그머니 등짝으로 손을 가져갔다.
그런 그를 향해 영령이 마치 애원하듯 말했다.

"한양은 나중에 한번 가 봐야겠다고 생각하고 있었지만 혼
자만 떨어져서 사는 건 싫은데. 아버지, 혼인은 해도 나 그냥
여기서 계속 살면 안 돼?"

"아버지도 그랬으면 좋겠어. 우리 딸은 죽을 때까지 곁에 끼
고 살게 될 줄 알았는데. 후우, 망할!"

좌절 어린 그의 모습에 영령은 조금 충격을 받았다.

이제껏 하고 싶은 것을 못하거나 가지고 싶은 것을 가져 보
지 못한 적이 없는 그녀였다. 해서, 그녀는 은연중 세상에 제
가 원해서 이루어지지 않는 일은 없다고 믿고 있었더랬다. 그
랬는데 마침내 그런 믿음에 금이 가는 일이 발생해 버린 것이
다.

제가 원해도 안 되고, 아버지도 하지 못하는 일.

누군가의 명에 따라 하기 싫은 일을 억지로 해야만 하는 '상

황을 맞이한 그녀는 생애 처음으로 억울함이라는 감정을 느끼고 있었다. 화가 났다.

"걱정 마. 아무리 왕이라고 해도 제까짓 게 설마하니 내 딸을 평생 잡아 두기야 하겠어? 몇 해만 견디면 아버지가 도로 부를게."

"으응."

"그냥 한양 유람이나 하러 간다고 생각하면 그만이야. 그리고 이 험한 변경보다야 아무래도 살기도 편하다고 하고."

말도 안 된다. 그게 유람이면 원치 않는 혼인은 뭐라 불러야 한단 말인가.

팔짱을 척 끼고 말 위에 앉아 혼자 고개를 주억거리면서 하는 말에 영령은 조금 기가 막혀졌다. 어머니는 당신 딸이 볼모로 가게 되었다며 울고불고 난리를 치고 있는데 고작 하는 말이 유람 운운이라니 말이다. 게다가 살기가 편할 거라니? 두꺼비 같은 남자와 혼인하게 될지도 모르는데?

이제 보니 아버지는 그녀가 혼인을 한다는 생각 같은 것은 아예 안중에도 두고 있지 않은 것 같았다. 그저 어명 때문에 어쩔 수 없이 한양에 잠깐 보내 놓는 것뿐이라 여기고 있는 듯 곧바로 그녀를 도로 불러올 생각에만 골몰하고 있었다. 애초에 사위라든지, 사돈이라는 말을 알고 있기나 한지 의심스러울 지경이었다.

"아버지는 바보야."

"뭐, 뭐라?"

"볼모로 가는 게 중요한 게 아니라 내가 혼인을 한다는 게 더 중요한 일이란 말이야! 아버지에게 사위가 생긴다고!"

팩 소리쳐 놓고 영령은 말을 돌려 멀찍이 달려가 버렸다. 그런 그녀를 보는 길재의 표정이 조금 멍청해졌다.

아닌 게 아니라, 그저 사윗감 후보가 오나 보다 생각만 하고 있었지 그는 정말로 제게 사위가 생긴다는 생각 같은 것은 해본 적이 없었다. 여차하면 후보들을 모조리 쳐 죽이고 다시 보내라고 할 생각도 하고 있었고 정말로 혼례를 치른다 해도 진짜 제 사위로 인정해 줄 생각은 눈곱만큼도 없었다.

"칼 한 번 휘둘러 보지 못했을 놈들을 어떻게 믿고 사위로 삼겠어?"

가소롭다는 듯 그는 픽 콧방귀를 뀌었다.

누가 뭐래도 사내는 강해야 했다. 그래야 어린 딸을 끝까지 잘 보호하고 지켜 줄 것이 아닌가. 해서, 길재는 어느 놈이 오든 간에 의형의 마음이 변할 때까지 한 이삼 년 고이 모시고 살게 하다가 때가 되면 가차 없이 이혼을 시키기로 마음먹고 있었다. 혹은, 중간에 몰래 죽여 버린 다음 이곳에서 제 마음에 드는 놈을 손수 골라 다시 혼인을 시키든지.

"그때까지 내 딸을 건드리기만 해 봐라. 그놈의 집안을 아주 풍비박산을 내 줄 터이니."

단단한 결심을 드러내듯 움켜쥔 주먹에 불끈 힘이 들어갔다.


"아무리 생각해도 말이 안 되는 깃 같이."

영령은 진지한 목소리로 중얼거렸다.

하기 싫은 혼인을 억지로 하는 것은 둘째 치고 얼굴도 모르는 사내와 혼인을 한다는 것이 어쩐지 말이 되지 않는 것 같았다.

다른 곳에서는 어쩌는지 모르겠으나 이 변경에서는 서로 좋아하는 남녀가 양쪽 가문의 허락을 얻어 혼인을 하는 일이 다반사였다. 그녀의 부모님도 그리 혼인하였고 오라버니들도 마찬가지였다. 하여, 영령은 평소 저도 그런 혼인을 하게 되리라 내심 생각하고 있었다.

— 한양의 권문세가에서는 어른들끼리 상의하여 어릴 적에 정혼을 해 두었다가 열 살이 넘으면 바로 혼인을 시킨다더구먼요.

어디에서 주워듣고 왔는지 유모는 그렇게 말했지만 아무리 생각하여도 정말 어처구니없는 일이었다.

"서로 얼굴도 모르고 좋아하지도 않는데 어찌 혼인하여 산다는 거지?"

간혹, 돈 많은 사내가 돈을 주고 여자를 사 오는 일이 있다는 사실은 들어 알고 있었다. 그러나 그것은 오랑캐의 관습이라 하여 조선 사람들은 그런 혼인을 수치스럽게 여겼다.

혼인을 하면 기반이 마련될 때까지 처가에서 사는 것이 우리의 법인 반면 오랑캐들은 여인을 마치 물건처럼 사고팔기 때문이었다.

"내 서방님은 내가 고르고 싶었는데."

조그맣게 중얼거리다 영령은 문득 제 생각에 소스라치게 놀랐다. 그것이 아주 불가능한 일만은 아니라는 사실을 깨달았기 때문이었다.

"맞아. 내가 고르면 되지."

신랑감 후보들이 온다고 했으니 직접 보고 그중에서 마음에 드는 사람을 고르면 그만이었다. 아버지는 상감마마와 궐의 어른들이 알아서 골라 보냈을 거라고 하였지만 혼인은 그녀가 하는 것이지 어른들이 하는 것이 아니지 않는가. 그러니 그녀도 선택을 할 권리가 있었다.

생각하는 순간, 불이 켜진 듯 머릿속이 환하게 밝아졌다. 하여, 그녀는 다음 순간 짧은 서찰을 적은 다음 옷장을 뒤져 옷을 갈아입고 두툼한 외투에 여우털 모자까지 야무지게 챙겨 쓴 후 고양이처럼 몰래 방을 벗어났다.

그녀가 남긴 서찰이 발견된 것은 정확히 한 시진 후였다.

"마님!"

비명 같은 고함 소리가 넓디넓은 대장군부를 떨어 울렸다.

낮것을 할 시간이라 밥상을 내가던 유모는 밥상 대신 종이 쪼가리를 손에 들고 마치 전장을 내달리는 전마처럼 중정을 가로질렀다. 그리고 마침내 홍 부인이 서찰을 받아들었다.


얼굴만 보고 올게.

"얼굴이라니? 누구의…… 아, 이런! 령아!"

그제야 상황을 깨달은 홍 부인의 얼굴이 새파랗게 질렸다.

아무리 나고 자란 곳이라고는 하지만 이 험한 변경 땅에서 호위도 없이 계집애가 홀로 집을 나서다니.

"뭣들 하느냐, 당장 군사를 풀어라! 아이들에게도 이 사실을 전하고 가성이는 가병을 거느리고 성문으로 가거라. 당장!"

짧은 명과 함께 안 그래도 뒤숭숭하던 분위기가 마침내 확 터져 버렸다. 수백에 이르는 군사들이 문을 박차고 달려 나감과 동시에 온 성안이 들들 끓어오르기 시작하였다.


"오라비만 여섯이나 된다는군."

"여섯이나요?"

"뿐이 아니야. 그 집안이 본래 사내들의 기가 강하여 대대로 내리 아들만 낳았다고 해. 해서 사촌들까지 죄다 합치면 오라비만 서른 남짓 된다고 하더군. 즉, 그 공주 아기씨는 그 집안에서 몇 대만에 얻은 유일한 여아라는 뜻이지. 귀하기로 치면 상감마마의 따님들보다 더하다고 하여서 진짜 금지옥엽이 따로 없다는 말도 있어."

아니, 그 정도면 금지옥엽이니 경지옥엽이니 하는 말로도 부족할 듯싶었다. 태어난 순간부터 온 집안의 사내들이 앞다투어 안고 다니면서 키운 덕분에 제 발로 맨땅을 밟아 본 적도 드물다는데 일찍이 대궐에 사는 공주라도 그런 호사를 누린다는 소문은 들어 본 적이 없었다.

하도 어마어마한 이야기라 문경은 저도 모르게 혀를 찼다. 그러곤 근심 어린 시선으로 부마 후보들을 돌아보았다.

애초에 예상했던 것처럼 화령으로 가는 길은 결코 쉽지 않았다. 가는 데만 해도 스무날이나 걸리는 먼 길이기도 하였지만 북쪽으로 올라갈수록 길이 험해지면서 예기치 못했던 위험을 만나기도 하였다.

호랑이를 시작으로 떠도는 유민들은 물론이고 장사를 하는 오랑캐를 넘어 산적도 만났다. 중간에 만난 관아에서 호위를 맡을 군사들을 충원하지 않았다면 꼼짝없이 죽을 뻔한 것이다. 그런 위험을 겪고 나자 일행들의 움직임은 더더욱 조심스러워질 수밖에 없었다. 화령에 가까워질수록 야인들이나 오랑캐들이 더 자주 보이고 있어 갑작스러운 습격에도 대비해야 했으니까. 헌데, 그런 것들보다 더 골치 아픈 문제가 있었다.

"콜록, 콜록."

바로 날씨였다.

떠나올 때는 그저 조금 쌀쌀한 가을 날씨였는데 위로 올라갈수록 점점 더 추워지더니 이제는 한겨울을 방불케 할 정도로 추웠다. 북쪽은 춥다는 소리를 들은 터라 솜옷을 챙겨 왔기에 망정이지 안 그랬다면 꼼짝없이 얼어 죽을 뻔하였다.

어른인 그들은 그나마 나았다.

아직 어린 공자들은 생전 겪어 본 적 없는 추위를 타느라 더 심한 고생을 하고 있었다. 아닌 게 아니라, 가장 어린 조 공자는 고뿔에 걸려 벌써 사흘째 기침을 해 대는 중이었다. 마지막으로 들른 고을에서 약을 지어 먹고 잠시 쉬었지만 아직은 별 차도가 없는 모양이었다.

"계속 갈 수 있을지 모르겠습니다."

문경의 말에 우명이 공자들 쪽을 돌아보았다. 도성에서부터 수행을 하여 온, 가문의 호위들에게 둘러싸인 채 불가에 옹기종기 앉아 있는 그들의 그림자가 유난히 작아 보였다.

"조 공자 말인가?"

"예. 어린데 고뿔까지 걸려 저리 앓고 있으니 더 가는 것은 아무래도 무리가 아니겠습니까?"

"그렇긴 하지. 헌데, 어명이 지엄하니 아니 갈 수도 없지 않은가 말이야."

"저러다 쓰러지면 어쩌시려고요?"

"그땐 하는 수 없이 돌려보내야겠지."

문경은 말없이 고개를 끄덕였다.

권문세가의 사람들은 스스로의 신분에 대한 자부심이 유독 강한 이들이었다. 어명도 어명이지만 가문의 명예와 본인의 자존심 때문에라도 이대로는 돌아가지 않을 터였다. 아마 버틸 수 있을 때까지는 버티다 위급한 지경이 되어서야 결단을 내리게 되리라.

그러한 사정을 이해하면서도 문경은 어쩐지 씁쓸한 기분이 들어 저도 모르게 긴 한숨을 내쉬고 말았다. 목숨보다 중히 여기는 그 자존심이 대체 무엇인가 싶어서 말이다.

"음?"

"왜 그러십니까?"

"아니, 방금 무슨 소리를 들은 듯하여서. 바람 소리인가?"

모닥불을 뒤적이던 우명이 무슨 소리를 들은 듯 귀를 쫑긋 세우고 한동안 어둠 속을 가만히 응시하였다. 그러자 쉬고 있던 병졸들이 덩달아 몸을 일으키며 조심스러운 시선으로 주위를 탐색하기 시작했다.

함흥 땅으로 들어선 지 꼬박 이틀째가 되는 날이었다.

이곳 지리를 잘 아는 길잡이가 있긴 하였으나 중간에 쉬어 갈 수 있는 객관이나 관아가 없어 하는 수 없이 산중에서 천막을 치고 노숙을 하던 중이었다.

"설마, 또 산적은 아니겠지요?"

이미 한 번 경험이 있는지라 문경은 저도 모르게 활로 손을 가져가면서 물었다.

아직 읽어 보지 못한 책도 구하고 일기도 부지런히 쓰리라 작심하고 나선 길이었는데 불과 보름 만에 그는 책보다 활을 더 자주 손에 쥐고 있었다. 그나마도 활을 쏠 줄 알기에 다행이었지 안 그랬으면 저 어린 부마 후보들처럼 호위들 뒤에 숨어 체면을 구겼을 터였다.

바스락!

나뭇가지 밟히는 소리가 바람을 타고 희미하게 들려왔다. 그쪽으로 고개를 돌리는 순간 우명이 울상이 된 얼굴로 그를 돌아보았다. 그러곤 말했다.

"차라리 산적이면 다행이지. 적어도 말이라도 통할 게 아닌가."

"예?"

"호랑이일세. 지난번보다 큰 놈인 것 같아."

"제길!"

점잖기만 하던 입에서 뜻밖에도 욕설이 터져 나왔다. 워낙 험한 길을 오다 보니 그의 인내도 점점 바닥을 드러내고 있었던 것이다.

상황을 눈치챈 호위들이 공자들을 둘러싸는 사이 병졸들이 황급히 칼이며 창을 꼬나들고 모여들었다. 팽팽한 긴장감이 몰려와 신경을 바짝 조이는 듯하였다.

"온다!"

나직한 외침이 끝나기가 무섭게 어둠 속에서 시퍼런 불 두 개가 나타났다. 헌데, 도약하기 위해 몸을 낮추고 있는 듯 그 위치가 상당히 낮았다. 본능적으로 경계심이 곤두서면서 등줄기를 타고 소름이 쫙 올라왔다. 위험했다.

꿀꺽.

바짝 마른 목구멍 너머로 마른침이 힘겹게 넘어갔다. 진정하려 애를 써도 벌써부터 손이 덜덜 떨리고 있었다.

어흥!

사나운 짐승의 울음소리가 산천초목을 떨어 울렸다. 그리고 곧 어둠 속에서 얼룩무늬가 선명한 거대한 동체가 서서히 모습을 드러내었다. 그것을 발견한 문경의 눈이 튀어나올 듯 저절로 커다래졌다. 흔히, 큰 범을 가리켜 집채만 하다고 말하곤 하는데 눈앞에 나타난 놈은 그보다도 더 큰 것 같았다. 어둠 속에 작은 동산이 웅크리고 있는 듯한 느낌이었다.

"호, 호, 호랑이!"

"딸꾹."

뒤늦게 호랑이를 발견한 어린 공자들이 기함을 하고 자지러 졌다.

가장 어린 조 공자는 새파랗게 질린 얼굴로 오줌을 지렸고 한 공자는 겁을 집어먹은 채 덜덜 떨면서 호위들의 뒤로 몸을 숨겼다. 그나마 가장 나이가 많은 황 공자만이 간신히 울음을 참고 있을 뿐이었다.

"조심하게."

칼을 뽑아 든 우명이 문경을 향해 나직하게 속삭였다.

그에, 무겁게 고개를 끄덕이면서 문경은 언제라도 날릴 수 있도록 서둘러 활에 살을 재었다.

"쳐라!"

누군가의 명이 떨어지자마자 문경은 반사적으로 화살을 날 렸다.

몇몇 병졸들이 함께 쏘았는지 십여 발의 화살이 한꺼번에 날아가 범을 향해 쏟아졌다. 동시에 거대한 동체가 땅을 박차 고 날아올랐다. 도깨비불 같은 푸른 안광이 번뜩이며 하늘로 치솟는 것이 보였다.

크아앙!

"으악!"

범의 포효 소리와 누군가의 비명 소리를 시작으로 마침내 살벌한 전투가 시작되었다.

"후욱, 후욱."

거친 숨을 몰아쉬며 문경은 정신없이 활을 재고 날렸다. 어두운 데다 산길이다 보니 범이 어느 쪽으로 움직이고 있는지 도통 감을 잡을 수가 없었다. 우왕좌왕하는 가운데 그저 소리가 나는 쪽을 향해 무작정 시위를 놓을 뿐이었다.

"이쪽이다!"

"쫓지 마라! 모두 제자리에서 움직이지 마."

야영지를 한바탕 휘젓고 난 범이 다시 어둠 속으로 몸을 감췄다. 돌아보니 그 잠깐 사이에 여러 명이 다쳤는지 억눌린 신음 소리와 함께 사방 여기저기에 뿌려진 시뻘건 피가 보였다.

"놈이 활을 맞았어. 잔뜩 화가 나 있을 테니 쫓으면 도리어 위험해진다. 주위를 경계하면서 부상자를 치료한다."

일행의 수장인 익양후가 지친 음성으로 명하였다. 그때까지도 문경은 활을 든 채 어둠 속만 노려보고 있었다.

"수고했네."

우명이 어깨를 짚으면서 말했을 때에야 비로소 제가 쏜 화살이 그놈의 어깨를 맞추었다는 사실을 깨달았다.


어둠 속에서 누런빛이 간간이 번득이고 있었다. 그 희미한 빛 너머에서 문득 나직한 대화가 오고갔다.

"호오, 오합지졸인 줄 알았는데 그래도 꽤 버텼는데요? 죽은 놈은 없고 병졸 중 대여섯 정도가 크게 다쳤습니다."

"부마 후보인지 뭔지 하는 놈들은?"

"한 놈이 기절한 것 같긴 했지만 나머진 멀쩡합니다. 이제 어찌할까요?"

"글쎄, 복면이라도 두르고 가서 싹 죽여 버릴까?"

만이 서슬 퍼런 눈을 번뜩이면서 혼잣말처럼 중얼거렸다.

"저 버러지 같은 놈들 중에 내 매제감이 있다는 생각만 해도 화가 나 미쳐 버릴 것 같은데 말이야."

"대장, 입은 비뚤어졌어도 말은 바로 해야지요. 매제감이 아니라 그냥 아가씨를 잠깐 모시고 있을 놈입니다. 그것만으로도 저놈들 주제로는 일생에 다시없을 광영이겠지만 말입니다."

"흠, 그렇지. 역시 너는 뭘 좀 아는 놈이야."

만은 만족스럽게 웃었다.

사흘이나 추적해 놈들의 종적을 찾아낸 다음 호랑이를 몰아넣고도 눈 하나 깜짝하지 않은 것은 물론이었다. 마음 같아서는 직접 손을 쓰고 싶었지만 나중에라도 책을 잡힐 수 있다고 해서 온 산을 뒤져 호랑이를 찾아내는 수고도 마다하지 않았다. 원래 이 변경에서 호환을 당하는 것은 밥을 먹는 것처럼 흔한 일 중의 하나였으니까 말이다.

"아침까지 기다려 보자. 달아나는 놈이 있거든 그냥 보내 주고 끝까지 고집을 부리는 놈들은 그때 가서 다시 매운맛을 보여 주면 되겠지."

말은 그렇게 했지만 만은 저들 중 대부분이 달아날 거라고 생각했다. 기절을 하거나, 얼굴이 시퍼래져서 벌벌 떨고 있는 저 연약해 빠진 놈들이 화령까지 살아서 올 수 있다고는 애초에 믿지도 않았지만 운이 좋아 어찌 온다고 해도 다 죽여 버릴 생각이었다.

그러니 죽지 않으려면 차라리 일찌감치 달아나는 것이 나을 것이었다.

"건방진 놈들 같으니. 감히 우리 령아를 노려?"

허옇게 번뜩이는 이를 드러내고 그가 나직하게 으르렁거렸다.

누군들 그렇지 않을까마는, 어렵게 본 늦둥이 여동생을 그는 상당히 끔찍이 여기고 있었다. 우락부락한 사내들만 득실거리는 그의 집안에 여자애가 태어난 것은 정말로 기적이었기 때문이다.

누구든 애를 낳기만 하면 죄다 아들에, 나중에는 덩치 큰 짐승 같은 놈으로 자라났는데 그에 반해 그의 여동생은 어머니를 쏙 뺀 얼굴에 깜찍한 성격으로 모두를 감동시켰다. 만을 비롯한 그들 형제는 그 녀석이 태어난 순간부터 흡사 사랑에 빠져 버린 것 같았다. 해서, 난데없는 혼인 이야기 나왔을 때 거의 미친 듯이 분노했던 것이다.

"아무리 백부라지만 할 짓이 있고 못할 짓이 있지 말이야. 어명 같은 소리 하네. 애초에 혼인을 받아들이는 대신 그 건방진 내시 놈의 목을 잘라서 보냈어야 했는데."

똑같은 소리를 하고 있다는 사실도 모르고 만은 속으로 제 아비를 탓했다. 영감이 칠칠치 못해서 하나뿐인 제 여동생을 고생시킨다고 말이다. 그 때였다.

"대장, 본가에서 급한 연락이 왔습니다."

뒤에서부터 전령이 달려와 속삭였다. 무슨 연락인지 안 들어도 뻔하였다. 보나마나, 쓸데없는 짓 말고 당장 돌아오라는 소리나 하겠지. 그에, 더 물을 것도 없이 만은 손부터 내저었다.

"돌아오라는 소리인 거 다 아니까 그냥 닥쳐. 저 새끼들 다 죽이기 전엔 절대 안 가."

"그게 아닙니다. 진짜 큰일이 났단 말입니다."

"큰일?"

"예! 그제 낮에 아가씨께서 사라지셨답니다."

"뭐, 뭐?"

갑자기 정신이 멍하여졌다. 누가 사라져?

"무슨 헛소리냐?"

"아가씨께서 사라지셔서 성안이 발칵 뒤집어졌답니다. 마님께서 군사들까지 동원해 찾고 계신데 아직 찾지 못한 모양입니다."

"이, 이런 염병할! 언 놈이 납치를 했다는 소리냐?"

"그게 아니라, 가출을 하신 것 같습니다."

"가출?"

왈칵 소리를 치려다 만은 저도 모르게 고개를 끄덕였다. 어쩐지 이해가 되었기 때문이었다.

"하긴, 가출을 할 만도 하지. 저런 비리비리한 놈들 중 하나랑 혼인을 하느니 나라도 가출을 하고 말지."

'잘하였구나, 내 동생.' 이라는 말이 목구멍까지 올라오려다 도로 내려갔다. 사내 녀석이었으면 백 번 천 번 잘했다고 말해 줄 수 있었으나 놈은 어디까지나 계집아이였으니까 말이다.

이번엔 숨이 턱 막혔다. 어디나 그렇겠지만 특히 미친놈들이 수두룩 빽빽한 이 변경에서 계집아이가 혼자 돌아다니면 어떤 일이 벌어질 것 같은가.

"돌아간다!"

더 생각할 것도 없이 만은 철수하기로 결정하였다. 저 비리비리한 놈들을 죽이는 것보다 동생을 찾는 것이 우선이었으므로.

"뭐, 그냥 둬도 저들 중 무사히 도착할 수 있는 놈은 없는 것 같으니."

돌아설 때까지도 만은 진정 그렇게 믿어 의심치 않았다.


'어디서부터 잘못되었을까?'

영령은 심각하게 고민하고 있었다.

처음, 집을 나와 성안을 돌아다닐 때는 꽤 괜찮았었다. 옷도 사내 옷으로 바꿔 입고 얼굴에 검댕이도 칠하여 영락없는 사내아이 몰골이라 알아보는 이가 없어 평소에는 갈 수 없었던 곳까지 마음 편히 구경하며 다닐 수 있었으니까. 그러다 마침 주점거리 부근에서 의주로 간다는 장사치들을 만났다.

대국과 교역을 하는 자들이라 하였는데 그녀가 의주까지 간다고 하자 가는 길이 같으니 데려다주겠다고 나서는 것이 아닌가. 얼마나 운이 좋았는지. 그렇게 해서 영령은 상인들의 마차를 얻어 타게 되었다.

원래는 은병 두 개를 받고 마차에 태워 준다고 하였으나 저는 조그마하여 자리를 많이 차지하지 않는다고 야무지게 우겨 은병 하나로 에누리를 하기까지 하였다. 그때까지는 아무 문제가 없었던 것 같았다.

'헌데, 분위기가 왜 이리 이상하담?'

영령은 조심스러운 시선으로 마차 안을 둘러보았다.

누더기나 다름없는 것을 걸친 고만고만한 어린아이들부터 말갈족으로 보이는 건장한 사내 몇 명, 초췌한 인상의 여인들과 죽었는지 살았는지 구분이 안 가는 반 시체 하나가 좁은 공간 안에 차곡차곡 들어앉아 있었다. 아무리 잘 봐줘도 절대로 여행을 가는 사람들처럼은 보이지 않았다. 노비라면 모를까.

'참말 노비들인가?'

혹시, 노비를 사고파는 상인들일지도 모르겠다고 간신히 납득을 하였을 때였다.

"달아나야 해. 이대로 있으면 대국으로 팔려 갈 거야."

"하지만 어떻게?"

"밤에 저들이 잠들면 그때……."

말갈족 사내들이 저희들의 말로 나직하게 속삭이고 있었다. 다른 사람들이 알아듣지 못할 거라고 생각하였는지 마차 안의 사람들에 대해서는 전혀 신경을 쓰지 않고 있었는데 온갖 인종이 득실대는 변경에서 나고 자란 영령만은 그 소리를 찰떡같이 알아들었다.

'저 노비들이 달아나려는 모양인데. 아, 알려줘야 하나?'

마차 안의 사람들이 모두 노비라고 생각한 그녀는 이 일에 대하여 상인들에게 알려야 하는지 말아야 하는지에 대해 잠시 고민을 거듭하였다. 의주까지 무사히 가려면 적어도 그들이 멀쩡해야 하는데 저들의 눈치로 보아 어쩐지 그냥 달아나기만 할 것 같지가 않았던 것이다.

'아무래도 다 죽이고 도망칠 것 같지?'

말갈족들의 성품이 상당히 호전적이라는 사실을 기억해 낸 그녀는 무언가 방법을 강구해야겠다고 생각하였다. 이대로 있다가는 의주에 도착하기도 전에 일이 벌어질 터이고 그러면 그녀의 계획에도 크나큰 차질이 빚어질 것이 분명하였기에. 문제는 그 일을 어떻게 막느냐 하는 것이었다.

'내가 계획을 눈치챘다는 사실을 들키면 안 돼. 모른 체하고 있다가 마차가 서면 그때 가서 방법을 찾아보자. 어지간하면 상방의 아저씨들이 잠들기 전에.'

자그마한 머리통이 영리하게 굴러갔다. 그러나 그런 계획을 미처 실행에 옮기기도 전에 일은 엉뚱하게 돌아가기 시작하였다.

"으음."

죽었는지 살았는지 구분이 가지 않을 정도로 엉망인 채 길게 누워 있던 시체가 나직한 신음을 흘리기 시작한 것이었다.

"저 여진족 새끼는 아직도 죽지 않은 모양이군."

"원래 질긴 놈들이잖아. 아직 어린놈이긴 하지만 저놈도 독기가 상당했는걸."

"그래도 피를 많이 흘렸는데 용하군."

사내들은 수군대면서도 전혀 도와줄 생각이 없는 듯 그저 가끔 그쪽을 흘깃거리기만 하였다. 결국, 보다 못한(사실은 호기심이 더 크긴 하였지만) 영령이 슬그머니 일어나 그쪽으로 다가갔다.

'호오, 생각보다 어려 보이네.'

덩치가 크고 골격이 큼직하긴 하지만 자세히 보니 아직 솜털이 보송한 소년이었다. 많아 봤자 열일곱이나 여덟쯤?

나이를 대략 가늠해 보다가 식은땀이 가득한 얼굴과 그에 반해 바짝 마른 입술을 발견하고 영령은 그의 곁에 쪼그려 앉았다. 그러곤 수건을 꺼내 수통의 물을 적신 다음 천천히 소년의 입술을 축여 주었다.

고생을 많이 하였는지 얼굴이 온통 거칠고 야윈 데다 옷인지 걸레인지 구분이 안 가는 것을 걸쳤는데 그것마저도 검은 피 얼룩으로 엉망이 되어 있었다. 그리고 오랫동안 씻지도 못한 듯 몸에서는 악취가 진동을 하였다.

피 얼룩이 진하게 엉겨 붙어 있는 옷자락을 들추자 아니나 다를까 쌀쌀한 날씨임에도 불구하고 오랫동안 치료를 받지 못한 상처가 썩어 들어가고 있었다.

'한시라도 빨리 상처를 치료하지 않으면 죽을 거야.'

상처가 제법 끔찍하였지만 전장이나 다름없는 곳에서 자란 그녀인지라 눈 하나 깜빡하지 않았다. 팔이나 다리가 잘리거나 내장이 삐져나온 것도 아닌데 이까짓 상처쯤이야. 생각하는 사이 마차가 멈췄다.

"쉬어 간다!"

고함 소리와 함께 마차의 문이 벌컥 열렸다.

오랫동안 웅크려 앉아 있던 터라 삐거덕거리는 몸을 이끌고 노비들이 마차에서 내렸다. 그 사이, 영령은 수건을 깨끗이 빨아 여진족 소년의 상처를 닦아 내고 있었다.

"이봐, 너! 뭘 하고 있는 거지?"

"보면 몰라요? 이 애의 상처를 돌보고 있잖아요."

"흥! 쓸데없는 짓이야. 피를 너무 많이 흘려서 곧 죽을 놈이라고. 그냥 두고 오기가 뭐해서 주웠는데 공연한 짓을 했다고 우리도 후회하고 있는 중이니까."

"그래도 아직 살아 있으니 할 수 있는 데까지는 해 봐야지요."

그녀가 뜻밖에도 고집을 부리자 상인의 눈빛이 문득 음험하게 번뜩였다. 안 그래도 저 꼬마 놈이 돈을 좀 가진 것 같아 어떻게 하면 다른 놈들 모르게 빼앗을까 궁리하고 있었는데 마침 좋은 기회가 생긴 것이다.

'어차피 의주에 도착하는 대로 다 빼앗을 거긴 하지만.'

영령의 예상과 달리, 상인들은 노예를 사고파는 상인들이었다. 노비를 사고파는 자들과 다른 점이라면 이 일대를 돌아다니며 적당한 사람들을 납치한다는 점이었다.

그런 그들에게 혼자서 돌아다니는 꼬마는 당연히 훌륭한 먹잇감이었다. 더구나, 눈앞의 꼬마처럼 예쁘장하게 생긴 소년은 대국의 황실을 비롯하여 부자들이 특히 좋아하니 운이 좋다면 비싼 값에 팔아넘길 수도 있을 터였다.

"네가 그렇게 정성을 쏟으니 하는 말이다만."

의미심장한 미소를 지으며 상인이 넌지시 말했다.

"차라리 그놈을 네가 사는 건 어떠냐?"

"뭐, 뭐라고요?"

"어차피 다 죽어 가는 놈이니 싸게 주마. 네가 사지 않으면 그냥 버려두고 갈 수밖에 없거든."

아니, 이 무슨 말도 되지 않는 강매 행위란 말인가.

영령은 크게 당황하였다. 그저 그냥 두고 보기 딱하여 나섰을 뿐인데 아예 사라고 밀어붙일 줄이야. 안 그래도 혼자서 집을 나와 힘든 마당인데 여기에 다 죽어 가는 혹까지 달고 다니라고?

"나, 나는 돈이 없는데요?"

그녀는 냉큼 발뺌을 하였다. 말 한 마리 가격만큼은 안 되지만 남자 노비 한 명을 사는 데 드는 돈이 얼추 무명으로 백 필을 넘는다는 사실을 그녀는 알고 있었다. 그러니 아무리 다 죽어 가는 소년일지라도 무명 수십 필을 요구할 텐데 그녀에게 당장 그만한 돈이 있을 리가 없지 않은가.

"걱정 마라. 내가 설마하니 너에게 무리한 가격을 요구하겠느냐? 그냥 은병 열 개 정도면……."

"헉!"

"아, 아니 다섯 개?"

"세상에! 다 죽어 가는 애가 그렇게 비싸요?"

눈을 동그랗게 뜨고 따지자 상인은 아무래도 제가 너무하였나 하는 생각에 쓴 입맛을 다시며 소년을 돌아보았다. 썩어 가는 상처가 적나라하게 눈에 들어왔다.

'저런 꼴로 설마 살아나기야 하겠어?'

계산은 금방 나왔다. 저대로 두었다가 시체나 치우느니 그냥 당돌한 꼬마 놈의 주머니에서 한 푼이라도 더 빼먹고 난 후 버리는 것이 차라리 나으리라.

"좋다. 크게 인심 써서 은병 두 개에 주마."

"흐음, 두 개란 말이지요. 허면, 노비문서도 주시는 거지요?"

"엉? 노, 노비문서? 아, 그게…… 그럼! 써 주지, 까짓 거."

오다가 주웠는데 노비 문서 따위가 있을 리 있나. 그러나 상인은 쉽게 생각하기로 하였다. 어차피 쓸 일도 없을 터이니 그냥 대강 만들어 주면 그만이라고 말이다. 하여서, 아무 종이나 찾아 대강 휘갈긴 다음 정신을 잃고 있는 놈의 손도장까지 척 찍어 순식간에 문서를 만들어 주었다.

그런 그에게 영령은 상당히 아까워하며 자그마한 은병 두 개를 건네주었다. 그렇게 거래가 성공리에 마무리되는 순간이었다.

"웬 놈들이냐!"

주변이 갑자기 소란스러워졌다.

아직 말갈족 남자들의 음모를 전하지도 못하였는데 그들이 벌써 일을 벌인 것일까?

의심하는 사이, 그리 멀지 않은 곳에서 한 무리의 낯선 일행들이 모습을 드러내었다. 그들은 어둑어둑한 언덕 아래에서부터 말을 끌고 천천히 올라오고 있었는데 척 봐도 머릿수가 오십은 족히 넘어가는 큰 무리였다.

"누구냐? 정체를 밝혀라!"

번을 서던 자들이 크게 소리쳤지만 그들은 곧 그런 말을 할 필요가 없었다는 사실을 깨달았다. 열을 지어 올라오는 사람의 절반은 모두 맞춘 듯 같은 옷을 입고 있었던 것이다.

"과, 관군?"

"관군이 왜 여기에?"

하는 일이 일이니만치 그들은 크게 당황하여 어쩔 줄을 몰라 했다. 혹, 저들이 자신들을 잡으러 온 것일지도 모른다는 생각을 했기 때문이었다.

"이익, 쳐라!"

"뭐, 뭐?"

아니, 저 사람들이 미쳤나? 상인 주제에 왜 관군에게 덤벼들지?

영문을 모르는 영령은 크게 당황한 채 황급히 뒷걸음질을 쳐 마차 안으로 쏙 숨어 버렸다. 그러곤 문틈 사이로 눈만 내놓은 채 밖을 살피기 시작하였다.

"아니, 이런 개 같은 경우가 다 있나."

우명이 멍하니 중얼거렸다.

빠르게 어두워지는 산중의 길을 혼까지 빼놓고 비틀비틀 걷다가 마침내 불빛을 발견하고 반가운 마음에 간신히 걸음을 재촉해 달려온 길이었다. 불빛이 여러 개이니 민가는 아니어도 쉬어 갈 만한 곳은 있으리라 내심 기대를 하고 힘겹게 걸어왔는데 그들을 발견하기가 무섭게 상대는 다짜고짜 칼질부터 해 대는 것이 아닌가.

"저자들 아무래도 수상합니다."

"나도 진즉부터 그리 생각하고 있었네. 상대를 가리지 않고 날뛰는 것으로 보아 아무래도 미친놈들인 듯싶으이."

"아니, 그게 아니라 사람들이 묶여 있단 말입니다."

지칠 대로 지쳐서 눈을 뜨고는 있지만 제대로 보고 있지는 않은 상태인지 우명이 딴소리를 하면서 칼을 뽑았다. 그에, 덩달아 활을 잡아가며 문경은 예의 수상한 무리를 살폈다.

허름한 마차 두 대를 밖으로 둘러놓고 가운데 모닥불을 여러 개 피워 두었는데 불가에 늘어앉은 사람들은 놀랍게도 땟국이 가득한 어린애들부터 여인은 물론이고 건장한 사내들까지 골고루 섞여 있었다.

하여, 처음엔 도망친 노비들을 추적하여 끌고 가는 자들인가 보다 여겼으나 곧 그들의 두 손이 하나같이 꽁꽁 묶여 있는 것을 발견하고 저도 모르게 눈살을 찌푸렸다. 뭐라고 딱 집어 말할 수는 없지만 어쩐지 느낌이 이상했던 것이다.

'내 신경이 예민해진 탓인가?'

아닌 게 아니라, 함흥 땅으로 들어서면서부터 줄줄이 겪은 일들 때문인지 신경이 전에 없이 곤두서 있는 것은 사실이었다. 하다하다 마침내는 호환마저 당하여 일곱이나 되는 관병들이 크게 다친 것으로 모자라 다음 날 아침 일행이 반으로 줄어드는 황당한 일까지 겪었으니 왜 안 그럴까.

'한 공자 일행이 그리 달아날 줄이야.'

호환을 당한 다음 날, 한 공자는 호위들을 데리고 말도 없이 새벽에 몰래 사라져 버렸다. 덕분에 머릿수가 반으로 줄었는데 그러고도 모자라 크게 다친 관군들을 중간의 어느 고을에다가 두고 오는 바람에 더더욱 수가 줄어 이제 남은 일행은 오십여 명이 채 되지 않았다.

그나마도 끙끙 앓고 있는 조 공자의 일행이 아직 버텨 주고 있는 덕분이었는데 그들마저도 사라진다면 행렬이 볼품없어지는 것은 그야말로 순식간일 터였다.

"후우, 야인들이 할거하고 있는 곳이라더니 역시 쉽지는 않군."

음?

무심히 중얼거리는 소리에 순간 문경은 뒤통수를 얻어맞은 듯 놀란 얼굴로 예의 수상한 일행들을 돌아보았다.

"야인?"

미처 깨닫지 못하고 있던 사실이 그렇게 깨달아졌다.

묶여 있는 사람들의 절반은 북쪽의 야인들이거나 그들의 아이들이었다. 그리고 나머지 반이 조선인들이다. 조선인들만 있었다면 그저 노비려나 보다 하겠으나 야인들까지 섞여 있는 이상 마냥 그리 여길 수만은 없었다.

변경이라 다른 것일지도 모르겠지만 적어도 한양에서는 야인이나 왜인들을 노비로 부리지 않기 때문이었다.

"웬 놈들이기에 감히 관군을 상대로 무기를 든단 말이냐! 당장 고하지 못할까!"

"알 것 없다, 늙은이!"

"이, 이런 죽일 놈들을 보았나! 쳐라!"

호기롭게 앞으로 나섰던 익양후가 가차 없이 면박을 당하자 벌건 얼굴로 소리쳤다.

결국은 전면전이 벌어지고 말았다. 이쪽은 정규 훈련을 받은 관군들이긴 하지만 지칠 대로 지쳐 있는 상태였고 저들은 그냥 상인들이라고 하기엔 지나치게 칼질을 잘하는 놈들이었다. 싸움은 당연히 길어졌다.

"정말 수상한 놈들이구나."

뒤로 물러서서 때때로 화살을 날리며 문경이 그렇게 생각하고 있을 때였다. 묶여 있는 줄 알았던 야인들 중 건장한 사내 몇 명이 줄을 끊더니 상인들의 뒤에서 그들을 공격하기 시작하였다.

"어어, 이것들이!"

"흥! 감히 우리에게 약을 먹였겠다. 죽어라!"

야인들의 공격으로 전세는 순식간에 역전되었다. 지지부진해져 가던 싸움에 활력이 돌면서 관군들이 힘을 얻은 것이다.

"으아악!"

누군가의 비명을 끝으로 장내엔 갑자기 괴괴한 정적이 내려앉았다. 상인들은 모두 죽거나 제압되었고 지친 관군들은 말을 할 기력도 없어 보였다. 결국, 우명이 앞으로 나섰다.

"어찌 된 일이냐? 이자들이 왜 우리를 공격한 것인지 아는 자가 있는가?"

"저희들은 영문도 모르고 끌려가던 길이었습니다요."

"저, 저들은 노예상들입니다. 조선인을 납치하여 대국에 팔아넘긴다고 하였습니다!"

말을 제대로 알아듣지 못하는 말갈족 사내들을 제치고 한쪽에 묶여 있던 조선인들이 일제히 소리쳤다. 그 소리를 마차 안에 있던 영령도 똑똑히 듣고 있었다.

'노, 노비들이 아니었단 말이야?'

간이 철렁 내려앉았다.

사람 좋은 얼굴로 '의주까지 데려다 주마.' 하더니 그게 사실은 다 거짓이었나 보다. 저들의 말대로라면, 변경에서 사람들을 닥치는 대로 잡아다 대국에 파는 자들일 테니 중간에 이런 일이 없었다면 그녀도 상인들에게 속아 꼼짝없이 팔려 갔을 게 아닌가.

'세상에, 하마터면 큰일이 날 뻔했잖아?'

오라버니들이 때마다 밖은 위험하다고 말할 땐 그게 다 저를 놀리기 위해서라고 생각하였는데 순전히 그런 것만은 아니었던 모양이다. 사실은, 자기들은 밤이나 낮이나 잘만 놀러 다니면서 저는 못하게 하느라 그런다고 생각하였던 것이다.

'앞으론 더 조심해야겠어.'

심각한 표정으로 영령은 고개를 주억거렸다. 그때, 예고도 없이 마차의 문이 벌컥 열렸다.

"꺄악!"

"어?"

저도 모르게 비명을 내지르면서 돌아보자 활짝 열린 문 앞에 서 있던 사람이 놀란 얼굴로 그녀를 바라보았다. 시선이 마주쳤다.

'여자아이?'

문경은 놀란 얼굴로 아이를 바라보았다.

아직 덜 자란 티가 폴폴 나는 자그마한 아이는 얼굴에 검댕을 잔뜩 칠하고 사내 옷을 입고 있었다. 비명을 지르지 않았다면 영락없는 사내아이라고 생각하였을 정도로 감쪽같은 모습이었다.

"너는 누구냐?"

"령아인데요."

"령아? 아, 너도 잡혀가는 길이었구나. 허면, 저쪽은?"

"저 애는…… 제 노비예요."

"음?"

남자가 의심스러운 시선으로 바라보자 영령은 재빨리 품에서 꼬질꼬질한 종이를 꺼내 펼쳤다.

"여기 문서도 있어요."

"……."

"저 애는 다쳐서 죽어 가고 있어요. 상처를 빨리 치료하지 않으면 곧 죽게 될 거예요."

엉성한 문서를 흔들면서 하는 말에 문경은 조금 기가 막혀졌다.

이래 봬도 형조판서를 아버지로 둔 몸이었다. 관의 문서를 보는 법에 대해서는 도가 텄는데 그런 그가 보기에 꼬마가 노비 문서라고 내놓은 것은 절대 제대로 된 것이 아니었다.

'속이고 있는 것 같지는 않은데.'

덜컥 의심을 하려다 문경은 내심 고개를 저었다. 꼬마가 무얼 안다고 가짜 문서를 만들었을까 생각한 것이다. 더구나, 그녀의 말처럼 정신을 잃고 누워 있는 소년은 척 봐도 상세가 제법 심각해 보였다.

"헌데, 집이 어디더냐?"

잡혀가던 사람들은 모두 풀어 주거나 인근의 관아에 맡기기로 결정한 참이었다. 하여, 꼬마도 가까운 관아에 맡겨 집을 찾아주라 부탁할 요량으로 물은 것인데 대답이 의외였다.

"그게…… 화령이요."

"음?"

"의주로 가려고 하였는데 일이 이렇게 되었으니 별수 없잖아요. 집으로 돌아가야지요."

"혹, 화령까지 가는 길을 알고 있느냐?"

"그야, 당연하지요."

'거기서 나고 자랐는걸요.' 하고 대답하며 영령은 눈앞의 사내를 빤히 올려다보았다. 난감한 표정이던 것도 잠시, 화령이라는 말이 나오자 남자는 어쩐지 지나치게 반가운 기색을 보이고 있었다.

"여기, 이 아이가 화령으로 가는 길을 안답니다."

음?

"오, 그거 정말 다행이구먼. 이젠 한시름 놓을 수 있겠어."

어라? 혹시, 이 사람들 길을 잃고 헤매고 있었던 것 아냐?

영령의 예상은 찰떡같이 들어맞았다. 사실, 문경 일행은 한 공자 일행이 사라진 후부터 길을 제대로 찾지 못하여 거의 헤매면서 가고 있는 중이었다. 한 공자가 하필이면 길잡이까지 데리고 떠나 버렸기 때문이었다.

그렇게 해서 영령은 졸지에 문경 일행의 길잡이 노릇을 하게 되었다.


성안은 온통 어수선한 분위기였다.

대장군부에서 쏟아져 나온 군사들을 비롯하여 사방에서 진을 치고 있던 군사들까지 한꺼번에 몰려와 성문을 막고 며칠째 성안 구석구석을 뒤지고 있었다. 그 바람에 들고 나는 모든 길이 막혀 상인들은 발이 묶이고 주민들은 통행에 큰 불편을 겪어야 했다. 그러고도 모자랐는지 군사들은 아직 철수할 기미를 보이지 않고 있었다.

"아직도 찾지 못하였느냐?"

성난 눈길로 군사들을 내려다보며 길재는 물었다.

"벌써 사흘이 지났다. 일당백이라는 놈들이 어째서 그 조그만 아이 하나를 찾지 못하여 시간만 버리고 있단 말이냐!"

"송구하옵니다, 장군. 수하들을 풀어 인근을 샅샅이 수색하고 있사오니 조금만 더……."

"닥쳐라! 그 말이 벌써 몇 번째인 줄 아느냐? 이 변경이 넓으면 얼마나 넓다고 못 찾아. 그러고도 네놈들이 야인들조차 벌벌 떠는 조선 제일의 군사들이라 할 수 있단 말이냐."

"……."

"쓸모없는 놈들 같으니라고."

이를 벅벅 갈면서 길재는 군사들을 향해 무섭게 닦달을 하였다. 그러다 이번엔 한쪽으로 고개를 홱 돌리더니 지친 얼굴로 앉아 있는 아들들을 노려보았다.

"도대체 네놈들은 뭣 하는 것들이냐? 밥 먹고 하는 일이 무어야? 아니, 달랑 하나 있는 여동생조차 제대로 보살피지 못한 주제에 밥이 목구멍으로 넘어가고 잠이 오더냐!"

"으음."

"아버지, 거 말씀이 심하십니다."

"뭐라?"

기가 막혀 돌아보자 팔짱을 척 끼고 선 만이 잠을 못 자 핏발이 선 눈으로 그를 노려보고 있었다.

"따지자면, 이게 다 아버지 탓이 아닙니까? 애초에 그 망할 어명이니 뭐니 하는 걸 받아들이지 않았으면 우리 령아가 집을 나갔겠느냐고요."

"허! 그럼 역모라도 하였어야 한다는 것이냐?"

"흥, 그까짓 역모가 대수랍니까? 령아를 내주는 것보다야 백번 낫지요 무어."

"어이구, 이 무식한 놈아."

다시 두통이 몰려오는 것만 같아 길재는 한 손으로 이마를 감싸 쥐었다.

서찰 한 장 달라 써 놓고 사라진 딸 때문에 마누라는 울다 지쳐 머리를 싸매고 드러누웠는데 아들놈들은 고작 역모 안 했다고 저 지랄이라니. 생각할수록 앞날이 암담하였다.

"제 동생 귀한 줄은 그리도 잘 알면서 백성 귀한 줄은 왜 모르는 게냐?"

"아, 제가 임금입니까? 이 마당에 백성 걱정까지 하고 있게. 그런 걱정은 저 잘난 임금께서나 하라지요."

"그러다 네 수하 놈들이 다 죽어 나가면?"

"지금 그걸 말이라고 하십니까? 그땐 복수를 해 줘야지요."

어쩌면 저렇게 무식하게도 잘 자랐을까.

길재는 조금 후회했다. 아들놈이 저렇게 자랄 줄 알았다면 아버지의 유언을 어겨서라도 한양으로 가는 거였는데 하고 말이다.

"대장! 아가씨를 보았다는 자를 찾았습니다."

그 대장에 그 수하라더니, 얘기를 나누고 있다는 사실도 무시하고 언 놈이 툭 튀어나와 만을 향해 소리쳤다. 그러자 놈이 벌떡 일어나서는 간다는 말도 없이 쏜살같이 사라져 버렸다.

"그, 그럼 저희도 가 보겠습니다."

그나마 만이 놈보다는 덜 무식하여 아비의 잔소리를 잘 참아 내고 있던 다른 아들들이 이때다 싶었는지 한꺼번에 우르르 일어섰다. 그 꼴을 보면서도 길재는 아무 말도 할 수가 없었다. 그저 딸 하나 있고 없고의 차이가 하늘과 땅 만큼이나 크다는 사실을 몸소 깨닫고 있을 뿐이었다.

"저놈들만 보고 살았으면 내가 화병이 나서 일찍 뒈졌을 거야."

길재는 진심으로 그렇게 믿어 의심치 않았다. 딸 없이 고작 사흘이 지났을 뿐인데 벌써부터 속에서 불길이 치솟는 것을 보면 말이다.

"그나저나 놈들은 어디까지 왔다더냐?"

"어제 영흥 관아를 지나쳤다 합니다."

"흠. 그럼 아무리 늦어도 하루 이틀 사이에는 도착하겠군. 사람을 붙여라. 어떤 놈들인지 잘 살펴보라고 해."

"예, 형님."

나직한 명에 아우 중 하나가 걸음이 재빠른 수하들을 거느리고 사라졌다. 그 모습을 보더니 길재는 저도 모르게 긴 한숨을 내쉬었다.

"오지 않았으면 하였으나 결국은 왔으니 이제는 기다릴밖에. 허나, 만에 하나라도 말도 안 되는 놈들을 보내어 나를 모욕한다면 그땐 각오하셔야 할 게요."

까짓, 역모가 대수냐던 아들의 말을 떠올리며 길재는 어느새 허리에 찬 검을 꽉 움켜쥐고 있었다.


다 죽어 가던 소년이 기적처럼 살아났다. 그리고 갑자기 달라진 제 처지에 큰 충격을 받았다.

"이게 뭐지?"

눈앞에서 팔랑거리는 종이 쪼가리를 보며 그가 물었다.

"네 노비문서."

"노비문서? 나는 노비가 아니다."

"하지만 내가 샀는걸."

그렇게 말하며 영령은 손가락 두 개를 들어 보였다. '두 냥이나 들었다.'는 뜻이었다.

"도, 돈을 돌려주겠다."

"흐음."

대답 대신 영령은 상거지 꼴을 하고 있는 소년의 몸을 스윽 훑어보았다. 정말 돈을 가지고 있느냐는 뜻이었는데 그런 의심을 눈치챈 듯 소년의 까만 얼굴이 순식간에 홍옥처럼 붉어졌다.

"버, 벌어서 갚겠다."

"좋아. 그럼 돈을 갚을 때까지 너는 내 부하야. 이의 없지?"

"조, 좋다."

"그런데 넌 이름이 뭐니?"

"......."

"난 영령이야. 열한 살이지. 너는?"

영령의 물음에 소년은 한참이나 망설이더니 마치 큰 비밀이라도 털어놓는 사람처럼 힘겹게 말했다.

"타, 타이지. 아이신기로우 타이지. 열다섯 살이다."

"흐음, 역시 여진족이었구나. 아, 나보다 나이가 많다고 해서 함부로 굴면 안 돼. 어디까지나 대장은 나니까 말이야. 알겠지?"

제 오라비들을 흉내 내듯 눈에 힘까지 주고 말하자 소년, 타이지는 말없이 고개를 끄덕였다. 그러자 그에 고무된 영령이 다시 말하였다.

"앞으로 대장이라고 불러. 그리고 나는 앞으로 너를 '두푼이'라고 부르겠어."

소년의 입이 쩍 벌어졌다. 멀쩡한 제 이름도 아니고 은을 두 냥이나 주고 샀다면서 두 냥도 아닌 왜 두 푼이란 말인가. 무언가가 상당히 억울하여졌지만 소년은 그냥 입을 다무는 쪽을 선택하였다. 어쨌거나 지금은 제 이름을 드러내 놓고 살 수 있는 때가 아니었으니까.

그러거나 말거나 두푼이와 협상을 마친 영령은 신이 나서 발랄한 걸음으로 다시 모닥불가로 돌아왔다. 저녁밥을 먹은 직후라 번을 서는 사람들을 제외하고는 모두들 자리를 잡고 곤히 잠들어 있었다. 그런 그들의 정체를 영령은 첫날에 단박에 눈치를 채 버렸다.

'의주쯤에서 만나게 될 줄 알았더니.'

그녀는 반짝이는 눈을 들어 반듯하게 서 있는 몇 채의 천막을 바라보았다. 어이없게도 그들은 바로 상감마마가 보냈다는 부마 후보들이었다. 즉, 그녀의 신랑감 후보들이었는데 그 사실을 깨닫는 순간 영령은 그야말로 죽고 싶을 만치 실망하여 하마터면 눈물을 쏟을 뻔하였다.

'하나는 감모(感冒)에 걸려 다 죽어 가는 꼬맹이이고 다른 하나는 제 생각밖에 할 줄 모르는 철딱서니구나.'

꼬맹이는 일찌감치 후보에서 제외하였다. 다른 건 몰라도 약골은 사양이었다. 그렇다고 하여 오만하기 짝이 없는 철딱서니를 선택할 생각도 없었다. 그 얄미운 놈이 저더러 마치 노비 대하듯 하며 '이래라, 저래라.' 한 까닭이었다. 물론, 오다가 달아났다는 놈은 아예 생각할 가치도 없었다.

"물을 길어 오라 하였는데 왜 아직도 소식이 없는 것이냐?"

호랑이도 제 말을 하면 온다더니.

어깨에 힘을 잔뜩 주고 고개를 뻣뻣이 든 황가 놈이 그녀의 뒷덜미를 잡아채면서 소리쳤다.

"이 어두운 산중에서 어떻게 물을 구한단 말입니까? 허고, 그런 일은 저 말고 귀하의 노비에게나 시키십시오."

"뭐, 뭐라?"

"솔직히, 제가 귀하의 노비도 아닌데 왜 제게 그런 일을 시키시는 겁니까?"

"내 노비들은 다른 일을 하고 있다. 그리고 시키면 시키는 대로 할 것이지 천한 것 주제에 감히 말이 많구나. 내가 누구인 줄이나 아느냐?"

"모릅니다."

영령은 당당히 고개를 저었다.

말하지 않아도 대강 알고는 있지만 아는 체를 하지 않는 이상 제 속을 어찌 알 것인가 싶었다.

"잘 들어라, 이놈. 나는 곧 상감마마의 부마가 될 사람이다."

"……."

"네놈도 화령에 산다 하니 잘 알 것이다. 그곳 대장군부의 금지옥엽께서 바로 이 몸과 혼인을 하실 거란 말이다. 허니, 앞으로 편히 살고 싶거든 얌전히 시키는 대로 따라야 할 것이다."

"그, 그런 소리는 처음 듣습니다. 그리고 아직 혼인이 결정된 것도 아니지 않습니까? 보아하니, 다른 분도 계신 것 같은데요."

"흥, 고작 감기에나 걸려 다 죽어 가는 어린놈을 가리키는 말은 아니겠지?"

속내를 굳이 숨기지도 않은 채 그는 얼굴 가득 비웃음을 머금었다. 저 말고 다른 놈들은 가망이 없다고 말하는 듯한 태도였다. 하여, 할 수만 있다면 당장 그 얼굴에 대고 '너 따위 놈하고 혼인을 하느니 그냥 처녀로 늙어죽으련다.' 하고 외쳐 주고 싶었지만 꾹 참아 냈다. 억울한 마음에 눈가가 벌겋게 달아올랐다.

"그만두시지요."

등 뒤에서 문득 점잖은 한 마디가 날아왔다.

불가에 앉아 무언가를 적고 있던 문경이 붓을 든 채 이쪽을 바라보고 있었다.

"밤인 데다 험한 산중이라 어린아이 혼자 나다니게 둘 수 없습니다. 괜찮으시면, 제가 수행하는 사람들에게 부탁을 해 보겠습니다."

"흥, 되었소. 나도 그런 명 정도는 내릴 줄 아오이다."

끼어든 것이 불만인 듯 황유는 영령의 뒷덜미를 잡고 있던 손을 홱 뿌리치고 돌아섰다. 그 바람에 훌렁 자빠져 땅바닥을 한 바퀴 구르자 문경이 잽싸게 손을 뻗어 그녀를 잡아 일으켜 주었다.

"괜찮으냐?"

"예에."

"조심하지 않고."

"쳇, 조심한다고 피해지겠습니까?"

그녀는 조그만 입술을 삐죽거리면서 투덜거렸다.

똥이라면 차라리 피하기라도 하겠으나 살아 움직이는 사람이 쫓아다니면서 괴롭히니 피하는 것도 쉽지가 않았다. 어차피 빤한 일행이기도 하고.

그런 의미에서 영령은 황 공자의 천막을 힘껏 노려봐 준 다음 이번엔 따스한 시선으로 불가에 앉아 있는 문경을 바라보았다.

밤이라서 그런가? 흡사 그린 듯 아름다운 얼굴이었다. 낮에 보아도 아름다웠는데 밤에 보니 더 아름다운 것도 같았다. 더구나 성격도 점잖고 단아한 데다 말씨는 또 얼마나 부드럽고 다정한지 듣고 있으면 저도 모르게 기분이 절로 흐뭇하여졌다. 선비라 하더니, 제 오라비들과 달리 그는 책을 좋아하는지 쉴 때는 항상 서책을 보고 있었다.

'이 사람이 상감마마가 보낸 신랑감 후보라면 얼마나 좋을까?'

영령은 진심으로 그렇게 생각하고 있었다.

저 약해 빠진 꼬맹이 말고, 못되어 처먹은 황 공자 말고 이 사람이 서방님이 되어 주면 정말 좋을 거 같았다. 혼자만 떨어져 한양으로 가는 건 여전히 싫지만 그래도 이 사람을 따라가는 거라면 조금 덜 슬플 것도 같았다.

"저기, 한 가지 여쭈어도 됩니까?"

잠시 고민하다가 영령은 모닥불을 사이에 두고 그의 앞에 마주 앉으면서 조심스럽게 입을 열었다.

"형님께서는 혹시 혼인을 하셨습니까?"

형님?

영령의 당돌한 불음에 문경은 일기를 적다 말고 고개를 들어 그녀를 바라보았다. 제가 계집아이라는 사실을 들켰다는 사실을 모르는지 그녀는 여전히 사내처럼 행동하고 있었다.

'하긴, 차라리 그 편이 더 안전하겠지.'

가볍게 수긍하고 그는 슬쩍 웃으면서 고개를 저었다.

"아니다. 부끄럽게도 아직 미장가지."

"저런, 참말 잘되었…… 아니, 형님 같은 분이 어쩌다가요?"

"글쎄, 어쩌다 보니 그리되었다. 허면, 너는 장가를 들었느냐?"

"에이, 소제도 아직 혼인을 하지 않았습니다."

'저는 어려서요.' 라고 대답하면서 영령은 방긋 웃었다.

참 이상도 하지. 그가 장가들지 않았다는 사실을 확인했을 뿐인데 왜 이리 기분이 날아갈 듯 좋은지 모르겠다. 그 모습을 가만히 보다가 문경은 붓을 멈추고 문득 물었다.

"화령에 산다고 하였지?"

"예."

"허면, 혹 대장군부의 공주 아기씨를 뵌 적이 있느냐?"

"그, 그건 왜 물으십니까?"

"그냥 궁금하여서. 아직 어리시다 들었는데 한양까지는 무사히 가실 수 있으려는지 벌써부터 걱정이 되거든."

감모를 앓고 있다는 조 공자의 천막을 돌아보며 문경은 나직하게 한숨을 내쉬었다.

"돌아갈 때엔 지금보다 날씨도 더 추워질 듯 하고."

"아, 예에. 실은, 먼발치에서 한두 번 뵌 적이 있긴 합니다."

"그래? 건강한 분이시더냐? 이왕이면 조 공자보다는 크고 건강하셨으면 좋겠는데."

"그야 당연하지요. 장군부의 따님이 아니십니까? 조금만 더 자라면 맨손으로 소도 때려잡으시겠더이다."

아무리 주먹을 꼭 움켜쥐어 봤자 토끼 한 마리 잡을 만치도 되지 않는 주제에 영령은 부러 호기를 부렸다. 혹시 아는가? 지금은 이렇게 작지만 더 자라면 제 오라비들처럼 덩치가 작은 산만 하여질지.

'나도 아버지 자식이니까 닮겠지?'

그나저나 이 사람은 건강하고 덩치 큰 여자를 좋아하는 것인가? 생긴 것은 선비답게 점잖은데 취향은 참 특이하다 싶었다. 제 생각이 살짝 잘못되었다는 것도 모르고 영령은 조금 근심스럽게 제 손을 내려다보았다.

크르르.

움찔.

"어? 지, 지금 들으셨습니까?"

"들었다. 어서 사람들을 깨워라."

문경이 벌떡 일어서면서 소리쳤다. 그 소리에 영령은 반사적으로 발을 놀리면서 저도 모르게 소리가 들려온 쪽을 돌아보았다. 이상한 일이었다. 본래, 호랑이는 큰 고양이나 마찬가지라 발소리도 내지 않고 다니는데 저놈은 어째서 먼 곳에서부터 기척을 내면서 다가오고 있는 것일까?

"무슨 일인가?"

"호랑입니다."

"뭐? 또, 또?"

곤히 잠들어 있다 억지로 깨워진 우명이 호랑이라는 소리에 놀라 또 식겁한 표정을 지었다.

"아니, 뭔 놈의 호랑이가 이리도 흔하단 말인가."

산마다 흔한 것이 호랑이인데 새삼 한탄까지 하면서 그는 주섬주섬 칼을 찾았다. 그 사이, 문경은 이미 활을 찾아 짊어지고 먼저 천막을 뛰쳐나가고 있었다.

"형님!"

"너는 네 노비와 함께 안전한 곳에 숨어 있거라. 황 공자가 있는 곳이 안전할 것이니 아무래도 그쪽으로 가 있는 것이 나을 것이다."

"예!"

대답을 하고서도 조금 우왕좌왕하다가 영령은 재빨리 두푼이를 찾았다. 정신을 찾긴 하였으나 아직 거동이 불편한 그를 힘겹게 부축하고 그녀는 문경의 말대로 황 공자 일행이 있는 쪽으로 움직였다.

치사하고 아니꼬우나 문경의 말처럼 그의 곁에 수행원들이 가장 많은 데다 부마 후보랍시고 병졸들도 그를 우선적으로 보호하려 하였기 때문에 지금으로서는 그 곁이 가장 안전한 것이 사실이었던 것이다.

"크윽."

"마, 많이 아파?"

상처를 꽁꽁 싸맨 채 걷는 일이 아직은 힘에 겨운지 두푼이는 식은땀을 뻘뻘 흘리고 있었다. 그런 그를 애써 황 공자의 천막 가까이까지 데려가자 철통처럼 주변을 둘러싸고 있던 호위들이 슬그머니 자리를 내주었다.

"나가서 싸우지 않고 뭘 하는 거냐!"

수행원들에게 둘러싸인 채 황유가 소리치고 있었다.

"저런 쓸모없는 것들을 지키느라 애쓰지 말고 가서 호랑이를 잡아오란 말이다. 놈을 잡아 대장군부로 가져갈 것이다. 덩치가 크니 좋은 혼례 선물이 되겠지."

좋은 혼례 선물은 개뿔.

산마다 흔한 것이 호랑이이듯이 그녀의 집에도 흔한 것이 호랑이 가죽이었다. 바닥에도 하나씩 깔려 있고 심지어 그녀는 그 귀하다는 백호피로 만든 이불도 가지고 있었다. 오라비가 여섯이나 되는 덕분에 선물로 받은 것이었다.

"놈이다!"

우명이 짧게 소리쳤다. 그러나 그 소리를 듣기도 전에 문경은 놈을 한눈에 알아보았다. 호랑이 치고도 보기 드물게 큰 덩치 때문이 아니라 어깨에서 배로 이어지는 자리에 깊숙이 박힌 그의 화살 때문이었다. 며칠 전 나타나 병졸을 일곱이나 다치게 한 바로 그놈이었다.

"우리를 따라온 걸까요?"

"어쩌면. 아무래도 위험하겠는걸."

"가까이 가지 말고 활을 쏘는 것이 낫겠습니다."

"그러다 비껴 맞으면 더 미쳐 날뛸 텐데."

"최대한 제대로 맞춰 봐야지요."

말은 그렇게 했지만 눈에서 불을 내뿜으며 날렵하게 움직이는 놈을 맞추기란 말처럼 그렇게 쉬운 일은 아니었다. 어둠 속에 숨어 있던 놈이 땅을 박차고 훌쩍 몸을 날린 뒤에야 뒤늦게 화살이 날아가 꽂히는 식이었다.

"으아악!"

"활을 쏴라!"

점점 이어지는 비명 소리를 들으며 문경은 미친 듯이 시위를 당겼다. 그러면서 평소 왜 활쏘기를 등한시하였던가 후회하였다. 그저 익혀 두기만 할 것이 아니라 사냥도 다니고 막내처럼 칼 쓰는 법도 배우고 그럴 것을.

'돌아가면 몸도 부지런히 단련을 해야겠구나. 대국으로 가는 길은 화령보다 더 멀고 험하다고 하였는데.'

문경은 진심으로 반성하였다.

그저 책만 읽으면 다 되는 줄 알았는데 아니었다. 책을 구하는 일도, 백성을 구하는 일도 제 몸이 건강하지 않으면 하지 못한다는 사실을 그렇게 깨닫고 있었다.

크헝!

"맞았다! 놈이 화살을 맞았다. 모두 공격하라."

"와아!"

누군가가 쏜 화살이 날아가 호랑이의 다리에 맞았다. 그러자 그때까지 활만 쏘아 대던 병졸들이 본격적으로 칼을 뽑아 들고 호랑이를 둘러싸기 시작하였다.

"저런! 놈이 포위를 벗어나지 않았느냐. 저러다 놓치겠다."

이제껏 손 하나 까딱하지 않고 있었던 주제에 황유가 다 잡았다고 생각한 호랑이를 놓칠까 봐 성급하게 소리쳤다.

"당장 가서 저놈을 잡아오너라."

"아직 호위를 풀기엔 많이 위험합니다. 병졸들이 애를 쓰고 있으니 좀 더 지켜보시지요."

"제길! 저놈들을 어찌 믿고 기다리라는 것이냐."

앉은 자리에서 벌떡 일어서면서 소리치다 그가 문득 영령 쪽을 돌아보았다. 끙끙거리는 두푼이를 눕히듯 앉혀 놓고 영령은 조막만한 손에 돌을 꼭 쥔 채 두 눈으로 열심히 문경과 호랑이를 좇고 있었다. 여차하면 돌이라도 던질 생각이었다. 하여, 그쪽에만 집중을 하느라 황유가 저를 의미심장한 눈으로 바라보고 있다는 사실도 미처 눈치채지 못하였다.

"마침 적당한 미끼가 있구나."

유의 입가에 문득 싸늘한 미소가 맺혔다.

호랑이도 잡을 겸, 하잘것없는 천것 주제에 제 명도 따르지 않고 때마다 따박따박 말대꾸를 일삼던 것에게 버릇이나 좀 가르쳐 볼까 싶었다.

"악, 왜 이래요? 이거 놔요!"

부지불식간에 뒷덜미를 잡힌 영령이 발버둥을 치며 버둥거렸다. 그러나 미처 상황을 깨닫기도 전에 그녀의 작은 몸은 벌써 땅바닥에 패대기쳐져 나뒹굴고 있었다.

"대체 나한테 왜 이러……."

"위험해!"

"어?"

다급한 고함 소리에 영령은 주저앉은 채 고개를 돌렸다. 그러자 머리 위가 순식간에 시커멓게 물들면서 눈앞으로 집채만한 무언가가 떨어져 내리는 것이 눈에 들어왔다.

그것이 호랑이라는 사실을 깨닫기까지 그야말로 한참이 걸린 것 같았다. 맹세컨대, 호랑이를 이렇게 가까이에서 보는 것은 처음이었다. 겨울이면 날마다 호랑이 가죽을 덮고 잤지만 그것이 살아 움직이는 모습을 코앞에서 보게 될 것이라는 생각은 결단코 해 본 적이 없었다.

"악!"

뒤늦게 비명이 터졌다.

"엎드려!"

"꺄악!"

짧은 순간 날아온 묵직한 동체에 떠밀려 그녀의 자그마한 몸이 몇 바퀴나 데굴데굴 굴렀다. 눈앞이 새까맣게 어두워졌다가 다시 밝아졌다.

"어? 어어!"

"괜……찮으냐?"

"혀, 형님!"

문경이었다.

호랑이가 덤벼드는 순간, 그가 넋을 놓고 앉아 있는 그녀에게 달려들어 품에 안고 몸을 날린 것이었다.

"피, 피가!"

눈앞에서 피가 뚝뚝 떨어지고 있었다.

호랑이가 그녀를 할퀴는 대신 그의 등을 할퀴고 지나간 것이다. 그 사실을 뒤늦게 깨닫고 영령은 큰 충격을 받았다.

크르르.

"문경 아우!"

"도, 도망가라."

그들을 뛰어넘은 호랑이가 다시 땅을 박찰 듯 이쪽을 향해 몸을 돌리는 것이 보였다. 우명이 미친 듯이 달려오고 그녀를 집어던진 황유가 새파랗게 질린 얼굴로 이쪽을 보고 있었다. 그 또한 이런 상황을 예상하지 못한 듯하였다.

등에서부터 시작되는 끔찍한 통증을 견디며 문경은 영령의 등을 떠밀었다.

"어서 가!"

"시, 싫어요. 안 가요. 피가 많이 나요. 제발 죽지 마세요."

검댕을 묻힌 얼굴 위로 맑은 눈물이 흘렀다. 흑백이 또렷한 깨끗하고 맑은 눈동자였다. 단언컨대, 그렇게 아름다운 눈동자를 보는 것은 진정 처음이었다. 그런 생각과 함께 문경은 손을 뻗어 까치집 같은 녀석의 머리를 쓰다듬어 주었다. 그러곤 속삭였다.

"이러고 있을 시간이 없다. 내가 유인할 테니…… 윽, 너는 이시 달이니."

"안 간다니까요. 도망가느니 차라리 내가 대신 죽는 게 나아요."

그 말과 함께 영령은 이를 악물고 그를 밀쳐내려 했다. 순간, 호랑이가 다시 땅을 박찼다.

크아앙!

정신이 다 아찔한 정도로 큰 울음소리가 귀를 떨어 울렸다. 그에, 영령은 저도 모르게 팔을 뻗어 문경을 꼭 끌어안았다. 죽어도 이 사람하고 같이 죽을 생각이었다.

그 때였다. 어딘가에서 바람이 불어왔다. 그리고 곧 무언가가 날아와 땅에 박히는 소리가 나면서 숨 막히는 정적이 찾아왔다.

"어이, 어이! 이것 봐라?"

두 눈을 꼭 감고 있는 그녀의 귓가로 어딘지 낯이 익은, 건들거리는 목소리가 들려왔다.

"너, 지금 누굴 끌어안고 있는 거냐? 어엉?"

"어?"

"당장 안 떨어져!"

살며시 눈을 뜨자 성난 얼굴로 바락바락 소리치고 있는 커다란 덩치의 남자가 보였다. 그런 그의 뒤엔 그들을 향해 달려들던 호랑이가 장창에 목이 꿰인 채 그대로 땅에 처박혀 있다.

"오, 오라버니?"

"오냐, 예쁜 내 동생. 조금만 기다려라. 오빠가 이 새끼를

392

죽여 놓고 나서 구해 줄게."

"흑, 오라버니! 으어엉! 이 사람 피나. 어떻게 해. 나 때문에
이 사람이 죽어어. 으아앙!"

안도감이 찾아오면서 갑작스럽게 울음이 터졌다. 영령은 주
저앉아 눈물 콧물을 철철 흘려내며 큰 소리로 울어 젖혔다.

그런 그녀의 울음소리와 당황해서 어쩔 줄 모르는 덩치 큰
사내의 얼굴을 보며 문경은 천천히 눈을 감았다. 의식이 빠르
게 멀어지고 있었다.


"으음."

나직한 신음 소리와 함께 문경은 눈을 떴다. 대낮인지 환한
빛이 가득한 가운데 어딘가에서 기분 좋은 향기가 났다.

"어? 정신이 드십니까?"

"쿨룩!"

향기를 음미하느라 숨을 깊이 들이마시는데 문득 눈앞으로
낯선 얼굴 하나가 불쑥 나타났다.

"누구?"

"아, 저는 의원입니다. 그리고 여기는 화령의 대장군부이고
요. 공자께서는 하룻밤 내내 정신을 잃고 주무셨습니다."

"화령?"

정신을 잃고 잤다는 소리보다 화령이라는 소리를 먼저 찰떡
같이 알아듣고 문경은 벌떡 몸을 일으켰다. 등이 조금 당기는
것 말고는 이상히리만치 몸이 가벼웠다.

"어? 그러고 보니, 나 다쳤을 텐데……."

"아, 호랑이 발톱에 긁힌 상처는 제가 잘 봉합해 두었습니다."

"긁힌 상처?"

"예. 다행히 슬쩍 스쳐 간 상처가 전부인지라 꿰맨 것은 열 바늘 정도고요, 나머지는 그냥 약을 발라 잘 싸맸지요. 정말 운이 좋으셨습니다. 하하하! 호랑이에게 공격을 받고도 멀쩡하시고, 또 우리 아가씨를 꾀어내고도 살아남으셨으니."

음?

"도련님들께서 이를 갈고 계시긴 하지만 뭐, 설마 죽이기야 하시겠습니까?"

으음?

문경의 표정이 순간 멍청해졌다. 아가씨를 꾀다니? 도련님들이 이를 갈고 있다니? 이게 다 무슨 소리란 말인가? 영문을 몰라 의원의 얼굴만 멀뚱히 바라보고 있는데 다시 방문이 열렸다.

"어? 일어났나?"

우명이었다.

"형님, 이게 대체 어찌 된 일입니까?"

"그게 말이네. 허어, 거참……."

"자네는 말을 조심하게. 감히 의빈께 하대라니?"

뭐라 말을 하기도 전에 다시 문이 열리면서 익양후가 모습을 드러내었다. 잘 쉬었는지 의관이 바르고 얼굴엔 혈색이 돌앗다. 그런데 의빈이라니?

"대, 대감. 지금 뭐라 하셨습니까?"

"감축드리오이다, 대감. 대장군부의 결정에 따라 오늘 대감께서 부마로 최종 간택되셨소이다. 하여, 이제부터는 부마부에서 절차에 따라 혼례를 준비하게 될 것입니다."

"예에? 가, 간택이라니요?"

문경은 기함을 하고 놀랐다.

간택에 참여한 적이 없는데 낙점이 되다니. 무에 이런 황당한 일이 다 있단 말인가!

"우리가 다 봤…… 소이다. 비록 경황 중이긴 하였으나 분명히 공주 아기씨의 손도 잡고 품에 안기까지 한 것 같은데……."

"허! 지금, 무슨 말씀을 하시는 겁니까? 소생은 그런 파렴치한이 아닙니다. 더구나, 저는 내내 정신을 잃고 있었던 터라 대장군부의 영애를 본 적도 없지 않습니까?"

문경의 강변에 두 사람의 표정이 오묘하게 변하였다.

"황 공자는 어디에 있습니까? 또 조 공자는요? 의빈은 그 두 분 중 한 분이 되는 것이 마땅하질 않습니까?"

"그야, 그렇긴 합니다만. 일단은, 대장군께서 그 두 사람을 내치셨습니다."

"황 공자는 장까지 맞은 끝에 수하들의 등에 업혀 나갔지요."

"헛!"

뜻밖의 결과 앞에서 문경은 더더욱 모를 심정이 되어 눈만 둥그렇게 뜨고 말았다.

"아기씨, 뛰시면 안 된다니까요!"

문득, 방밖에서 누군가의 고함 소리가 울렸다. 그리고 다시 문이 벌컥 열렸다.

"하아, 하아!"

비단옷을 곱게 차려입은 어여쁜 소녀가 달려 들어와 거친 숨을 몰아쉬면서 그를 빤히 바라보았다.

아직 어리지만 한 번 보면 잊을 수 없을 정도로 곱고 어여쁜 소녀였는데 무슨 일인지 두 눈에 눈물을 그렁그렁 매단 채 울먹이고 있었다. 그러더니 '으아앙' 하고 울음을 터뜨리면서 그의 품에 왈칵 안겨 들었다.

"나, 낭자?"

"피, 피가 많이 나서…… 흐끅, 죽어 버리는 줄 알았어요! 무서웠어."

"설마, 령아?"

문경의 얼굴이 도로 멍청하여졌다. 그제야 대강이나마 어찌 된 영문인지 알 것 같았다.

'여자아이라는 사실은 알고 있었으나 설마하니 대장군부의 공주 아기씨였을 줄이야.'

더 자라면 맨손으로 소도 때려잡을 수 있을 거라기에 그런가 보다 하였는데 이 콩알만 한 낭자가 바로 그 공주 아기씨란다. 더구나, 곧 제 아내가 되실 거란다. 어쩐지 그 사실이 더 믿어지지 않아 그는 몇 번이나 제 품에 안긴 소녀를 내려다보아야 했다.

이후, 며칠 동안 화령부엔 몇 가지 소문이 돌기 시작하였다.

그중 하나는, 대장군부의 공주 아기씨가 혼인을 하게 되었는데 부마 될 사람이 오는 길에 대호를 예물로 잡아 가지고 왔다는 소문이었다. 그 소문은 곧 대장군부 앞에 내걸린 호피를 통해 사실로 증명되었다.

그리고 두 번째 소문은 최근 여진족들 사이에서 반란이 일어나 족장이 죽고 새로운 족장이 섰다는 소문이었다. 와중에 순혈을 이은 족장의 아들이 무사히 탈출하였는데 아무리 뒤져도 그의 종적은 끝까지 발견되지 않았다고 한다.

"네놈 주제에 열 살이나 어린 내 딸을 데려가는 것이 얼마나 큰 행운인지 잘 알고 있겠지?"

"예, 장인어른."

"손만 대 봐라, 죽인다."

"예, 큰형님."

"우리 애기 울리면 당장 쫓아갈 줄 알아라."

"명심하겠습니다, 둘째 형님."

"무슨 수를 써서라도 영령이 데리고 3년 안에 돌아와라."

"노력하겠습니다, 셋째 형님."

"그 호랑이는 내가 잡은 거야, 네놈이 아니라."

"지당하신 말씀이십니다, 넷째 형님."

"다른 계집 바라보다가 걸리면 알지?"

"절대 그런 일은 없을 겁니다, 다섯째 형님."

"쌍, 난 이 혼인 반댈세. 차라리 너 죽고 나 죽자!"

"······!"

그리고 변경은 오늘도 평화로웠다.

돌아왔습니다.

사실은, 단 한 번도 떠난 적이 없는데 그간 결과물로 내놓은 것이 없다 보니 본의 아니게 떠나 있었던 것이 되었습니다. 많은 것을 겪고 많은 생각을 하면서 보낸 시간이었습니다. 이렇게 무사히 돌아올 수 있게 되어서 기쁩니다.

다른 누구보다, 결코 녹록치 않았던 지난 시간을 이겨 낸 스스로에게 사랑과 감사를 전합니다. 앞으로도 더 열심히, 더 잘 쓰기 위해 노력하겠습니다. 이 작품이 지금 시련 속에 있는 누군가에게 작은 위안이 되기를 바라며…….

—2014년 여름, 단영

# 오복이

1판 2쇄 찍음 2014년 8월 4일
1판 2쇄 펴냄 2014년 8월 12일

지은이 | 단 영
펴낸이 | 정 필
펴낸곳 | 도서출판 **뿔미디어**

편집장 | 이재권
기획 · 편집 | 주종숙, 정시연

출판등록 | 2002년 9월 11일 (제1081-1-132호)
주소 | 경기도 부천시 원미구 상동로 117번길 49(상동) 503호
전화 | 032)651-6513 / 팩스 032)651-6094
E-mail | scarlets2012@hanmail.net
블로그 | http://blog.naver.com/dahyangs
홈페이지 | http://bbulmedia.com

**값 9,000원**

ISBN 979-11-315-2791-7 04810
ISBN 979-11-315-2789-4 04810(세트)